Wat de dag verschuldigd is aan de nacht

YASMINA KHADRA

Wat de dag verschuldigd
is aan de nacht

Vertaald uit het Frans door
Floor Borsboom

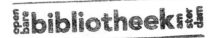

DE GEUS

De vertaalster ontving voor deze vertaling een projectwerkbeurs van het
Nederlands Letterenfonds

Oorspronkelijke titel *Ce que le jour doit à la nuit*, verschenen bij
Éditions Julliard
Oorspronkelijke tekst © Éditions Julliard, Parijs, 2008
Nederlandse vertaling © Floor Borsboom en De Geus BV, Breda 2010
Omslagontwerp Diny van Rosmalen
Omslagillustratie © George Marks/Hulton Archive/Getty Images
ISBN 978 90 445 1504 6
NUR 302

In Oran, zoals elders, hebben de mensen nu eenmaal
te weinig tijd en denken ze te weinig na
om de liefde bewust te kunnen beleven.

Albert Camus, *De pest*

Ik hou van Algerije, want ik heb het zelf meegemaakt.

Gabriel García Márquez

I

JENANE JATO

I

Mijn vader was gelukkig.

Ik hield het niet voor mogelijk.

Hij keek zo ontspannen dat het me soms verontrustte.

Neergehurkt op een hoop stenen met zijn armen rond zijn knieën zat hij toe te kijken hoe de wind over de ranke halmen streek, zich erop neervlijde, er verwoed in rond wroette. De korenvelden golfden als de manen van duizenden paarden in galop over de vlakte. Het was net het deinende oppervlak van een gezwollen zee. En mijn vader glimlachte. Ik kan me niet herinneren dat ik hem ooit had zien glimlachen. Het was niet zijn gewoonte om iets van blijheid te laten blijken – was hij dat ooit wel geweest? Gestaald door beproevingen, met een immer radeloze blik, was zijn leven een eindeloze opeenvolging van tegenslagen; hij wantrouwde de trouweloze en ongrijpbare dag van morgen als de pest.

Voor zover ik wist had hij geen vrienden.

We leefden teruggetrokken op ons lapje grond, in de ijzige stilte van op zichzelf teruggeworpen schimmen die elkaar niets te zeggen hebben: mijn moeder, die in de schaduw van ons krot, gebogen over haar ketel, werktuiglijk door een niet erg appetijtelijke knollensoep roerde; Zahra, mijn drie jaar jongere zusje, die stilletjes in een hoekje zat, zo onopvallend dat je soms niet eens merkte dat ze er was; en ik zelf, eenzaam bleekneusje, nog niet ontloken of al verwelkt, die mijn tien jaren met zich meetorste als evenzovele lasten.

Het was geen leven. We bestonden, meer niet.

Dat we 's ochtends wakker werden was eigenlijk al een wonder, en wanneer we 's avonds gingen slapen, vroegen we ons af of we niet beter voorgoed onze ogen zouden kunnen sluiten, in de overtuiging dat we het allemaal wel hadden gezien en dat het niet de moeite waard was om er nog enige tijd aan te verspillen. Alle dagen leken op elkaar, ze leverden ons nooit iets op en beroofden ons bij het heengaan enkel van de schaarse illusies die voor onze neus bungelden als de wortel die muilezels wordt voorgehouden.

In die jaren dertig dunden armoede en plagen met ongelooflijke perversiteit hele families en veestapels uit, wat de overlevenden naar de stad dreef, zo niet tot de bedelstaf bracht. De weinige verwanten die we hadden lieten niets meer van zich horen. En van de menselijke wrakken die we in de verte zagen opdoemen, wisten we zeker dat ze maakten dat ze wegkwamen, want het pad waarvan de karrensporen naar ons krot voerden, raakte langzaam overgroeid.

Het deerde mijn vader niet.

Hij was graag alleen, gebogen over zijn ploeg, zijn lippen wit van het schuim. Ik zag hem soms aan voor een godheid die zijn wereld opnieuw uitvond, en ik kon urenlang naar hem zitten kijken, gebiologeerd door zijn kracht en hardnekkigheid.

Als ik hem van mijn moeder eten moest gaan brengen, kon ik beter niet treuzelen. Mijn vader at punctueel en karig, wilde zo snel mogelijk weer aan het werk. Ik zou het zo fijn hebben gevonden als hij eens iets aardigs tegen me had gezegd of een klein beetje aandacht aan me had besteed, maar hij had enkel oog voor zijn akkers. Alleen op deze plek, te midden van zijn blonde universum, was hij in zijn element. Niets of niemand, zelfs zijn dierbaren niet, was in staat hem van zijn werk af te houden.

Wanneer hij 's avonds huiswaarts keerde, doofde de glans in zijn ogen met de zonsondergang. Hij werd iemand anders, een gewoon mannetje, saai en oninteressant; hij stelde me bijna teleur.

Maar hij was nu al wekenlang in de wolken. Het zag ernaar uit dat hij een uitstekende oogst zou binnenhalen, die al zijn verwachtingen overtrof ... Tot over zijn oren in de schulden had hij het voorouderlijke land verpand, en hij wist dat hij zijn laatste strijd leverde, zijn laatst kruit verschoot. Hij werkte als een paard, zonder onderbreking, verbeten. Bij een strakblauwe hemel zonk hem de moed in de schoenen, bij het kleinste wolkje leefde hij op. Ik had hem nog nooit zo hardnekkig zien bidden en sloven. En toen de zomer kwam en graan de vlakte bedekte als met glinsterende pailletjes, ging hij op zijn steenhoop zitten om er niet meer van af te komen. Ineengedoken onder zijn strooien hoed zat hij dag in dag uit naar zijn akkers te kijken, die na zo veel magere en ondankbare jaren eindelijk iets van een belofte inhielden.

Er moest weldra worden gemaaid. Hoe dichter de oogsttijd naderde, des te rustelozer hij werd. Hij zag zichzelf al als een razende zijn velden maaien, zijn plannen bij honderden tot schoven binden, zijn verwachtingen in schuren proppen tot ze ervan uitpuilden.

Een kleine week eerder had hij me naast zich op zijn kar gezet en was naar het dichtstbijzijnde dorp achter de heuvel gereden. Hij nam me nooit ergens mee naartoe. Misschien had hij wel gedacht dat er betere tijden aanbraken en dat we ons moesten aanpassen, ons nieuwe reflexen, een nieuwe manier van denken moesten aanmeten. Onderweg had hij een bedoeïenenliedje aangeheven. Het was voor het eerst van mijn leven dat ik hem hoorde zingen. Hij zong zo vals dat een ouwe knol ervan op hol zou zijn geslagen, maar voor mij was het een feest, een bariton zou niet aan hem kunnen tippen. Maar onmiddellijk was hij zich weer meester geworden, verbaasd dat hij zich had laten gaan, beschaamd zelfs dat hij zich zo had aangesteld in aanwezigheid van zijn spruit.

Het dorp was een negorij, dodelijk triest, met zijn krotten van onder de last van de misère gebarsten leem, en zijn radeloze steegjes die van lelijkheid niet wisten waar ze het moesten zoeken. Een stuk of wat armetierige bomen, die zich lijdzaam verhieven als waren het galgen, lieten zich opvreten door geiten. De lummelaars die eronder gehurkt zaten, zagen er niet uit. Het waren net vogelverschrikkers die geen dienst meer deden en waren achtergelaten om door wervelwinden te worden verstrooid.

Mijn vader had zijn kar laten stilhouden voor een afzichtelijk winkeltje omringd door een drom verveelde kinderen. Ze waren gekleed in grof verstelde juten zakken en liepen op blote voeten. Hun kaalgeschoren en met etterende korsten bedekte koppies drukten een onherroepelijk stempel van verdoemenis op hun gezicht. Nieuwsgierig als een worp vossenjongen die zijn leger ontheiligd ziet, waren ze om ons heen komen staan. Mijn vader had hen verjaagd en mij het winkeltje in geduwd, waar een man zat te dutten tussen lege rekken. De kerel had niet eens de moeite genomen om voor ons op te staan.

'Ik heb mannen en werktuigen nodig voor de oogst', had mijn vader tegen hem gezegd.

'Is dat alles?' had de kruidenier vermoeid geantwoord. 'Ik verkoop ook suiker, zout, olie en griesmeel.'

'Later misschien. Kan ik op je rekenen?'

'Wanneer moet je ze hebben, die mannen en hun gerei?'

'Vrijdag …?'

'Jij bent de baas. Je hoeft maar te kikken, en we zijn er.'

'Goed dan, dan wordt het volgende week vrijdag.'

'Afgesproken', had de kruidenier gegromd, terwijl hij zijn tulband weer vastknoopte. 'Blij te horen dat je je oogst hebt kunnen redden.'

'Ik heb vooral mijn ziel gered', had mijn vader hem toegebeten en hij had zich omgedraaid.

'Dan moet je er wel eerst een hebben, ouwe jongen.'

Op de drempel had mijn vader gebeefd. Hij leek een venijnige toespeling in de woorden van de kruidenier te hebben gehoord. Hij had zich achter zijn oren gekrabd, was in zijn kar geklommen en had koers gezet naar huis. Zijn gevoelige natuur had een flinke knauw opgelopen. Zijn blik, die ochtend nog zo stralend, was betrokken. Vermoedelijk had hij in de opmerking van de kruidenier een slecht voorteken gezien. Zo zat hij in elkaar: bekritiseerde je hem, dan was hij meteen op het ergste voorbereid; prees je zijn ijver, dan riep je het onheil over hem af. Ik wist zeker dat hij het diep in zijn hart betreurde dat hij victorie had gekraaid terwijl de oogst nog niet binnen was.

Op de terugweg had hij geen stom woord meer gezegd en de zweep over de kont van de muilezel gelegd, waarbij elke klap zijn ingehouden woede verried.

Met het oog op vrijdag had hij antieke snoeimessen en kapotte sikkels opgeduikeld, en gerei om ze te repareren. Ik volgde hem op afstand met mijn hond, in de hoop dat hij me iets zou opdragen waardoor ik me nuttig zou kunnen maken. Maar mijn vader had niemand nodig. Hij wist precies wat hij moest doen en waar te vinden wat hij nodig had.

En toen, op een nacht, sloeg onverwacht het noodlot toe. Onze hond jankte en jankte ... Ik dacht dat de zon naar beneden was gekomen en op onze akkers was gevallen. Het was drie uur 's nachts en ons krot was verlicht als op klaarlichte dag. Mijn moeder stond met haar hoofd in haar handen verbijsterd in de deuropening. In het schijnsel buiten tekende haar schaduw zich in veelvoud af op de wanden om me heen. Mijn zusje zat verschanst in haar hoekje, in kleermakerszit op haar matje, met haar handen in haar mond en een uitdrukkingsloze blik.

Ik rende naar buiten en zag een hysterische vlammenzee over onze akkers razen; het vuur reikte tot aan het firmament zonder ook maar een enkele ster om de wacht over ons te houden.

Met zwarte strepen op zijn blote bast, druipend van het zweet, leek mijn vader wel gek geworden. Hij doopte een armzalige emmer in de drinkbak, rende naar het vuur, verdween in de vlammen, kwam terug voor meer water en rende de hel weer in. Hij had geen idee hoe belachelijk zijn weigering was om toe te geven dat er niets meer aan te doen was, dat geen wonder meer kon voorkomen dat zijn dromen in rook zouden opgaan. Mijn moeder zag wel dat alles verloren was. Ze zag haar man als een bezetene op en neer rennen en was bang hem niet meer levend uit de vuurzee te zien komen. Hij was in staat om zijn armen rond zijn koren te slaan en er samen mee te gronde te gaan. Was hij niet alleen te midden van zijn akkers in zijn element?

Bij het aanbreken van de dag was hij nog steeds de rookpluimen aan het doven, die opkringelden van de verkoolde aren. Van de akkers was niets meer over, maar hij weigerde het onder ogen te zien. Uit machteloze woede.

Het was niet eerlijk.

Drie dagen voordat de oogst zou beginnen.

Vlak voordat de redding zou komen.

Aan de vooravond van de verlossing.

Pas laat in de ochtend moest mijn vader zich wel bij de feiten neerleggen. Met zijn emmer in de hand waagde hij het eindelijk de omvang van de ramp te overzien. Hij stond een tijdje te trillen op zijn benen, met bloeddoorlopen ogen en een verwilderd gezicht. Toen liet hij zich op zijn knieën vallen, ging plat op de grond liggen en gaf zich, voor onze ongelovige ogen, over aan wat een échte man nimmer in het openbaar hoort te doen: hij huilde de ogen uit zijn kop ...

Op dat moment begreep ik dat onze beschermheiligen zich tot aan de dag van het Laatste Oordeel van ons hadden afgewend en dat ongeluk voorgoed ons deel zou zijn.

De tijd was stil blijven staan. Natuurlijk, de dag vloog nog immer voor de nacht uit, duisternis maakte plaats voor het ochtendgloren, roofvogels cirkelden door de lucht, maar wat ons betreft was het alsof aan alles een einde was gekomen. Een nieuwe bladzijde was omgeslagen, en wij kwamen er niet meer op voor. Mijn vader ijsbeerde over zijn verwoeste akkers. Van 's ochtends vroeg tot 's avonds laat doolde hij rond tussen schimmen en puinhopen, als een geest in een spookhuis. Door het gat in de muur dat ons raam moest voorstellen, hield mijn moeder hem in het oog. Telkens als hij zich met vlakke hand op zijn dijen of zijn wangen sloeg, bekruiste ze zich terwijl ze een voor een de namen van alle maraboets in de streek aanriep. Ze was ervan overtuigd dat mijn vader zijn verstand was verloren.

Een week later kwam er een man op bezoek. Hij leek wel een sultan, in vol ornaat, met zorgvuldig geknipte baard en zijn borst behangen met medailles. Het was de kaïd, vergezeld van zijn lijfwachten. Hij stapte niet eens uit zijn kales en sommeerde mijn vader om zijn vingerafdrukken te zetten op de documenten die een broodmagere en lijkbleke Fransman, van top tot teen in het zwart, ijlings uit zijn tas had gehaald. Mijn vader liet zich niet bidden. Hij haalde zijn vingers over een met inkt gevulde spons en drukte ze op de blaadjes. Zodra de documenten waren getekend, maakte de kaïd rechtsomkeert. Mijn vader bleef als aan de grond genageld staan, liet zijn blik nu eens over zijn met inkt bevlekte handen gaan en staarde dan weer de kales na, die zich richting de hellingen spoedde. Mijn moeder en ik durfden hem niet te gaan troosten.

De volgende dag raapte mijn moeder onze schamele bezittingen bijeen en stapelde ze op de kar …

Het was voorbij.

Ik zal mijn hele leven nooit de dag vergeten dat mijn vader door de spiegel stapte. Het was een akelige dag, waarop de zon als gekruisigd boven het verre verschiet van de bergen hing. Het liep tegen het middaguur, toch had ik het gevoel dat ik oploste in een halfduister waarin alles was verstard, de geluiden zich hadden teruggetrokken, de wereld de aftocht blies om ons er diep van te doordringen dat we van God en alles verlaten waren.

Mijn vader had de teugels vast, zijn hoofd tussen zijn schouders, zijn blik strak op de bodem van de kar, terwijl hij de muilezel ons god mag weten waarnaartoe liet voeren. Mijn moeder zat ineengedoken in een hoekje, verborgen onder haar sluier, amper te onderscheiden van haar bundels. Mijn kleine zusje staarde met haar vingers in haar mond afwezig voor zich uit. Mijn ouders hadden niet in de gaten dat hun dochter niets meer at, dat haar geest was gebroken in die nacht dat de hel zijn keus had laten vallen op onze akkers.

Onze hond volgde ons op afstand. Af en toe hield hij boven op een zandheuveltje stil, ging op zijn achterste zitten kijken of hij het vol zou houden om ons uit het zicht te zien verdwijnen, sprong dan weer op het zandpad en rende achter ons aan, zijn snuit rakelings over de grond. Hij verloor aan vaart naarmate hij meer terrein won, ging van het pad af en bleef dan weer staan, ongelukkig en in de war. Hij vermoedde al dat er daar waar wij heen gingen geen plaats voor hem was. Mijn vader had het hem al aan zijn verstand gebracht door hem bij vertrek met stenen te bekogelen.

Ik was dol op mijn hond. Hij was mijn enige vriend, mijn enige vertrouweling. Ik vroeg me af wat er, nu onze wegen zich scheidden, van ons beiden zou worden.

We hadden eindeloze mijlen afgelegd zonder ook maar een sterveling tegen te komen. Het was alsof het lot de streek ontvolkte om ons helemaal voor zichzelf alleen te hebben ... Het zandpad strekte zich schraal en luguber voor ons uit. Het leek op onze ontreddering.

Laat in de namiddag, verdwaasd door de zon, ontwaarden we in de verte eindelijk een zwart stipje. Mijn vader mende de muilezel erheen. Het was het tentje van een groenteverkoper, een samenraapsel van staken en juten zakken, dat als een hersenschim uit het niets verrees. Mijn vader wees mijn moeder een rots waarachter ze op hem moest wachten. Bij ons dienen vrouwen zich erbuiten te houden wanneer mannen elkaar ontmoeten; er bestaat geen groter heiligschennis dan je echtgenote door een ander begluurd te zien. Mijn moeder volgde zijn bevel op, met Zahra in haar armen, en hurkte neer op de aangewezen plek.

De groenteverkoper was een klein mager mannetje, met twee frettenogen verzonken in een gezicht dat onder de wratten zat. Hij droeg een gescheurde Arabische broek en twee beschimmelde sloffen waar vormeloze tenen uitstaken. Zijn tot op de draad versleten vest kon amper zijn broodmagere borst verdoezelen. In de schaduw van zijn provisorische tentje sloeg hij ons met een knuppel in de hand nauwlettend gade. Toen hij zag dat we geen dieven waren, liet hij zijn stok op de grond vallen en stapte het zonlicht in.

'De mensen zijn slecht, Issa', waren zijn welkomstwoorden aan mijn vader. 'Het is hun aard. Het heeft geen zin om het ze kwalijk te nemen.'

Mijn vader stopte de kar ter hoogte van de man en zette hem op de rem. Hij begreep waar de verkoper op doelde, maar gaf geen antwoord.

De man klapte in zijn handen en zei met een geschokt gezicht: 'Toen ik die nacht dat vuur in de verte zag, begreep ik dat een arme drommel naar de bliksem ging, behalve dat ik geen idee had dat jij het was.'

'Het is Gods wil', zei mijn vader.

'Dat is niet waar, en dat weet je best. Waar mensen zich misdragen, wordt de Heer in diskrediet gebracht. Het is niet eerlijk om hem misdaden in de schoenen te schuiven die alleen wij kunnen begaan. Mijn beste Issa, wie kan er nu zo'n hekel aan je hebben gehad dat hij je oogst in de as heeft gelegd?'

'God beslist over het onheil dat ons treft', zei mijn vader.

De koopman haalde zijn schouders op: 'De mensen hebben God enkel uitgevonden om hun demonen te misleiden.'

Toen mijn vader wilde uitstappen, bleef hij met een pand van zijn *gandoera* aan het bankje haken. Hij concludeerde dat ook dit een slecht voorteken was. Zijn gezicht liep rood aan van ingehouden woede.

'Ga je naar Oran?' vroeg de koopman.

'Van wie heb je dat?'

'Mensen gaan altijd naar de stad wanneer ze alles hebben verloren … Pas op, Issa. Dat is geen plek voor ons. Het wemelt in Oran van de schurken zonder God of gebod, gevaarlijker dan cobra's, gluiperiger dan de duivel.'

'Waarom kraam je van die onzin uit?' zei mijn vader geïrriteerd.

'Omdat je niet weet wat je doet. De steden zijn vervloekt.

Het geluk van onze voorouders is daar niet geldig. Van degenen die er hun geluk hebben gezocht, hebben we nooit meer iemand teruggezien.'

Mijn vader gebaarde dat hij zijn hersenspinsels maar beter voor zich kon houden.

'Ik bied je mijn kar aan. De wielen en de bodem zijn deugdelijk, en de muilezel is nog geen vier jaar oud. Noem je prijs en hij is van jou.'

De koopman wierp een steelse blik op paard en wagen.

'Ik vrees dat ik je niet veel kan bieden, Issa. Denk vooral niet dat ik misbruik probeer te maken van de situatie. Er komen hier niet veel reizigers langs, ik blijf vaak zitten met mijn meloenen.'

'Ik neem genoegen met wat je me geeft.'

'Eerlijk gezegd heb ik helemaal geen kar of muilezel nodig … Ik heb een paar duiten in mijn doosje. Ik wil ze met liefde met je delen. Je hebt me vroeger dikwijls uit de brand geholpen. Je kunt me je span in bewaring geven. Ik vind wel een koper. Je geld kun je wanneer je maar wilt komen ophalen. Ik zal er niet aankomen.'

Mijn vader hoefde niet eens na te denken over zijn aanbod. Hij had geen keuze. Ter bezegeling drukte hij de man de hand.

'Je bent een fatsoenlijke vent, Miloud. Ik weet dat je me niet bedriegt.'

'Bedriegen doe je alleen ten koste van jezelf, Issa.'

Mijn vader overhandigde me twee bundels, nam de rest op zijn rug, stopte de muntjes die de koopman hem gaf in zijn zak en spoedde zich naar mijn moeder, zonder nog één keer om te kijken naar wat hij achterliet.

We liepen tot we niet meer konden. De zon brandde op ons neer; weerkaatst door een droge en tragisch verlaten aarde deed de weerschijn pijn aan onze ogen. Mijn moeder wankelde als een mummie in een lijkwade achter ons aan en stond alleen even stil om mijn zusje van schouder te wisselen. Mijn vader deed net of ze niet bestond. Hij liep recht vooruit, met onbuigzame tred, zodat we hem amper konden bijhouden. Het was ondenkbaar dat mijn moeder of ik hem zou vragen wat langzamer te lopen. Mijn ontvelde hielen schuurden in mijn sandalen, mijn keel stond in brand, maar ik hield vol. Om niet aan mijn vermoeidheid of honger te denken concentreerde ik me op de dampende rug van mijn verwekker, op de manier waarop hij zijn lasten droeg en op zijn regelmatige en stampende tred, alsof hij schoppen uitdeelde aan de boze geesten. Hij had zich niet één keer omgedraaid om te kijken of wij er nog wel waren.

De zon begon onder te gaan toen we de 'weg van de christenen' bereikten, zoals wij de asfaltweg noemen. Mijn vader opteerde voor een eenzame olijfboom achter een heuveltje, beschut tegen nieuwsgierige blikken, en begon het onkruid uit de grond te trekken om een slaapplek te creëren. Hij controleerde of een dode hoek de weg niet aan het zicht onttrok en beval ons om ons van onze lasten te ontdoen. Mijn moeder legde de slapende Zahra onder de olijfboom, bedekte haar met een doek en haalde een pan en een houten spatel uit een mand.

'Geen vuur', zei mijn vader. 'Vandaag eten we gedroogd vlees.'

'Dat hebben we niet. Ik heb alleen nog wat verse eieren.'

'Geen vuur, zei ik. Ik wil niet dat iemand weet dat we hier zitten … We moeten maar genoegen nemen met tomaten en uien.'

De hitte nam af, en een briesje begon zich te roeren in de blaadjes aan de takken van de olijfboom. We hoorden hagedissen in het dorre gras ritselen. De zon vulde de horizon als een *spiegelei.*

Mijn vader was languit onder een rots gaan liggen, met een knie in de lucht en zijn tulband over zijn gezicht. Hij had niets gegeten. Het was alsof hij niets met ons te maken wilde hebben.

Vlak voor het vallen van de nacht verscheen er een man op een heuveltop, die ons uit alle macht wenkte. Hij kon niet dichterbij komen vanwege mijn moeder. Uit schroom. Mijn vader stuurde me op hem af om te vragen wat hij wilde. Het was een herder, gehuld in lompen, met een gerimpeld gezicht en eeltige handen. Hij bood ons zijn gastvrijheid aan. Mijn vader sloeg zijn aanbod af. De herder drong aan – zijn buren zouden het hem niet vergeven als hij een familie buiten liet slapen, zo vlak bij zijn krot. Mijn vader wilde er niets van weten. 'Ik wil niemand iets verschuldigd zijn', gromde hij. De herder was verontwaardigd. Mopperend en stampvoetend keerde hij terug naar zijn schamele kudde geiten.

We brachten de nacht door in de openlucht. Mijn moeder met Zahra onder de olijfboom. Ik onder mijn gandoera. Mijn vader op wacht op een rots, een sabel tussen zijn dijen.

Toen ik de volgende ochtend wakker werd, was mijn vader onherkenbaar. Hij had zich geschoren, zijn gezicht gewassen in een bron en hij droeg schone kleren: een vest over een verschoten overhemd, een Turkse pofbroek die ik hem nog nooit had zien dragen en oude leren sloffen die hij glimmend had gepoetst.

De bus arriveerde op het moment dat de zon begon te branden. Mijn vader stapelde onze spullen op het dak en installeerde ons op een bankje achterin. Ik had nog nooit van mijn leven een bus gezien. Toen hij de weg op schoot, greep ik me vast aan mijn stoel, tegelijk opgetogen en doodsbang. Hier en daar zaten reizigers te dutten, voor het merendeel christenen in sleetse pakken. Ik kon geen genoeg krijgen van het landschap dat ik aan weerszijden door de ramen voorbij zag schieten. De chauffeur voorin maakte grote indruk op me. Ik zag alleen zijn rug, zo breed als een muur, en zijn krachtige armen die met veel gezag het stuur omklemden. Rechts van me slingerde een tandeloze oude man, met een aftandse mand aan zijn voeten, heen en weer in de bochten. Na elke zwenking stak hij zijn hand in zijn mand om te controleren of alles nog in orde was.

De onverdraaglijke dieselstank en het geslinger werden me na een tijdje te veel; kotsmisselijk en met een hoofd als een luchtballon viel ik uiteindelijk in slaap.

De bus stopte op een plein omgeven door bomen, voor een groot gebouw van rode bakstenen. De reizigers stortten zich op hun bagage. In hun haast trapten er een paar op mijn tenen, wat ik niet eens in de gaten had. Ik was zo overdonderd door wat ik zag dat ik helemaal vergat om mijn vader te helpen onze spullen aan te pakken.

De stad!

Ik had er geen idee van dat er zulke monsterlijk grote steden bestonden. Het was waanzinnig! Ik vroeg me even af of mijn misselijkheid in de bus me niet een loer draaide. Voorbij het plein strekten zich zo ver als het oog reikte hele rijen met huizen uit, keurig naast elkaar, met balkons vol bloemen en hoge ramen. De straten waren geasfalteerd en voorzien van trottoirs. Ik kon er niet over uit, wist niet eens hoe ik de dingen moest noemen die voor me opflitsten. Rondom verrezen mooie herenhuizen, achter zwartgeschilderde hekken, imposant en verfijnd. Families zaten heerlijk buiten op veranda's, rond witte tafels met karaffen en hoge glazen limonade, terwijl dreumesen met hoogrode gezichten en goud in hun haren door de tuinen huppelden; hun ijle gelach spoot als het water van een fontein tussen het gebladerte op. Van heel die bevoorrechte wijk gingen een rust en een welbehagen uit die ik niet voor mogelijk hield – zo tegengesteld aan het stinkende dorp waar ik vandaan kwam, waar moestuinen de geest gaven onder het stof en veekralen een minder bedroevende aanblik boden dan onze krotten.

Ik bevond me op een andere planeet.

Ik strompelde achter mijn vader aan, verbijsterd over al dat groen omgeven door stenen muurtjes of smeedijzeren hekken, de brede en zonovergoten lanen, de lantaarnpalen stram en statig als verlichte schildwachten. En die auto's! Ik had er al wel tien geteld. Ze doken uit het niets op, knetterend en met de snelheid van vallende sterren, en waren alweer verdwenen voor je een wens had kunnen doen.

'Wat is dit voor land?' vroeg ik aan mijn vader.

'Hou je mond en loop door', snauwde hij me toe. 'En kijk uit waar je loopt, als je niet wil vallen.'

Het was Oran.

Mijn vader liep recht vooruit, met zelfverzekerde tred, geenszins van zijn stuk gebracht door de kaarsrechte straten met duizelingwekkend hoge huizen, die zich eindeloos vertakten en zozeer op elkaar leken dat je het gevoel had dat je pas op de plaats maakte. Vreemd genoeg droegen de vrouwen geen sluiers. Ze liepen met onbedekt gelaat over straat; de ouden met merkwaardige hoofddeksels op, de jongen halfnaakt, met hun haren in de wind, geenszins gehinderd door de nabijheid van mannen.

Verderop nam de drukte af. We kwamen in een rustige, lommerrijke wijk, verzonken in een stilte die amper werd verstoord door het geratel van een kales of het gekletter van een rolluik. Oude mannetjes, blanken met rood aangelopen gezichten, zaten buiten op de stoep. Ze droegen wijde korte broeken, openhangende overhemden waaruit dikke buiken staken en grote hoeden in hun nek. Overmand door de hitte zaten ze wat te kletsen, onder het genot van een glas anisette, dat ze gewoon op de grond neerzetten terwijl ze zich met waaiers werktuiglijk koelte toewuifden. Mijn vader liep hen zonder te groeten of op of om te kijken voorbij. Hij deed net alsof ze lucht voor hem waren, maar zijn tred was plotseling wel iets van zijn lenigheid kwijt.

We kwamen uit in een straat waar voorbijgangers zich aan etalages vergaapten. Mijn vader liet een tram voorbijgaan en stak toen over. Hij wees mijn moeder de plek waar ze op hem moest wachten, liet al onze bundels bij haar achter en zei dat ik met hem mee moest gaan. We liepen naar een apotheek aan het einde van de straat. Hij wierp eerst een blik door het raam om zich ervan te vergewissen dat hij zich niet in het adres had vergist, fatsoeneerde zijn tulband, streek zijn vest glad en ging toen naar binnen. Een rijzige, tengere man, strak in het pak en met een rode fez op zijn blonde hoofd, zat achter de toonbank in een boek te schrijven. Hij had blauwe ogen en een scherp gezicht, waarin een snorretje de dunne streep van zijn mond accentueerde. Toen hij mijn vader zag, fronste hij zijn wenkbrauwen, tilde toen een plankje aan de zijkant op en liep om de toonbank heen om ons te begroeten.

De twee mannen vlogen elkaar om de hals.

De omarming was kort maar krachtig.

'Is dat mijn neefje?' vroeg de onbekende terwijl hij op me afliep.

'Ja', zei mijn vader.

'Jeetje, wat is hij knap.'

Het was mijn oom. Ik wist niet eens dat ik een oom had. Mijn vader had het nooit over zijn familie. Of over wie dan ook. Als hij al het woord tot ons richtte.

Mijn oom hurkte neer om me te omhelzen.

'Wat heb jij een schitterende zoon, Issa.'

Mijn vader zei niets. Ik zag zijn lippen bewegen en begreep dat hij stilletjes koranverzen opzei om het boze oog af te weren.

Mijn oom stond op en keek mijn vader aan. Na een stilte verdween hij weer achter de toonbank en keek opnieuw naar mijn vader.

'Het is niet makkelijk om jou uit je hol te lokken, Issa. Ik neem aan dat er iets ernstigs is gebeurd. Je hebt je oudere broer al in geen jaren bezocht.'

Mijn vader draaide er niet omheen. Hij vertelde zonder onderbreking wat ons was overkomen, de oogst die in rook was opgegaan, de kaïd die zijn opwachting had gemaakt ... Mijn oom luisterde aandachtig, zonder hem in de rede te vallen. Ik zag zijn handen nu eens de toonbank vastgrijpen en zich dan weer samenballen. Aan het eind van het verhaal schoof hij zijn fez naar achteren en veegde met een zakdoek zijn voorhoofd af. Hij was terneergeslagen, maar probeerde het zo min mogelijk te laten blijken.

'Je had me kunnen vragen om je geld voor te schieten in plaats van onze landerijen te verpanden, Issa. Je weet maar al te goed waar een dergelijk uitstel toe leidt. Velen van de onzen hebben toegehapt en je hebt gezien hoe het met hen is afgelopen. Hoe heb je je nu op jouw beurt kunnen laten belazeren?'

Het waren geen verwijten, er klonk enkel een immense teleurstelling in zijn woorden door.

'Wat gebeurd is, is gebeurd', zei mijn vader, die daar geen antwoord op had. 'God heeft het zo besloten.'

'Niet God heeft het bevel gegeven om jouw akkers in de as

te leggen ... God heeft niets te maken met de boosaardigheid van de mensen. En de duivel ook niet.'

Mijn vader stak zijn hand op om de discussie af te kappen. 'Ik wil me in de stad vestigen', zei hij. 'Mijn vrouw en mijn dochter wachten op de hoek van de straat.'

'Laten we dan eerst naar mijn huis gaan. Rust er een paar dagen uit, terwijl ik ondertussen kijk wat ik voor je kan doen ...'

'Nee', zei mijn vader op besliste toon. 'Wie weer wil opkrabbelen, moet daar onmiddellijk mee beginnen. Ik wil mijn eigen huis hebben, en wel vandaag.'

Mijn oom drong niet aan. Hij kende de koppigheid van zijn jongere broer te goed om een poging te doen hem op andere gedachten te brengen. Hij nam ons mee naar de andere kant van de stad ... Er is niets aanstootgevender dan een stad die opeens haar andere gezicht laat zien. Je gaat een hoek van een straat om en de dag verandert in een nacht, het leven in de dood. Zelfs nu kan ik een rilling niet bedwingen als ik aan die gruwelijke ervaring denk.

De 'buitenwijk' waar we terechtkwamen verbrak in één klap de betovering die ik een paar uur eerder had ervaren. We waren nog altijd in Oran, maar dan aan de keerzijde ervan. De mooie huizen en boomrijke lanen hadden plaatsgemaakt voor een ongebreidelde woekering van gore krotten, weerzinwekkende holen, gammele nomadententen en omheinde veldjes met levende have.

'Dit is Jenane Jato', zei mijn oom. En om ons gerust te stellen voegde hij eraan toe: 'Het is marktdag vandaag. Normaal is het rustiger.'

Jenane Jato: een wildernis van struikgewas en krotten, wemelend van piepende karren, bedelaars, straatventers, ezeldrijvers, waterdragers, kwakzalvers en voddige kinderen; een bruinige, verzengende, stoffige en stinkende warboel, die als een kwaadaardig gezwel aan de stadsmuren was ontsproten. De misère op deze onbestemde plek ging alle perken te buiten. De mensen – die wandelende wrakken – waren niet meer dan schimmen van zichzelf. Het waren net verdoemden die zonder proces en voorafgaande kennisgeving uit de hel waren geschopt en zonder pardon in deze poel van ellende waren gedumpt; in hun eentje belichaamden ze alle vergeefse moeiten van de hele wereld.

Mijn oom stelde ons voor aan een verschrompeld mannetje met een korte nek en een gluiperige blik. Het was een makelaar, bijgenaamd Bliss, een soort van aasgier op zoek naar ellende om op te parasiteren. Lijkenpikkers van zijn slag waren indertijd legio; de dysenterische hordes die de steden overspoelden maakten ze even onontkoombaar als een betovering. Die van ons was geen uitzondering. Hij wist dat we hier gestrand waren en dat hij ons in de tang had. Ik zie hem nog voor me, hij had een duivels sikje, waardoor zijn kin buitensporig lang leek, en een armetierig kalotje op zijn grote, kale, ingedeukte kop. Ik had op slag een hekel aan hem, vanwege zijn gluiperige glimlach en de manier waarop hij zich in zijn handen wreef alsof hij ons rauw lustte.

Hij knikte mijn vader toe, terwijl mijn oom hem onze situatie uit de doeken deed.

'Ik denk dat ik wel iets voor uw broer heb, dokter', zei de makelaar, die mijn oom goed leek te kennen. 'Als het maar voor tijdelijk is, zult u echt niets beters vinden. Het is geen paleis, maar het is er rustig en de buren zijn fatsoenlijke mensen.'

Hij nam ons mee naar een soortement stal achter in een stinkend steegje. De man verzocht ons buiten te blijven wachten en schraapte toen luid zijn keel op de drempel van het krot om de vrouwen te beduiden dat ze weg moesten wezen – zoals het gebruik was wanneer een man een woning betrad. Toen de kust eenmaal veilig was, wenkte hij ons naar binnen.

We kwamen op een binnenplaats met, aan weerszijden, afgescheiden vertrekken waar ontredderde families zich ophoopten, op de vlucht voor de hongersnood en de tyfus die heersten op het platteland.

'Hier is het', zei de makelaar terwijl hij een kleed opzijschoof voor een lege ruimte.

Het vertrek was kaal en raamloos, niet veel groter dan een graf en even benauwend. Het stonk er naar kattenpis, dode kippen en braaksel. De muren, zwart uitgeslagen en druipend van het vocht, stonden als door een wonder overeind; de grond was bedekt met een dikke laag drek en lag bezaaid met rattenkeutels.

'Een lagere huur zult u hier niet vinden', verzekerde de makelaar ons.

Mijn vader keek naar een kolonie kakkerlakken die bezit had genomen van een watergat waar gorigheid uit droop, en toen naar de spinnenwebben vol dode vliegjes boven zijn hoofd – de makelaar hield hem vanuit zijn ooghoek in de gaten als een reptiel zijn prooi.

'Ik neem het', zei mijn vader tot diens grote opluchting.

En meteen begon hij onze spullen in een hoek van het vertrek op te stapelen.

'Het gedeelde privaat vindt u achter op de binnenplaats', riep de makelaar geestdriftig uit. 'Er is ook een put, maar die staat droog. U moet oppassen dat de kinderen zich niet te dicht bij de rand wagen. Vorig jaar is ons tot ons grote verdriet een klein meisje ontvallen omdat een of andere sufferd was vergeten het deksel op de put te doen. Afgezien daarvan is alles hier prima in orde. Mijn huurders zijn nette mensen, zonder problemen. Ze komen allen van het platteland om zich hier uit de naad te werken, en ze klagen nooit. Als u ook maar iets nodig hebt, richt u zich dan tot mij, en tot mij alleen', benadrukte hij vol vuur. 'Ik ken veel mensen en kan wat dan ook voor u op de kop tikken, dag en nacht, als u tenminste de centjes ervoor hebt. Mocht u het niet weten: ik verhuur ook matten, dekens, olielampen en petroleumstellen. U hoeft het me maar te vragen. Ik zou u een bron in mijn hand komen brengen, als u er het geld voor zou hebben.'

Mijn vader luisterde niet meer, hij had nu al een hekel aan de man. Terwijl hij onze nieuwe woning op orde bracht, zag ik hoe mijn oom de makelaar apart nam en hem iets in de hand drukte.

'Dit moet genoeg zijn om ze een tijdje met rust te laten.'

De makelaar hield het bankbiljet tegen het zonlicht en bekeek het met een van vreugde verwrongen gezicht. Hij bracht het naar zijn voorhoofd, toen naar zijn mond en krijste: 'Ze zeggen dat geld geen geur heeft, maar o, mijn god, wat ruikt dit lekker!'

2

Mijn vader had geen tijd te verliezen. Hij wilde er onver-
wijld weer bovenop komen. De volgende dag ging hij er in
alle vroegte samen met mij op uit om een baantje te zoeken
waarmee hij een paar centen zou kunnen verdienen. Maar hij
kende de stad niet goed en wist niet waar hij moest beginnen.
Tegen de avond keerden we onverrichter zake en uitgeput terug. Mijn moeder had ondertussen onze grot schoongemaakt
en wat orde aangebracht in onze spullen. We vielen als wilden
op het eten aan en vielen meteen daarna in slaap.

De volgende dag gingen mijn vader en ik er weer voor dag
en dauw op uit, op zoek naar werk. Na een lange geforceerde
mars werd onze aandacht getrokken door een menigte die zich
stond te verdringen.

'Wat is dat?' vroeg mijn vader aan een in vodden verpakte
bedelaar.

'Ze zoeken lastdieren om schepen te lossen in de haven.'

Mijn vader dacht de kans van zijn leven te grijpen. Hij zei
dat ik op het terrasje van een eettentje uit het jaar nul op hem
moest wachten, en rende erop af. Ik zag hem zich met zijn
ellebogen een weg door de menigte banen en in het gewoel
verdwijnen. Toen de vrachtwagen volgepropt met werkpaar-
den vertrok, kwam mijn vader niet terug: het was hem gelukt
om aan boord te klimmen.

Ik had uren zitten wachten onder een brandende zon. Om
me heen hurkten drommen armoedzaaiers voor de krotten,
niet te geloven zo roerloos in de schaduw van hun tijdelijke

beschutting. Hun blik was uitdrukkingsloos en hun gezicht was als in nacht gehuld. Ze leken met raadselachtig geduld te wachten op iets wat toch niet zou gebeuren. 's Avonds, moe van het eindeloze wachten, gingen de meesten stilletjes huns weegs. Er waren nu alleen nog zwervers, enkele luidruchtige gekken en ongure types met slangenogen over. Plotseling werd er 'houd de dief!' geroepen, en het was alsof de doos van Pandora openvloog: hoofden keken op en lichamen sprongen als veren op. En ik zag met eigen ogen hoe een handjevol lompe griezels afstormde op een in vodden gehulde jongen, die zich uit de voeten maakte. Het was de dief. Hij werd in een handomdraai gelyncht, met een gekrijs dat me in mijn dromen nog wekenlang zou achtervolgen. Nadat het vonnis ten uitvoer was gebracht, bleef het uiteengereten lichaam van de jongen op de grond liggen, badend in het bloed. Ik was zo geschokt dat ik een luchtsprong maakte toen een man zich over me heen boog.

'Ik wilde je niet aan het schrikken maken, jochie', zei de man, met zijn beide handen in de lucht om me gerust te stellen. 'Je zit hier al de hele dag. Je moet nu echt naar huis. Dit is geen plek voor jou.'

'Ik wacht op mijn vader', zei ik. 'Hij is vanochtend met de vrachtwagen meegegaan.'

'En waar is die idioot van een vader van jou dan nu? Je laat je zoon toch niet achter op een plek als deze … Woon je ver?'

'Ik weet het niet …'

De man keek ongemakkelijk. Het was een reus van een vent met behaarde armen, een bruinverbrand gezicht en een gehavend oog. Met zijn handen op zijn heupen keek hij om zich heen en duwde me toen met tegenzin naar een bankje en liet me plaatsnemen aan een tafeltje dat zwart zag van het vuil.

'Het wordt zo donker, en ik moet sluiten. Je kunt hier niet blijven rondhangen, heb je dat goed begrepen? Dat is niet veilig. Er lopen hier alleen maar gekken rond ... Heb je gegeten?'

Ik schudde mijn hoofd.

'Daar was ik al bang voor.'

Hij ging zijn eettentje binnen en kwam terug met een metalen bord met dikke, gestolde soep.

'Het brood is op ...'

Hij ging naast me zitten en keek treurig toe terwijl ik de soep opslurpte.

'Wat een idioot, die vader van jou!' zei hij met een zucht.

De nacht viel. De man sloot zijn tentje, maar ging niet weg. Hij hing een lantaarn aan een balk en bleef me met een stuurs gezicht gezelschap houden. Op het in duisternis gehulde plein bewogen schimmen heen en weer. Een horde daklozen nam de omgeving in bezit, sommigen gingen rond een houtvuur zitten, anderen op de grond liggen om te slapen. De uren verstreken, het werd steeds stiller; mijn vader was nog altijd niet gekomen. De man werd steeds bozer. Hij wilde naar huis, maar tegelijkertijd wist hij ook zeker dat als hij me ook maar een minuut alleen zou laten, het met mij gedaan zou zijn. Toen mijn vader eindelijk kwam opdagen, lijkbleek van ongerustheid, voer de man heftig tegen hem uit.

'Waar denk je dat je bent, idioot? In Mekka? Hoe haal je het in je hoofd om je zoon hier achter te laten? Zelfs de meest geharde gasten zijn hier niet veilig.'

Mijn vader was zo opgelucht dat hij me eindelijk had gevonden dat hij de verwijten oplebberde als een hemels elixer. Hij begreep dat hij een ongelooflijke stommiteit had begaan en me nooit meer zou hebben teruggevonden als de man me aan mijn lot had overgelaten.

'Ik was met de vrachtwagen meegegaan', stamelde hij radeloos. 'Ik dacht dat ze ons aan het eind van de dag terug zouden brengen. Maar dat was een misrekening. Ik kom niet uit de stad, en de haven is hier niet om de hoek. Ik ben verdwaald. Ik had geen idee waar ik was, en hoe ik het hier terug moest vinden. Ik kon er geen wijs meer uit worden en heb uren rondgezworven.'

'Je bent zelf niet goed wijs, idioot', schreeuwde de man terwijl hij zijn lantaarn pakte. 'Als je werk zoekt, laat je je kinderen thuis … En nu lopen jullie alle twee met me mee en kijk goed uit waar je je voeten zet. Want we moeten door de ergste slangenkuil die Onze-Lieve-Heer ooit op aarde heeft gegraven.'

'Hartelijk bedankt, broeder', zei mijn vader.

'Ik heb anders niets bijzonders gedaan. Ik hou er alleen niet van als ze kinderen wat aandoen, dat is alles. Ik zou tot 's ochtends vroeg bij hem zijn gebleven. Hij zou het in deze wildernis niet hebben overleefd, en ik zou geen gerust geweten hebben gehad.'

Hij loodste ons door het rattenhol, legde uit hoe we de louche wijken moesten omzeilen om heelhuids thuis te komen en verdween in de nacht.

Mijn vader volgde het advies van de man van het eettentje naar de letter op. Hij vertrouwde me toe aan de hoede van mijn moeder. Als ik 's ochtends wakker werd, was hij al weg. En als hij 's avonds thuiskwam, sliep ik al.

Ik zag hem nooit meer.

Ik miste hem.

Er was voor mij thuis niets te doen. Ik verveelde me. Alleen opgegroeid, met een al oude hond als enige metgezel, wist ik niet hoe vriendschap te sluiten met de andere kinderen op de binnenplaats, die onafgebroken aan het bakkeleien waren. Het leken wel uitzinnige klopgeesten. Ze waren jonger dan ik, sommigen niet meer dan dreumesen, maar ze maakten een lawaai dat horen en zien je verging. Op de drempel van onze deur zat ik alleen maar een beetje toe te kijken, afgeschrikt door hun verbijsterende spelletjes die onveranderlijk uitliepen op een gescheurde wenkbrauw of een ontvelde knie.

De binnenplaats werd gedeeld door vijf gezinnen, allen afkomstig uit het binnenland; geruïneerde boeren of pachters die hun pacht niet meer konden opbrengen. In de afwezigheid van de mannen, die voor dag en dauw vertrokken om zich dood te werken, verzamelden de vrouwen zich rond de put en probeerden nog wat leven te blazen in ons rattenhol, zonder zich ook maar iets gelegen te laten liggen aan de niet-aflatende schermutselingen van hun kroost. In hun ogen was het een goede leerschool voor de rest van hun rottige leven. En hoe eerder ze het begrepen, hoe beter. Ze keken haast opgetogen toe terwijl hun koters elkaar er geestdriftig van langs gaven, zich na een flinke huilbui kortstondig met elkaar verzoenden, alvorens de vijandelijkheden met verbazingwekkende vechtlust alras weer te hervatten … De vrouwen konden het goed met elkaar vinden, waren solidair. Wanneer een van hen ziek werd, scharrelden ze wat eten bij elkaar, ontfermden ze zich over haar baby en wisselden elkaar af aan haar ziekbed. Als ze iets lekkers hadden, deelden ze dat met elkaar, en ze leken zich met ontroerende nuchterheid te schikken in de kleine rampen van het leven. Ik vond ze geweldig. Je had Badra, een tonronde kenau, die het heerlijk vond om schunnige verhalen te vertellen. Ze was het beetje zuurstof waarnaar we snakten. Haar grove taal stelde mijn moeder slecht op haar gemak, maar de rest kon er geen genoeg van krijgen. Badra was moeder van vijf ukken en twee tieners. Ze was eerder getrouwd geweest met een herder, die zo'n bord voor zijn kop had dat het op het autistische af was en die, zo placht ze te zeggen, geschapen was als een ezel maar er werkelijk helemaal niets van bakte ... Dan had je Batoul, mager, donker als een kruidnagel, grijs op haar veertigste, haar gezicht bedekt met tatoeages, die nog voor Badra een mond open had gedaan, al dubbel lag van het lachen ... Ze was tegen haar zin uitgehuwelijkt aan een man zo oud als haar grootvader en beweerde dat ze helderziende was – ze kon handlezen en dromen duiden. Vrouwen uit de buurt en zelfs van elders kwamen haar regelmatig raadplegen. Ze voorspelde hun de toekomst in ruil voor een handjevol aardappelen, een stuiver of een stukje zeep. Voor de bewoners van het huis was het gratis ... Dan had je Yezza, een roodharig dikkerdje met een weelderige boezem, die door haar dronkenlap van een echtgenoot zo'n beetje elke nacht in elkaar werd geslagen. Haar gezicht lag in de poeier van de opeenvolgende pakken slaag die ze te verduren had, en ze had bijna geen tand meer in haar mond. Haar fout was dat ze geen kinderen kon krijgen, wat haar man onuitstaanbaar maakte. Dan had je Mama, tot haar nek in de koters, die van aanpakken wist en tot alles bereid was om het hoofd boven water te houden ... En dan was er nog Hadda, mooi als een hoeri, nog piepjong en al opgezadeld met twee kinderen. Haar man was op een ochtend werk gaan zoeken en nooit meer teruggekomen. Aan haar lot overgeleverd, zonder familie of middelen van bestaan, kon ze alleen overleven dankzij de solidariteit van haar mede-huursters.

De dames verzamelden zich elke dag rond de put, waar ze het grootste gedeelte van de tijd oude herinneringen op-haalden zoals je oude wonden openrijt. Ze hadden het over hun verbeurd verklaarde boomgaarden, hun geliefde heuvels waarvan ze voorgoed afscheid hadden moeten nemen en de dierbaren die ze hadden achtergelaten in dat land van al hun rampspoed en waarschijnlijk nooit meer zouden zien. Hun gezichten vertrokken van verdriet en hun stemmen braken. Wanneer het ze te veel dreigde te worden, greep Badra maar weer eens terug op het hopeloze coïtale gestuntel van haar eerste man, waarop de droevige herinneringen als bij toverslag hun greep verslapten en de vrouwen dubbel sloegen van het lachen. Opgewektheid kreeg de overhand over de moordende gedachten en het werd weer gezellig op de binnenplaats.

De grappen volgden elkaar op tot aan het vallen van de nacht. Het gebeurde ook wel dat Bliss de makelaar, vrolijk gestemd door de afwezigheid van mannen, zijn spierballen kwam laten zien. Zodra de vrouwen hem in de gang luid zijn keel hoorden schrapen, waren ze in één keer weg. De makelaar stormde de verlaten binnenplaats op, kafferde de koters uit aan wie hij de pest had, zocht naarstig een stok om mee te slaan en maakte ons, als hij ook maar het kleinste krasje op een muur ontwaarde, uit voor ondankbare boerenkinkels en gespuis. Hij posteerde zich ostentatief voor het hol van de beeldschone Hadda en dreigde ons, verraderlijke luizenkop die hij was, állemaal op straat te gooien. Als hij weg was, kwamen de vrouwen giechelend uit hun holen, meer geamuseerd dan geïntimideerd door de stoere taal van Bliss. Bluffen kon hij als de beste, maar hij zou het niet in zijn hoofd hebben gehaald om zijn rattensnoet te vertonen als er een man, zelfs ziek of stervende, thuis was geweest. Badra was ervan overtuigd dat hij zijn zinnen op Hadda had gezet. Berooid en kwetsbaar, de wanhoop nabij vanwege haar huurachterstand, was de jonge vrouw een makkelijke prooi: de makelaar zette haar onder druk om haar te doen zwichten.

Om me de obsceniteiten van Badra te besparen, gaf mijn moeder me toestemming om de straat op te gaan – als je dat tenminste een straat kon noemen. Het was niet meer dan een aangestampt paadje met aan weerszijden een rij zinken hutjes en rottende krotten. Er waren maar twee stenen huizen. Dat van ons en een soort stal, waarin meerdere gezinnen op een kluitje woonden. Op de hoek zat de barbier, een klein ventje van onbestemde leeftijd en zo onaanzienlijk dat de krachtpatsers uit de buurt hem weigerden te betalen. Zijn zaakje in de openlucht bestond uit een munitiekist afkomstig van een militaire dumpplaats, een scherf van een spiegel die uit een spiegelkast was gesloopt en een gammele plank waarop een pan, een rafelige scheerkwast, een kromgetrokken schaar en een assortiment onbruikbare messen prijkten. Wanneer hij geen oude mannetjes aan het scheren was, gewoon op de grond, ging hij op zijn hurken zitten, leunde tegen zijn kist en begon te zingen. Hij had een schorre stem, de woorden klopten niet altijd, maar de manier waarop hij zijn verdriet trachtte te bezweren raakte een gevoelige snaar. Ik kon er geen genoeg van krijgen.

Naast de barbier verrees een grillig samenraapsel dat voor een kruidenierszaak moest doorgaan. De winkelier, die Houtenbeen heette, was een afgekeurde cavalerist die een deel van zijn lichaam had achtergelaten op een mijnenveld. Het was de eerste keer dat ik een houten been zag, en ik vond het maar wat vreemd. De man leek er apetrots op; hij vond het prachtig om er de kleine snotneuzen mee te verjagen die tussen zijn glazen potten kwamen snuffelen.

Houtenbeen had geen plezier in zijn handel. Hij miste de geur van kruit en de gezelligheid van de kazerne. Hij droomde ervan om weer in dienst te gaan en de vijand op zijn bek te slaan. Wachtend tot zijn stompje weer zou aangroeien verkocht hij ingeblikte levensmiddelen van de zwarte markt, suikerbroden en versneden olie. In zijn verloren uren verdiende hij bij als tandentrekker – ik had hem met een verroeste tang al menigmaal rotte stompjes uit kindermondjes zien trekken; het was alsof hij hun hart uitrukte.

Dan had je het braakliggende veldje dat overging in dicht struikgewas. Afgeleid door de regelrechte veldslagen die twee jeugdbendes er met elkaar leverden, de ene aangevoerd door Daho, een kleine delinquent met een kaalgeschoren kop, met alleen een toefje kroeshaar op zijn voorhoofd, en de andere door een jonge volwassene, waarschijnlijk een debiel, die dacht dat hij heel wat was, had ik me er op een ochtend gewaagd. Het was alsof de grond onder mijn voeten wegzonk. In een fractie van een seconde werd ik opgetild door een tornado van armen en in één moeite door, nog voor ik tijd had om te begrijpen wat me overkwam, van mijn sloffen, mijn gandoera en mijn kalotje beroofd. Ze hadden zelfs geprobeerd om me achter de bosjes te sleuren om me te *verkrachten*. Ik weet niet hoe het me was gelukt om aan de meute te ontsnappen. Tot in het diepst van mijn wezen getraumatiseerd had ik sindsdien geen voet meer op dat vervloekte veldje gezet.

Mijn vader ging er keihard tegenaan, maar hij kneep 'm. Vroege vogels waren er in overvloed maar een baantje was een schaars goed. Te veel uitgemergelde armoedzaaiers crepeerden op de vuilnisbelten, en de overlevenden deinsden er niet voor terug om elkaar voor een beschimmelde korst brood naar de andere wereld te helpen. De tijden waren zwaar, en de stad, die de mensen van verre van alles had voorgespiegeld, bleek één groot boerenbedrog. Een op de tien keer wist mijn vader stuk-werk te vinden, dat niet eens genoeg opbracht om een stukje zeep te kopen om zijn gezicht te wassen. 's Avonds kwam hij soms binnenwankelen, met een verwilderd gezicht en een ka-potte rug van de eindeloze vrachten die hij de hele dag door had lopen laden en lossen, er zo slecht aan toe dat hij op zijn buik moest slapen. Hij was uitgeput, maar vooral wanhopig. Zijn halsstarrigheid begon te bezwijken onder het gewicht van de twijfel.

De weken gingen voorbij. Mijn vader vermagerde zienderogen. Hij werd steeds prikkelbaarder en vond altijd wel een excuus om zijn woede af te reageren op mijn moeder. Hij sloeg haar niet, hij schreeuwde alleen, en mijn moeder boog gelaten een schuldbewust hoofd en zei niets. Het ging bergafwaarts met ons en onze nachten werden een hel. Mijn vader sliep niet meer. Hij liep aan één stuk door te mopperen en in zijn handen te klappen. Ik hoorde hem, verloren in het donker, door de kamer ijsberen; soms ging hij ook op de binnenplaats zitten, met zijn kin tussen zijn knieën en zijn armen rond zijn benen, tot het weer licht werd.

Op een ochtend zei hij dat ik mijn minst gehavende gandoera moest aantrekken en nam hij me mee naar zijn broer. Mijn oom was in zijn apotheek, druk bezig met het rangschikken van zijn potjes en flesjes.

Mijn vader had lang geaarzeld voor hij naar binnen was gestapt. Trots en opgelaten draaide hij een tijdlang om de hete brij heen voor hij eindelijk ter zake kwam: hij had geld nodig ... Alsof hij het had verwacht, reikte mijn oom onmiddellijk naar zijn geldlaatje en haalde er een groot bankbiljet uit. Mijn vader staarde gepijnigd naar het biljet. Mijn oom begreep dat zijn broer er niet naar zou reiken. Hij liep om de toonbank heen en stopte het geld in zijn zak. Mijn vader stond er als versteend bij, met gebogen hoofd. Zijn stem klonk ingehouden, dof, bijna onhoorbaar, toen hij dank je wel zei.

Mijn oom verdween weer achter de toonbank. Het was duidelijk dat hij iets op zijn hart had maar het ettergezwel niet open durfde te snijden. Zijn blik peilde die van mijn vader en zijn propere, witte vingers trommelden op de toonbank. Nadat hij zorgvuldig de voor en tegens tegen elkaar had afgewogen, raapte hij al zijn moed bijeen en zei: 'Ik weet dat het moeilijk is, Issa. Maar ik weet ook dat je er weer bovenop kunt komen ... als je me jou een beetje laat helpen.'

'Ik zal je tot de laatste cent terugbetalen', beloofde mijn vader.

'Daar gaat het niet om, Issa. Betaal me terug wanneer je wilt. Als het aan mij lag, zou dat niet eens hoeven. Ik wil je wel meer voorschieten. Dat is voor mij geen enkel probleem. Ik ben je broer, je kunt altijd bij me terecht, voor wat dan ook ...' Hij schraapte zijn keel en voegde eraan toe: 'Ik weet niet goed hoe ik het moet zeggen ... Maar ik heb nooit goed met je kunnen praten. Ik ben altijd bang om je te kwetsen terwijl ik je alleen maar probeer te helpen. Maar het is tijd dat je leert luisteren, Issa. Het is niet verkeerd om te luisteren. Het leven is een permanent leerproces; hoe meer je denkt te weten, des te minder je weet, omdat alles continu verandert en je manier van denken ook ...'

'Ik red me wel ...'

'Daar twijfel ik niet aan, Issa. Geen seconde. Maar om te bereiken wat je wilt heb je middelen nodig. Ergens heilig in geloven is niet genoeg.'

'Wat probeer je nu eigenlijk te zeggen, Mahi?'

Mijn oom wreef zich zenuwachtig in de handen. Hij zocht naar woorden, draaide ze om en om in zijn hoofd, haalde diep adem en zei: 'Je hebt een vrouw en twee kinderen. Dat is een grote last voor een berooid man. Je handen zijn gebonden, je kunt je vleugels niet uitslaan.'

'Het is míjn familie.'

'Ik ben ook familie.'

'Dat is niet hetzelfde.'

'Dat is het wel. Jouw zoon is mijn neefje. We zijn van hetzelfde vlees en bloed. Laat hem bij mij. Je weet heel goed dat hij niet veel zal bereiken als hij bij jou blijft. Wat wil je dat er van hem wordt? Een sjouwer, een schoenpoetser, een ezeldrijver? Je moet de werkelijkheid onder ogen zien. Bij jou wordt het niks met hem. Die jongen moet naar school, hij moet leren lezen en schrijven, in de juiste omgeving opgroeien. Ik weet het, kleine Arabiertjes gaan niet naar school. Ze zijn voorbeschikt voor een leven als boer of herder. Maar ik kan hem naar school sturen en een ontwikkeld man van hem maken. Bij jou heeft die jongen geen enkele toekomst.'

Met neergeslagen ogen en opeengeklemde kaken dacht mijn vader een tijdlang na over de woorden van zijn broer. Toen hij opkeek, was zijn gezicht veranderd in een lijkwit masker.

'Je zult het ook nooit begrijpen, Mahi,' zei hij, doodongelukkig.

'Zo moet je niet reageren, Issa.'

'Hou je mond ... Maak het alsjeblieft niet nog erger ... Ik ben niet zo geleerd als jij, en dat vind ik jammer. Maar als geleerdheid eruit bestaat om anderen te kleineren, dan hoef ik het niet.'

Mijn oom probeerde iets te zeggen; mijn vader legde hem met ferme hand het zwijgen op. Hij haalde het bankbiljet uit zijn zak en legde het op de toonbank.

'Ik wil je geld ook niet.'

Toen greep hij me zo nijdig bij mijn arm dat mijn schouder haast uit de kom schoot en duwde me de straat op. Mijn oom rende achter ons aan, maar durfde ons niet in te halen en bleef voor zijn zaak staan, ervan overtuigd dat hij een onvergeeflijke fout had gemaakt.

Mijn vader liep niet, hij vloog als een steen van een steile heuvel. Ik had hem nog nooit zo kwaad gezien. Het scheelde niet veel of hij was geïmplodeerd. Zijn gezicht trilde van de zenuwtrekkingen, zijn ogen zeiden tegen de wereld dat die zich beter kon bergen. Hij zei niets, maar zijn stilzwijgen was zo explosief dat ik het ergste vreesde.

Toen we een paar straten verder waren, drukte hij me tegen een muur en boorde zijn waanzinnige blik in mijn angstige ogen. Een schot hagel in mijn donder zou me niet heviger hebben kunnen doen sidderen.

'Denk je dat ik een waardeloze vent ben?' vroeg hij met overslaande stem. 'Denk je dat ik een zoon op de wereld heb gezet om hem langzaam te zien creperen? Nou, dan vergis je je. En die schijnheilige oom van jou ook. En het lot dat me denkt te kunnen vernederen heeft het faliekant mis ... En weet je waarom? Omdat ik het bijltje er misschien wel bij neer heb gegooid, maar nog niet de geest heb gegeven. Ik leef nog, en ik barst van de energie. Ik ben kerngezond, ik heb armen die bergen kunnen verzetten en een hoofd waarmee ik opgeheven door het leven ga.'

Zijn vingers boorden zich pijnlijk in mijn schouders. Hij merkte het niet. Zijn ogen rolden als witgloeiende knikkers heen en weer.

'Ik heb onze akkers niet kunnen redden, dat is waar, maar vergeet niet, ik heb er graan op laten groeien! Wat er daarna is gebeurd, is niet mijn schuld. Verwachtingen en inspanningen stuiten vaak op de hebzucht van de mens. Ik ben naïef geweest. Dat ben ik nu niet meer. Niemand zal me ooit nog een dolksteek in de rug toebrengen ... Ik begin opnieuw. Maar ik ben nu een gewaarschuwd man. Ik ga me uit de naad werken, alle betoveringen het hoofd bieden, en je zult met eigen ogen zien hoe eerbiedwaardig jouw vader is. Ik zal zorgen dat we uit dat zwarte gat komen dat ons heeft opgeslokt, ik zweer het je. Geloof jij me, ten minste?'

'Ja, papa.'

'Kijk me recht in mijn ogen en zeg dat je me gelooft.'

Het waren geen ogen meer die me aankeken, maar twee zakjes met tranen en bloed die ons beiden dreigden te verzwelgen.

'Kijk me aan!'

Zijn hand omklemde mijn kin en dwong me op te kijken.

Ik had een enorme prop in mijn keel. Ik kon niet meer praten of hem in de ogen blijven kijken. Alleen zijn hand hield me nog overeind.

Plotseling kletste zijn andere hand op mijn wang.

'Je zegt niks omdat je denkt dat ik raaskal, vuile snotaap die je bent! Je hebt niet het recht om aan mij te twijfelen, heb je dat goed gehoord! Niemand heeft het recht om aan mij te twijfelen. Als die klootzak van een oom van jou geen cent meer voor mijn leven geeft, dan komt dat omdat hij niets meer is dan ik.'

Het was de eerste keer dat hij zijn hand tegen me had opgeheven. Ik begreep het niet, snapte niet wat ik fout had gedaan, waarom hij zich op mij afreageerde. Ik schaamde me dat ik hem boos had gemaakt, was bang dat hij niets meer met me te maken wilde hebben, hij die me liever was dan wat ook ter wereld.

Mijn vader hief opnieuw zijn hand op. Liet hem in de lucht hangen. Zijn vingers trilden. Zijn gezwollen oogleden misvormden zijn gezicht. Toen reutelde hij als een gewond dier, trok me snikkend tegen zijn borst en drukte me zo hard en zo lang tegen zich aan dat ik dacht dat ik dood zou gaan.

3

De vrouwen zaten in een hoekje van de binnenplaats rond een lage tafel. Ze dronken thee, zich bruinend in de zon. Mijn moeder zat erbij, met Zahra in haar armen, maar hield zich afzijdig. Ze had zich uiteindelijk aangesloten bij het groepje vrouwen, maar zonder deel te nemen aan hun gesprekken. Ze was verlegen, en vaak snakte ze blozend naar adem wanneer Badra zich weer eens in een van haar pikante verhalen stortte. Die middag sprongen ze van de hak op de tak, in de strijd tegen de smoorhitte op de binnenplaats. Rooie Yezza had een blauw oog; haar man was die nacht weer eens dronken thuisgekomen. De vrouwen deden net of ze het niet zagen. Om haar gevoelens te sparen. Yezza was trots; ze onderging het lafhartige gedrag van haar man met waardigheid.

'Ik heb al een paar nachten zo'n rare droom gehad', zei Mama tegen Batoul de helderziende. 'Het is steeds dezelfde droom: ik lig op mijn buik in het donker en iemand steekt een mes in mijn rug.'

De vrouwen keken naar Batoul om te horen hoe ze die droom zou verklaren. De helderziende trok een gezicht, woelde door haar haar; ze zag niets.

'Dezelfde droom, zeg je?'

'Exact dezelfde droom.'

'Je ligt op je buik, in het donker, en iemand steekt een mes in je rug?'

'Ja, precies', zei Mama.

'Weet je zeker dat het echt een mes is?' vroeg Badra terwijl ze vrolijk met haar ogen rolde.

Het duurde even voordat de vrouwen begrepen waar Badra op zinspeelde en in lachen uitbarstten. Omdat Mama niet begreep waarom haar vriendinnen zo moesten lachen, hielp Badra haar op weg: 'Zeg maar tegen je man dat hij het wat rustiger aan moet doen.'

'Jij kunt ook maar aan één ding denken!' wond Mama zich op. 'Ik meen het serieus, hoor.'

'Ja, en ik ook.'

De vrouwen schoten nu echt in een lachstuip en hinnikten met wijdopen mond. Mama zat nog even te mokken, geïrriteerd door het onbedaarlijke gelach, maar toen ze zag dat ze niet meer bijkwamen, glimlachte ze en begon op haar beurt te hikken van het lachen.

Alleen Hadda lachte niet. Ze zat in elkaar gedoken, petite maar beeldschoon met haar grote sirenenogen en de schattige kuiltjes in haar wangen. Ze keek triest en had nog niets gezegd sinds ze erbij was komen zitten. Opeens strekte ze haar arm over de lage tafel heen en hield Batoul haar handpalm voor.

'Zeg me wat je ziet, alsjeblieft?'

Haar stem klonk intens bedroefd.

Batoul aarzelde. Maar toen de jonge vrouw haar radeloos bleef aankijken, pakte ze het kleine handje bij de vingertoppen en streek met haar nagel over de lijnen die de doorschijnende handpalm doorgroefden.

'Je hebt het handje van een fee, Hadda.'

'Zeg me wat je erin leest, lieve buurvrouw. Ik moet het weten. Ik kan niet meer.'

Batoul tuurde een tijdlang naar de hand, maar zei niets.

'Zie je mijn man?' drong Hadda ten einde raad aan. 'Waar is hij? Wat doet hij? Heeft hij een andere vrouw genomen of is hij dood? Ik smeek je, zeg me wat je ziet. Ik ben bereid om de waarheid onder ogen te zien, wat die ook is.'

Batoul slaakte een zucht en liet haar schouders hangen.

'Ik zie je man niet in deze hand, arme schat. Nergens. Ik voel zijn aanwezigheid niet, hier noch elders. Hij is of heel ver weg gegaan, zo ver dat hij je is vergeten, of hij is niet meer op deze wereld. Maar één ding is zeker: hij komt niet meer terug.'

Hadda slikte, maar hield zich goed. Haar ogen smeekten de helderziende: 'Wat heeft de toekomst voor mij in petto, lieve buurvrouw? Wat zal er van mij worden, zo heel alleen met twee kleine kinderen, zonder familie of wie dan ook?'

'Wij laten je niet vallen', verzekerde Badra haar.

'Als mijn man me heeft laten vallen, zal geen rug mij dragen', zei Hadda. 'Zeg me, Batoul, wat zal er van me worden? Ik moet het weten. Als je op het ergste bent voorbereid, kan het alleen maar meevallen.'

Batoul boog zich over de hand van haar buurvrouw, liet haar nagel op en neer langs de lijnen gaan die elkaar kruisten.

'Ik zie veel mannen om je heen, Hadda. Maar heel weinig vreugde. Het geluk is niet voor jou weggelegd. Ik zie kleine opklaringen, snel weggevaagd door het wassen der jaren, duisternis en verdriet, en toch geef je niet op.'

'Veel mannen? Zal ik dan meermalen weduwe worden of meermalen worden verstoten?'

'Het is vaag. Het is te druk om je heen, en te lawaaiig. Het lijkt op een droom, maar dat is het niet. Het is … heel eigenaardig. Misschien zit ik maar wat te bazelen. Ik voel me een beetje moe vandaag. Neem me niet kwalijk …'

Batoul stond op en slofte met mismoedige tred naar haar kamer.

Mijn moeder greep het vertrek van de helderziende aan om zich ook terug te trekken.

'Schaam je je niet dat je bij de vrouwen blijft zitten?' schold ze me zachtjes uit achter het gordijn voor ons hok. 'Hoe vaak moet ik je nog zeggen dat een jongen niet voor luistervink mag spelen als moeders met elkaar praten? Ga naar buiten, maar blijf in de buurt.'

'Wat moet ik buiten?'

'Wat moet je bij de vrouwen?'

'Straks slaan ze me weer in elkaar.'

'Sla dan terug. Je bent geen meisje. Vroeg of laat moet je het alleen zien te redden, en dat leer je niet door naar oudewijven-praat te luisteren.'

Ik ging niet graag naar buiten. Wat me op het veldje was overkomen, had me gebrandmerkt. Ik waagde me pas op straat nadat ik de hele omgeving had afgespeurd, één oog naar voren en één naar achteren, om bij de minste of geringste verdachte beweging het hazenpad te kiezen. Ik scheet in mijn broek voor het schorem op straat, vooral voor Daho, een kort en breed gebouwd schurkje, zo gemeen en boosaardig als een djinn. Ik was doodsbang voor hem. Zodra hij aan het eind van de straat zijn neus liet zien, was het of ik in duizend stukjes viel; ik zou door muren heen zijn gestormd om aan hem te ontkomen. Het was een duistere jongen, onvoorspelbaar als de bliksem. Hij schuimde de omgeving af aan het hoofd van een roedel jonge hyena's, die even gluiperig en wreed waren als hij. Niemand wist waar hij vandaan kwam of wie zijn ouders waren, maar iedereen was het erover eens dat het slecht met hem zou aflopen, met een touw om zijn nek of een spies door zijn kop.

En dan had je nog El Moro – een ex-bajesklant die zeventien jaar dwangarbeid had overleefd. Hij was lang, bijna een reus, met een breed voorhoofd en boomstammen van armen. Hij droeg tatoeages over heel zijn lichaam en een leren lap over zijn kapotte oog. Een litteken kloofde zijn gezicht van de rech-terwenkbrauw tot zijn kin en gaf hem een hazenlip. El Moro was de vleesgeworden nachtmerrie. Als hij ergens opdook, werd het op slag doodstil en maakte iedereen dat hij wegkwam. Ik had hem op een ochtend van heel dichtbij gezien. We zaten met een stelletje snotneuzen rond Houtenbeen, onze buurtkruidenier. De ex-cavalerist vertelde over zijn wapenfeiten in het Marokkaanse Rifgebergte – hij was te velde getrokken tegen de Berberse opstandeling Abd el-Krim. We hingen aan zijn lippen, toen onze grote held opeens wit wegtrok. Hij leek een hartaanval nabij. Maar dat was het niet: El Moro was achter ons komen staan, met zijn handen op zijn heupen en zijn benen uit elkaar. Hij nam de kruidenier grijnzend op.

'Wil je die kinderen als kanonnenvoer het slagveld op sturen, stomkop? Vul je hun hoofden daarom met die zielige kletspraatjes van je? Waarom vertel je ze niet hoe jouw officieren je na jaren trouwe dienst met een poot minder hebben afgedankt?'

Houtenbeen kon ineens niet meer praten; zijn mond ging op en neer als de bek van een vis op het droge.

El Moro vervolgde almaar nijdiger: 'Je rookt tentenkampen uit, slacht veestapels af, vuurt je karabijn op arme drommels af en daarna kom je hier openlijk je klotetrofeeën uitstallen. En dat noem jij oorlog? Zal ik je eens wat vertellen? Je bent een lafaard, en ik walg van je. Ik heb zin om je aan dat houten been van je te rijgen tot je ogen uit je oren puilen … Helden zoals jij hebben geen recht op een gedenkteken of zelfs maar op een grafsteen op dat armeluisgraf waarin jullie allemaal zullen belanden. Je bent gewoon een smerige verrader die zich onzichtbaar denkt te maken wanneer hij zijn neus in het vaandel van zijn meesters snuit.'

De arme kruidenier werd groen en begon te trillen; zijn adamsappel schoot op en neer in zijn keel. Opeens begon hij te stinken – hij had het in zijn broek gedaan.

Toch waren er niet alleen rotjongens en stoere binken in Jenane Jato. De mensen waren over het algemeen niet zo kwaad. Hun armoede had hun ziel niet aangetast of hun leed hun goedmoedige aard ondermijnd. Ze wisten dat ze in de penarie zaten, maar ze geloofden nog steeds in de hemelse manna, ervan overtuigd dat de pech die hen achtervolgde ooit buiten adem zou raken en dat de hoop uit zijn as zou herrijzen. Het waren fatsoenlijke mensen, af en toe zelfs ontroerend en grappig; ze bleven erop vertrouwen dat het goed zou komen, en dat vervulde hen van een eindeloos geduld.

Op marktdagen was het kermis in Jenane Jato, en eenieder droeg zijn steentje bij om de illusie in stand te houden. Soepverkopers zwaaiden onversaagd met hun opscheplepel om de bedelaars op afstand te houden. Voor een halve doro kreeg je al een brouwsel van kikkererwten, gekookt water en komijn. En anders had je nog wel een stuk of wat onbestemde eettentjes, waar hongerlijders zich in drommen stonden te verlustigen en met volle teugen de etensgeuren opsnoven. Natuurlijk ontbraken ook de aasgieren niet; ze kwamen uit alle hoeken van de stad, loerend op een vergissing of een nalatigheid om profijt van te trekken. Maar de mensen van Jenane Jato lieten zich niet uit de tent lokken. Ze begrepen dat je niet recht buigt wat krom is, en gaven de voorkeur aan het straatvertier. Allen, groot en klein, waren er gek op. De *gouals* vormden een van de grote attracties. Deze verhalenvertellers trokken tumultueuze drommen naar hun stand. Je snapte nooit helemaal wat ze vertelden – hun verhalen waren even onsamenhangend als hun bijeengeraapte uitmonstering – maar ze hadden het vermogen om hun publiek te overbluffen en het van begin tot eind in spanning te houden met hun bedenksels. Ze waren zo'n beetje onze armeluisopera, ons openluchttheater. Van hen had ik bijvoorbeeld geleerd dat het water van de zee zoet was geweest voordat de weduwen van zeelieden er hun tranen in vergoten … Na de gouals kwamen de slangenbezweerders. Ze joegen ons de stuipen op het lijf door ons hun reptielen in het gezicht te slingeren. Ik had er zelfs een paar gezien die de kronkelende adders half inslikten en ze stiekem in de mouwen van hun gandoera's lieten verdwijnen – wat een walgelijk maar tegelijk ook fascinerend schouwspel was; ik had er 's nachts nachtmerries van. De grootste boeven waren de kwakzalvers van diverse pluimage, heftig gebarend achter hun stalletjes vol flesjes met mysterieuze brouwsels, amuletten, zakjes met talismannen en gedroogde insectenlijkjes die zogenaamd lustopwekkend waren. Ze boden remedies aan tegen alle mogelijke kwalen zoals doofheid, tandbederf, jicht, verlamming, angsten, onvruchtbaarheid, hoofdzeer, slapeloosheid, betovering, pech en frigiditeit, en de mensen hapten met verbluffende goedgelovigheid toe. Er waren er bij die drie tellen nadat ze een toverdrankje hadden gedronken, over de grond rolden van blijdschap en riepen dat er een wonder was gebeurd. Het was verbijsterend. Soms kwamen fanatici de menigte toespreken, met grafstemmen en ernstige gebaren. Ze gingen op hun provisorische verhoging staan om in gloedvolle bewoordingen de verwording van de geesten te hekelen of te dreigen met de onontkoombaarheid van de dag des oordeels. Ze hadden het over het einde van de wereld, de goddelijke toorn, het noodlot, onreine vrouwen, ze wezen voorbijgangers met de vinger na en scholden hen uit of stortten zich in duistere theorieën waar geen einde aan kwam … 'Hoeveel slaven zijn er niet in opstand gekomen tegen wereldrijken en aan het kruis geëindigd?' brulde een van hen, schuddend met zijn verwilderde baard. 'Hoeveel koningen dachten niet de loop van de geschiedenis te veranderen alvorens weg te rotten in het gevang? Hoeveel profeten hebben niet geprobeerd ons te verheffen en ons alleen maar nog gekker gemaakt dan daarvoor?' Waarop de menigte antwoordde: 'Hoe vaak moeten we nog tegen je zeggen dat je ons de strot uit komt? Trek een kap over je uilenkop en laat eens zien of je kunt buikdansen in plaats van ons te vervelen met die achterlijke praatjes ...'

Een van de grote publiekstrekkers was Slimane, met zijn draaiorgeltje op zijn borst en zijn penseelaapje op zijn schouder; hij liep heen en weer en draaide aan de slinger van zijn muziekdoos, terwijl zijn piepkleine aapje de toeschouwers zijn kepie voorhield; als die er muntjes in gooiden, beloonde het aapje hen door malle gezichten te trekken ... Wat achteraf, bij de omheiningen met dieren, waren de veehandelaars aan het werk, handige sjacheraars en geduchte paardenkopers die zo'n overtuigende babbel hadden dat ze in staat waren om je een muilezel voor een volbloed te verkopen. Ik genoot ervan om hen hun dieren te horen ophemelen; ze gaven je zozeer het gevoel dat ze je als een prins behandelden dat het bijna een plezier was om je door hen te laten besodemieteren ...

Midden in het tumult kwamen soms de Karcabo aanzetten, een troep negers, behangen met amuletten, die dansten als goden met wijd opengesperde melkwitte ogen. Het geklepper van hun metalen castagnetten en het helse geroffel van hun trommels waren al van verre te horen. De Karcabo kwamen alleen bij feesten ter ere van de maraboet Sidi Blal, hun beschermheilige. Ze dreven een stierkalf, gedrapeerd in de kleuren van de broederschap, voor zich uit en gingen de deuren langs om het benodigde geld voor de offerrite op te halen. Hun komst in Jenane Jato bracht systematisch alle huishoudens in rep en roer; vrouwen snelden in weerwil van alle verboden naar hun deuren, en kinderen tuimelden als springmuizen uit hun holen om mee te lopen met de troep; wat de bende nog groter maakte.

Van al die fabelachtige figuren was Slimane de grote favoriet. Zijn muziek was prachtig en zoet als bronwater, en zijn aapje om op te eten zo guitig. Er werd verteld dat Slimane als christen was geboren, in een welgestelde en geletterde Franse familie, maar dat hij verliefd was geworden op een bedoeïenenmeisje uit Tadmaït en zich daarom tot de islam had bekeerd. Er werd ook verteld dat hij op grote voet had kunnen leven, want zijn familie had hem niet verstoten, maar dat hij in voor- en tegenspoed bij zijn aangenomen volk had willen blijven. Dat roerde ons ten zeerste. Geen Arabier of Berber, zelfs van het laagste allooi, die hem niet met respect bejegende of een kwaadwillige hand tegen hem ophief. Ik heb heel veel van die man gehouden. Hoe ver ik ook terugga in mijn herinneringen of de overtuigingen van de oude man die ik ben geworden, ik ben nooit meer een man tegengekomen die zo'n toonbeeld, zo'n lichtend voorbeeld was van wat ik als de voortreffelijkste van alle volwassen eigenschappen beschouw: *inzicht* – dat vermogen, tegenwoordig zo schaars, dat mijn volk groots maakte in de tijd dat men er geen cent voor gaf.

In de tussentijd was ik erin geslaagd om bevriend te raken met een jongen die een paar jaar ouder was dan ik. Hij heette Ouari. Hij was dun, zo niet broodmager, op het rossige af blond, had dikke wenkbrauwen en een haviksneus zo scherp als een snoeimes. Het was niet echt een vriend; mijn aanwezigheid leek hem niet te hinderen, en omdat ik zijn gezelschap nodig had, deed ik erg mijn best om dat ook waard te zijn. Ouari had waarschijnlijk geen ouders meer, of hij was weggelopen, want ik had hem nog nooit ergens een huis in of uit zien gaan. Hij huisde achter een reusachtige berg schroot, in een soort van volière overdekt met vogelpoep. En hij verdiende zijn brood met het vangen van distelvinken.

Ouari zei nooit iets. Ik kon urenlang tegen hem praten, hij

besteedde geen enkele aandacht aan me. Het was een mysterieuze en solitaire jongen, de enige in de wijk die een pantalon en een baret droeg, terwijl wij gekleed gingen in gandoera's en kalotjes droegen. 's Avonds maakte hij zijn strikken door olijventakken in lijm te dopen. 's Ochtends gingen we erop uit om de strikken in het kreupelhout te verstoppen. Zodra er een vogeltje op neerstreek en radeloos begon te klapwieken, renden we ernaartoe en stopten het in een kooi, net zo lang tot we er genoeg hadden gevangen. Daarna verkochten we onze jachttrofeeën op straat aan leerling-vogelaars.

Met Ouari had ik mijn allereerste geld verdiend. Ouari was goudeerlijk. Aan het eind van onze jacht, die verscheidene dagen in beslag nam, nam hij me mee naar een rustig plekje en keerde zijn jagerstas om, die dienstdeed als beurs. Hij pakte een muntje voor zichzelf, schoof er eentje naar mij toe, en zo verder, tot er niets meer was om te verdelen. Daarna bracht hij me naar huis, en weg was hij. De volgende dag ging ik weer naar hem toe. Hij leek zo goed buiten mijn hulp te kunnen, of die van wie dan ook, dat ik niet denk dat hij ooit naar mij toe zou zijn gekomen.

Ik voelde me goed bij Ouari. Zelfverzekerd en op mijn gemak. Zelfs die duivel van een Daho liet ons met rust. Ouari had een duistere, metalen, ondoorgrondelijke blik waarvoor zelfs tuig als hij terugdeinsde. Hij zei niet veel, maar als hij zijn wenkbrauwen fronste, maakten die rotjongens zich zo snel uit de voeten dat hun schaduwen hen pas een tijdje later weer hadden ingehaald. Ik geloof dat ik gelukkig was in het gezelschap van Ouari. Ik had de smaak te pakken gekregen van de vogeljacht en heel wat geleerd over strikken en de kunst van het camoufleren.

En toen, op een avond, toen ik dacht dat ik mijn vader trots zou maken, stortte alles in. Ik had gewacht tot we klaar waren met eten om mijn beurs, die ik had verstopt, tevoorschijn te halen. Met een hand die trilde van emotie had ik mijn verwekker de vrucht van mijn arbeid overhandigd.

'Wat is dat?' had hij argwanend gevraagd.

'Ik kan nog niet tellen ... Het is geld dat ik met de vogeltjes heb verdiend.'

'Wat voor vogeltjes?'

'Distelvinken. Ik vang ze met takken die in lijm zijn gedoopt ...'

Mijn vader liet me niet uitpraten en greep nijdig mijn hand vast. Ook dit keer deden zijn ogen denken aan witgloeiende knikkers. Zijn stem trilde toen hij zei: 'Luister heel goed, mijn zoon. Ik heb jouw geld niet nodig, ik kan het missen als een imam aan mijn bed.'

Hoe meer mijn gezicht van pijn vertrok, hoe harder hij in mijn hand kneep.

'Zie je wel? Ik doe je pijn. Ik voel jouw pijn in elke vezel van mijn lichaam. Ik wil je hand niet verbrijzelen. Ik probeer je alleen maar aan je verstand te brengen dat ik geen geest ben, maar dat ik van vlees en bloed ben, en springlevend.'

Ik voelde mijn vingerkootjes smelten in zijn vuist. Tranen sprongen in mijn ogen en vertroebelden mijn zicht. Ik snakte naar adem van de pijn, maar ik keek wel uit om te gaan jammeren of huilen. Tussen mijn vader en mij was alles een kwestie van eer; en die eer werd enkel afgemeten aan het vermogen om beproevingen te doorstaan.

'Wat zie je daar voor je neus?' vroeg hij en hij wees naar de lage tafel die bezaaid lag met etensresten.

'Ons diner, papa.'

'Het was geen feestmaal, maar je hebt genoeg gegeten, nietwaar?'

'Ja, papa.'

'Ben je ooit met een lege maag naar bed gegaan, sinds we in dit krot zijn beland?'

'Nee, papa.'

'Die tafel waaraan jij eet, hadden we die toen we hier kwamen?'

'Nee, papa.'

'En dat petroleumstelletje daar in de hoek, heeft iemand ons dat gegeven? Hebben we het soms op straat gevonden?'

'Je hebt het voor ons gekocht, papa.'

'In het begin hadden we bij wijze van verlichting alleen maar een armzalige pit die op een laagje olie dreef, weet je dat nog? En wat hebben we nu?'

'Een olielamp.'

'En de matten, de dekens, de kussens, de emmer, de bezem?'

'Die heb jij allemaal gekocht, papa.'

'Dus waarom probeer je het dan niet te begrijpen, mijn zoon? Ik heb al eerder tegen je gezegd dat ik het bijltje er misschien wel bij neer heb gegooid, maar dat ik nog niet de geest heb gegeven. Ik heb je het land van je voorouders niet kunnen nalaten, en dat vind ik heel jammer. Er gaat geen moment voorbij dat ik het mezelf niet verwijt. Maar ik laat het er niet bij zitten. Ik werk me dood om er weer bovenop te komen. Want het is aan míj, en aan míj alleen, om alles weer goed te maken. Snap je wat ik bedoel, mijn zoon? Ik wil niet dat je je schuldig voelt voor wat ons is overkomen. Daar kun jij niets aan doen. Je bent me niets verschuldigd. Ik stuur je niet uit werken om de eindjes aan elkaar te kunnen knopen. Zo zit ik niet in elkaar. Ik val en ik sta weer op, dat is de prijs die ik moet betalen, en ik neem het niemand kwalijk. Want het zal me lukken, dat beloof ik je. Ben je soms vergeten dat mijn armen bergen kunnen verzetten? Dus in naam van onze doden en onze levenden: als je mijn geweten niet wilt bezwaren, doe dan nooit meer wat je net hebt gedaan en houd jezelf voor dat ik me met elke cent die jij zou thuisbrengen, nog iets dieper zou schamen.'

Hij liet me los. Mijn hand en mijn beurs waren met elkaar versmolten – ik kon mijn vingers niet meer bewegen. Mijn arm was tot aan mijn elleboog verlamd.

De volgende dag had ik het geld teruggebracht.

Ouari had even zijn wenkbrauwen gefronst toen hij zag hoe ik mijn beurs in zijn tas liet glijden. Maar zijn verbazing was van korte duur. Hij was verdergegaan met zijn strikken alsof er niets was gebeurd.

De reactie van mijn vader verwarde me. Hoe had hij mijn kleine bijdrage zo slecht kunnen opnemen? Was ik niet zijn zoon, zijn vlees en bloed? Hoe kon een goede bedoeling zomaar in een belediging veranderen? Ik zou zo verschrikkelijk trots zijn geweest als hij het geld zou hebben aangenomen. In plaats daarvan had ik hem gekwetst.

Ik begreep het niet.

Ik wist het allemaal niet meer.

Mijn vader liet het er niet bij zitten. Hij wilde me vooral bewijzen dat mijn oom zich schromelijk in hem vergiste. Hij beulde zich onafgebroken af, en stak dat niet onder stoelen of banken. Hij, die normaal gesproken nooit iets losliet over zijn plannen om ze te beschermen tegen het boze oog, vertelde mijn moeder nu uitvoerig over alle stappen die hij ondernam om zijn werkterrein te verbreden en meer geld te verdienen – waarbij hij expres zijn stem verhief zodat ik het goed kon horen. Hij beloofde ons gouden bergen, liet als hij thuiskwam met glinsterende ogen zijn muntjes rinkelen, had het over ons toekomstige huis, een echt huis met luiken voor de ramen, een houten voordeur en wie weet zelfs een moestuintje waar hij van alles zou planten, koriander, munt, tomaten en een hele hoop knollen zo sappig dat ze sneller dan suikergoed op je tong zouden smelten. Mijn moeder hoorde hem aan; het deed haar deugd om haar man ademloos luchtkastelen te zien bouwen, en al slikte ze het niet voor zoete koek, ze deed net of ze hem geloofde en kon haar geluk niet op wanneer hij zomaar haar hand vastpakte – iets wat ik hem nooit eerder had zien doen.

Mijn vader pakte van alles aan. Hij wilde er zo snel mogelijk weer bovenop komen. 's Ochtends hielp hij in een drogisterij, 's middags stond hij achter een groentekar en 's avonds werkte hij als masseur in een Turks bad. Hij overwoog zelfs een eigen zaak op te zetten.

Ondertussen zwierf ik, alleen en ontredderd, over straat.

Op een ochtend, ver van huis, liep ik die schurk van een Daho tegen het lijf. Hij had een reptiel om zijn arm, een afzichtelijke groenige slang. Hij dreef me in een hoek en liet de slangenkop voor mijn neus heen en weer bewegen terwijl hij vraatzuchtig met zijn ogen rolde. Ik was doodsbang voor slangen, kon er niet naar kijken. Maar geamuseerd door mijn paniek kon Daho er geen genoeg van krijgen; hij maakte me uit voor watje, voor meisje … Ik stond op het punt te bezwijmen toen Ouari uit de lucht kwam vallen. Daho hield meteen op met zijn kleine marteling en zou 'm zijn gesmeerd als mijn vriend me te hulp zou zijn geschoten. Maar Ouari schoot me niet te hulp; hij keek even naar ons en liep toen door alsof zijn neus bloedde. Ik was verbijsterd. Gerustgesteld begon Daho me weer bang te maken met zijn slang en me overdreven schaterend uit te lachen. Maar hij kon lachen wat hij wilde, het maakte me niet meer uit. Het verdriet dat ik voelde was groter dan mijn angst: ik had geen vriend meer.

4

Houtenbeen zat met zijn tulband over zijn gezicht te dommelen achter zijn toonbank, met zijn primitieve prothese binnen handbereik, voor het geval een snuffelende geest het in zijn hoofd zou halen om rond zijn suikergoed te komen spoken. De vernedering die hem door El Moro was toegebracht was nog maar een vage herinnering. Zijn lange carrière als cavalerist had hem geleerd zich in alles te schikken. Na zijn leven lang met doffe berusting de pesterijen van zijn superieuren te hebben ondergaan, zag hij – zo vermoed ik – het spierballenvertoon van de krachtpatsers van Jenane Jato als eenzelfde vorm van machtsmisbruik. Wat hem betreft bestond het leven uit ups en downs, uit momenten van moed en van berusting; waar het om ging was dat je na een duikeling weer opstond en je rug rechtte wanneer je slaag had gehad … Dat niemand hem uitlachte om zijn 'debacle' met El Moro was het bewijs dat geen mens zo'n confrontatie zou hebben doorstaan zonder er een stukje van zijn ziel bij in te schieten. El Moro was geen eerlijk duel; El Moro was een zekere dood, het executiepeloton. Met hem van doen hebben en gehavend uit de strijd komen, was al een kunststukje; er zonder kleerscheuren afkomen, met enkel een vieze broek, was niet minder dan een wonder.

De barbier nam het hoofd van een oude man onder handen. De man zat in kleermakerszit op de grond, met zijn handen op zijn knieën en zijn mond met nog één rot stompje wijd opengesperd. Hij leek enorm veel plezier te beleven aan het geschraap van het scheermes over zijn hoofdhuid. De barbier vertelde over wat hem nu weer was overkomen; de oude man luisterde niet; hij zat met zijn ogen dicht verzaligd te kijken telkens wanneer hij het mes over zijn kale knikker voelde glijden.

'Ziezo', riep de barbier uit toen zijn verhaal ten einde was. 'Die kop van jou lijkt wel een spiegel, je kunt er dwars doorheen kijken.'

'Weet je zeker dat je niets vergeten bent? Mijn ideeën zijn nog niet helemaal helder.'

'Welke ideeën, opa? Je wilt me toch niet wijsmaken dat je nog weleens nadenkt?'

'Ik ben misschien oud, maar nog niet seniel, je bent gewaarschuwd. Kijk nog eens goed, er zitten vast een of twee haren die je hebt overgeslagen, en die kriebelen.'

'Ik kan je verzekeren dat er niks meer zit. Je kop is zo glad als een ei.'

'Alsjeblieft,' drong de oude man aan, 'kijk nog eens goed.'

De barbier kende zijn pappenheimers. Hij wist dat de oude er geen genoeg van kreeg. Hij bekeek zijn werk, controleerde nauwgezet of hij in de gegroefde nek van de oude man niet een haartje was vergeten, legde zijn scheermes neer en gebaarde naar zijn klant dat het heerlijk uurtje voorbij was.

'En nu als de sodemieter wegwezen, oom Jabori. Ga terug naar je schapen.'

'Alsjeblieft …'

'Genoeg geknord, zeg ik je. Ik heb nog wel wat anders te doen.'

De oude man stond met tegenzin op, bekeek zichzelf in de spiegelscherf en begon toen omstandig in zijn zakken te wroeten.

'Ik ben bang dat ik mijn centjes thuis heb laten liggen', zei hij op een toon van gespeeld zelfverwijt.

De barbier glimlachte; hij wist hoe laat het was.

'Niets aan te doen, oom Jabori.'

'Ik dacht toch echt dat ik ze vanochtend in mijn zak had gestopt. Misschien ben ik ze onderweg kwijtgeraakt.'

'Het is niet erg', zei de barbier berustend. 'God maakt het wel goed met me.'

'Geen sprake van', krijste de oude man schijnheilig. 'Ik ga ze nu meteen halen.'

'Ontroerend, hoor. Als je nu de weg maar niet kwijtraakt.'

De oude man wikkelde zijn tulband om zijn hoofd en koos snel het hazenpad.

De barbier keek hem sceptisch na en hurkte neer naast zijn munitiekist.

'Het is altijd hetzelfde. Denken ze nou echt dat ik voor de lol werk, of hoe zit dat?' mopperde hij. 'Ik verdien er verdomme mijn brood mee. Wat moet ik vanavond nu eten?'

Hij zei dit in de hoop dat Houtenbeen zou reageren.

De kruidenier negeerde hem.

De barbier wachtte een tijdje. Toen de kruidenier nog steeds niet reageerde, haalde hij diep adem, vestigde zijn blik op een wolk in de hemel en zong:

Ik mis je ogen
En ik word stekeblind
Zodra je naar een ander kijkt
Elke dag dat ik je niet zie
Besterf ik het van verdriet
Hoe kan ik je beminnen
Als alles op deze wereld
Van de daken schreeuwt
Dat je er niet bent
Wat heb ik aan mijn handen
Als ik er je lichaam …

'Om je reet mee af te vegen, sukkel!' beet Houtenbeen hem toe.

Het was alsof hij een emmer ijskoud water over de barbier had uitgestort. Die was geschokt over de vulgaire opmerking waarmee de kruidenier én zijn mooie lied én de betovering van het moment verbrak. Ook ik betreurde het; ik was pardoes van mijn roze wolk gevallen.

De barbier probeerde zich niets aan te trekken van Houtenbeen. Wiegend met zijn hoofd schraapte hij opnieuw zijn keel om zijn lied te vervolgen, maar zijn stembanden weigerden zich te ontspannen; zijn bezieling was weg.

'Wat kun jij vervelend zijn, zeg.'

'Die stomme liedjes van jou komen me de oren uit', mopperde Houtenbeen, loom op en neer wiebelend.

'Maar kijk dan eens om je heen', protesteerde de barbier. 'Er is niets. We zitten ons hier kapot, stierlijk, dood te vervelen. Al die smerige krotten, die verstikkende stank en al die smoelwerken die het verdommen om te glimlachen. Als je ook niet eens meer mag zingen, wat blijft er dan verdomme over?'

Houtenbeen wees met zijn duim naar een tros touwen aan een haak boven zijn hoofd.

'Dát. Je kiest er eentje uit, je bindt het vast aan een tak, knoopt het andere eind om je hals en buigt, hopla, je beide benen. Daarna kun je voor eeuwig slapen en heb je nergens meer last van.'

'Waarom doe je het zelf niet, zeg, jij bent toch de levensmoede van ons twee?'

'Dat kan ik niet. Ik heb een prothese en die buigt niet.'

De barbier wierp de handdoek in de ring. Hij dook ineen tegen zijn kist en steunde zijn hoofd in zijn handen, waarschijnlijk om in zichzelf wat door te neuriën ... Hij wist dat zijn lied nergens op sloeg. Zijn grote liefde bestond helemaal niet. Hij verzon die al zuchtend en steunend, zich er terdege van bewust dat hij die nooit zou krijgen ook. Hij had zijn spiegelscherf om hem de ongerijmdheid van zijn dromen voor te houden, onlosmakelijk verbonden als die was met de absurditeit van zijn fysiek. Hij was klein, bijna gebocheld, broodmager, lelijk en zo arm als Job; hij had geen huis, geen familie en geen enkel vooruitzicht dat er ooit enige verbetering zou komen in zijn hondenbestaan. Daarom blies hij zijn eigen droom maar leven in, om zich ergens aan te kunnen vastklampen terwijl de rest van de wereld hem ontglipte – een onderdrukte, onmogelijke droom, waarvoor hij niet kon uitkomen zonder zichzelf onsterfelijk belachelijk te maken en waaraan hij, in zijn hoekje, zat te knagen als aan een smakelijk, zij het geheel afgekloven bot.

Het sneed me door de ziel.

'Kom eens hier, jochie', zei Houtenbeen terwijl hij aan het deksel van een snoeppot draaide.

Hij gaf me een snoepje, liet me naast hem plaatsnemen en zat me een tijdje te bekijken.

'Laat me dat snoetje van jou eens zien, kereltje', zei hij terwijl hij mijn kin optilde. 'Zo! Onze-Lieve-Heer moet wel heel geïnspireerd zijn geweest toen hij jou aan het boetseren was. Echt waar, wat een talent! Hoe kom je aan je blauwe ogen? Is je moeder soms Frans?'

'Nee.'

'Je grootmoeder dan?'

'Ook niet.'

Zijn ruwe hand woelde door mijn haar en streek toen zachtjes over mijn wang.

'Je hebt echt een engelengezichtje, jochie.'

'Laat dat kind toch met rust', sprak Bliss de makelaar, die net de hoek van de straat om kwam, op dreigende toon.

De ex-cavalerist trok haastig zijn hand terug.

'Ik doe niets slechts', gromde hij.

'Je weet best wat ik bedoel', zei Bliss. 'Pas maar op, zijn vader is geen gemakkelijke man. Hij is in staat om je je andere been af te hakken, en ik moet geen beenlozen in míjn straat. Dat schijnt ongeluk te brengen.'

'Wat vertel je me nou, mijn beste Bliss?'

'Hou je maar niet van de domme, viezerik. Je bent toch zo dol op vechten? Waarom ga je dan niet naar Spanje in plaats van in dat rottige hol van jou naar kleine jongetjes te hunke-ren? Het is daar nog steeds goed mis, en ze hebben er dringend kanonnenvoer nodig.'

'Hij kan niet naar Spanje', zei de barbier. 'Hij heeft een prothese, en die buigt niet.'

'Kop dicht, kakkerlak die je bent', zei Houtenbeen om zijn gezicht te redden. 'Anders laat ik je een voor een al die stin-kend smerige scheermessen van je inslikken.'

'Moet je me eerst te pakken krijgen. Bovendien ben ik geen kakkerlak. Ik kom niet uit de goot en ik heb geen voelsprieten op mijn kop.'

De makelaar gebaarde dat ik weg moest wezen.

Op het moment dat ik opstond, kwam mijn vader de hoek om. Ik rende hem tegemoet. Hij was vroeger dan normaal, en aan zijn stralende gezicht en het pak dat hij onder zijn arm klemde, was te zien dat hij erg tevreden was. Hij vroeg me hoe ik aan dat snoepje kwam en liep toen onmiddellijk naar de kruidenier om hem te betalen. Houtenbeen zei dat het niet hoefde, beweerde dat het maar een snoepje was en dat het uit zijn hart kwam; maar mijn vader zag dat anders en stond erop dat de man het geld aannam.

Toen gingen we naar huis.

Mijn vader vouwde voor mijn ogen een groot bruin papier

open en gaf ons elk een cadeautje: een sjaal voor mijn moeder, een jurk voor mijn zusje en een paar gloednieuwe rubberlaarzen voor mij.

'Dit is dwaasheid', zei mijn moeder.

'Hoezo?'

'Het is veel geld, en dat heb je toch nodig?'

'Dit is nog maar het begin', riep mijn vader geestdriftig uit. 'Ik beloof jullie dat we binnenkort gaan verhuizen. Ik werk hard, en het gaat me lukken. Het lijkt de goede kant op te gaan, dus waarom zouden we daar niet van profiteren? Donderdag heb ik een afspraak met een winkelier met een uitstekende reputatie. Het is een serieuze jongen en hij heeft verstand van zakendoen. Hij heeft me gevraagd zijn compagnon te worden.'

'Alsjeblieft, Issa. Praat niet over je plannen als je ze wilt verwezenlijken. Je hebt nooit geluk gehad.'

'Maar ik vertel je heus niet alles. Het wordt een geweldige verrassing. Mijn toekomstige compagnon heeft me een specifiek geldbedrag gevraagd waarmee ik me kan inkopen, en dat geld … dat héb ik!'

'Ik smeek je, hou op', riep mijn moeder verschrikt en ze spuugde op de grond om de boze geesten te verdrijven. 'Laat alles in stilte gebeuren. Het boze oog kent geen pardon met kletskousen.'

Mijn vader deed er het zwijgen toe, maar zijn ogen straalden. Zo blij had ik hem nog nooit gezien. Die avond stond hij erop om zijn verzoening met het lot te vieren; hij kocht een haan bij de poelier, plukte en maakte hem schoon en nam hem toen in een mandje mee naar huis; we aten pas laat in de avond, in het geniep, uit respect voor onze medebewoners die vaak niet veel te eten hadden.

Mijn vader was zo uitgelaten als een kinderschare die losgelaten wordt op de kermis. Hij telde de dagen op zijn vingers af. Nog vijf, nog vier, nog drie ...

Hij ging nog steeds naar zijn werk, behalve dat hij nu eerder thuiskwam, enkel om mij hem tegemoet te zien rennen ... Mij al in bed aantreffen zou zijn plezier hebben bedorven. Hij wilde dat ik nog op was als hij thuiskwam; op die manier overtuigde hij zichzelf ervan dat ik me er terdege van bewust was dat de wind aan het draaien was, dat onze hemel opklaarde, dat míjn vader, zo sterk als een beer, met één vinger hele bergen kon verzetten ...

En toen kwam die langverwachte donderdag.

Er zijn van die dagen waaraan de seizoenen zich onttrekken. Het lot keert zich ervan af, evenals de demonen. De beschermheiligen geven niet thuis en wie aan zijn lot is overgeleverd is reddeloos verloren. Die donderdag was zo'n dag. Mijn vader had het meteen door. In de vroege ochtend was het al op zijn gezicht te lezen. Ik zal die dag van mijn leven niet meer vergeten. Het was een nare, ellendige, onstuimige dag, een eindeloze klaagzang van stortbuien en donderslagen, bulderend als vervloekingen. De hemel zat diep in de put, met koperkleurige wolken die al even somber waren.

'Je gaat met dit weer de deur niet uit', zei mijn moeder.

Mijn vader stond op de drempel van onze kamer naar de bloeduitstortingen te staren die zich als een slecht omen over de hemel verbreidden. Hij vroeg zich af of hij zijn afspraak niet moest uitstellen. Maar het geluk lacht de besluiteloze niet toe. Dat wist hij, en daarom bedacht hij dat het nare voorgevoel waardoor hij werd gekweld, niets anders was dan de duivel die hem probeerde tegen te werken. Plotseling draaide hij zich naar me om en zei dat ik met hem mee moest. Misschien dat hij het lot zo gunstig dacht te stemmen, er de onverhoedse slagen van wilde verzachten.

Ik trok mijn gandoera met capuchon en rubberlaarzen aan en rende achter hem aan.

Toen we op de afgesproken plaats aankwamen, waren we door- en doornat. Het water klotste in mijn laarzen en mijn capuchon drukte als een halstuig op mijn schouders. De straat was verlaten. Afgezien van een kar die op zijn kant op de stoep lag, was er niemand te zien ... of zo goed als niemand. Want El Moro was er, als een roofvogel die zijn klauwen zette in het leven van een man. Zodra hij ons zag aankomen, kwam hij uit zijn schuilplaats. Zijn ogen, dood en verderf zaaiend in hun kassen, deden denken aan een dubbelloopsgeweer. Mijn vader had hem daar totaal niet verwacht. El Moro ging recht op zijn doel af: een kopstoot, een schop en toen een vuistslag. Mijn vader was zo verbaasd dat het even duurde voor hij zich teweerstelde. Hij verdedigde zich dapper en sloeg erop los, vastbesloten om zijn huid zo duur mogelijk te verkopen. Maar hij was geen partij voor El Moro; de ontwijkende schijnbewegingen van de geharde schurk overwonnen al snel de tegenstand van mijn vader, die niet gewend was om te vechten, gereserveerde en zwijgzame boer die hij was. Hij werd beentje gelicht en viel op de grond. Nog voor hij zich kon oprichten begon El Moro hem te schoppen. Hij schopte en schopte, alsof hij eropuit was om hem te vermoorden. Ik stond er als versteend bij. Als in een boze droom. Ik wilde roepen, mijn vader te hulp schieten; geen ader, geen spier kwam in beweging. Het bloed van mijn vader vermengde zich met het regenwater, stroomde de goot in. Het liet El Moro koud. Hij wist precies wat hij wilde. Toen mijn vader ophield met tegenspartelen, hurkte het roofdier neer naast zijn prooi en stroopte zijn gandoera op; zijn gezicht lichtte op als de nacht in weerlicht toen hij de beurs met geld ontdekte, die mijn vader onder zijn oksel had verstopt en met riempjes aan zijn schouder had vastgemaakt. El Moro pakte een mes, sneed de riempjes door, woog de beurs voldaan in zijn hand en liep weg zonder mij ook maar een blik waardig te keuren.

Mijn vader bleef nog een tijdlang op de grond liggen, zijn gezicht tot moes geslagen en zijn buik ontbloot. Ik kon niets voor hem doen. Ik was op een andere planeet. Ik kan me niet eens meer herinneren hoe we thuis zijn gekomen.

'Iemand heeft zijn mond voorbijgepraat', tierde mijn vader. 'Dat hondsvot zat me daar op te wachten. Hij wist dat ik geld bij me had. Hij wist het, hij wist het ... Het was geen toeval, nee, die klootzak zat me op te wachten.'

En toen deed hij er het zwijgen toe.

Dagen- en dagenlang zei hij niets meer.

Ik heb in de stortregen cactussen zien splijten, aardkluiten zien verbrokkelen; ik zag hetzelfde met mijn vader gebeuren. Hij viel vezel voor vezel uit elkaar, onverbiddelijk, verschanst in zijn hoekje, zonder te eten of te drinken. Met zijn gezicht tegen zijn knieën en zijn handen in zijn nek zat hij zich in stilte op te vreten. Hij realiseerde zich dat wat hij ook deed of zei, het noodlot immer het laatste woord zou hebben, en dat heilige eden noch de meest vrome wensen in staat waren de loop van het lot te veranderen.

Toen op een nacht was er die dronkenlap die woedend liep te blèren op straat. De schunnige scheldwoorden stortten zich in een woeste dwarreling op de binnenplaats, zoals een boze wind op een graf. Het was een bloeddorstige stem, doortrokken van woede en minachting, die mannen voor honden en vrouwen voor zeugen uitmaakte en donkere dagen voorspelde aan lafaards en ellendelingen; een autoritaire, tirannieke stem, die zich straffeloos waande en daardoor nog verachtelijker werd; een stem die de kleine luiden van Jenane Jato uit duizenden apocalyptische geluiden hadden leren herkennen: de stem van El Moro! Toen mijn vader die stem hoorde, keek hij met zo'n ruk op dat hij keihard met zijn hoofd tegen de muur stootte. Een paar seconden lang bleef hij er als versteend bij zitten, maar toen, gelijk een geest die oprijst uit de duisternis, stond hij op, stak de olielamp aan, wroette in de berg kleren die een hoek van het vertrek in beslag nam, diepte er een versleten leren tas uit op en maakte die open. Hij hield zijn adem in, dacht na en stak toen vastbesloten zijn hand in de tas. Het lemmet van een slagersmes glinsterde in zijn hand. Hij kwam overeind, schoot zijn gandoera aan en liet het blanke wapen in zijn capuchon glijden. Ik zag mijn moeder in haar hoekje onrustig worden. Ze had begrepen dat haar man gek was geworden, maar durfde hem niet tot rede te brengen. Zulke dingen gingen vrouwen niet aan.

Mijn vader verdween in de duisternis. Ik hoorde zijn voetstappen wegsterven op de binnenplaats, als gebeden in de wind. De deur knarste en viel dicht; en toen was er stilte … een oorverdovende stilte die me de rest van de nacht gevangenhield.

Mijn vader kwam tegen het ochtendgloren terug. Geruisloos. Hij trok zijn gandoera uit, wierp hem op de grond, stopte het slagersmes weer in de tas en keerde terug naar de hoek van het vertrek waar hij zich sinds die vervloekte donderdag had verschanst. Hij krulde zich op en bewoog niet meer.

Het nieuws ging als een lopend vuurtje door Jenane Jato. Bliss de makelaar liep te juichen. Hij ging van deur tot deur en riep: 'El Moro is dood, jullie kunnen voortaan gerust zijn, brave mensen. Van El Moro zullen jullie geen last meer hebben; iemand heeft hem met een messteek in zijn hart vermoord.'

Twee dagen later nam mijn vader me mee naar de apotheek van mijn oom. Hij liep te trillen alsof hij koorts had, met bloeddoorlopen ogen en een verwilderde baard.

Mijn oom liep niet om zijn toonbank heen om ons te begroeten. Onze komst, zo vroeg in de ochtend dat de winkeliers amper hun rolluik hadden opgehaald, leek hem geen goed teken. Hij dacht dat mijn vader was teruggekomen om hem de oren te wassen, en groot was zijn opluchting toen hij hem op doffe toon hoorde zeggen: 'Je had gelijk, Mahi. Mijn zoon heeft bij mij geen enkele toekomst.'

Zijn mond viel open van verbazing.

Mijn vader hurkte voor me neer. Hij pakte me zo stevig bij mijn schouders dat het pijn deed. Hij keek me recht in de ogen en zei: 'Het is voor je eigen bestwil, mijn zoon. Ik laat je niet in de steek, ik verstoot je niet, ik probeer je alleen maar een kans te geven.'

Hij kuste me op mijn hoofd – een eer voorbehouden aan clanoudsten – probeerde te glimlachen, wat niet lukte, stond op en rende bijna de apotheek uit, vermoedelijk om zijn tranen te verbergen.

5

Mijn oom woonde in de Europese stad, aan het eind van een geasfalteerde straat met stenen huizen, chic en kalm, met smeedijzeren hekken en luiken voor de ramen. Het was een mooie straat met schone trottoirs en keurig gesnoeide bomen. Op bankjes hier en daar zaten oude mannetjes te luieren. Kinderen speelden in de plantsoentjes. Ze droegen noch de vodden noch de tekenen van armoede op hun snuitjes van de kinderen in mijn wijk, en leken met volle teugen van het leven te genieten. Er heerste een onvoorstelbare rust in deze buurt; het enige wat je hoorde was kindergekrijs en vogelgetjilp.

Het huis van mijn oom was één verdieping hoog met een tuintje voor en een paadje opzij. Een bougainville hing over het afscheidingsmuurtje en liet zijn paarse bloemetjes naar beneden vallen. De veranda was overdekt met een onontwarbare kluwen van wijnranken.

'In de zomer hangen overal druiventrossen', zei mijn oom terwijl hij het hekje openduwde. 'Als je op je tenen gaat staan, kun je ze zo plukken.'

Zijn ogen straalden. Hij was in de wolken.

Een rossige vrouw van in de veertig deed de deur open. Ze had een mooi rond gezicht met grote groene ogen. Toen ze mij zag, bracht ze haar gevouwen handen naar haar hart en was even sprakeloos van verbazing. Toen keek ze vragend naar mijn oom en slaakte een zucht van opluchting toen die knikte.

'Mijn god! Wat is hij knap!' riep ze uit en ze hurkte voor me neer om me van dichtbij te bekijken.

Haar armen vlogen zo razendsnel op me af dat ik bijna achteroverviel. Ze was een stevig gebouwde vrouw met een wat bruuske, bijna mannelijke manier van doen. Ze drukte me stevig tegen haar boezem; ik kon haar hart horen kloppen. Ze rook als een lavendelveld, en de tranen die op de rand van haar oogleden trilden, versterkten het groen van haar ogen.

'Lieve Germaine,' zei mijn oom met trillende stem, 'mag ik je voorstellen aan Younes, gisteren mijn neefje, vandaag ónze zoon.'

Ik voelde een rilling door haar heen gaan, en de traan van ontroering die glinsterde op de rand van haar wimpers, gleed pardoes over haar wang.

'Jonas,' zei ze terwijl ze een snik probeerde te bedwingen, 'Jonas, als je eens wist hoe blij ik ben!'

'Je moet Arabisch tegen hem spreken. Hij heeft geen Frans geleerd.'

'Dat is niet erg. Daar gaan wij voor zorgen.'

Ze stond trillend op, nam me bij de hand en ging een vertrek binnen groter dan een stal en met statig meubilair. Het daglicht stroomde naar binnen door een grote openslaande deur, met aan weerszijden gordijnen, die uitzicht bood op de veranda, waar twee schommelstoelen op en neer wiegden rond een tafeltje.

'Dit is je nieuwe huis, Jonas,' zei Germaine.

Mijn oom liep met een glimlach van oor tot oor en een pak onder zijn arm achter ons aan.

'Ik heb wat kleren voor hem gekocht. Je moet morgen de rest maar kopen.'

'Prima, dat zal ik doen. Worden je klanten niet ongeduldig?'

'Ha, ik snap het al, je wilt hem voor jezelf.'

Germaine hurkte opnieuw voor me neer om me te bekijken.

'Ik denk dat we het uitstekend met elkaar zullen kunnen vinden, denk je niet, Jonas?' zei ze in het Arabisch.

Mijn oom legde het pak met kleren op een ladekastje en nestelde zich op een divan. Hij schoof zijn fez naar achteren en legde zijn handen op zijn knieën.

'Je gaat ons toch niet bespioneren?' zei Germaine. 'Ga terug naar je apotheek.'

'Geen sprake van, mijn lieve wederhelft. Het is vandaag een feestdag voor mij. Ik heb een kind thuis.'

'Dat meen je toch niet serieus?'

'Ik ben nog nooit zo serieus geweest.'

'Goed dan,' zei Germaine, 'maar ik ga Jonas lekker in bad doen.'

'Ik heet Younes, hoor', zei ik.

Ze glimlachte vertederd, aaide me over mijn wang en fluisterde in mijn oor: 'Nu niet meer, liefje ...'

Toen zei ze tegen mijn oom: 'Je bent er nu toch, dus maak je nuttig en haal een emmer met warm water.'

Ze duwde me een klein vertrek in waar een soort van gietijzeren kuip stond, draaide een kraan open en terwijl de badkuip volliep begon ze me uit te kleden.

'We gaan je eerst eens die vodden uittrekken, nietwaar, Jonas?'

Ik wist niet wat ik moest zeggen. Ik keek toe terwijl haar witte handen over mijn lichaam gleden en me, als een tak van zijn bladeren, van mijn kalotje, mijn gandoera, mijn versleten onderhemd en mijn rubberlaarzen ontdeden.

Mijn oom bracht een dampende emmer water. Hij bleef schroomvallig in de gang staan. Germaine hielp me in de badkuip, zeepte me van top tot teen in, boende me schoon, wreef me stevig in met een welriekende lotion, droogde me af met een grote handdoek en ging mijn nieuwe kleren halen. Toen ik was aangekleed, pootte ze me voor een grote spiegel: ik was een ander geworden. Ik droeg een matrozenbloes met een grote witte kraag en vier enorme koperen knopen, een korte broek met zakken aan de zijkant en een baret als die van Ouari.

Toen ik de salon weer in kwam, stond mijn oom op om me te begroeten. Hij keek zo vreselijk blij dat ik er verlegen van werd.

'Ziet hij er niet schitterend uit, mijn kleine prinsje op blote voeten?' riep hij uit.

'Hou op, straks breng je hem nog ongeluk ... En over die blote voeten gesproken, dat komt omdat jij vergeten bent schoenen voor hem te kopen.'

Mijn oom sloeg met zijn vlakke hand tegen zijn voorhoofd.

'Dat is waar, waar zat ik met mijn hoofd?'

'In de wolken, denk ik.'

Mijn oom rende het huis uit. Even later kwam hij terug met drie paar schoenen in verschillende maten. De kleinste pasten me. Het waren schoenen met veters, zwart en soepel, die een beetje knelden bij mijn enkels, maar zich volmaakt voegden naar mijn voeten. Mijn oom bracht de andere paren niet terug; die bewaarde hij *voor later ...*

Ze weken niet van mijn zijde, cirkelden om me heen als twee vlinders rond een lichtbron, leidden me rond door het huis, waarvan de enorme kamers met de hoge plafonds het volledige huurdersbestand van Bliss de makelaar hadden kunnen herbergen. Gordijnen golfden neer aan weerszijden van ramen met smetteloze ruiten en groengeverfde luiken. Het was een mooi, zonnig huis, een beetje een doolhof in het begin, met al

die gangen, verborgen deuren, wenteltrappen en muurkasten
die ik aanzag voor kamers. Ik dacht aan mijn vader, aan ons
krot op onze verloren landerijen, ons rattenhol in Jenane Jato;
het verschil was zo groot dat het me duizelde.

Germaine glimlachte naar me als ik maar even naar haar
keek. Ik was nu al haar oogappel. Mijn oom wist niet zo goed
wat hij met me aan moest, maar weigerde me ook maar een
seconde alleen te laten. Ze lieten me alles tegelijk zien, lachten
om niets; soms hielden ze elkaars hand vast terwijl ze tot tranen toe geroerd naar me stonden te kijken, terwijl ik verbluft
al die dingen van de moderne wereld ontdekte.

Die avond aten we in de salon. Nog zoiets vreemds, mijn
oom had geen olielamp nodig om het nachtelijk duister te
verjagen; hij hoefde alleen maar op een knopje te drukken en
een handvol lampjes lichtten op aan het plafond. Ik voelde me
erg ongemakkelijk aan tafel. Ik was gewend om van dezelfde
schaal te eten als de rest van mijn familie, en ik voelde me verloren met een bord voor mij alleen. Ik had bijna niets gegeten,
zo opgelaten voelde ik me onder die starende blikken die me
belaagden bij wat ik ook deed, en die handen die onafgebroken over mijn haar streken of in mijn wangen knepen.

'Doe rustig aan', zei Germaine de hele tijd tegen mijn oom.
'We moeten hem de tijd geven om vertrouwd te raken met
zijn nieuwe omgeving.'

Mijn oom hield zich dan drie tellen in, maar kon het vervolgens toch weer niet laten, even onhandig als enthousiast.

Na het avondeten gingen we naar boven.

'Dit is jouw kamer, Jonas', zei Germaine.

Míjn kamer … Hij lag aan het eind van een gang en was wel
twee keer zo groot als het vertrek waar we in Jenane Jato met
het hele gezin woonden. In het midden stond een groot ledikant, geflankeerd door twee nachtkastjes. Aan de muren hin-

gen prenten, sommige van droomlandschappen, andere van biddende figuren met hun handen gevouwen onder hun kin en hun hoofd omgeven met een stralenkrans. Op de schoorsteenmantel prijkte een beeldje van een gevleugeld kind, met daarboven weer een kruisbeeld. Iets verderop stond een klein bureautje met een gecapitonneerde stoel. Er hing een vreemde geur in het vertrek, zoetig en vluchtig. Door het raam kon je de bomen op straat en de huizen aan de overkant zien.

'Vind je het mooi?'

Ik gaf geen antwoord. Die plotselinge weelde om me heen schrikte me af. Ik was bang dat ik bij het kleinste stapje het fragiele evenwicht van die keurig nette kamer zou verstoren en alles overhoop zou gooien.

Germaine vroeg mijn oom om ons alleen te laten. Ze wachtte tot hij de kamer uit was, kleedde me toen uit en legde me in het ledikant, alsof ik zonder haar hulp niet in bed kon klimmen. Mijn hoofd zonk weg in de kussens.

'Droom maar fijn, mijn jongen.'

Ze stopte me in, drukte een eindeloze kus op mijn voorhoofd, knipte het nachtlampje uit, sloop op haar tenen weg en deed zachtjes de deur achter zich dicht.

Ik was niet bang in het donker: ik was een solitaire jongen met niet al te veel fantasie, en ik viel altijd meteen in slaap. Maar in die benauwende kamer maakte zich een onpeilbaar onbehagen van me meester. Ik miste mijn ouders. Maar dat was niet wat mijn maag ineen deed krimpen. Er was iets vreemds in het vertrek dat ik niet kon thuisbrengen en ergens in de lucht voelde hangen, onzichtbaar en drukkend tegelijk. Was het de geur van de dekens, of die zoetige geur in het vertrek die me naar het hoofd steeg? Was het die hijgende ademhaling die af en toe opklonk uit de haard? Ik wist zeker dat ik niet alleen was, dat ik werd bespied door een aanwezigheid in een donker hoekje. Ik kreeg kippenvel en mijn adem stokte toen ik een koude hand over mijn gezicht voelde strijken. Buiten scheen de vollemaan. De wind gierde langs de hekken en de bomen rukten zich de haren uit. Ik kneep mijn ogen stijf dicht en klampte me vast aan de lakens. De ijskoude hand trok zich niet terug. En die aanwezigheid werd steeds overweldigender. Ik voelde hoe die aan de voet van mijn bed stond, op het punt me te bespringen. Ik kreeg haast geen lucht meer en mijn hart klopte in mijn keel. Ik deed mijn ogen open en zag het beeldje op de schoorsteenmantel langzaam in de rondte draaien. Het keek me aan met zijn blinde ogen, zijn mond vertrokken in een droeve glimlach ... Ik sprong gek van angst uit bed en verstopte me achter het ledikant. Het beeldje van het gevleugelde kind wrong zich in allerlei bochten om me niet uit het zicht te verliezen; zijn monsterlijke schaduw bedekte een hele muur. Ik dook onder het bed, rolde me op in een punt van het laken, maakte me met bonzend hart heel klein en kneep mijn ogen dicht, ervan overtuigd dat ik het gevleugelde kind op handen en voeten naar me toe zou zien kruipen, als ik ze weer open zou doen.

Ik was zo bang dat ik niet weet of ik in slaap of flauwgevallen ben ...

'Mahi!'

Ik schrok wakker van het geschreeuw en stootte mijn hoofd tegen de onderkant van het bed.

'Jonas is niet in zijn kamer', gilde Germaine.

'Hoezo, hij is niet in zijn kamer?' wond mijn oom zich op.

Ik hoorde ze door de gang rennen, met deuren slaan, trappen afstormen. *Hij is niet naar buiten gegaan. De deur zit nog op het nachtslot*, zei mijn oom. *De deur van de veranda zit ook op slot. Heb je al in de wc gekeken? Ja net, daar is-ie ook niet*, riep Germaine in paniek – *Weet je zeker dat hij niet in zijn kamer is? – Ja, dat zeg ik toch …* Ze zochten beneden, schoven meubels heen en weer en gingen toen weer naar boven om in mijn kamer te kijken.

'Mijn god! Jonas!' riep Germaine uit toen ze me op de rand van het bed zag zitten. 'Waar was je?'

Mijn rechterzij was zo stijf als een plank en al mijn gewrichten deden pijn. Mijn oom boog zich over de bult op mijn voorhoofd.

'Ben je uit bed gevallen?'

Ik wees met verstijfde arm naar het beeldje. 'Dat beeldje heeft de hele nacht bewogen.'

Germaine nam me in haar armen. 'Jonas, mijn lieve Jonas. Waarom heb je me niet geroepen? Je ziet lijkbleek, en dat is allemaal mijn schuld.'

Toen ik de volgende avond naar bed ging, was het beeldje van het gevleugelde kind uit mijn kamer verdwenen; evenals het kruisbeeld en de prenten. Germaine bleef naast me zitten, vertelde me verhalen in een mengsel van Arabisch en Frans en streek me over de haren, net zo lang tot het zandmannetje kwam.

Er gingen weken voorbij. Ik miste mijn ouders. Germaine spaarde kosten noch moeiten om me het leven te veraangenamen. Wanneer ze 's ochtends boodschappen ging doen, mocht ik met haar mee, en wanneer we thuiskwamen had ik altijd wel een lekkernij of een stuk speelgoed in mijn hand. 's Middags leerde ze me lezen en schrijven. Ze wilde me opgeven voor school, maar mijn oom vond dat ze niets moesten overhaasten. Heel af en toe mocht ik met hem naar zijn apotheek. Hij zette me achter een klein bureautje in het magazijn, en terwijl hij bezig was met zijn klanten, liet hij mij de letters van het alfabet overschrijven in een schrift. Germaine vond dat ik snel leerde en begreep niet waarom mijn oom aarzelde om me aan de hoede van een echte onderwijzer toe te vertrouwen. Na twee maanden kon ik al woorden lezen zonder over lettergrepen te struikelen. Maar mijn oom bleef onvermurwbaar. Hij wilde er niet van horen voordat hij er absoluut zeker van was dat mijn vader zich niet zou bedenken en me zou komen ophalen.

Op een avond, toen ik door de gangen van het huis zwierf, noodde hij me binnen in zijn werkkamer. Het was een sober vertrek, karig verlicht door maar één klein raampje. De muren werden verzwolgen door boeken met kartonnen kaften; ze lagen overal, op de planken, op de ladekasten, op de tafel. Mijn oom zat gebogen over een kloek boekwerk, zijn bril balancerend op de rug van zijn neus. Hij nam me op schoot en wees naar het portret van een dame aan de muur.

'Je moet één ding weten, mijn jongen. Je bent niet uit de lucht komen vallen … Zie je die dame op die foto? Er was een generaal die haar Jeanne *d'Arch* noemde. Ze was een soort van douairière, even heerszuchtig als welgesteld. Ze heette Lalla Fatna, en ze bezat akkers zo uitgestrekt als een heel land. Haar vee bevolkte de vlakten en notabelen uit alle hoeken van de streek aten uit haar hand. Zelfs Franse officieren maakten haar het hof. Zou emir Abd el-Kader haar hebben gekend, dan zou de geschiedenis er naar verluidt anders hebben uitgezien … Kijk maar goed, mijn jongen. Want die dame, die legendarische figuur, dat is jouw overgrootmoeder.'

Ze was mooi, Lalla Fatna. Tronend op haar kussens, kaarsrecht en met trots geheven hoofd, gehuld in een met goud en edelstenen bezette kaftan, leek ze niet alleen over mensen maar ook over hun dromen te heersen.

Mijn oom wees nu naar een tweede foto, met daarop drie mannen in schitterende gewaden, met logge gezichten, verzorgde baarden en blikken zo doordringend dat ze uit de lijst leken te springen.

'Die man in het midden is mijn vader, jouw grootvader dus. Die twee anderen zijn zijn broers. Rechts van hem Sidi Abbas: die vertrok naar Syrië en is nooit meer teruggekomen. Links van hem Abdelmoumène, een buitengewoon ontwikkeld man. Hij had een vooraanstaand oelama kunnen worden, zo belezen was hij dat het alle verstand te boven ging, maar hij bezweek al snel voor de verleidingen van de stad. Hij verkeerde in hogere westerse kringen, verwaarloosde zijn landerijen en zijn dieren en verbraste zijn geld in huizen van plezier. Hij werd dood in een steegje gevonden, met een mes in zijn rug.'

Hij wees nu naar een derde portret, groter dan de twee vorige.

'Hier zie je je grootvader, in het midden, met zijn vijf zoons. Hij had drie dochters uit een vorig huwelijk, maar daar sprak hij nooit over. Rechts van hem de oudste van het stel, Kaddour. Hij kon niet zo goed opschieten met onze vader en werd onterfd toen hij naar de hoofdstad vertrok om de politiek in te gaan ... Links van hem Hassan; hij leefde op grote voet, verkeerde met vrouwen van lichte zeden die hij overstelpte met juwelen en verpandde, achter de rug van de familie om, een groot deel van onze boerderijen en paardenfokkerijen. Toen jouw grootvader voor de rechtbank werd gesleept, kon hij enkel nog de schade opnemen. Hij is er nooit meer overheen gekomen. Naast Hassan staat Abdessamad, een harde werker die de deur achter zich dichtsloeg toen onze vader hem verbood met een nicht te trouwen wier familie trouw was aan de Fransen. Hij is als soldaat gesneuveld, ergens in Europa, tegen het einde van de oorlog van 1914-1918 ... En die twee kleuters die je aan de voeten van de stamvader ziet zitten, dat zijn je vader

Issa, de benjamin, en ik, twee jaar ouder dan hij. We waren dol op elkaar ... Maar toen werd ik ernstig ziek, en geen arts of wonderdokter die mij beter kon maken. Ik was ongeveer zo oud als jij nu. Je grootvader was wanhopig. Toen iemand hem de liefdezusters aanbeval, weigerde hij categorisch. Maar toen ik zienderogen wegkwijnde, is hij op een ochtend toch bij de nonnen gaan aankloppen ...'

Hij wees naar een foto waarop een groep nonnen poseerde: 'De zusters hebben me het leven gered. Het heeft jaren geduurd en daarna heb ik mijn eindexamen gehaald. Je grootvader, inmiddels geruïneerd door hypotheken en epidemieën, stemde erin toe om mijn farmaciestudie te bekostigen. Misschien had hij wel begrepen dat ik een grotere kans maakte met mijn boeken dan met zijn schuldeisers. Toen ik Germaine leerde kennen op de scheikundefaculteit waar zij biologie studeerde, heeft jouw grootvader, die ongetwijfeld een nichtje of de dochter van een bondgenoot op het oog had, zich niet tegen ons huwelijk verzet. Toen ik was afgestudeerd, vroeg hij me wat ik met mijn leven wilde doen. Ik zei dat ik een apotheek wilde beginnen in de stad. Hij stemde erin toe zonder me enige voorwaarde op te leggen. En zo kon ik dit huis en de apotheek kopen ... Je grootvader is me nooit in de stad komen opzoeken. Zelfs niet toen ik met Germaine trouwde. Hij had me niet verstoten, hij had me alleen maar *een kans willen geven*. Net zoals jouw vader jou, toen hij je aan mij toevertrouwde ... Je vader is een goed mens, eerlijk en ijverig. Hij heeft geprobeerd te redden wat er te redden viel, maar hij was alleen. Hij kan het niet helpen. Hij was enkel het laatste wiel van een wagen die al was gekanteld. Hij denkt nog steeds dat we het met zijn tweeën wel hadden kunnen redden, behalve dat het lot anders heeft beslist.'

Hij nam mijn kin tussen duim en wijsvinger en keek me

recht in de ogen: 'Je vraagt je vast af waarom ik je dit allemaal vertel, mijn jongen … Wel, ik vertel je dit opdat je weet dat je niet zomaar iemand bent. In jouw aderen stroomt het bloed van Lalla Fatna. Jij kunt slagen waar je vader is mislukt en je weer opwerken naar de top waar je vandaan komt.'

Hij kuste me op mijn voorhoofd.

'Ga nu maar gauw naar Germaine. Ze zit vast op je te wachten in de salon.'

Ik gleed van zijn schoot af en rende naar de deur.

Hij trok zijn wenkbrauwen op toen hij me opeens stil zag staan.

'Ja, mijn jongen …?'

Ik keek hem nu ook recht in zijn ogen en vroeg: 'Wanneer mag ik naar mijn zusje toe?'

'Overmorgen, dat beloof ik je.'

Mijn oom kwam vroeger thuis dan normaal. Germaine en ik waren op de veranda, zij zat te lezen in haar schommelstoel en ik was op zoek naar een schildpad die ik de dag ervoor tussen de planten in de tuin had ontdekt. Germaine legde haar boek op het tafeltje en fronste haar wenkbrauwen; mijn oom was haar niet, zoals elke dag, een kus komen geven. Ze wachtte een paar minuten; toen mijn oom niet kwam opdagen, stond ze op en ging naar binnen.

Mijn oom zat in de keuken op een stoel met zijn ellebogen op tafel en zijn hoofd in zijn handen. Germaine begreep dat er iets ergs was gebeurd. Ik zag dat ze tegenover hem ging zitten en hem bij zijn pols pakte.

'Problemen met je klanten?'

'Waarom zou ik problemen met mijn klanten hebben?' zei mijn oom geërgerd. 'Ik schrijf ze toch niet voor welke medicijnen ze moeten nemen?'

'Je bent van streek.'

'Ja, logisch, ik kom van Jenane Jato.'

Er ging een lichte schok door Germaine heen.

'Zou je daar morgen niet met de kleine naartoe gaan?'

'Ik wou het terrein vast verkennen.'

Germaine haalde een karafje water en schonk haar man een glas in, dat hij in één teug leegdronk.

Ze zag me in de salon staan en wees naar boven.

'Ga maar vast naar je kamer, Jonas. Ik kom zo om de lesstof met je door te nemen.'

Ik deed alsof ik naar boven ging, hield stil op de overloop, sloop toen weer een paar treden naar beneden en spitste mijn oren. Het noemen van Jenane Jato had mijn argwaan gewekt. Ik wilde weten waarom mijn oom er zo verslagen uitzag. Was er iets met mijn ouders gebeurd? Hadden ze mijn vader gearresteerd voor de moord op El Moro?

'Én?' vroeg Germaine zachtjes.

'Wat én?' zei mijn oom vermoeid.

'Heb je je broer gezien?'

'Hij ziet er niet uit, nee echt, verschrikkelijk.'

'Heb je hem geld gegeven?'

'Had je gedacht! Toen ik mijn hand naar mijn zak bracht, verstarde hij alsof ik een pistool wilde pakken. "Ik heb je mijn zoon niet verkocht", zei hij. "Ik heb je hem alleen maar toevertrouwd." Dat vond ik zó erg. Het gaat bergafwaarts met Issa. Ik vrees het ergste.'

'Hoe bedoel je?'

'Dat is toch duidelijk! Als je zijn ogen eens kon zien. Hij lijkt wel een zombie.'

'Neem je Jonas morgen mee naar zijn moeder?'

'Nee.'

'Dat heb je hem beloofd.'

'Ja, maar ik heb me bedacht. Hij begint net een beetje uit dat moeras te komen, ik ben niet van plan hem er weer in terug te duwen.'

'Mahi ...'

'Nee, hou erover op. Ik weet wat me te doen staat. Onze zoon moet vooruitkijken, niet achterom, waar alleen maar ellende is.'

Ik hoorde Germaine zenuwachtig op haar stoel schuiven.

'Je geeft het te snel op, Mahi. Je broer heeft je nodig.'

'Denk je dat ik het niet heb geprobeerd? Issa is een bom, je raakt hem met één vinger aan en hij ontploft. Hij geeft me geen kans. Hij zou mijn arm afhakken als ik hem de helpende hand zou reiken. In zijn ogen is alles wat van anderen komt een aalmoes.'

'Jij bent niet de anderen, jij bent zijn broer.'

'Dacht je dat hij dat niet wist? Maar in dat koppie van hem is dat één pot nat. Zijn probleem is dat hij weigert toe te geven dat hij diep is gevallen. Nu hij nog maar een schim van zichzelf is, brandt hij zich aan al wat blinkt. En bovendien neemt hij het me nog steeds kwalijk. Je hebt geen idee hoe erg. Als ik bij hem was gebleven, zo denkt hij, zouden we met zijn tweeën onze landerijen hebben kunnen redden. Daar is hij van overtuigd. Nu meer dan ooit. Ik weet zeker dat het een obsessie voor hem is.'

'En jij voelt je er schuldig over ...'

'Misschien, maar voor hem is het een obsessie. Ik ken hem. Hij zwijgt om in stilte te kunnen razen. Hij veracht me. Wat hem betreft heb ik mijn ziel aan de duivel verkocht. Ik heb de mijnen verloochend, ben met een ongelovige getrouwd, heb mijn landerijen verkwanseld voor een huis in de stad en mijn gandoera ingeruild voor een westers kostuum, en al heb ik een fez op mijn hoofd, hij verwijt me dat ik mijn tulband aan de wilgen heb gehangen. Tussen hem en mij komt het nooit meer goed.'

'Je had zijn vrouw wat geld moeten toestoppen.'

'Dat zou ze nooit hebben aangenomen. Ze weet dat Issa haar zou vermoorden.'

Ik rende naar mijn kamer en sloot mezelf op.

Om twaalf uur de volgende dag liet mijn oom het rolluik neer van zijn apotheek en kwam me ophalen. Hij had er vast nog eens rustig over nagedacht, of misschien had Germaine hem weten te overtuigen. Hij moest er nu het zijne van weten. Hij was het moe om met de angst te leven dat mijn vader zou terugkomen op zijn besluit. Die onzekerheid drukte op zijn geluk; hij had plannen met me, maar kon het idee niet van zich afzetten dat alles in één klap kon veranderen. Mijn vader was in staat om zomaar binnen te komen vallen, me bij de hand te nemen en me weg te halen zonder zich zelfs maar nader te verklaren.

Mijn oom nam me mee naar Jenane Jato. En ik vond Jenane Jato nog weerzinwekkender dan daarvoor. De tijd draaide hier in een zinloos kringetje rond. Dezelfde roetbruine gezichten wierpen hun sombere blik op de omgeving, dezelfde schimmen losten op in het duister. Toen Houtenbeen ons zag aankomen, schoof hij ijlings zijn tulband terug op zijn hoofd. De barbier sneed de oude man wiens hoofd hij aan het scheren was haast een oor af. De kinderen stopten met waar ze mee bezig waren en stonden ons zij aan zij aan te staren. Hun lompen vloekten op hun uitgemergelde lijven.

Mijn oom negeerde de ellende die hij om zich heen zag; hij liep kaarsrecht, met opgeheven hoofd en ondoorgrondelijke blik.

Hij ging niet met me mee naar binnen, bleef buiten wachten.

'Neem alle tijd, mijn jongen.'

Ik rende de binnenplaats op. Twee van Badra's koters lagen te rollebollen bij de put, hun armen verstrengeld in een ademloze strijd. De kleinste drukte zijn oudere broer tegen de grond en deed zijn uiterste best om zijn elleboog te ontwrichten. In een hoekje, bij het privaat, zat Hadda, neergehurkt boven een houten teiltje, de was te doen. Ze had haar jurk tot op haar dijen opgestroopt, zodat haar mooie blote benen de strelingen vingen van de zon. Ze zat met haar rug naar me toe en leek niet in het minst onder de indruk van het zeldzaam gewelddadige worstelpartijtje waarin de twee kinderen van haar buurvrouw zich uitleefden.

Ik schoof het gordijn voor ons hok opzij en moest even wachten tot mijn ogen gewend waren aan de duisternis in het vertrek. Mijn moeder lag op een strozak met een deken over zich heen en een sjaal om haar hoofd.

'Ben jij dat, Younes?' kreunde ze.

Ik rende naar haar toe, liet me boven op haar vallen. Haar armen omgordden me, drukten me slapjes tegen haar boezem. Ze gloeide van de koorts.

'Waarom ben je teruggekomen?' vroeg ze.

Mijn zusje zat aan de lage tafel, zo stilletjes en teruggetrokken dat ik haar niet meteen had opgemerkt. Haar grote starende ogen leken zich af te vragen waar ze me toch eerder hadden gezien. Ik was pas een paar maanden weg en ze was me nu al vergeten. Ze praatte nog steeds niet. Ze was anders dan andere kinderen van haar leeftijd; het was net alsof ze niet wilde opgroeien.

Uit een klein zakje haalde ik een cadeautje tevoorschijn dat ik voor haar had gekocht en ik legde het op de tafel. Mijn zusje pakte het niet op; haar ogen gleden er vluchtig overheen en staarden me toen weer aan. Ik pakte het cadeautje – het was een kleine lappenpop – en drukte het in haar handen. Ze merkte het niet eens.

'Hoe heb je het huis teruggevonden?' vroeg mijn moeder.

'Mijn oom staat buiten te wachten.'

Mijn moeder kwam met een gil van pijn overeind. Ze sloeg opnieuw haar armen om me heen en drukte me tegen haar boezem.

'Ik ben zo blij om je te zien. Hoe heb je het bij je oom?'

'Germaine is heel aardig. Ze wast me elke dag en koopt alles voor me wat ik wil. Ik heb heel veel speelgoed, en potten met jam, en schoenen … Weet je, mama, het huis is zo groot. Er zijn heel veel kamers, er is genoeg plaats voor iedereen. Waarom komen jullie niet bij ons wonen?'

Mijn moeder glimlachte, en de pijn die haar gezicht vertrok, was als bij toverslag verdwenen. Ze was mooi, mijn moeder, met haar zwarte haren die tot aan haar heupen reikten, en haar ogen als schoteltjes. In de tijd dat we nog op onze landerijen woonden en ik haar op de top van een heuveltje naar onze akkers zag staren, had ik haar vaak aangezien voor een sultane. Ze had iets voornaams en sierlijks, en wanneer ze het heuveltje af vloog, leek de armoede die zich als een meute honden vastbeet in de zoom van haar jurk, geen vat op haar te hebben.

'Het is echt waar,' drong ik aan, 'waarom komen jullie niet bij ons wonen in het huis van mijn oom?'

'Zo gaat dat niet bij volwassen mensen, mijn jongen', zei ze terwijl ze iets van mijn wang veegde. 'Bovendien zou je vader nooit bij iemand willen inwonen. Hij wil het allemaal zelf doen en niemand iets verschuldigd zijn … Je ziet er trouwens goed uit, het lijkt wel of je dikker bent geworden … En wat ben je mooi in die kleren van je! Je lijkt wel een kleine christen.'

'Germaine noemt me Jonas.'

'Wie is Germaine?'

'De vrouw van mijn oom.'

'Dat is niet erg. Fransen kunnen onze namen niet uitspreken. Dat doen ze niet expres.'

'Ik kan lezen en schrijven …'

Haar vingers woelden door mijn haar.

'Dat is prachtig. Je vader zou je nooit aan je oom hebben toevertrouwd als hij niet verwachtte dat hij jou zou geven wat hij niet kan.'

'Waar is papa?'

'Hij werkt, onafgebroken … Wacht maar, op een dag komt hij je halen en dan neemt hij je mee naar het huis van zijn dromen … Weet je wel dat je in een mooi huis bent geboren? Dat krot waar je bent opgegroeid was van een boerengezin dat in dienst was bij je vader. In het begin waren we haast rijk. Het hele dorp heeft onze bruiloft gevierd. Een week van overvloedig eten en gezang. Ons huis was van steen, met een enorme tuin eromheen. De drie broertjes die voor jou kwamen zijn geboren als prinsjes. Maar ze zijn gestorven. En toen kwam jij, en je speelde eindeloos in die tuin. Maar toen besloot God dat het niet lente werd maar winter, en onze tuin ging dood. Dat is het leven, mijn kind. Wat het met de ene hand geeft, neemt het met de andere af. Maar er is niets wat ons ervan weerhoudt om het weer terug te winnen. En jij, jij zult slagen. Ik heb het aan Batoul de helderziende gevraagd. En ze heeft in de rimpeling van het water gelezen dat je een mooie toekomst tegemoet gaat. Daarom scheld ik mezelf uit voor egoïste telkens als ik je heel erg mis, en zeg ik tegen mezelf: Hij heeft het goed waar hij is. Hij is gered.'

6

Ik was niet lang bij mijn moeder gebleven. Of misschien wel een eeuwigheid. Ik weet het niet meer. De tijd deed er niet toe; er was iets anders dat zwaarder woog, dat belangrijker was. Zoals wanneer je op bezoek gaat bij een gevangene: het enige wat van belang is, is wat je onthoudt van het moment dat je met je dierbare hebt gedeeld. Ik was nog te jong om me te realiseren hoezeer mijn familie leed onder mijn vertrek, hoe het mij verminkte. Mijn moeder had geen traan gelaten. Huilen zou ze later wel. Ze hield mijn hand vast en sprak me glimlachend toe. De glimlach van mijn moeder was een absolutie.

We hadden zo'n beetje alles tegen elkaar gezegd wat we te zeggen hadden, dat wil zeggen: niet zo veel, niets wat we niet al wisten.

Het is voor jou niet goed hier, had ze verordonneerd.

De rest van wat ze zei drong niet echt meer tot me door. Ik was nog maar een kind, van wie woorden afglijden als water van een eend. Had ik begrepen wat ze zei, had ik het in me opgenomen? Wat deed het ertoe? Ik was al elders.

Zij had me eraan herinnerd dat mijn oom stond te wachten, dat ik weg moest, en de eeuwigheid was gebroken, zoals het in één keer donker wordt wanneer je het licht uitknipt, zo snel dat het me overviel.

Het was stil op de binnenplaats. Geen gekrijs, geen vechtpartijen. Het was doodstil; stonden de buren ons af te luisteren? Toen ik naar buiten ging, bleken ze zich met zijn allen rond de put te hebben verzameld. Badra, Mama, Batoul de helderziende, de mooie Hadda, Yezza en hun kroost staarden me van een afstand aan. Alsof ze bang waren om me te bezoedelen als ze dichterbij zouden komen. De koters van Badra hielden hun adem in. Terwijl ze normaal geen moment stil konden zitten, stonden ze nu stokstijf met hun handen langs hun zij. Ik had alleen maar andere kleren aan, en ze waren totaal van hun stuk. Ik vraag me tegenwoordig nog steeds af of de wereld eigenlijk niet louter uiterlijke schijn is. Je hebt een lijkwit bakkes en een juten zak over je lege maag, en je bent een arme drommel. Je wast je gezicht, haalt een kam door je haar, trekt een schone broek aan, en je bent opeens heel iemand anders. Het hangt van zo weinig af. Op je elfde is dat een onthutsende ervaring. En als je vragen geen antwoorden opleveren, neem je genoegen met die welke je het beste uitkomen. Ik was ervan overtuigd dat armoede je niet overkwam, maar louter het gevolg was van een bepaalde manier van denken. Het zit allemaal in je hoofd. Wat je ogen zien, neemt je geest voor waar aan, en je denkt dat dat de onveranderlijke realiteit van mensen en dingen is. Toch hoef je maar even je blik van je tegenspoed af te wenden en je ontdekt een andere weg, gloednieuw en zo geheimzinnig dat je tot je verbazing weer hoop vat … In Jenane Jato had niemand meer hoop. De mensen hadden besloten dat hun lot bezegeld was en dat er geen weg omheen, achterom of onderdoor was. Door hun blik alleen nog maar te richten op de kant waar de klappen vielen, waren ze zo scheel gaan kijken dat ze niets anders meer konden zien.

Mijn oom reikte me de hand. Ik greep hem stevig vast. Toen zijn vingers zich om mijn pols sloten, keek ik niet meer achterom.

Ik was al elders.

Van mijn eerste jaar bij mijn oom kan ik me niet zo heel veel meer herinneren. Nu hij er zeker van was dat ik zou blijven, had hij me ingeschreven op een school in de buurt, twee straten verderop. Het was een doodgewone school, met onaantrekkelijke gangen en twee enorme platanen op het schoolplein. Ik heb het idee dat het er altijd donker was, dat er alleen boven in het gebouw een straaltje daglicht doordrong. In tegenstelling tot de meester, een botte en strenge man, die ons Frans gaf met een sterk provinciaals accent, dat sommige leerlingen perfect konden nadoen, was de juf geduldig en lief. Ze was licht gebruind, droeg altijd hetzelfde fletse schort en wanneer ze tussen de lessenaars door liep, vergezelde haar parfum haar als haar schaduw.

Er zaten maar twee Arabische jongens in mijn klas, Abdelkader en Brahim, beiden zoons van hoogwaardigheidsbekleders, die door bedienden van school werden gehaald.

Mijn oom was erg op me gesteld. Zijn blijdschap deed me goed. Hij noodde me af en toe in zijn werkkamer en vertelde me dan verhalen waar ik geen jota van begreep.

Oran was een schitterende stad. Het bruiste er van leven, wat een frisse charme aan zijn mediterrane hartelijkheid gaf. De stad slaagde in alles wat het ondernam. De mensen leefden er met volle teugen, en staken dat niet onder stoelen of banken. 's Avonds was het er magisch. De lucht koelde af na de hitte van overdag en de buren zetten hun stoelen op straat en zaten urenlang te kletsen rond een glaasje anisette. Vanaf onze veranda konden we hen sigaretjes zien roken en horen wat ze elkaar vertelden. Hun geheimzinnige schuine moppen lichtten als vallende sterren op in de nacht en hun schaterende lach rolde tot aan onze voeten, als een vloedgolf die aan je tenen komt likken op het strand.

Germaine was gelukkig. Ze kon haar ogen niet naar me

opslaan zonder de hemel te loven en te prijzen. Ik wist dat ik hen gelukkig maakte, haar en haar man, en dat vleide me.

Mijn oom ontving weleens gasten, van wie sommigen van heel ver kwamen. Het waren Arabieren en Berbers, de eersten westers gekleed, de tweeden in traditionele dracht. Het waren belangrijke mensen, uiterst gedistingeerd. Ze hadden het allemaal over een land dat Algerije heette, niet het land dat ze ons op school onderwezen of dat van de welgestelde wijken, maar een ander Algerije, geplunderd, onderworpen, gemuilkorfd, dat zich in stilte opvrat van woede – het Algerije van alle Jenane Jato's, van open wonden en in de as gelegde landerijen, van pispaaltjes en sjouwers ... Een land dat nog een nieuwe vorm moest krijgen en waar alle paradoxen van de wereld op leken te parasiteren.

Ik geloof dat ik gelukkig was bij mijn oom. Ik miste Jenane Jato niet erg. Ik had een vriendinnetje dat tegenover ons woonde. Ze heette Lucette. We zaten in dezelfde klas, en haar vader vond het goed dat ik met haar speelde. Ze was negen jaar en niet zo heel mooi, maar ze was allerliefst en gul, en ik was erg op haar gezelschap gesteld.

Na een jaar begon ik me op school wat meer thuis te voelen. Ik had me weten aan te passen, hoewel ik die kleine christenen wel rare kinderen vond. Ze bestonden het om je om de hals te vallen en je meteen daarna weer te verstoten. Ze konden het onderling goed met elkaar vinden. Ze maakten weleens ruzie op het schoolplein en waren dan gezworen vijanden, maar zodra er een indringer opdook – meestal een Arabier of een 'arm familielid' uit hun eigen gemeenschap – vormden ze opeens een gesloten front. Ze sloten diegene buiten, pestten hem en wezen hem systematisch met de vinger aan als er een schuldige werd gezocht. In het begin hadden ze Maurice, een vechtlustige domoor, opgedragen om me het leven zuur te maken. Maar toen ze in de gaten kregen dat ik maar een 'doetje' was dat niet terugvocht of klikte, lieten ze me verder met rust. Toen ze andere pispaaltjes vonden, duldden ze me zelfs binnen de marge van hun groep. Maar ik hoorde er niet echt bij, en ze lieten geen gelegenheid voorbijgaan om me dat aan mijn verstand te brengen. Behalve als ik mijn lunch uit mijn schooltas haalde, want dan werden ze vreemd genoeg poeslief; opeens waren ze mijn beste vrienden en droegen me op handen. Maar mijn lunch was nog niet verdeeld en het laatste kruimeltje naar binnen gewerkt of ze sloegen zo snel om dat ik er duizelig van werd.

Op een avond was ik razend thuisgekomen. Ik wilde een verklaring, en wel onmiddellijk. Ik was woedend op Maurice, de meester en mijn hele klas. Ik was gekwetst in mijn gevoel van eigenwaarde, en voor het eerst begreep ik dat mijn gevoel van gekrenktheid zich niet beperkte tot mijn familie, maar dat het zich kon uitstrekken tot volslagen onbekenden, die me een belediging lang opeens even na stonden als mijn vader en mijn moeder. Het was tijdens de les gebeurd. We hadden ons huiswerk ingeleverd, en Abdelkader keek beduusd voor zich uit. Hij had zijn huiswerk niet gemaakt. De meester had hem aan zijn oor het podium op gesleurd en met zijn gezicht naar de klas gezet. 'Kunt u ons misschien vertellen waarom u niet net als uw klasgenoten uw werk hebt ingeleverd, meneer Abdelkader?' De jongen had vuurrood van schaamte zijn hoofd laten hangen. 'Waarom, meneer Abdelkader? Waarom hebt u uw huiswerk niet gemaakt?' Omdat hij geen antwoord kreeg, had de meester zich tot de klas gericht: 'Kan iemand ons vertellen waarom de heer Abdelkader zijn huiswerk niet heeft gemaakt?' Waarop Maurice zonder zelfs maar zijn vinger op te steken had geroepen: 'Omdat Arabieren lui zijn, meneer.' De hilariteit die dit teweeg had gebracht, had me verpletterd.

Toen ik thuiskwam, was ik rechtstreeks naar de werkkamer van mijn oom gegaan.

'Is het waar dat Arabieren lui zijn?'

Mijn oom had opgekeken, verbaasd over mijn agressieve toon.

Hij had het boek neergelegd dat hij aan het lezen was en had zich naar me omgedraaid. Wat hij op mijn gezicht las had hem vertederd.

'Kom eens hier, mijn jongen', had hij gezegd en hij had zijn armen naar me uitgestrekt.

'Nee ... Ik wil weten of het waar is. Zijn Arabieren echt lui?'

Mijn oom had me met zijn kin tussen duim en wijsvinger nadenkend aangekeken. Dit was een belangrijk moment; hij was me een verklaring schuldig.

Nadat hij had nagedacht, had hij me recht in de ogen gekeken en gezegd: 'Wij zijn niet lui. We nemen alleen de tijd om te leven. En dat doen westerlingen niet. Voor hen is tijd geld. Maar voor ons is tijd onbetaalbaar. Wij kunnen volmaakt gelukkig zijn met een glaasje thee, zij zijn nooit gelukkig genoeg, willen altijd meer. Dat is het hele verschil, mijn jongen.'

Ik had nooit meer een woord tot Maurice gesproken, en ik was opgehouden met bang voor hem te zijn.

En toen kwam die dag – nog een – die me, omdat ik leerde te dromen, rauw op mijn dak viel.

Ik had Lucette naar haar tante gebracht, een pantalonmaakster met een naaiatelier in de wijk Choupot, een flink stuk van waar wij woonden, en ik ging te voet terug naar huis. Het was een ochtend in oktober, en de hemel werd gesierd door een zon zo groot als een pompoen. Het najaar beroofde de bomen van hun laatste lompen, terwijl een extatische wind armen vol dode blaadjes door de lucht liet dwarrelen. Op de boulevard, waar Lucette en ik vaak winkels gingen kijken, was een bar. Ik kan me de naam op de gevel niet meer herinneren, maar wel de dronkenlappen die er rondhingen, luidruchtige, opvliegende kerels die de politie vaak met de knuppel tot bedaren moest brengen. Op het moment dat ik er langskwam, hoorde ik hevig gescheld. Op het gevloek volgde het gekletter van tafeltjes en stoelen, en ik zag hoe een dikke driftige kerel een bedelaar bij kop en kont pakte en de straat op smeet. De arme drommel viel als een hooibaal voor mijn voeten.

'En waag het niet hier ooit nog te komen, smerige armoedzaaier', riep de barman in de deuropening. 'Jij hoort hier niet.'

De barman verdween naar binnen en kwam terug met een slof.

'En hier heb je je slof, stomme lul. Loop daar je ondergang maar mee tegemoet.'

De bedelaar dook in elkaar toen de slof zijn hoofd raakte. Omdat hij languit voor me lag op het trottoir en ik niet wist of ik om hem heen moest lopen of beter de straat kon oversteken, bleef ik als aan de grond genageld staan.

De bedelaar snuffelde aan de stoep, zijn wang plat op de grond en zijn tulband in zijn nek. Hij lag met zijn rug naar me toe. Zijn trillende handen probeerden zich ergens aan op te hijsen, maar hij was te bezopen om enig houvast te vinden. Na verscheidene pogingen zat hij eindelijk rechtop, zocht op de tast naar zijn slof, trok hem aan, raapte toen zijn tulband op en wikkelde die slordig om zijn hoofd.

Hij stonk; ik denk dat hij in zijn broek had geplast.

Heen en weer slingerend op zijn achterste, met één hand op de grond om niet achterover te vallen, zocht hij met de andere naar zijn stok, zag hem bij de goot liggen en kroop er op zijn buik naartoe om hem te pakken. Plotseling werd hij mijn aanwezigheid gewaar en verstarde. Toen hij naar me opkeek, verschrompelde zijn gezicht.

Het was mijn vader!

Mijn vader … die in staat was om bergen te verzetten, de onzekerheden van het leven op de knieën te dwingen, het lot de nek om te draaien! Daar lag hij, aan mijn voeten, op de stoep, verstrikt in zijn stinkende kledij, met opgezwollen gelaat, zijn mondhoeken druipend van het kwijl en het blauw van zijn ogen net zo tragisch als de blauwe plekken op zijn gezicht! Een wrak … een vod … een tragedie!

Hij keek me aan alsof ik een geest was. Zijn gezwollen en etterende ogen verduisterden, en zijn gezicht verkreukelde als een oud stuk inpakpapier in de handen van een voddenman.

'Younes?' zei hij.

Het was geen kreet … amper een kreun, iets tussen een doffe uitroep en een snik in.

Ik wist niet wat me overkwam.

De ernst van de situatie drong nu echt tot hem door, en hij deed plotseling een poging om zich op te richten. Zonder me uit het oog te verliezen, zijn gezicht vertrokken van de inspanning, klampte hij zich vast aan zijn stok en hees zich met een ruk omhoog, zijn kaken op elkaar geklemd om geen zuchtje te laten ontsnappen. Maar zijn knieën begaven het en hij viel jammerlijk terug in de goot. Het was alsof mijn zandkasteel ineenstortte, alsof de beloften van gisteren en mijn vurigste wensen oplosten in een verzengende woestijnwind. Mijn verdriet was immens. Ik wilde me zo graag over hem heen buigen, zijn arm om mijn nek leggen en hem optillen. Ik wilde zo graag dat hij zijn armen naar me uitstrekte, zich aan me vastklampte. Ik wilde nog duizend andere dingen, duizend springplanken, duizend hengels bieden, maar ik had alleen nog mijn ogen, die weigerden toe te geven aan wat ik zag, want geen van mijn ledematen gaf thuis. Ik hield te veel van mijn vader om me zelfs maar te kunnen voorstellen dat hij daar, uitgedost als een vogelverschrikker, met zwarte nagels en opengesperde neusvleugels, aan mijn voeten lag ...

Niet in staat om zijn dronkenschap te overwinnen, gaf hij zijn zinloze gespartel op en gaf me met verpletterde hand te kennen dat ik weg moest gaan.

Toen haalde hij in een laatste oprisping van trots heel diep adem en hees zich opnieuw op aan zijn stok. Uit het laatste beetje waardigheid dat hem nog restte putte hij de kracht om op te staan, boog zich voorover, wankelde naar achteren en liet zich met trillende kuiten tegen de muur aan vallen; het kostte hem de grootste moeite om overeind te blijven. Hij stond te zwaaien op zijn benen, en deed denken aan een ziek oud paard dat elk moment dood kon neervallen. Toen begon hij zich voetje voor voetje, terwijl zijn schouder langs de muur scheerde, van de bar te verwijderen. Bij elk stapje dwong hij zichzelf de ene voet recht voor de andere te zetten en enige afstand te houden tot de muur om me te bewijzen dat hij rechtop kon lopen. De pathetische strijd die hij met zichzelf voerde had, in alle ontreddering die eruit sprak, iets buitengewoon heldhaftigs en tegelijk grotesks. Te dronken om echt ver te komen bleef hij al na een paar meter buiten adem staan en draaide zich om om te kijken of ik verdwenen was. Maar ik stond er nog, als een zoutzak, even dronken als hij. Toen wierp hij me die blik toe die me de rest van mijn leven zou achtervolgen, die verloren blik waarin willekeurig welke eed ten onder zou gaan, zelfs die van de dapperste aller vaders aan de beste aller zonen ... Zo'n blik die je maar één keer in je leven werpt, omdat er daarachter, of daarna, helemaal niets meer is ... Ik begreep dat het de laatste keer was en dat die ogen, die me hadden gefascineerd en verlamd, me hadden gekoesterd en gedreigd, bemind en vertederd, me nooit meer zouden aankijken.

'Hoelang is hij al zo?' vroeg de dokter terwijl hij zijn stethoscoop weer opborg in zijn tas.

'Hij kwam tegen het middaguur thuis', zei Germaine. 'Er was niets aan de hand. Toen zijn we aan tafel gegaan. Hij heeft wat gegeten, en opeens rende hij naar de wc om over te geven.'

De dokter was een lange, knokige heer met een spits, bleek gezicht. In zijn antracietkleurige pak had hij iets van een maraboet. Hij gespte met autoritaire hand de riemen van zijn tas dicht en keek me aan.

'Ik weet niet wat hij heeft', gaf hij toe. 'Hij heeft geen koorts, hij transpireert niet en vertoont geen symptomen van verkoudheid.'

Mijn oom, die met Germaine aan de voet van mijn bed stond, zei niets. Hij had het doktersonderzoek aandachtig gevolgd en af en toe een ongeruste blik op de arts geworpen. De man had in mijn mond gekeken, met een lampje in mijn ogen geschenen, aan mijn oren gevoeld en naar mijn longen geluisterd. Toen hij zich weer had opgericht, had hij een bedachtzaam mondje getrokken.

'Ik zal hem iets voorschrijven om de misselijkheid tegen te gaan. Hij moet vandaag in bed blijven. Het gaat vanzelf wel weer over. Misschien heeft hij iets gegeten wat hem niet goed is bekomen. Als het niet overgaat, moet u me bellen.'

Na het vertrek van de dokter was Germaine bij me gebleven.

'Heb je iets bij een stalletje op straat gegeten?'

'Nee.'

'Heb je buikpijn?'

'Nee.'

'Wat heb je dan?'

Ik wist niet wat ik had. Het was alsof ik uit elkaar werd getrokken. Zodra ik mijn hoofd optilde, begon alles om me heen te draaien. Het was net of mijn maag in de knoop zat, alsof ik helemaal geen gevoel meer had ...

Toen ik wakker werd, was het donker. Het was stil op straat. De vollemaan verlichtte mijn kamer, een briesje trok voor de lol de bomen aan hun vlechten. Het was vast al heel laat. De buren gingen meestal pas naar bed nadat ze alle sterren hadden geteld. Ik had een galachtige smaak in mijn mond en mijn keel brandde. Ik duwde de dekens van me af en klom uit bed. Ik stond te trillen op mijn benen. Ik liep naar het raam en drukte mijn neus tegen de ruit, in de hoop dat er een schim voorbij zou komen. Ik zocht mijn vader in elke nachtbraker.

Zo trof Germaine me aan, met het waas van de ruit op mijn gezicht en mijn lichaam verstijfd van de kou. Ze legde me snel weer in bed. Ik hoorde niet wat ze zei. Haar gezicht verdween af en toe achter dat van mijn moeder. Toen kwam het gezicht van mijn vader ervoor in de plaats, en mijn buik werd verscheurd door hevige krampen.

Ik weet niet hoelang ik ziek ben geweest. Toen ik weer naar school ging, zei Lucette dat ik veranderd was, dat ik niet meer dezelfde was. Iets was in me geknapt.

Bliss de makelaar kwam naar de apotheek van mijn oom. Ik herkende hem meteen aan de manier waarop hij luid zijn keel schraapte. Ik zat mijn huiswerk te doen in het magazijn. Door de kier tussen de gordijnen die de winkel van het magazijn scheidden, kon ik hem bekijken. Hij was doorweekt. Hij droeg een oude, verstelde boernoes die hem te groot was, een wijde grijze pofbroek vol spatten en rubbersandalen die moddersporen op de vloer achterlieten.

Mijn oom keek op van zijn boekhouding. Het bezoek van de makelaar betekende niet veel goeds. Bliss waagde zich zelden in de Europese wijk. Te oordelen naar zijn ontredderde blik kon mijn oom wel raden dat hem geen goed nieuws te wachten stond.

'Ja …?'

Bliss stak zijn hand onder zijn kalotje en krabde krachtig op zijn hoofd, wat bij hem een teken van grote verwarring was.

'Het gaat over uw broer, dokter.'

Mijn oom sloeg met een klap zijn kasboek dicht en draaide zich naar me om. Hij realiseerde zich dat ik hen in de gaten hield. Hij liep om de toonbank heen, nam Bliss bij zijn elleboog en trok hem mee naar de andere kant van de apotheek. Ik liet me van mijn krukje glijden en liep naar het gordijn om ze af te luisteren.

'Wat is er met mijn broer …?'

'Hij is verdwenen …'

'Wat? Wat bedoel je met "verdwenen"?'

'Nou, dat hij niet meer thuis is gekomen.'

'Sinds wanneer?'

'Al drie weken niet.'

'Drie weken! En dat kom je me nu pas vertellen?'

'Dat is de schuld van zijn vrouw. U weet hoe onze vrouwen zijn als hun mannen er niet zijn. Hun huis moet eerst in brand vliegen voor ze de buurman om hulp vragen. Ik heb het trouwens pas vanochtend gehoord, van Batoul de helderziende. De vrouw van uw broer vroeg haar gisteren om haar hand te lezen. Ze wilde weten wat er met haar man was gebeurd, en zo kwam Batoul erachter dat uw broer al in geen drie weken meer iets van zich heeft laten horen.'

'Mijn god!'

Ik liep snel terug naar mijn bureautje.

Mijn oom schoof het gordijn opzij en zag me gebogen over mijn leerboek.

'Ga naar huis en zeg tegen Germaine dat ze me moet vervangen. Ik moet dringend iets regelen.'

Ik pakte mijn boek en verliet de apotheek. In het voorbijgaan had ik nog iets in Bliss' ogen proberen te lezen, maar hij had zijn blik afgewend. Ik begon als een bezetene te rennen.

Germaine kon niet stilzitten. Zodra ze klaar was met een klant, posteerde ze zich achter het afscheidingsgordijn en hield me in het oog. Mijn kalmte verontrustte haar. Af en toe, als ze zich echt niet meer kon inhouden, liep ze op haar tenen naar me toe en boog zich over me heen terwijl ik een gedicht uit mijn hoofd probeerde te leren. Haar hand streelde mijn haar en gleed over mijn voorhoofd om te voelen of ik koorts had.

'Weet je zeker dat het wel gaat?'

Ik gaf geen antwoord.

De laatste blik die mijn vader me, wankelend van dronkenschap en schaamte, had toegeworpen, vrat aan me als een gulzige worm.

Het was allang donker en mijn oom was nog steeds niet terug. Het regende dat het goot, en in de verlaten straat was een paard in elkaar gezakt, waarbij het de wagen die het trok in zijn val had meegesleurd. De lading steenkool lag verspreid over het wegdek, en de voerman, vloekend op zijn beest en het slechte weer, probeerde tevergeefs een oplossing voor zijn probleem te vinden.

Germaine en ik stonden voor het raam en keken naar het paard, dat met gebogen voorbenen en ontwrichte nek op de grond lag. Zijn manen golfden in de regen over de kasseien.

De voerman ging hulp halen en kwam terug met een handjevol vrijwilligers, ondanks de regen en de bliksem.

Een van hen hurkte neer bij het paard.

'Die knol van je is dood', zei hij in het Arabisch.

'Welnee, hij is gewoon uitgegleden.'

'Hij is al stijf, zeg ik je.'

De voerman wilde het niet geloven. Hij hurkte nu ook neer bij zijn dier, maar durfde het niet aan te raken.

'Dit kan niet. Hij was kerngezond.'

'Dieren kunnen niet klagen', zei de vrijwilliger. 'Je hebt er vast te vaak de zweep overheen gehaald, jongen.'

Germaine pakte de slinger en haalde het rolluik van de apotheek half neer; toen gaf ze me haar paraplu, deed de lichten uit en duwde me naar buiten. Nadat ze alles had afgesloten, nam ze de paraplu van me over, drukte me tegen zich aan, en we gingen op een holletje naar huis.

Mijn oom kwam pas laat in de avond thuis. Hij droop van de regen. Germaine hielp hem in de hal uit zijn mantel en zijn schoenen.

'Waarom ligt hij nog niet in bed?' gromde mijn oom met een hoofdgebaar naar mij.

Germaine haalde haar schouders op en ging gauw naar boven. Mijn oom nam me aandachtig op. Zijn natte haar glansde in het plafondlicht, maar zijn blik was somber.

'Je had allang in bed moeten liggen. Je moet morgen naar school.'

Germaine kwam terug met een kamerjas, die mijn oom snel aanschoot. Hij liet zijn blote voeten in een paar pantoffels glijden en liep op me af.

'Doe me een plezier, jongen, en ga naar je kamer.'

'Hij weet het van zijn vader', meende Germaine te moeten opmerken.

'Hij wist het eerder dan jij, maar dat is nog geen reden.'

'Hij doet sowieso geen oog dicht voordat hij heeft gehoord wat je te zeggen hebt. Het gaat om zijn vader.'

Mijn oom stelde die laatste opmerking van Germaine niet op prijs. Hij keek haar dreigend aan. Germaine wendde haar blik niet af. Ze was ongerust en begreep dat het onzinnig zou zijn om de waarheid voor me achter te houden.

Mijn oom legde zijn beide handen op mijn schouders en zei: 'We hebben hem overal gezocht. Niemand heeft hem gezien. Op zijn vaste plekken kan niemand zich herinneren hem de laatste tijd nog te hebben gezien. Je moeder weet niet waar hij is. Ze begrijpt niet waarom hij is weggegaan … We gaan door met zoeken. Ik heb de makelaar en drie vertrouwensmannen opgedragen om de hele stad uit te kammen …'

'Ik weet waar hij is', zei ik. 'Hij is weggegaan om rijk te worden, en hij komt terug in een heel mooie auto.'

Mijn oom was bang dat ik malende was en keek Germaine vragend aan.

Ze knipperde even met haar ogen om hem gerust te stellen.

Terug in mijn kamer staarde ik naar het plafond en fantaseerde over hoe mijn vader ergens een enorm fortuin aan het vergaren was, zoals in de films waar Lucette en ik zondagmiddag met haar vader naartoe gingen. Germaine kwam steeds kijken of ik al sliep. Ik deed alsof. Ze drentelde wat rond, voelde stiekem aan mijn voorhoofd, legde mijn kussens recht, stopte me in en ging weer weg. Zodra ik de deur hoorde dichtvallen, gooide ik de dekens van me af en vestigde mijn blik op het plafond, waarop ik, als een jongetje in de ban van een buitengewoon schouwspel, de avonturen van mijn vader volgde als op het witte doek.

Bliss de makelaar en de drie vertrouwensmannen die mijn oom had opgedragen mijn vader te zoeken, kwamen onverrichter zake terug. Ze hadden overal gezocht, in politiebureaus, het ziekenhuis en bordelen, op vuilnisbelten en markten, in kringen van boeven en schurken, dronkenlappen en pooiers ... Mijn vader was van de aardbodem verdwenen.

Een paar weken later was ik stiekem naar Jenane Jato gegaan. Ik kende de stad inmiddels op mijn duimpje en wilde mijn moeder bezoeken zonder Germaine om toestemming te vragen en zonder dat mijn oom met me meeging. Mijn moeder las me duchtig de les. Ze vond het dom wat ik had gedaan en liet me beloven dat ik het nooit meer zou doen. Het stikte in de buitenwijken van de onbetrouwbare sujetten, van schurken die in louche buurten opereerden en een goed geklede jongen als ik zomaar in stukken konden snijden. Ik legde haar uit dat ik was gekomen om te kijken of mijn vader al terug was. Mijn moeder zei dat we ons om mijn vader geen zorgen hoefden te maken, dat hij volgens Batoul de helderziende in blakende gezondheid verkeerde en al grote rijkdommen had verzameld. 'Als hij terugkomt, haalt hij eerst jou op bij je oom en daarna ons, je zusje en mij, en dan brengt hij ons naar een heel groot huis omringd door tuinen en honderden fruitbomen en zijn we *voorgoed weer samen*.'

Toen stuurde ze Badra's oudste zoon erop uit om Bliss de makelaar te halen, die mij meteen moest terugbrengen naar mijn oom.

Die besliste afwijzing door mijn moeder zou me nog lang dwarszitten.

Ik had het gevoel dat ik verantwoordelijk was voor alle ellende op de wereld.

7

Maandenlang viel ik 's nachts pas in slaap nadat ik het hele plafond had afgezocht. Van links naar rechts en van voren naar achteren. Languit op mijn rug en met mijn hoofd weggezonken in het kussen reeg ik de avonturen van mijn vader aan elkaar in een onsamenhangende film die zich boven mijn bed ontrolde. Ik zag hem als een sultan te midden van zijn harem, een schurk die verre streken afschuimde, een goudzoeker die met één houweelslag de goudklomp van de eeuw opdolf, of zelfs als een gangster in een onberispelijk driedelig pak, met in zijn mondhoek een dikke sigaar. Soms, overvallen door een onpeilbare diepe angst, zag ik hem ook wel dronken en verslonsd door louche buurten dolen, achtervolgd door moordlustig gajes. Dan voelde ik mijn hand branden alsof hij fijn werd geknepen – als op die avond dat ik mijn vader gelukkig dacht te maken door hem het geld te geven dat ik had verdiend met het vangen van distelvinken.

De verdwijning van mijn vader bleef als een graat in mijn keel steken; ik kon hem inslikken noch ophoesten. Ik gaf mezelf de schuld. Mijn vader zou mijn moeder en mijn zusje nooit in nakende armoede hebben achtergelaten als hij mij toen niet op zijn weg had gevonden. Hij zou onder dekking van de nacht zijn teruggegaan naar Jenane Jato en ergens in een hoekje zijn roes hebben uitgeslapen om niet de argwaan te wekken van de buren. Hij was een man van principes; hij deed zijn uiterste best om tegenslagen te overwinnen en er niet aan onderdoor te gaan. Hij zei dat je je fortuin, je landerijen, je vrienden, je geluk en je houvast kon verliezen, maar dat er altijd een mogelijkheid zou zijn, hoe klein ook, om er weer bovenop te komen; verloor je daarentegen je gezicht, dan had het ook geen zin meer om de rest te redden.

Mijn vader had die dag vermoedelijk zijn gezicht verloren. Door mij. Ik had hem op zijn diepste dieptepunt gezien, en dat kon hij niet verdragen. Hij had zo zijn best gedaan om me te bewijzen dat hij er een eer in stelde om zijn goede naam niet door tegenslagen te laten aantasten. De blik die hij me bij die bar in Choupot had toegeworpen, terwijl hij als een idioot heen en weer stond te zwaaien, had anders beslist ... Er zijn blikken die ontreddering uitstralen; die van mijn vader zei dat alles voorbij was.

Ik nam het mezelf kwalijk dat ik die straat had genomen, dat ik langs de bar was gekomen waar die 'uitsmijter' mijn vader op straat en mijn wereld aan diggelen had gegooid; nam het mezelf kwalijk dat ik niet wat langer bij Lucette was gebleven, dat we niet wat langer etalages hadden gekeken ...

In het donker van mijn kamer verweet ik mezelf van alles, niet wetend welke verzachtende omstandigheid ik zou kunnen aanvoeren. Ik was zo ongelukkig dat ik op een avond in het berghok naar het beeldje van de engel was gaan zoeken die me die eerste nacht bij mijn oom zo'n angst had aangejaagd. Ik had het gevonden in een kist met oude troep, afgestoft en op de schoorsteenmantel gezet, recht tegenover mijn bed. Ik had er net zo lang naar liggen kijken tot het, ik wist het zeker, zijn vleugels zou spreiden en me zijn gezicht zou toedraaien ... Maar niets. Het stond daar maar op zijn sokkel, ondoorgrondelijk en gruwelijk nutteloos, en ik had het voor zonsopgang moeten terugleggen in zijn aftandse kist.

'God is gemeen ...!'

'God heeft er niets mee te maken, mijn jongen', had mijn

oom geantwoord. 'Je vader is weggegaan, zo is het en niet anders. Het is niet de duivel die hem ertoe heeft gedwongen of de engel Gabriël die hem bij de hand heeft genomen. Hij heeft het uit alle macht proberen vol te houden, en toen is er iets in hem geknapt. Zo simpel is dat. Het leven bestaat uit hoogte- en dieptepunten, en niemand weet precies waar het midden ligt. Je hoeft het jezelf niet eens aan te rekenen. Het ongeluk dat ons treft doet dat niet met voorbedachten rade. Het overvalt ons als de bliksem, en net als de bliksem trekt het zich weer terug, zonder na te denken over wat het ons heeft aangedaan of daar zelfs maar een idee van te hebben. Als je wilt huilen, huil; als je wilt hopen, bid, maar alsjeblieft, zoek geen schuldige omdat je niet weet wat je met je verdriet aan moet.'

Ik had gehuild en gebeden, en langzaam maar zeker was het witte doek boven mijn hoofd gedoofd en het plafond weer vlak geworden. Ik had niets aan die fantasieën. Ik ging weer naar school, aan de hand van Lucette. Al die kinderen om me heen hadden ook niets misdaan. Het waren kinderen, gewoon kinderen die getroffen werden door tegenslagen, willekeurige straffen uitzaten en zich erin schikten. Dat ze zichzelf niet te veel vragen stelden, was omdat er meestal toch geen goed antwoord op was.

Mijn oom ontving nog steeds zijn mysterieuze gasten. Ze kwamen gescheiden, in het holst van de nacht, en sloten zich urenlang op in de salon, rokend als schoorstenen. Het hele huis stonk naar hun sigaretten. Die bijeenkomsten begonnen en eindigden altijd op dezelfde manier, eerst gedempt, dan onderbroken door nadenkende stiltes en ten slotte zo verhit dat ze de buurt op stelten dreigden te zetten. Dan hoorde ik mijn oom gebruikmaken van zijn status als heer des huizes om de gemoederen tot bedaren te brengen. Als de geschillen niet konden worden bijgelegd, gingen de gasten naar buiten om een luchtje te scheppen in de tuin. De punten van hun sigaretten lichtten vurig op in de duisternis. Als de bijeenkomst ten einde was, slopen ze de een na de ander op hun tenen weg, speurden de omgeving af en verdwenen in de nacht.

De volgende dag zag ik hoe mijn oom in zijn werkkamer een eindeloos verslag schreef in een groot boek met een kartonnen kaft.

Op een avond, die anders was dan de vorige, mocht ik me van mijn oom bij de gasten in de salon voegen. Hij stelde me trots aan hen voor. Ik herkende enkele gezichten, maar de sfeer was minder gespannen, bijna plechtig. Slechts een van hen veroorloofde zich een uitvoerig betoog. Zodra hij zijn mond opendeed, hingen de anderen aan zijn lippen en dronken gretig zijn woorden in. Het ging om een speciale gast, een charismatische man, voor wie mijn oom grote bewondering leek te hebben … Het was pas veel later dat ik, bladerend door een politiek tijdschrift, een naam aan dat gezicht kon geven: Messali Hadj, boegbeeld van het Algerijnse nationalisme.

In Europa brak de oorlog uit als een abces dat openbarstte.

De nazi's liepen Polen met onthutsend gemak onder de voet. De mensen hadden hardnekkige tegenstand verwacht, maar wat ze kregen waren wat pathetische schermutselingen, platgewalst door pantserwagens met hakenkruizen. Het overweldigende succes van de Duitse troepen was zowel angstaanjagend als fascinerend. De aandacht van de gewone sterveling verplaatste zich plotsklaps naar het noorden en concentreerde zich op wat zich afspeelde aan de overkant van de Middellandse Zee. Het nieuws was niet goed; het spook van een wereldbrand waarde in alle geesten rond. Op de terrasjes van de koffiehuizen zag je geen klant meer aan een tafeltje zitten zonder dat er een krant met verontrustend nieuws voor hem opengeslagen lag. Voorbijgangers bleven staan, spraken elkaar aan, dromden samen rond de togen van bars of op bankjes in parken om poolshoogte te nemen van een Westen dat op instorten stond. De onderwijzers op school besteedden minder aandacht aan ons. 's Ochtends arriveerden ze met een hoop nieuws en een hoop vragen en 's middags gingen ze met dezelfde vragen en angsten weer naar huis. De directeur had een transistorradiootje in zijn kamer gezet, wijdde het grootste deel van de dag aan het nieuws en had nauwelijks nog oog voor het wangedrag dat, vreemd genoeg in die verwarde tijden, hand over hand toenam op het schoolplein.

's Zondags, na de mis, nam Germaine me nergens meer mee naartoe. Ze sloot zich op in haar slaapkamer, op haar knieën voor een kruisbeeld, en bad een litanie van smeekbeden. Ze had geen familie in Europa, maar ze bad uit alle macht dat de wijsheid het mocht winnen van de waanzin.

Toen mijn oom ook steeds vaker de deur uitging, met een tas vol traktaten en manifesten onder zijn jas, zocht ik mijn heil bij Lucette. We gingen geheel op in onze spelletjes totdat een stem riep dat het tijd was om aan tafel of naar bed te gaan.

De vader van Lucette heette Jérôme en hij werkte als ingenieur in een fabriek niet al te ver van waar wij woonden. Verdiept in een technisch boek of onderuitgezakt op een oude sofa, tegenover een grammofoon die tot vervelens toe Schubert ten gehore bracht, nam hij niet eens de moeite om te gaan kijken wat we precies uitspookten. Lang en mager, zich verschansend achter zijn ronde brilletje, leek hij in zijn eigen op maat gemaakte wereldje te leven, zich angstvallig afzijdig houdend van alles en iedereen, met inbegrip van de oorlog die op het punt stond de wereld te verzwelgen.'s Zomers en 's winters droeg hij hetzelfde kaki overhemd, met epauletten en grote zakken vol met potloden. Jérôme zei alleen iets als je hem een vraag stelde, die hij dan onveranderlijk op een wat geïrriteerde toon beantwoordde. Zijn vrouw had hem een paar jaar na de geboorte van Lucette verlaten, en dat had hem behoorlijk aangegrepen. Weliswaar weigerde hij zijn dochter niets, maar ik had hem Lucette ook nog nooit in zijn armen zien nemen en knuffelen. In de bioscoop, waar hij ons trakteerde op stomme films, was het net of hij oploste wanneer de lichten doofden. Af en toe was ik zelfs bang voor hem, vooral sinds hij op nonchalante toon tegen mijn oom had verklaard dat hij atheïst was. Ik wist toen nog niet dat er zulke mensen bestonden. Ik had alleen maar gelovigen om me heen; mijn oom was moslim, Germaine katholiek, onze buren joden of christenen. Op school en in de buurt had iedereen de mond, en het hart, vol van God, en ik was verbaasd dat Jérôme het zonder hem kon stellen. Ik had hem een keer tegen een evangelieprediker, die de blijde boodschap kwam brengen, horen zeggen: 'Elk mens is zijn eigen god. Door een andere god te kiezen verloochent hij zichzelf en wordt hij blind en onrechtvaardig.' De man had hem aangekeken alsof hij Satan in eigen persoon was.

Met Hemelvaart nam hij Lucette en mij mee om vanaf de Murdjadjo over de stad uit te kijken. We hadden eerst het middeleeuwse fort bezocht en ons vervolgens aangesloten bij de drommen pelgrims die rond de kerk van Santa-Cruz cirkelden. Honderden vrouwen, oude mannen en kinderen verdrongen zich voor de Heilige Maagd. Sommigen hadden de berg op blote voeten beklommen, zich vastklampend aan brem en struikgewas, anderen op hun knieën, bebloed en geschramd. Ze stonden nu te wankelen in de verzengende zon, met verwilderde ogen en een lijkbleek gezicht, terwijl ze hun beschermheiligen aanriepen en God smeekten hun miserabele leven te sparen. Lucette legde uit dat deze gelovigen Spanjaarden waren, die zich deze beproeving elk jaar met Hemelvaart oplegden om de Heilige Maagd te danken dat ze het Oude Oran had gespaard voor de cholera-epidemie van 1849, die duizenden families in rouw had gedompeld.

'Maar ze doen zichzelf zo veel pijn', zei ik, geschokt door de omvang van hun marteling.

'Dat doen ze voor God', riep Lucette vol vuur.

'God heeft ze niets gevraagd', zei Jérôme kortaf.

Zijn stem knalde als een zweepslag en doodde al mijn geestdrift. Ik zag geen pelgrims meer, alleen nog uitzinnige verdoemden, en de hel had me nooit zo dichtbij geleken als op die dag van smeekbeden. Vanaf mijn geboorte was me ingeprent dat godslastering taboe was. Je hoefde God niet eens zelf te beschimpen om voor eeuwig te branden in de hel, alleen al het horen van een blasfemie was een doodzonde. Lucette zag dat ik van streek was. Ik merkte wel dat ze woedend was op haar vader, maar ik verbood mezelf haar beschaamde glimlach te beantwoorden. Ik wilde naar huis.

We namen de bus terug naar de stad. De bergweg vol haarspeldbochten die omlaagvoerde naar Oud Oran, maakte het er niet beter op. Ik was spuugmisselijk, had braakneigingen in elke bocht. Lucette en ik vonden het meestal enig om rond te hangen in La Scalera, paella of caldero te eten in een van de Spaanse tentjes, en een prulletje te kopen bij de Sefardische handwerkslieden in de Derb. Maar die dag hadden we er geen zin meer in. De lange gestalte van Jérôme wierp zijn schaduw over mijn zorgen. Ik was bang dat zijn 'godslastering' me ongeluk zou brengen.

We namen de tram naar de Europese stad en liepen terug

naar huis. Het was een mooie dag. Dat zon van Oran overtrof zichzelf, maar te midden van al dat licht en de kwinkslagen die rondom opklonken voelde ik me een vreemde. Al hield Lucette mijn hand nog zo stevig vast, ze kon me niet helpen mezelf weer meester te worden.

En het onheil dat ik al vreesde overviel me als een donderslag bij heldere hemel: onze straat zag zwart van de mensen. Ze stonden op de stoep met hun armen over elkaar en een vinger tegen hun wang.

Jérôme keek vragend naar een man in korte broek in de deuropening van zijn huis. De man, die zijn tuin aan het besproeien was, draaide de kraan dicht, legde de slang op het pad, droogde zijn handen aan zijn trui en hief ze toen nietbegrijpend op: 'Het moet een vergissing zijn. De politie heeft meneer Mahi de apotheker gearresteerd. Ze hebben hem net met een gevangenwagen opgehaald. De smerissen keken niet zo vriendelijk.'

Mijn oom werd pas na een week vrijgelaten. Onder dekking van de nacht sloop hij terug naar huis. Met ingevallen wangen en een doodse blik. Die paar dagen in de gevangenis hadden hem onherkenbaar veranderd. Een beginnende baard accentueerde zijn verwilderde trekken en gaf iets spookachtigs aan zijn verloren blik. Het was alsof ze hem al die tijd niets te eten hadden gegeven en dag en nacht wakker hadden gehouden.

Germaines opluchting duurde niet langer dan het moment van het weerzien. Ze begreep meteen dat ze haar man niet ongeschonden had teruggekregen. Mijn oom maakte een wezenloze indruk. Hij begreep niet meteen wat je tegen hem zei, schrok zich dood wanneer Germaine hem vroeg of ze iets voor hem kon doen. 's Nachts hoorde ik hem, onbegrijpelijke verwensingen uitend, door zijn kamer ijsberen. Als ik in de tuin naar boven keek, ontwaarde ik achter de gordijnen van zijn werkkamer soms zijn silhouet. Mijn oom hield continu de straat in de gaten, alsof de demonen van de hel elk moment bij hem binnen konden vallen.

Germaine nam de leiding over het gezin over en belastte zich met de bedrijfsvoering van de apotheek. Het duurde niet lang of ze begon mij te verwaarlozen. De geestelijke toestand van haar man verslechterde zienderogen, en zijn categorische weigering om zich door een arts te laten onderzoeken, maakte haar bang. Soms hield ze het niet meer en barstte midden in de salon in snikken uit.

Jérôme bracht me voortaan naar school. Lucette stond me elke ochtend voor ons huis op te wachten, geestdriftig en met strikken in haar vlechten. Ze pakte me bij de hand, trok me mee en we renden naar haar vader, die al vooruit was gegaan.

Ik dacht dat mijn oom er na een paar weken wel weer bovenop zou zijn, maar het werd alleen maar erger. Hij sloot zich op in zijn kamer en weigerde de deur open te doen als we klopten. Het was alsof er een boze geest door het huis waarde. Germaine was wanhopig. Ik begreep het niet. Waarom hadden ze mijn oom gearresteerd? Wat was er op het politiebureau gebeurd? Waarom wilde hij niets vertellen over zijn verblijf in de gevangenis, zelfs niet tegen Germaine? Wat huizen evenwel uit alle macht verzwijgen, roept de straat vroeg of laat van de daken: als ontwikkeld en belezen man, die de omwentelingen in de Arabische wereld op de voet volgde, was mijn oom in ideologisch opzicht solidair met de nationale zaak die in kringen van geletterde moslims steeds meer aanhangers trok. Hij had teksten van Chakib Arslane uit zijn hoofd geleerd en knipte alle strijdlustige artikelen die in de pers waren verschenen uit om die te archiveren, annoteren en in eindeloze verhandelingen te becommentariëren. Hij ging zo op in het theoretisch aspect van de politieke woelingen dat hij zich geen rekenschap leek te geven van de concrete risico's van zijn engagement, en van het politiek activisme kende hij slechts de bezielde woorden, de financiële ondersteuning van clandestiene cellen en de geheime bijeenkomsten die de leiders van de beweging in zijn huis organiseerden. Als hartstochtelijk nationalist, meer bezig met de theorie dan met de radicale acties van de aanhangers van de Algerijnse Volkspartij, was het geen moment in hem opgekomen dat hij ooit in een politiebureau zou belanden of de nacht zou moeten doorbrengen in een stinkende cel met ratten en criminelen. Mijn oom was eigenlijk een pacifist, een abstracte democraat, een intellectueel die in argumenten, manifesten en slogans geloofde en een instinctieve afschuw koesterde van geweld. Als gezagsgetrouw burger, zich bewust van de maatschappelijke status die zijn universitaire diploma's en zijn positie als apotheker hem verleenden, was hij er totaal niet op verdacht dat de politie zomaar zijn werkkamer zou kunnen binnenvallen terwijl hij achterovergeleund in zijn fauteuil, met zijn voeten op een poef, *El Oema*, het blad van zijn partij, aan het lezen was.

Het verhaal ging dat hij nog voor hij in de gevangenwagen stapte, volledig was ingestort, al bij de eerste verhoren was doorgeslagen en zich dermate behulpzaam had betoond dat hij was vrijgelaten zonder dat hem ook maar iets ten laste was gelegd – iets wat hij tot het einde van zijn leven zou blijven ontkennen. Omdat hij niet kon verdragen dat zulke laster over hem de ronde deed, verloor hij verscheidene keren zijn verstand.

Toen hij weer enigszins bij zinnen was, stelde mijn oom Germaine op de hoogte van zijn plannen: we konden niet meer in Oran blijven; we moesten absoluut verhuizen.

'De politie wil dat ik mijn vrienden aangeef', vertrouwde hij haar doodongelukkig toe. 'Dat is toch ongelooflijk? Hoe komen ze erbij dat ze van mij een verklikker kunnen maken? Zie ik er soms uit als een verrader, Germaine? Hemeltjelief, hoe zou ik ooit mijn kameraden kunnen aangeven?'

Hij legde haar uit dat hij nu in het systeem zat, dat hij slechts respijt had, dat ze hem nauwlettend in de gaten zouden houden en dat hij zo zijn dierbaren en vrienden in gevaar zou brengen.

'Waar wil je dan naartoe?' vroeg Germaine, wie de schrik om het hart sloeg bij het idee dat ze haar geboortestad zou moeten verlaten.

'We gaan in Río Salado wonen.'

'Waarom Río Salado?'

'Het is een keurig dorp. Ik ben onlangs gaan kijken of ik daar een apotheek zou kunnen openen. En ik heb een mooi pand gevonden, op de begane grond van een groot huis ...'

'Wil je alles verkopen hier in Oran? Ons huis, de apotheek ...?'

'We hebben geen keus.'

'Kunnen we dan nooit meer terug naar de stad van onze dromen?'

'Het spijt me.'

'En als het in Río Salado niet lukt?'

'Dan gaan we naar Tlemcen of naar Sidi Bel-Abbès, of desnoods naar de Sahara. Gods aarde is groot, Germaine, ben je dat vergeten?'

Ergens stond geschreven dat ik altijd weer weg moest en daarbij een deel van mezelf moest achterlaten.

Lucette stond met haar handen op haar rug half tegen de muur van haar huis geleund. Ze had me niet willen geloven toen ik haar vertelde dat we zouden gaan verhuizen. En nu de verhuiswagen er was, nam ze het me kwalijk.

Ik had de straat niet durven oversteken om haar te vertellen dat ik ook heel verdrietig was. Ik keek toe terwijl de verhuizers onze meubels en kisten inlaadden. Het was alsof ze mijn goden en beschermengelen ontweiden.

Germaine duwde me de cabine in. De verhuiswagen brulde. Ik boog me voorover om Lucette te zien. Ik hoopte dat haar hand omhoog zou gaan, dat ze heel even naar me zou zwaaien, maar Lucette deed niets. Het leek niet tot haar door te dringen dat ik echt wegging. Of misschien wilde ze het niet weten.

De verhuiswagen zette zich in beweging, de chauffeur onttrok mijn vriendinnetje aan het oog. Ik wrong me in alle mogelijke bochten om al was het maar de illusie van een glimlach op te vangen, het bewijs dat ze erkende dat ik er niets aan kon doen, dat ik even ongelukkig was als zij. Tevergeefs. De straat trok onder luid gerammel en gerinkel aan me voorbij, en toen was ze weg ...

Vaarwel, Lucette!

Ik heb heel lang gedacht dat het haar ogen waren die mijn ziel tot rust brachten. Nu weet ik dat het niet haar ogen waren, maar haar blik – een zachte, lieve blik die, zo jong als ze was, al iets moederlijks had en die, wanneer ze naar me keek ...

Río Salado lag zo'n zestig kilometer ten westen van Oran. Geen reis heeft me ooit zo eindeloos geleken. De vrachtwagen kroop brullend over de weg als een oude kameel aan het eind van zijn Latijn. De motor gierde bij elke schakeling. De chauffeur droeg een broek vol olievlekken en een hemd dat betere dagen had gekend. Met zijn korte beentjes, brede schouders en zijn lelijke bokserstronie loodste hij de wagen zwijgend over de weg, zijn behaarde handen als reusachtige spinnen op het stuur. Germaine zat tegen het portier aan gedrukt; ze zei ook niets en had geen oog voor de boomgaarden die aan weerszijden van de cabine voorbijtrokken. Aan haar handen, die ze discreet had samengevouwen in een plooi van haar rok, kon ik zien dat ze aan het bidden was.

In Misserghine kwamen we slechts moeizaam vooruit vanwege de karren die de weg versperden. Het was marktdag en huisvrouwen drentelden rond de stalletjes, waar een enkele bedoeïen, herkenbaar aan de tulband, zijn diensten als drager aanbood. Een politieagent liep gewichtig op en neer terwijl hij met nonchalante hand een knuppel door de lucht liet zwieren. Met de klep van zijn kepie diep over zijn hoofd knikte hij de dames onderdanig toe om zich, als ze voorbij waren, meteen om te draaien en zich te vergapen aan hun kont.

'Mijn naam is Costa', zei de chauffeur opeens. 'Coco, voor vrienden.'

Hij wierp een zijdelingse blik op Germaine. Toen ze beleefd glimlachte, vatte hij moed: 'Ik ben Griek.'

Hij wiegde heen en weer op zijn stoel.

'Deze wagen is voor de helft van mij. Dat had u niet gedacht, hè? Maar het is echt waar. Over niet al te lange tijd ben ik mijn eigen baas en kom ik mijn kantoor niet meer uit … Die twee jongens achterin zijn Italianen. Die kunnen in minder dan een dag een heel passagiersschip leeghalen. Ze zijn al verhuizer sinds ze in de buik van hun moeder zaten.'

Zijn ogen glinsterden in zijn dikke gezicht.

'Weet u dat u heel erg op mijn nicht Mélina lijkt, mevrouw? Daarnet, toen ik bij u aankwam, dacht ik even dat ik hallucineerde. U lijkt echt sprekend op haar. Zelfde haar, zelfde kleur ogen, even groot. Bent u misschien Griek, mevrouw?'

'Nee, meneer.'

'Waar komt u dan vandaan?'

'Uit Oran. Vierde generatie.'

'Wauw! Misschien heeft uw betovergrootvader dan wel de degens gekruist met de beschermheilige van de Arabieren … Ik woon pas vijf jaar in Algerije. Ik was matroos. We legden hier aan. Op de markt leerde ik Berte kennen. Ik zei meteen: Hier blijf ik. Ik ben met Berte getrouwd en we zijn in La Scalera gaan wonen … Oran is een heel mooie stad.'

'Ja,' zei Germaine bedroefd, 'een heel, heel mooie stad.'

De chauffeur gaf een ruk aan het stuur om twee ezels te ontwijken die midden op de weg stonden. De meubels achterin knarsten en kraakten, en de twee verhuizers vloekten als ketters.

De chauffeur ging weer rechts rijden en gaf zo veel gas dat het knalde onder de motorkap.

'Let jij nou maar op de weg in plaats van te zitten tetteren', kreeg hij van achteren te horen.

Hij knikte en deed er het zwijgen toe.

De boomgaarden vervolgden hun processie. Sinaasappelplantages en wijngaarden verdrongen elkaar in hun stormloop op heuvels en vlakten. Hier en daar staken mooie boerderijen boven de omgeving uit, meestal op een heuveltop, omgeven door statige bomen en tuinen. De paadjes die erheen leidden werden omzoomd door olijfbomen en rijzige palmen. Van tijd tot tijd zag je een kolonist te voet van zijn akkers terugkeren of te paard in vliegende vaart op ik weet niet wat voor geluk afsnellen. Maar plotseling, als om de sprookjesachtige omgeving het leven zuur te maken, doken tussen de heuveltjes onwaarschijnlijk smerige krotten op, gebukt gaand onder de misère en het lot. Sommige verschansten zich schroomvallig achter muurtjes van cactussen – je zag de half ingestorte daken er amper boven uitsteken; andere klampten zich vast aan rotshellingen, holen weerzinwekkend als een tandeloze mond en de pleister op hun muren als een dodenmasker.

De chauffeur keek weer naar Germaine en zei: 'Het is echt niet te geloven, u lijkt werkelijk sprekend op mijn nicht Mélina, mevrouw.'

II

RÍO SALADO

8

Ik heb heel veel van Río Salado gehouden – Fulmen Salsum in Romeinse tijden, het huidige El-Maleh. En nog steeds, want het is voor mij ondenkbaar dat ik mijn oude dag onder een andere hemel zou doorbrengen of ver van zijn geesten mijn laatste adem zou uitblazen. Het was een prachtig koloniaal dorp met groene straten en chique huizen. Het dorpsplein, waar feesten werden gehouden en vermaarde muziekgroepen optraden, ontrolde zijn stenen tapijt tot voor het gemeentehuis en werd omgeven door arrogante palmen, met elkaar verbonden door guirlandes van lampjes. Hier traden figuren op als Aimé Barelli of Xavier Cugat, met zijn beroemde chihuahua in zijn zak, legendarische namen en orkesten die Oran, met zijn kouwe kak en zijn status als hoofdstad van het westen, zich niet kon veroorloven. Río Salado wilde schitteren, wraak nemen voor de oude voorspellingen die niets voor zijn leven hadden gegeven. De schitterende huizen waarmee het langs de hoofdstraat schaamteloos te koop liep, waren zijn manier om doorgaande reizigers te kennen te geven dat uiterlijk vertoon een deugd kan zijn wanneer het willekeurige meningen de loef afsteekt en de omvang van de lijdensweg laat zien die het heeft moeten afleggen om een godswonder te verrichten. Het was ooit een rampzalig gebied, overgeleverd aan stenen en hagedissen, waar een herder zich maar één keer per ongeluk hoefde te wagen om er nooit meer een voet te zetten; een gebied van kreupelhout en dode rivieren waar hyena's en everzwijnen heer en meester waren – kortom, een door mensen en engelen verlaten gebied, waar pelgrims ijlings doorheen trokken alsof het om een vervloekte begraafplaats ging ... Maar toen hadden verschoppelingen en vagebonden, voor het merendeel Spanjaarden, het trekken moe, hun keus op dat armzalige gebied laten vallen, dat zo op hun eigen armoede leek. Ze stroopten hun mouwen op en begonnen de woeste vlakten te temmen. Elke mastiekboom die ze uitrukten, werd vervangen door een wijnstok en op elk stukje land dat ze ontgonnen, traceerden ze de omtrekken van een boerderij. En uit dat reusachtige waagstuk werd Río Salado geboren, zoals loten ontspruiten aan een massagraf.

In kleermakerszit te midden van zijn wijngaarden en wijnhuizen – het telde er meer dan honderd – liet Río Salado zich degusteren als de wijn die het voortbracht, en wachtte tussen twee oogsten in de roes af van een stralende toekomst. Ondanks een wat kille januarimaand en een bewolkte hemel wasemde het dorp een eeuwig zomerse geur uit. De mensen gingen hun eigen bedrijvige gangetje, wanneer ze zich na zonsondergang niet in een van de kroegjes verzamelden rond een glaasje wijn of het laatste nieuws; je kon ze van mijlenver in lachen of in woede horen uitbarsten.

'Ik weet zeker dat het jullie hier zal bevallen', zei mijn oom, terwijl hij Germaine en mij verwelkomde op de drempel van ons nieuwe huis.

De inwoners van Río Salado waren merendeels Spanjaarden en Joden, die er trots op waren dat ze elk gebouw met eigen handen hadden gebouwd en die stenige grond een nectar hadden weten te ontlokken die de goden op de Olympus waardig was. Het waren sympathieke mensen, spontaan en uit één stuk, het soort dat elkaar met de handen als een trechter voor de mond al van verre luid aanspreekt. Het was alsof ze allemaal uit dezelfde mal waren gegoten, zo door en door leken ze elkaar te kennen. Heel anders dan in Oran, waar je de ene buurt voor de andere verruilde met het gevoel dat je eeuwen terugging in de tijd of op een andere planeet was beland. In Río Salado hing een gastvrije, feestelijke sfeer, tot en met de glas-in-loodramen van de kerk, die rechts van het gemeentehuis stond, een tikje achteraf om de gezellige sfeer niet te verpesten.

Mijn oom had het goed gezien. Río Salado was een goede plek om een nieuw leven te beginnen. Ons huis bevond zich aan de oostzijde van het dorp, met een schitterende tuin en een balkon dat uitkeek over een oceaan van wijngaarden. Het was een groot huis, ruim en licht, waarvan de hoge benedenverdieping was verbouwd tot apotheek, met daarachter een mysterieus magazijn propvol wandrekken en geheime kasten. Een wenteltrap leidde naar boven en kwam uit in een immense salon, omgeven door drie grote slaapkamers en een betegelde badkamer met een gietijzeren badkuip op bronzen leeuwenpoten. Ik voelde me thuis vanaf het moment dat ik me over de zonovergoten balustrade boog en mijn blik werd mee gezogen door de vlucht van een patrijs.

Ik was dolgelukkig. Ik vond een voor een mijn oude bakens terug, de geur van de akkers, de stilte van de heuvels. Ik werd herboren in mijn huid van plattelandskind en was blij om te merken dat mijn stadse kleding mijn ziel niet had aangetast. Als de stad een illusie is, dan is het platteland een steeds sterker wordende emotie; elke nieuwe dag doet er denken aan het begin van de mensheid, elke avond valt er als de eeuwige rust. Tussen mij en Río was het liefde op het eerste gezicht. Het was een paradijs. Ik had er een eed op willen doen dat goden en titanen zich hier waren komen vermeien. Alles leek tot rust gekomen, bevrijd van zijn oude demonen. Zelfs 's nachts, wanneer jakhalzen de slaap van mensen kwamen verstoren en

je de aandrang voelde om ze tot diep in de bossen te volgen ...
Ik ging wel naar buiten om vanaf het balkon te midden van
het kroezende gebladerte van de wijnstokken een glimp op
te vangen van hun steelse silhouetten. Dan vergat ik de tijd,
gespitst op het zachtste geritsel, starend naar de maan, alsof ik
die kon strelen met mijn wimpers ...

... En toen was er Émilie.

De eerste keer dat ik haar zag, was in de koetspoort van
onze apotheek, waar ze met de capuchon van haar mantel over
haar hoofd aan de veters van haar laarsjes frunnikte. Het was
een beeldschoon meisje met angstige ogen, als twee zwarte
kristallen. Ik zou haar zonder meer voor een engel uit de hemel hebben gehouden, als haar marmerachtig bleke gezichtje
niet de sporen van een kwaadaardige ziekte had gedragen.

'Dag', zei ik. 'Kan ik je helpen?'

'Ik wacht op mijn vader', zei ze terwijl ze voor me opzij-
ging.

'Je kunt binnen op hem wachten. Het is koud buiten.'

Ze schudde haar hoofd.

Een paar dagen later kwam ze weer, vergezeld van een uit een
menhir gehouwen kolos. Het was haar vader. Hij gaf haar mee
aan Germaine en bleef voor de toonbank staan wachten, zo
recht en zwijgzaam als een pilaar. Germaine leidde het meisje
naar het magazijn en bracht haar een paar minuten later weer
terug. Haar vader legde een bankbiljet op de toonbank, pakte
het meisje bij de hand en nam haar mee naar buiten.

'Wat heb je met haar gedaan?' vroeg ik aan Germaine.

'Ik heb haar een prik gegeven ... zoals elke woensdag.'

'Heeft ze iets ergs?'

'God mag het weten.'

De woensdag daarop rende ik uit school meteen naar huis.
En daar zat ze, in de apotheek, op het bankje tegenover de

toonbank, die vol stond met flesjes en doosjes. Ze bladerde verstrooid door een boek met een kartonnen kaft.

'Wat lees je?'

'Een boek over Guadeloupe.'

'Wat is Guadeloupe?'

'Dat is een groot Frans eiland in het Caraïbisch gebied.'

Ik liep op mijn tenen naar haar toe. Ze zag er zo fragiel en kwetsbaar uit.

'Ik heet Younes.'

'Ik heet Émilie.'

'Over drie weken word ik dertien.'

'Ik ben in november negen geworden.'

'Heb je veel pijn?'

'Nee, niet zo veel, maar het is wel vervelend.'

'Wat heb je dan?'

'Dat weet ik niet. In het ziekenhuis begrijpen ze er niets van. Ze hebben me medicijnen voorgeschreven, maar die helpen niks.'

Germaine kwam haar halen voor haar prik. Émilie liet het plaatjesboek op het bankje liggen. Op de ladekast ernaast stond een bloempot; ik plukte een roos, stopte die in het boekwerk en ging naar boven naar mijn kamer.

Toen ik terugkwam, was Émilie alweer weg.

De volgende woensdag kwam ze niet terug voor haar prik. De woensdagen erna ook niet.

'Ze moest vast in het ziekenhuis blijven', zei Germaine.

Toen Émilie na een paar weken nog steeds geen teken van leven had gegeven, gaf ik de hoop op dat ik haar ooit nog zou zien.

Toen leerde ik Isabelle kennen, het nichtje van Pépé Rucillio, de rijkste man van Río. Isabelle was een schoonheid met enorme helblauwe ogen en lang steil haar tot op haar billen.

Maar mijn god, wat was ze een snob! Ze behandelde iedereen uit de hoogte. Maar zodra ze haar blik op mij liet rusten, werd ze opeens heel klein, en wee het roekeloze meisje dat bij mij in de buurt durfde te komen. Isabelle wilde me voor zichzelf alleen. Haar ouders, groothandelaars in wijn, werkten voor Pépé, die zo'n beetje hun stamvader was. Ze woonden in een grote villa in de buurt van de joodse begraafplaats, in een straat waar de voorgevels schuilgingen onder een waterval van bougainville.

Isabelle had niet zo veel trekken van haar moeder, een lastige tante van een Française, van wie werd gezegd dat ze uit een berooide familie kwam, en die geen gelegenheid voorbij liet gaan om haar critici erop te wijzen dat er blauw bloed door haar aderen stroomde – behalve misschien een uitgesproken voorkeur voor orde en discipline; ze leek daarentegen sprekend op haar vader – een Catalaan met een gebruinde, haast zwarte huid. Ze had zijn gezicht met uitstekende jukbeenderen, zijn scherpe mond en doordringende blik. Met haar neus in de lucht en het hoofd genegen als een koningin wist ze op haar dertiende al precies wat ze wilde en hoe het te krijgen, terwijl ze haar vrienden even zorgvuldig uitkoos als ze waakte over haar imago. Ze vertelde me in vertrouwen dat ze in een vorig leven kasteelvrouwe was geweest.

Ze had me tijdens een feest op het dorpsplein ontdekt. Ze was op me afgestapt en had gevraagd: 'Bent ú Jonas?' Ze sprak iedereen, groot en klein, met u aan, en stond erop dat anderen dat ook bij haar deden … Zonder mijn antwoord af te wachten had ze er op ferme toon aan toegevoegd: 'Donderdag vier ik mijn verjaardag. U bent van harte uitgenodigd.' Moeilijk uit te maken of het een uitnodiging of een bevel was. Toen ik me die donderdag, in een huis dat bruiste van neven en nichten, wat verloren voelde in de drukte, had Isabelle me bij mijn elleboog gepakt en me voorgesteld: 'Dit is mijn allerbeste vriendje!'

Mijn eerste kus heb ik aan haar te danken. We zaten bij haar thuis in de grote salon, in een nis tussen twee openslaande deuren. Isabelle speelde piano, met kaarsrechte rug en opgeheven hoofd. Ik zat naast haar op een bankje en zag haar spitse vingers als dwaallichten over de toetsen ijlen. Ze had veel talent. Maar plotsklaps was ze gestopt en had uiterst behoedzaam de klep van de piano dichtgedaan. Na even te hebben getalmd, of te hebben nagedacht, had ze zich naar me toe gekeerd, mijn hoofd in haar handen genomen, haar ogen gesloten en met een bezielde gelaatsuitdrukking haar lippen op de mijne gedrukt.

Het leek of er geen einde kwam aan die kus.

Toen had Isabelle haar ogen weer geopend en me losgelaten.

'Hebt u iets gevoeld, meneer Jonas?'

'Nee', antwoordde ik.

'Ik ook niet. Wat vreemd, in de bioscoop leek het me zo hemels ... Ik neem aan dat we moeten wachten tot we volwassen zijn om er echt iets bij te voelen.'

Toen had ze me diep in de ogen gekeken en verordend: 'Wat maakt het uit! We wachten gewoon zo lang als nodig is.'

Isabelle ontleende haar geduld aan de vaste overtuiging dat haar een stralende toekomst wachtte. Ze zei dat ik de mooiste jongen op aarde was, dat ik in een vorig leven vast en zeker een sprookjesprins was geweest en dat ze mij als verloofde had gekozen omdat ik *haar waardig was*.

We hadden elkaar niet meer gekust, maar zagen elkaar bijna elke dag om, beschut tegen het boze oog, hemelbestormende plannen te smeden.

En toen opeens was het als bij toverslag gedaan met onze

liefde. Het was een zondagochtend; ik zat me te vervelen thuis. Mijn oom, die zich weer vaak opsloot in zijn kamer, hield zich dood, en Germaine was naar de kerk. Ik was rusteloos, begon nu eens een spelletje en pakte dan weer een boek. Het was een mooie dag. Het beloofde een schitterend voorjaar te worden. De zwaluwen waren te vroeg, en heel Río, beroemd om zijn bloemen, rook naar jasmijn.

Ik ging een stukje lopen, met mijn handen op mijn rug en mijn hoofd in de wolken. Ineens bleek ik voor het huis van de Rucillio's te staan. Ik riep Isabelle door het raam. Zoals gewoonlijk. Maar Isabelle kwam niet naar beneden om open te doen. Nadat ze me een tijdje vanachter de blinden had zitten bespieden, gooide ze met een klap de luiken open en riep: 'Leugenaar!'

Ik begreep aan haar bitse toon en haar woedende blik dat ze helemaal niets meer van me moest hebben. Zo klonk en keek ze altijd wanneer ze op oorlogspad was.

Niet wetend wat ik had misdaan en niet voorbereid op zo'n kille ontvangst was ik even sprakeloos van verbazing.

'Ik wil jóú niet meer zien', zei ze op plechtstatige toon.

Het was voor het eerst dat ik haar iemand hoorde tutoyeren.

'Waarom …?' riep ze uit, geïrriteerd door mijn verbijstering. 'Waarom heb je tegen me gelogen …?'

'Ik heb nooit tegen u gelogen.'

'O nee? Jij heet toch Younes, waar of niet? *You-nes?* Waarom noem je jezelf dan Jonas?'

'Iedereen noemt me Jonas … Wat maakt dat nou uit?'

'Alles!' gilde ze, bijna stikkend van woede.

Haar rood aangelopen gezicht trilde van verongelijktheid: 'Dat maakt alles uit!'

Toen ze weer op adem was gekomen, zei ze op besliste toon:

'Wij behoren niet tot dezelfde wereld, meneer *Younes*. En jouw blauwe ogen zijn niet genoeg.'

En voordat ze de luiken voor mijn neus dichtsmeet, voegde ze er hikkend van minachting aan toe: 'Ik ben een Rucillio, ben je dat soms vergeten? Je denkt toch niet dat ik trouw met een Arabier? Ik ga nog liever dood!'

Op een leeftijd waarop een dergelijk ontwaken even pijnlijk is als de eerste bloedingen voor een meisje, word je hierdoor gebrandmerkt. Ik was getraumatiseerd, in de war, zoals wanneer je uit een coma ontwaakt. Voortaan zou ik de wereld niet meer op dezelfde manier zien. Sommige details, die je in je kinderlijke naïviteit afzwakt en zelfs weigert te zien, winnen aan kracht, beginnen je naar beneden te trekken en niet-aflatend te bestoken en blijven, al knijp je je ogen stijf dicht, gretig en hardnekkig in je geest opduiken, net als wanneer je geweten knaagt.

Isabelle had me uit mijn gouden kooi gehaald om me in een diepe put te werpen.

Adam kon na zijn verdrijving uit het paradijs niet zo ontheemd zijn geweest als ik, en zijn appel niet zo hard als het steentje dat in mijn keel was blijven steken.

Vanaf dat moment begon ik beter op te letten waar ik liep. Ik merkte vooral op dat er geen Moorse haik door de straten van ons dorp zweefde, dat de tulband dragende wrakken, die van 's ochtends vroeg tot 's avonds laat ploeterden in de boomgaarden, zich niet eens in de buurt waagden van een angstvallig koloniaal Río, waar alleen mijn oom, die door velen werd aangezien voor een Turk uit Tlemcen, zich geheel per ongeluk had weten te vestigen.

Isabelle had me verpletterd.

Onze wegen hadden elkaar nog vaak gekruist. Ze liep me voorbij met haar neus zo hoog in de lucht dat ze bijna achteroverviel, en deed net of ik nooit had bestaan … Maar daar bleef het niet bij. Isabelle had de onhebbelijkheid om haar sympathieën en antipathieën aan anderen op te leggen. Wanneer ze een hekel aan iemand had, eiste ze dat al haar vrienden en vriendinnen diegene ook uitkotsten. Ik zag mijn speelterrein dan ook flink kleiner worden, terwijl mijn klasgenoten me ostentatief negeerden … Het was zelfs om haar te wreken dat Jean-Christophe Lamy op het schoolplein ruzie met me zocht en mijn gezicht verbouwde.

Jean-Christophe was een jaar ouder dan ik. Als zoon van een conciërge-echtpaar kon hij zich niet laten voorstaan op zijn maatschappelijke positie, maar hij was razend verliefd op het onneembare nichtje van Pépé Rucillio. Dat hij er stevig op los sloeg, en raak ook, was om haar te laten zien hoeveel hij van haar hield en waartoe hij voor haar niet allemaal in staat was.

Geschokt door mijn toegetakelde toet riep de meester me naar voren en beval me de 'wildeman' aan te wijzen die me zo had afgerost. Toen ik het niet wilde zeggen, sloeg hij me met zijn liniaal op mijn vingers en zette me tot het eind van de les in de hoek. Hij liet me nablijven in de hoop me alsnog de naam van de bruut te ontfutselen. Na enkele dreigementen begreep hij dat ik niet zou zwichten en stuurde me naar huis met de mededeling dat hij een hartig woordje met mijn ouders zou spreken.

Germaine kreeg haast een hartaanval toen ze me met mijn gezicht in de poeier uit school zag komen. Ook zij wilde weten wie me zo had toegetakeld, maar kreeg niets anders uit me dan een gelaten stilzwijgen. Ze wilde de zaak onmiddellijk uitzoeken en besloot met me terug te gaan naar school. Mijn oom, die in een hoek van de salon zat te verkommeren, bracht haar op andere gedachten: 'Je neemt hem nergens mee naartoe. Het is hoog tijd dat hij leert zich te verdedigen.'

Toen ik een paar dagen later langs de rand van de wijngaarden liep te slenteren, zag ik Jean-Christophe Lamy met Simon Benyamin en Fabrice Scamaroni, zijn twee onafscheidelijke vrienden, dwars door de akkers op me afkomen. Ze maakten geen vijandige indruk, maar ik werd toch bang. Ze hingen hier nooit rond, gaven verreweg de voorkeur aan het rumoer op het dorpsplein of het geschreeuw op een braakliggend veldje waar ze konden voetballen. Dat ze hier opdoken vond ik geen goed voorteken. Fabrice kende ik wel een beetje. Hij zat één klas hoger en ik zag hem op het schoolplein geregeld met zijn neus in een geïllustreerd boek. Het was een rustige jongen die geen ruzie zocht, maar wel altijd klaarstond om dat rotjoch van een Jean-Christophe te dekken. Het was niet uitgesloten dat hij hem in geval van nood assistentie zou verlenen. Jean-Christophe had geen versterking nodig; hij kon goed met zijn vuisten overweg en wist die van anderen handig te ontwijken, maar omdat hij nog nooit het onderspit had gedolven, wist ik niet zeker of zijn vriend zich er ook buiten zou houden als hij het er minder goed van af zou brengen. Simon boezemde me al helemaal geen vertrouwen in. Hij was onvoorspelbaar, kon een kameraad van hem zomaar een kopstoot geven als hij geen zin meer had in een stomvervelende discussie. Hij zat bij me in de klas, waar hij op de achterste bank de clown uithing en hardwerkende, brave leerlingen treiterde. Hij was een van de weinige luie leerlingen die durfde te protesteren wanneer de meester hem een onvoldoende gaf, en deed of hij een hartgrondige hekel had aan meisjes, vooral als ze knap en vlijtig waren. Ik had al op mijn eerste dag op school met hem te maken gehad. Hij had alle domoren om me heen verzameld en me gepest met mijn ontvelde knieën, mijn 'stomme meisjessnoetje' en mijn schoenen, die wel nieuw waren maar die hij tuttig vond. Toen ik niet was ingegaan op zijn gepest, had hij me voor 'babyface' uitgemaakt en me verder genegeerd.

Jean-Christophe droeg een pakje onder zijn arm. Ik hield zijn ogen in de gaten, in afwachting van een afgesproken signaal in de richting van zijn maten. Hij keek niet zo gemeen als normaal en ook niet zo gespannen als wanneer hij aanstalten maakte om iemand in elkaar te slaan.

'We willen je geen kwaad doen', verzekerde Fabrice me al van verre.

Jean-Christophe kwam op me aflopen. Met schuchtere tred. Hij keek confuus, ja zelfs berouwvol, en zijn schouders leken gebukt te gaan onder een onzichtbare last.

Met een nederig gebaar reikte hij me het pakje aan.

'Ik vraag je om vergeving', zei hij.

Toen ik, bang dat het een grap was, aarzelde om het pakje aan te nemen, drukte hij het me in de hand.

'Het is een houten paardje. Ik ben er erg aan gehecht. Ik geef het nu aan jou. Als je me vergeeft, neem het dan aan.'

Fabrice keek me bemoedigend aan.

Toen Jean-Christophe zijn hand terugtrok en zag dat zijn cadeautje in de mijne bleef liggen, fluisterde hij me toe: 'En bedankt dat je me niet hebt verraden.'

We hadden zojuist met zijn vieren een van de mooiste vriendschappen gesloten die ik ooit heb mogen delen.

Later hoorde ik dat Isabelle, verontwaardigd over het ongelukkige initiatief van Jean-Christophe, had geëist dat hij mij zijn verontschuldigingen zou aanbieden, en wel in aanwezigheid van getuigen.

Onze eerste zomer in Río Salado begon niet goed. Op 3 juli 1940 deed operatie Katapult, waarbij het Britse Force H-eskader Franse oorlogsschepen bestookte die voor anker lagen in de marinebasis van Mers el-Kébir, het land op zijn grondvesten trillen. Drie dagen later – nog voordat we tijd hadden gehad om de omvang van de ramp tot ons door te laten dringen – kwamen de vliegtuigen van His Majesty het karwei afmaken.

Een neefje van Germaine, kok op de pantserkruiser Dunkerque, behoorde tot de 1297 doden die bij die aanvallen te betreuren waren. Mijn oom, die meer en meer wegzonk in een soort van chronisch autisme, weigerde ons naar de begrafenis te vergezellen, en we moesten er, Germaine en ik, zonder hem naartoe.

We troffen Oran in shocktoestand aan. Heel de stad was uitgelopen naar de kust, verbijsterd over de afgrijselijke chaos die er heerste rondom de brandende basis. Sommige schepen en gebouwen brandden al sinds de eerste aanval; de zwarte rookwolken verstikten de stad en onttrokken de bergen aan het zicht. De mensen waren ontsteld en geschokt, temeer omdat de gebombardeerde schepen overeenkomstig het wapenstilstandverdrag dat twee weken eerder was gesloten, juist bezig waren zich te ontwapenen. De oorlog, die niet in staat werd geacht de Middellandse Zee over te steken, stond nu voor de poorten van de stad. Na de schrik en emotie kwam de waanzin. De wildste speculaties staken de kop op en gaven vrij baan aan de meest alarmerende hersenspinsels. Men had het over Duitse invallen, nachtelijke droppings in het achterland, aanstaande landingen, grootschalige bombardementen die zich ditmaal op de burgerbevolking zouden richten en Algerije zouden meesleuren in de catastrofe die Europa terugslingerde in het stenen tijdperk.

Ik wilde snel terug naar Río.

Na de uitvaart gaf Germaine me toestemming om naar Jenane Jato te gaan. Ze gaf me wat geld voor mijn moeder en stuurde Bertrand, een van haar neefjes, met me mee om me heelhuids van deze 'expeditie' terug te brengen.

Op het eerste gezicht leek Jenane Jato behoorlijk veranderd. De uitbreiding van de stad had de sloppenwijken en nomadenkampen een flink eind opgeschoven richting Petit Lac. Het kreupelhout verloor terrein aan het oprukkende beton, en daar waar het ooit vol lag met afval en je je leven niet zeker was, spreidden bouwplaatsen nu hun grijpgrage kranen tentoon. Op de plek van de soek verrezen de muren van een militair garnizoen of van een burgergevangenis midden tussen het struikgewas. Onontwarbare menigten belegerden de 'arbeidsbureaus', waarvan sommige uit niet meer bestonden dan een verweesd tafeltje aan de voet van een berg schroot … Maar ellende en armoede hielden onwrikbaar stand en boden alles het hoofd, inclusief de meest bevlogen stedelijke projecten. Dezelfde ziekelijke schimmen scheerden langs de muren, dezelfde wrakken lagen te versterven in hun dozen; zij die er het ellendigst aan toe waren, zaten op wacht voor rottende eettentjes om hun stukje brood in de bakgeuren te dopen, met asgrauw gezicht, afgestompte blik, in hun boernoes gewikkeld gelijk mummies. Ze zagen ons aan hen voorbijgaan alsof we de tijd zelve waren, alsof we uit een parallelle wereld kwamen. Bertrand, die voor geen kleintje vervaard leek, versnelde zijn pas zodra een spottende opmerking onze kant op kwam of een grimmige blik iets te lang op onze mooie kleren bleef rusten. Hier en daar stonden zich enkele christenen uit te sloven, of moslims in westers kostuum met een fez op hun hoofd, maar je voelde de onontkoombare gisting van een dreigend onweer in de lucht. Van tijd tot tijd kwamen we terecht in ruzies die in knokpartijen ontaardden of juist in één klap stilvielen om plaats te maken voor een verontrustende stilte. Het onbehagen was enorm, er was geen hoop meer. De rinkelende dans van de waterdragers, rondtollend in hun met belletjes versierde bonte tuig, kon de kwade invloeden niet verdrijven.

Er was te veel, veel te veel lijden.

Jenane Jato stortte ineen onder de last van gebroken dromen. Aan hun lot overgeleverde dreumesen zwalkten rond in de schaduw van hun oudere broertjes, dronken van honger en te veel zon. Het waren loslopende drama's in wording, weerzinwekkend smerig en agressief, die op blote voeten achter vrachtwagens aan holden, achterop sprongen en tussen karren door laveerden in een uitgelaten en onverantwoordelijke flirt met de dood. Hier en daar verzamelden ze zich rond een lappenbal of een pittige bokswedstrijd; hun angstaanjagende spelletjes hadden iets fanatieks dat op het suïcidale af was.

'Dat is weer eens wat anders dan Río, hè?' zei Bertrand om zichzelf moed in te praten.

Zijn glimlach hield me niet voor de gek; de angst stroomde als afwaswater van zijn gezicht. Ik was ook bang, maar de knoop in mijn maag verdween op het moment dat ik Houtenbeen achter zijn toonbank zag. De arme drommel was sterk vermagerd en zag er een stuk ouder uit.

Net als bij mijn laatste bezoek begroette hij me met gefronste wenkbrauwen, verbijsterd en opgetogen tegelijk.

'Kun je me niet het adres van je goede gesternte geven, blauwoog?' riep hij me toe, terwijl hij zich op een elleboog hees. 'Als er echt een god is, waarom kijkt hij dan nooit deze kant op?'

'Hou op met vloeken', zei de barbier, die ik niet had opgemerkt omdat hij niet te onderscheiden was van zijn bijeengeraapte zooitje. 'Het komt misschien door die weerzinwekkende smoel van jou dat Hij ons de rug toekeert.'

De barbier was niet veranderd. Behalve dat er een lelijke jaap over zijn gezicht liep.

Hij negeerde me.

Jenane Jato was in beweging, maar ik wist niet welke kant het op ging. De zinken hutjes die schuilgingen achter hagen van jujubebomen waren verdwenen. In de plaats daarvan had men midden op een uitgestrekt, kaal terrein van donkerrode aarde diepe sleuven gegraven en met kippengaas overdekt. Het waren de fundamenten van een groot viaduct dat de spoorweg zou overspannen. Achter ons huis, waar de ruïnes van een oeroud spoorweghuisje lagen te verbrokkelen, was een gigantische fabriek aan het verrijzen, met zijn rug tegen de palen van de omheining.

Houtenbeen wees met zijn duim naar zijn snoeppot.

'Wil je een snoepje, kleine?'

'Nee, dank u wel.'

Verscholen onder een gaslantaarn van vóór de zondvloed, met een afvalbak schuin over zijn borst, klepperde een obliehoornverkoper met zijn metalen kleppers. Hij bood ons zijn hoorntjes aan; bij het zien van zijn glinsterende blik liep het ons koud over de rug.

Bertrand duwde me zachtjes voor zich uit. Geen gezicht, geen schim leek hem enig vertrouwen in te boezemen.

'Ik wacht buiten wel', zei hij ter hoogte van ons huis. 'En neem vooral je tijd.'

Tegenover ons huis, waar vroeger de volière van Ouari stond, was een stenen huis verrezen, en links daarvan liep een stenen muurtje langs het pad dat naar het braakliggende terrein voerde waar ik ooit bijna was gelyncht.

Ik moest opeens weer aan Ouari denken. Ik dacht aan hoe hij me distelvinken had leren vangen en vroeg me af wat er van hem was geworden.

Badra kneep haar ogen samen toen ze me de binnenplaats op zag komen. Ze was de was aan het ophangen; ze had de zoom van haar jurk over het bonte touw om haar middel geslagen, zodat haar benen tot boven de knieën ontbloot waren. Ze bracht haar handen naar haar reusachtige heupen en spreidde haar benen als een politieagent die je de toegang tot een gebouw ontzegt.

'Zo, herinner je je weer dat je een familie hebt!'

Ze was onherkenbaar veranderd, Badra. Haar dikke lijf was verslapt, en haar gezicht, ooit wilskrachtig, was versmolten om haar kin. Ze was één homp lillend vlees, futloos en reliëfloos.

Ik wist niet of ze me plaagde of me een verwijt maakte.

'Je moeder is met je zusje de deur uit', zei ze terwijl ze op het dichte gordijn voor ons hol wees. 'Maar ze komt zo terug.'

Ze duwde met haar voet de teil met wasgoed van een krukje en schoof dat in mijn richting.

'Ga maar zitten', zei ze. 'Jullie kinderen zijn allemaal hetzelfde. Jullie zuigen ons eerst leeg, en zodra jullie op je benen kunnen staan, gaan jullie ervandoor en laten ons met lege handen achter. Jullie slulpen net als jullie vaders op je tenen weg en het zal jullie een rotzorg zijn wat er van ons moet worden.'

Ze keerde me de rug toe en ging door met het ophangen van haar was. Ik zag alleen haar afhangende schouders die log op en neer bewogen. Af en toe hield ze op om haar neus te snuiten of een traan weg te vegen, wiegde met haar hoofd en ging dan weer verder met het uithangen van de uitgewrongen kleren aan een oud henneptouw dat dwars over de binnenplaats was gespannen.

'Het gaat niet goed met je moeder', zei ze. 'Echt helemaal niet goed. Ik weet zeker dat je vader iets is overkomen, maar ze wil het niet weten. Er zijn genoeg mannen die hun gezin in de steek laten om elders een nieuw leven op te bouwen, dat is waar, maar er zijn ook nog andere mannen. Gewelddadige overvallen, dat is tegenwoordig echt schering en inslag. Ik heb het gevoel dat je arme vader is vermoord en ergens in een greppel is gegooid. Je vader was een goeie man. Niet zo eentje die zijn kinderen in de steek laat. Hij is vast vermoord. Net als die arme man van mij. Vermoord voor drie *soldies*, drie armzalige centen. Midden op straat. Tjak, een mes in zijn zij. Eén messteek, en alles was voorbij. Alles. Hoe is het mogelijk dat je zomaar doodgaat terwijl je nog zo veel hongerige monden te voeden hebt? Hoe is het mogelijk dat je je laat mollen door een joch van nog geen drie turven hoog?'

En ze praatte en ze praatte, Badra ... zonder onderbreking. Het leek wel of de doos van Pandora in haar open was gevlogen. Ze praatte alsof dat het enige was wat ze nog kon, sprong van de hak op de tak, van het ene drama op het andere, met hier een achteloos gebaar en daar een plotselinge stilte. Ik zag haar schouders trillen achter de eerste rij wasgoed, eronder haar blote kuiten en tussen de opgehangen kleren af en toe de vormeloze vetkwabben van een heup. Ze vertelde dat de mooie Hadda door Bliss de makelaar het huis uit was gezet, met haar twee kindertjes in haar armen en een armetierige bundel op haar rug; hoe de arme Yezza er tijdens een stormachtige nacht van haar dronkenlap van een man zo ongenadig van langs had gekregen dat ze in de put was gesprongen en er een einde aan had gemaakt; dat Batoul de helderziende de arme zielen die haar kwamen raadplegen, genoeg geld afhandig had weten te maken om een Moors bad en een huis in de Arabische wijk te kunnen kopen; dat de nieuwe huurster uit god mag weten welke poel des verderfs kwam en haar kamer op een uur dat alle luiken gesloten waren, openstelde voor zedeloos tuig; en dat Bliss, nu er geen mannen meer in het huis waren, zich als een pooier begon te gedragen.

Toen ze klaar was met de was ophangen, leegde ze de teil in de goot, trok de zoom van haar jurk los en ging terug naar haar rattenhol, waar ik haar nog een tijdlang hoorde tieren en schelden.

Mijn moeder was niet verbaasd toen ze me op de binnenplaats op het krukje aantrof. Ze had me zelfs haast niet herkend. Toen ik was opgestaan om haar te omhelzen, had ze een stapje terug gedaan. Pas toen ik haar om de hals was gevallen, waren haar fladderende armen bereid geweest om zich om me heen te slaan.

'Waarom ben je teruggekomen?' zei ze keer op keer.

Ik pakte het geld dat Germaine me had gegeven, maar kreeg de tijd niet om het haar te overhandigen. De hand van mijn moeder stortte zich bliksemsnel op de paar armzalige briefjes en toverde ze als een goochelaar weg. Ze duwde me ons hol in, haalde het geld tevoorschijn en telde het telkens weer om zeker te weten dat ze niet droomde. Ik schaamde voor haar opwinding, schaamde me voor haar verwilderde haren die zo te zien in geen jaren een kam hadden gezien, schaamde me voor haar tot op de draad versleten haik die als een oud gordijn over haar frêle schouders hing, schaamde me voor de honger en ellende die haar lelijk maakten, mijn moeder die ooit zo mooi was als een zonsopgang!

'Dat is heel veel geld', zei ze. 'Heeft je oom me dat gestuurd?'

Bang voor een misplaatste reactie als die van mijn vader, loog ik: 'Het is mijn spaargeld.'

'Werk je dan?'

'Ja.'

'Ga je niet meer naar school?'

'Jawel.'

'Ik wil niet dat je van school gaat. Ik wil dat je een geleerde wordt, dat je een zorgeloos leven zult hebben … Begrijp je? Ik wíl dat jouw kinderen niet als honden hoeven te creperen …'

Haar ogen gloeiden terwijl ze me bij mijn schouders greep.

'Je moet het me beloven, Younes. Beloof me dat je net zoveel diploma's in de wacht sleept als je oom, en een echt huis, en een fatsoenlijk beroep.'

Haar vingers boorden zich zo diep in mijn vlees dat ze mijn botten haast fijnknepen.

'Ik beloof het ... Waar is Zahra?'

Ze deed een stap achteruit, op haar hoede, herinnerde zich toen weer dat ik haar zoon was en niet een afgunstige en boosaardige buurvrouw en fluisterde me in het oor: 'Ze leert een vak ... Ze wordt pantalonmaakster. Ik heb haar ingeschreven bij een naaister in de Europese stad. Ik wil dat zij ook slaagt.'

'Is ze genezen?'

'Ze was niet ziek. Ze was niet gek. Ze is alleen doofstom. Maar ze begrijpt en leert snel, heeft de naaister me verteld. Het is een beste vrouw. Ze laat me drie keer per week bij haar werken. Ik maak schoon. Hier of bij een ander, dat maakt niet uit. En ik moet tenslotte leven.'

'Waarom kom je niet bij ons wonen in Río Salado?'

'Nee', riep ze uit, alsof ik een vies woord had gezegd. 'Zolang je vader nog niet terug is, ga ik hier niet weg. Stel je voor dat hij terugkomt en we hier niet meer zijn. Waar moet hij ons dan zoeken? We hebben geen familie, geen vrienden in deze reusachtige stad. En waar ligt dat trouwens, Rió Salado? Het zou niet bij je vader opkomen dat we niet meer in Oran wonen ... Nee, ik blijf hier tot hij weer terug is.'

'Misschien is hij wel dood ...'

Haar hand greep me bij de keel, en ik klapte met mijn hoofd tegen de muur achter me.

'Ben je gek geworden! Hoe durf je? Batoul de helderziende weet het heel zeker. Ze heeft het al meerdere keren in mijn hand en in het water gelezen. Je vader is gezond en wel. Hij is fortuin aan het maken en hij komt schatrijk terug. We krijgen een mooi nieuw huis met een stoepje en een moestuin en een garage voor de auto, en hij zal ons alles doen vergeten, alle ellende van gisteren en vandaag. En wie weet, misschien keren we zelfs terug naar onze landerijen om beetje bij beetje alle heerlijkheden terug te kopen die we ooit hebben moeten verpanden.'

Mijn moeder praatte snel. Heel erg snel. Met trillers in haar stem. En vreemde vonkjes in haar ogen. Haar koortsachtige handen tekenden immense illusies in de lucht. Had ik toen geweten dat het de laatste keer was dat ze tegen me praatte, dan had ik al haar hersenschimmen geloofd en zou ik bij haar zijn gebleven. Maar hoe kon ik dat nu weten?

Zij was het weer die me aanspoorde om snel terug te gaan naar mijn adoptiefouders.

9

Ze noemden ons 'de tanden van een vork'.

We waren onafscheidelijk.

Er was Jean-Christophe Lamy, zestien jaar en al een reus. Omdat hij de oudste was, was hij de leider. Met zijn stroblonde haar en de glimlach van de eeuwige verleider om zijn lippen was hij de droom van de meeste meisjes in Río Salado. Maar sinds Isabelle Rucillio erin had toegestemd hem tijdelijk als 'verloofde' te nemen, keek hij wel uit.

Dan was er Fabrice Scamaroni, twee maanden jonger dan ik, een geweldige jongen, met een hart van goud en het hoofd in de wolken; hij droomde ervan om schrijver te worden. Zijn moeder, een wat losbollige jonge weduwe, bezat winkels in Río en Oran. Ze deed precies waar ze zelf zin in had en was de enige vrouw in de wijde omgeving die haar eigen auto had. De mensen haalden haar over de tong dat de bladders erbij hingen; madame Scamaroni had er lak aan. Ze was mooi. Ze was rijk. Ze was onafhankelijk. Wat wilde je nog meer? In de zomer propte ze ons met zijn vieren op de achterbank van haar zescilinder met voorwielaandrijving en 15-pk-motor en reed ons naar Terga aan zee. Nadat we hadden gezwommen, zette ze snel een barbecue op touw en stopte ons vol met zwarte olijven, lamsspiesen en gegrilde sardientjes.

Dan was er Simon Benyamin, een autochtone Jood, vijftien jaar oud, net als ik, een gezette, ja zelfs dikke jongen met korte beentjes, die de idiootste streken kon uithalen. Het was een vrolijke Frans, wat cynisch omdat hij geen geluk had in de liefde, maar uiterst charmant als hij zich de moeite wilde geven. Hij droomde van een carrière als toneelspeler of filmacteur. Zijn familie had in Río een niet al te beste naam. Zijn vader was een pechvogel. Op elke zaak die hij opzette beet hij zijn tanden stuk, met als gevolg dat hij iedereen, zelfs de seizoenarbeiders, geld schuldig was.

Simon en ik trokken het meest met elkaar op. We woonden op een steenworp afstand van elkaar, en hij kwam me elke dag ophalen om naar Jean-Christophe op de heuvel te gaan. De heuvel was onze vaste plek. We ontmoetten elkaar onder de oeroude olijfboom boven op de top, vanwaar we Río zagen flakkeren in de hitte. Fabrice kwam altijd het laatst, met een mand vol broodjes met koosjere worst, gemarineerde pepers en vruchten van het seizoen. We zaten er tot laat in de avond de mooiste luchtkastelen te bouwen en naar de verhalen van Jean-Christophe te luisteren over de kleine pesterijen waarmee Isabelle Rucillio hem het leven zuur maakte. Fabrice voerde ons dronken met zijn gedichten en zijn gezwollen proza, vol van vreemde woorden die alleen hij in het woordenboek wist op te duiken.

Soms, als we er zin in hadden, lieten we ook andere kameraden toe, met name de neven Sosa: José, van de arme tak van de familie, die een zolderkamertje deelde met zijn moeder en 's ochtends en 's avonds gazpacho at; en André, bijgenaamd Dédé, een waardige zoon van zijn vader, de onverzettelijke Jaime Jiménez Sosa, die een van de grootste boerderijen van de streek bezat. André was een soort huistiran, heel hard voor zijn werknemers, maar charmant tegen zijn vrienden. Als het verwende kind dat hij was maakte hij vaak de meest ontactische opmerkingen zonder dat hij het zelf in de gaten had. Ik heb het hem nooit kwalijk kunnen nemen, ondanks de grievende uitlatingen die hij over *Arabieren* deed. Tegen mij was hij redelijk voorkomend. Ik was bij hem thuis even welkom als mijn vrienden, hij maakte geen enkel onderscheid, behalve dat hij zich niet geneerde om in mijn bijzijn moslims te maltraiteren alsof het de gewoonste zaak van de wereld was. Zijn vader was heer en meester op zijn domein, waar hij de talloze moslimfamilies die voor hem werkten als beesten behandelde. Met een tropenhelm op zijn kop en een karwats tikkend tegen zijn rijlaarzen stond Jaime Jiménez Sosa, de vierde van die naam, als eerste op, ging als laatste naar bed en beulde zijn 'dwangarbeiders' af tot ze erbij neervielen, en wee de simulanten! Hij had een diepe eerbied voor zijn wijngaarden en zag elke inbreuk op zijn akkers als heiligschennis. Het verhaal ging dat hij eens een geit had doodgeschoten die de brutaliteit had gehad om aan zijn wijnstokken te knabbelen, en op het onbezonnen herderinnetje had gevuurd dat het dier weer terug had willen halen.

Het waren vreemde tijden.

Mijn leven ging zijn gangetje. Ik werd een man: ik was dertig centimeter gegroeid en voelde opeens haartjes onder mijn tong wanneer ik mijn lippen aflikte.

De zomer van 1942 brachten we door op het strand, bakkend in de zon. De zee was schitterend en de horizon zo helder dat je de Habibas-eilanden kon zien liggen. Fabrice en ik zaten lekker koel onder een parasol, terwijl Simon in een bespottelijke zwembroek met doldwaze duiken in de zee de komediant uithing. Zo hoopte hij de aandacht van de meisjes te trekken, maar zijn indianenkreten maakten alleen maar kleine kindertjes aan het schrikken en irriteerden de oude dames, die lagen te zonnen op hun ligstoelen. Jean-Christophe liep als een stoere bink heen en weer over het strand, zijn buik ingetrokken en zijn handen op zijn heupen om de V van zijn rug te accentueren. Naast ons hadden de neven Sosa een tent opgezet. André stal graag de show: als anderen met vouwstoelen kwamen, kwam hij met een tentje; pootten zij tenten in het zand, dan zette hij een hele karavanserai neer. Hij had op zijn achttiende al twee auto's, een ervan een cabriolet waarmee hij de blits maakte in Oran wanneer hij niet met oorverdovend lawaai door Río scheurde, bij voorkeur tijdens de siësta. Die dag had hij niets beters weten te verzinnen dan om Jelloul, zijn manusje-van-alles, het leven zuur te maken. Hij had hem tot drie keer toe in de brandende hitte naar het dorp gestuurd. De eerste keer om sigaretten te kopen, de tweede keer voor lucifers en de derde keer omdat meneer om Bastos en niet om die goedkope rotzooi had gevraagd. Het was een flinke tippel naar het dorp. De arme Jelloul smolt als een ijsblokje.

Fabrice en ik hadden het getreiter van het begin af aan gevolgd. André wist wel dat de manier waarop hij zijn bediende behandelde ons helemaal niet beviel, en schepte er een boosaardig genoegen in om ons tot het uiterste te prikkelen. Jelloul was nog niet terug of hij droeg hem voor de vierde keer op om naar het dorp te gaan en nu een blikopener te halen. Het manusje-van-alles, een spichtige adolescent, draaide zich gelaten om en klom op het heetst van de dag weer tegen de helling op.

'Spaar hem een beetje, Dédé', protesteerde zijn neef José.

'Het is de enige manier om hem wakker te houden', zei André terwijl hij zijn handen in zijn nek legde. 'Als hij even niets te doen heeft, ligt hij een minuut later te snurken.'

'Het is minstens 37 graden', nam Fabrice het voor Jelloul op. 'Die arme jongen is net als jij en ik van vlees en bloed. Straks loopt hij nog een zonnesteek op.'

José stond op en wilde Jelloul terugroepen. André greep hem bij zijn pols en trok hem terug in het zand.

'Bemoei je er niet mee, José. Jij hebt geen bedienden, je

weet niet wat dat is … Arabieren zijn net inktvissen, je moet ze net zo slaan tot ze zacht worden.'

Zich realiserend dat ik er ook een was, voegde hij er snel aan toe: 'Nou ja … sommige Arabieren.'

Maar beseffend hoe verwerpelijk zijn woorden waren, sprong hij op en rende de zee in.

We keken hem na terwijl hij spattend en spetterend weg zwom. Er viel een opgelaten stilte in de tent; José kon zijn woede amper bedwingen; zijn kaken gingen op en neer. Fabrice sloeg het boek dicht dat hij aan het lezen was en keek me streng aan.

'Je had hem de mond moeten snoeren, Jonas.'

'Waarover?' vroeg ik geërgerd.

'Over wat hij over Arabieren zei. Ik vind het onaanvaardbaar en ik had verwacht dat je hem op zijn plaats zou zetten.'

'Daar zit hij al, Fabrice, ik weet alleen niet waar ik zit.'

Ik pakte mijn handdoek, liep naar de weg en stak mijn duim op, richting Río. Fabrice kwam me achterna. Hij probeerde me ervan af te brengen om nu al weg te gaan. Maar ik had geen zin meer, en het strand kwam me opeens even onherbergzaam voor als een onbewoond eiland … Precies op dat moment werd de rust van de badgasten verstoord door een viermotorig vliegtuig dat over de heuvel heen scheerde. Uit de zijkant van het toestel steeg een dikke rookpluim op.

'Het staat in brand', riep José geschrokken uit. 'Het gaat neerstorten.'

Het vliegtuig in nood verdween achter de toppen. Op het strand stond iedereen het met een hand boven de ogen na te kijken. Men wachtte op een knal, of een wolk van vuur boven de plek van de crash … Maar niets. Het vliegtuig vervolgde zijn zwalkende weg met ratelende motoren, maar stortte tot ieders grote opluchting niet neer.

Was het een slecht voorteken?

Een paar maanden later, op 7 november, terwijl de avond viel over het uitgestorven strand, doken er monsterlijke schimmen aan de horizon op ... De Amerikaanse landing in Noord-Afrika was begonnen.

'Ze hebben drie schoten gelost', tierde Pépé Rucillio op het plein voor het gemeentehuis, terwijl hij zich normaal nooit in het openbaar vertoonde. 'Waar is ons dappere leger gebleven?'

Het nieuws van de landing was in Río Salado ontvangen als hagel op de wijngaarden. Alle mannen waren naar het dorpsplein gekomen. Woede en ongeloof waren op de gezichten te lezen. De meest radelozen waren zelfs op de stoep gaan zitten en klapten wanhopig in hun handen. De burgemeester had zich naar zijn kantoor gespoed, en zijn naaste medewerkers zeiden dat hij in permanent telefonisch contact stond met de militaire autoriteiten van het garnizoen in Oran.

'De Amerikanen hebben ons voor de gek gehouden', fulmineerde de rijkste man van de streek. 'Terwijl onze soldaten zaten te wachten in de bunkers, zijn de vijandelijke schepen om onze verdedigingslinies heen gevaren via de Montagne des Lions en hebben ze zonder problemen aangelegd bij de stranden van Arzew. Toen zijn ze zonder ook maar een sterveling tegen te komen opgerukt naar Tlélat en hebben zich vanuit het zuiden op Oran gestort ... Terwijl onze troepen nog op de klippen naar de vijand zaten uit te kijken, trokken de Amerikanen al over de boulevard Mascara. En let wel: nog niet de kleinste schermutseling! De vijand is Oran gewoon binnengelopen ... Wat moet er van ons worden?'

De hele dag volgen de nieuwtjes en commentaren elkaar in razend tempo op. De nacht viel ongemerkt, en velen gingen pas tegen het ochtendgloren naar huis, geheel van de kaart – er waren er zelfs bij die zwoeren dat ze midden in de wijngaarden het gebrul van tanks hadden gehoord.

'Wat bezielt je dat je nu pas thuiskomt!' las Germaine me de les toen ze de deur opendeed. 'Ik was dodelijk ongerust. Waar was je? Het land staat in brand, en jij hangt buiten rond.'

Mijn oom was zijn kamer uit gekomen. Hij zat onderuitgezakt in een leunstoel in de salon en wist niet wat hij met zijn handen moest doen.

'Is het waar dat de Duitsers zijn geland?' vroeg hij.

'Niet de Duitsers, de Amerikanen ...'

Hij fronste zijn wenkbrauwen: 'Hoezo "de Amerikanen"? Wat komen die hier doen?'

Hij stond met een ruk op, trok een gezicht dat een onmetelijke minachting uitdrukte en donderde: 'Ik ga naar mijn kamer. Als ze er zijn, moeten jullie maar zeggen dat ik ze niet wil zien en dat ze wat mij betreft het huis in brand kunnen steken.'

Niemand kwam ons huis in brand steken, en geen luchtaanval verstoorde de rust van onze akkers. Eén keer werden er in de buurt van Bouhdjar, een naburig dorp, twee verdwaalde motorrijders gesignaleerd. Nadat ze een tijdje hadden rondgedoold, hadden ze rechtsomkeert gemaakt. Sommigen hadden het over Duitse soldaten, anderen over een Amerikaanse patrouille, maar omdat geen sterveling de twee vijandelijke legers van nabij had gezien, haalde men een streep door het misverstand en toog weer aan het werk.

Het was André Sosa die het eerst naar Oran ging.

Hij kwam opgetogen terug.

'Die Amerikanen kopen alles', verklaarde hij. 'Oorlog of niet, het zijn net toeristen. Je ziet ze overal, in bars en in bordelen, in de Joodse en zelfs de Arabische wijk, of de legerleiding het nu verboden heeft of niet. Ze zijn in alles geïnteresseerd:

tapijten, matten, kalotjes, boernoesen, schilderingen op stof, en ze dingen nooit af. Ik zag er zelfs een die een stapel bankbiljetten neertelde voor een ouwe verroeste bajonet uit de Eerste Wereldoorlog.'

Als bewijs wurmde hij een bankbiljet uit de achterzak van zijn broek en legde het op tafel.

'Kijk nu eens hoe ze met hun geld omgaan. Dit is een biljet van honderd dollar. Hebben jullie weleens een Frans bankbiljet gezien dat zo onder is gekliederd? Het zijn handtekeningen. Het is krankzinnig, maar dat is het favoriete spelletje van die Amerikanen. Ze noemen zo'n biljet een *short snorter*. Je kunt er andere biljetten aan vastplakken. Sommigen hebben een hele rol van zulke briefjes. Niet om rijk te worden. Nee, gewoon om te verzamelen ... Zien jullie die twee handtekeningen? Die zijn van Laurel en Hardy. Ik zweer jullie dat het waar is. En die daar is van Errol Flynn, onze grote Zorro ... Joe heeft me dit biljet gegeven in ruil voor een kist van onze wijn.'

Hij pakte het briefje, stopte het in zijn zak en verzekerde ons, zich in de handen wrijvend, dat hij voor het eind van de week terug zou gaan naar Oran om handel te drijven met de yanks.

Toen het wantrouwen afnam en men begreep dat de Amerikanen niet als overwinnaars waren gekomen maar als redders, gingen er nog meer mensen uit Río naar Oran om te kijken wat er aan de hand was. De laatste spanningshaarden doofden en men hield niet langer de wacht rond huizen en boerderijen.

André was erg opgewonden. Hij sprong elke dag in zijn auto en zette koers naar nieuwe ruilhandel. Na elke ronde langs de officiersmesses kwam hij ons de ogen uitsteken met zijn buit. Wij moesten ook naar Oran, ons met eigen ogen overtuigen van het waarheidsgehalte van de verhalen die in het dorp de ronde deden over die fameuze yanks. Jean-Christophe drong erop aan bij Fabrice, en Fabrice drong erop aan bij zijn moeder dat ze ons naar Oran zou rijden. Madame Scamaroni weigerde eerst en gaf toen toe.

We vertrokken in alle vroegte. De ochtend begon pas te gloren toen we Misserghine bereikten. Jeeps scheurden over de weg; slonzige soldaten maakten met ontbloot bovenlijf en luid zingend toilet in de velden; trucks stonden met pech in de berm, de motorkap omhoog, omringd door slome monteurs; konvooien wachtten voor de poorten van de stad. Oran was veranderd. De soldatenkoorts die zich ervan meester had gemaakt gaf er iets kermisachtigs aan. André had niet overdreven. De Amerikanen waren overal, op de boulevards en op de bouwterreinen, hun halfrupsen laverend tussen dromedarissen en karren, hun tenten opgeslagen in de buurt van nomadendorpen, de lucht verzadigend van stof en lawaai. Officieren, ontspannen achter het stuur van hun piepkleine jeeps, boorden zich toeterend een weg door het gedrang. Anderen, gekleed als goden, vermaakten zich op terrasjes in galant gezelschap, terwijl een grammofoon liedjes van Dina Shore ten gehore bracht. Het was alles Amerikaans wat de klok sloeg. Uncle Sam had niet alleen zijn troepen aan land gebracht maar ook zijn cultuur: blikjes gecondenseerde melk, chocoladerepen, cornedbeef, kauwgom, Coca-Cola, snoepjes, zachte kaas, lichte sigaretten en casinobrood. De bars gingen over op yankeemuziek, en de *yaouled*, de schoenpoetsertjes die zich hadden omgeschoold tot krantenverkopers, renden, 'Stars and Stripes' roepend in een soort koeterwaals, heen en weer tussen pleinen en tramhaltes. Op de stoepen, fladderend in de wind, ritselden tijdschriften en weekbladen als *Esquire*, de *New Yorker* en *Life*. Liefhebbers van Hollywoodfilms imiteerden het loopje en de omlaaggetrokken mondhoek van hun idolen, en winkeliers logen in het Engels schaamteloos over hun prijzen ...

Río Salado leek ons opeens een gat. Oran had bezit genomen van onze ziel. Zijn tumult trilde in onze aderen, zijn lef kikkerde ons op. We waren als dronken, het hoofd letterlijk op hol gebracht door de levendigheid van de brede straten met fonkelende winkels en stampvolle bars. De koetsen, auto's en trams die alle kanten op schoten, maakten ons duizelig, en de meisjes die voorbijwiegden, brutaal maar niet frivool, dwarrelden als hoeri's om ons heen.

Geen sprake van dat we die avond terug zouden gaan naar Río. Madame Scamaroni zou alleen terugrijden. Ze stelde ons een kamertje ter beschikking boven een van haar winkels op de boulevard des Chasseurs en liet ons plechtig beloven dat we geen stommiteiten zouden uithalen. Haar auto was de hoek van de straat nog niet om of we gingen erop uit: de place d'Armes met zijn rococotheater en zijn stadhuis, geflankeerd door twee statige en kolossale bronzen leeuwen; de promenade de l'Étang; de place de la Bastille; de passage Clauzel, trefpunt van verliefde paartjes; de ijskiosken waar je de meest verfrissende citroenlimonade van de wereld kon drinken; de luxueuze bioscopen en het warenhuis Darmon ... Het ontbrak Oran aan niets, aan charmes noch lef. Het spetterde als vuurwerk, zijn grappen waren grollen en zijn roes een extase. Gul en spontaan kon het geen genieting ontdekken zonder die meteen te willen delen. Oran had een gruwelijke hekel aan alles waaraan het geen plezier beleefde. Een verslagen smoel kwetste zijn trots, zuurpruimen verpestten zijn humeur; het verdroeg geen wolkje voor zijn jovialiteit. Het wilde een blij weerzien op elke hoek van de straat, een kermis op elk plein, en waar zijn stem klonk, schalde een loflied op het leven. Van vrolijkheid maakte het een levenshouding, een fundamentele regel, de voorwaarde zonder welke alles op deze wereld vergeefs zou zijn. Mooi, koket, zich bewust van de aantrekkingskracht die het uitoefende op vreemden, nam het stilletjes bourgeois manieren aan, ervan overtuigd dat geen tegenslag – zelfs de oorlog niet – zijn bloei zou kunnen stuiten. Voortgekomen uit een behoefte om te verlokken was Oran vooral *bluf*. Het werd de 'Amerikaanse stad' genoemd, en alle fantasieën van de wereld voelden zich er thuis. Vanaf zijn klippen keek het schijnbaar smachtend uit over de zee, als een mooie prinses boven in haar toren naar haar sprookjesprins. Maar Oran geloofde niet zo in de zee, en ook niet in sprookjesprinsen. Het keek naar de zee om die op afstand te houden. Het geluk lag in Oran zelf, en alles lukte het.

We waren als betoverd.

'Hé, boerenpummels!' riep André Sosa ons toe.

Hij zat op een terrasje in het gezelschap van een Amerikaanse soldaat. Aan zijn weidse gebaren begrepen we dat hij ons probeerde te overdonderen. Hij maakte een montere indruk, zijn haar achterovergekamd en met een dikke laag brillantine tegen zijn slapen geplakt, zijn schoenen glimmend gepoetst en een enorme zonnebril op zijn neus.

'Kom bij ons zitten', nodigde hij ons uit terwijl hij opstond om extra stoelen te pakken. 'Ze maken hier de beste dubbele chocolademout, en de heerlijkste slakken in pikante saus.'

De soldaat schoof op om plaats voor ons te maken en verwelkomde ons met zelfverzekerde blik.

'Dit is mijn vriend Joe', zei André, opgetogen dat hij ons kon voorstellen aan zijn yank, die hij vermoedelijk overal tentoonstelde als was het een museumstuk. 'Onze neef uit Amerika. Hij komt uit net zo'n gat als wij. Salt Lake City, dat betekent "Zout Meer". Net als Río Salado, Salt River, Zoute Rivier.'

Buitengemeen ingenomen met zijn 'vondst' wierp hij met een geforceerde lach zijn hoofd naar achteren.

'Spreekt hij Frans?' vroeg Jean-Christophe.

'Een beetje. Joe zegt dat zijn overgrootmoeder een Française was uit de Haute-Savoie, maar dat hij nooit onze taal heeft gesproken. Hij heeft wat woorden opgepikt sinds hij in Noord-Afrika is. Joe is korporaal. Hij heeft overal gevochten.'

Joe knikte om de geestdriftige woorden van zijn vriend kracht bij te zetten, geamuseerd door onze bewonderend opgetrokken wenkbrauwen. Hij schudde ons alle vier de hand terwijl André ons aan hem voorstelde als zijn beste vrienden en de knapste dekhengsten van Salt River. Hoewel al in de dertig en door de strijd getekend had Joe nog een vrij jong gezicht met dunne lippen en te smalle jukbeenderen voor iemand van zijn lichaamsbouw. Zijn open blik, zonder echte scherpte, gaf hem iets dommigs wanneer hij van oor tot oor glimlachte, en hij glimlachte zodra er iemand naar hem keek.

'Joe heeft een probleem', zei André.

'Is hij gedeserteerd?' vroeg Fabrice.

'Joe is geen lafbek. Vechten is zijn lust en zijn leven, maar hij heeft nu al een half jaar geen schot meer gelost en zijn ballen zitten zo vol zaad dat hij geen voet meer voor de andere kan zetten.'

'Hoezo?' vroeg Simon. 'Trekken ze zich dan niet meer af in het leger?'

'Daar gaat het niet om', zei André terwijl hij de korporaal vriendschappelijk op zijn pols klopte. 'Joe heeft zin in een lekker zacht bed met van die rode schemerlampjes aan elke kant en een lekker wijf dat goed in het vlees zit en hem geile woordjes in het oor fluistert.'

We barstten in lachen uit. Joe zat hevig te knikken, met een glimlach van oor tot oor.

'Daarom heb ik besloten hem mee te nemen naar het bordeel', zei André en hij spreidde zijn armen ten teken van zijn ongelooflijke generositeit.

'Je komt er niet in', waarschuwde Jean-Christophe.

'André Jiménez Sosa komt overal in. Het scheelt niet veel of ze rollen bij de Camélia de rode loper voor me uit. De madam is een vriendin. Ik heb haar al zo vaak omgekocht dat ze me maar hoeft te zien of ze smelt als boter. Ik neem mijn vriend Joe er mee naartoe, en dan gaan we een partijtje rollebollen tot we niet meer kunnen, nietwaar Joe?'

'Yeah, yeah!' zei Joe terwijl hij met zijn dikke handen zijn baret in elkaar frommelde.

'Ik heb wel zin om met jullie mee te gaan', trok Jean-Christophe de stoute schoenen aan. 'Ik heb nog nooit echt een vrouw gehad. Denk je dat je dat kunt regelen?'

'Ben je helemaal mesjokke?' riep Simon uit. 'Je gaat toch niet naar zo'n gore tent waar het wemelt van de geslachtsziektes?'

'Ik ben het met Simon eens', zei Fabrice. 'Daar horen wij niet thuis. En bovendien hebben we mijn moeder beloofd dat we ons zouden gedragen.'

Jean-Christophe haalde zijn schouders op. Hij boog zich over naar André en fluisterde hem iets in het oor. André trok een arrogant pruilmondje en zei: 'Ik krijg je er wel binnen, als je dat wilt.'

Opgelucht en opgewonden draaide Jean-Christophe zich naar me om: 'Ga je mee, Jonas?'

'Nou en of!'

Ik was zelf het meest verbaasd over mijn spontane reactie.

De hoerenbuurt van Oran bevond zich achter het theater, in de rue de l'Aqueduc, een berucht straatje waar twee naar pis stinkende trappen met veel dronkenlappen op uitkwamen … We waren nog niet in het 'hol van de leeuw' of ik voelde me slecht op mijn gemak en moest mezelf dwingen om niet rechtsomkeert te maken. Joe en André snelden vooruit, op de voet gevolgd door Jean-Christophe; hij was onzeker en zijn achteloze pose was niet overtuigend. Hij draaide zich af en toe om om me een schalks bedoelde knipoog toe te werpen, die ik beantwoordde met een verkrampte glimlach, maar zodra er een ongure kerel voor ons opdook, sprongen we opzij, klaar om het hazenpad te kiezen. De bordelen regen zich aan één kant van de straat aaneen, het ene na het andere, achter bontgekleurde koetspoorten. Het was druk in de rue de l'Aqueduc; soldaten, matrozen, schichtige Arabieren, bang te worden herkend door verwanten of buren; Amerikanen en Senegalezen; pooiers met opengesperde blik die over hun have waakten, hun stiletto verstopt achter hun riem; 'inheemse' soldaten met hun hoge rode zoeavenmutsen; een koortsachtige en vreemd gedempte drukte.

De madam van de Camélia was een kolossale dame die moord en brand stond te schreeuwen. Ze bestierde haar bordeel met ijzeren hand, was even streng voor haar klanten als voor haar meisjes. Toen we aankwamen, stond ze voor de deur van het bordeel net een klant uit te kafferen.

'Je hebt nu alweer de beest uitgehangen, Gégé, en dat is niet goed. Wil je hier nog terugkomen? Dat hangt helemaal van jou af, Gégé, snap je? Ga vooral door je als een beest te misdragen, en je zet hier geen voet meer binnen … Je kent me, Gégé. Als ik iemand op de zwarte lijst zet, kan die net zo goed dood zijn. Heb je dat goed begrepen, Gégé, of moet ik het voor je uittekenen?'

'Het is anders niet gratis', protesteerde Gégé. 'Ik kom hier met mijn poen, en dat grietje van jou moet gewoon doen wat ik wil.'

'Steek die poen maar in je reet, Gégé. Dit is een publiek huis, geen martelkamer. Als het je hier niet bevalt, ga je maar ergens anders heen. Want als je dat nog een keer doet, ruk ik met mijn blote handen je hart uit je lijf.'

Gégé, die bijna een dwerg was, ging op zijn tenen staan om de bordeelhoudster recht in de ogen te kijken, bolde zijn wangen, maar zei niks; zijn rood aangelopen gezicht trilde van woede. Hij viel terug op zijn hielen en, woedend dat hij zich door een vrouw in het openbaar de mantel had laten uitvegen, duwde hij ons opzij en ging op in de menigte die voorbijslenterde.

'Net goed!' riep een soldaat uit. 'Als het hem niet bevalt, moet hij maar ergens anders heen gaan.'

'Dat geldt ook voor jou, sergeant', zei de madam. 'Jij bent ook geen heilig boontje, en dat weet je best.'

De sergeant trok zijn hoofd tussen zijn schouders en maakte zich heel klein.

André snapte wel dat de onderhandelingen niet zo vlotjes zouden verlopen, nu de madam de pest in had. Het lukte hem om Jean-Christophe naar binnen te krijgen, vanwege zijn lange gestalte, maar voor mij kon hij niets doen.

'Het is nog maar een kind, Dédé', zei ze, niet te vermurwen. 'De melk van zijn moeder zit nog op zijn tanden. Ik zie die blonde door de vingers, maar dat engeltje met zijn blauwe ogen komt er niet in. Die wordt al verkracht nog voor hij de eerste de beste kamer heeft bereikt.'

André drong niet aan. De madam was niet het soort vrouw dat terugkwam op beslissingen. Ze vond het goed dat ik achter de toog op mijn vrienden bleef wachten, maar verbood me ten strengste om iets aan te raken of met iemand te praten. Ik was opgelucht. Nu ik in het bordeel was, hoefde ik niet meer zo nodig. Ik werd er niet goed van.

In het grote vertrek, dat blauw zag van de rook, loerden de klanten als opeengepakte beesten op hun prooi. Sommigen waren dronken en stonden grommend te duwen en te trekken. De prostituees zaten op een gecapitonneerde bank in een alkoof opzij van de gang die naar de slaapkamers leidde. Ze zaten met hun gezicht naar de klanten, sommigen schaars gekleed, anderen gewikkeld in doorschijnende sluiers. Het leek wel een schilderij van gevallen vrouwen van een gedeprimeerde Delacroix. Er waren hele dikke bij, hun boezem ingesnoerd in hangmatten van bh's; hele magere met droefgeestige ogen die zo van hun doodsbed waren geplukt; brunettes met ordinaire blonde pruiken; en opzichtig opgemaakte blondines, een stukje tiet achteloos ontbloot. Ze zaten allemaal in stilte te roken en zich, met een minachtende blik op het manvolk tegenover hen, geduldig in het kruis te krabben.

Ik zat achter de bar naar dat vreemde universum te kijken en betreurde het dat ik naar binnen was gegaan. Het leek wel een rovershol. Het rook naar aangelengde wijn en de uitwasemingen van bronstige lijven. Er hing een beklemmende spanning, als een akelige stank. Eén vonkje, één verkeerd woord, misschien zelfs gewoon een blik, en de bom zou barsten … Toch had de inrichting, hoe nep en naïef ook, iets rustgevends, met het lichte, bijna wazige behang, de fluwelen gordijnen, de vergulde spiegels, de waardeloze schilderijen van nimfen in evakostuum, de met mozaïekwerk bedekte muren met bijpassende wandlampen, de kleine, onbezette stoeltjes in de hoeken. Maar de klanten leken wat dat betreft niet erg kieskeurig. Ze hadden enkel oog voor de halfnaakte meisjes op de gecapitonneerde bank en popelden van ongeduld om tot de daad over te gaan, de aderen kloppend in hun hals.

Ik begon me te vervelen. Jean-Christophe was vertrokken met een dikke ouwe taart, Joe met twee meisjes waar de make-up van afdroop, en André was ertussenuit geknepen.

De madam zette een schaaltje met gegrilde amandelen voor me neer en beloofde me haar beste meisje voor mijn acht-tiende verjaardag.

'Even goede vrienden, jongen?'

'Even goede vrienden, mevrouw.'

'Ik ben geroerd … Maar hou alsjeblieft op met dat geme-vrouw, daar word ik niet goed van.'

Nu ze gekalmeerd was, werd ze opeens inschikkelijk. Ik was bang dat ze me bij wijze van gunst uit die *berg vlees* op de bank zou laten kiezen.

'Weet je zeker dat je het me niet kwalijk neemt?'

'Absoluut niet', riep ik uit, doodsbang bij het idee dat ze mijn leeftijd geen obstakel meer zou vinden en me een meisje zou toewijzen. 'Om heel eerlijk te zijn,' haastte ik me er voor de zekerheid aan toe te voegen, 'ik wilde eigenlijk niet mee. Ik ben er nog niet klaar voor.'

'Je hebt gelijk, jongen. Je bent er nooit klaar voor als het erom gaat een vrouw te trotseren … Er staat limonade achter je, voor als je dorst hebt. Van het huis.'

Ze liet me aan mijn lot over en ging de gang in om te kijken of alles goed ging.

En toen zag ik háár. Ze had net een klant uitgelaten en was bij haar collega's op de bank gaan zitten. Haar terugkeer op het toneel leidde meteen tot onrust in de wachtkamer. Een beer van een soldaat herinnerde de anderen eraan dat hij het eerst aan de beurt was en ontketende een golf van gemop-perd protest. Ik besteedde geen aandacht aan de opwinding die zich meester maakte van de klanten. Het rumoer viel op slag stil en alles in het grote vertrek loste op. Ik zag alleen nog háár. Het was alsof er uit het niets een lichtbundel op haar werd gericht, en de rest naar de achtergrond verdween. Met haar ranke, jonge lichaam gewikkeld in een sluier, haar gitzwarte haren die over haar boezem vielen en de twee kuiltjes in haar wangen, was ze geen steek veranderd: Hadda! De mooie Hadda, mijn geheime liefde van vroeger, de eerste vrouw van wie ik als jongetje droomde … Hoe was zij in deze smerige zwijnenstal terechtgekomen, zij die als ze naar buiten stapte, heel de binnenplaats verlichtte als een zon?

Ik was van de kaart, geschokt, sprakeloos van verbazing …

Die onverwachte verschijning slingerde me jaren terug in de tijd, en ik was weer op de binnenplaats van ons huis, in Jenane Jato, te midden van de schaterende buurvrouwen en het tumult van hun kroost … Hadda lachte niet, die ochtend … Ze was droevig … Plotseling strekte ze haar hand uit, over de lage tafel, met de palm omhoog … 'Zeg me wat je erin leest, lieve buurvrouw. Ik moet het weten. Ik kan niet meer.' En Batoul de helderziende: 'Ik zie veel mannen om je heen, Hadda. Maar heel weinig vreugde … Het lijkt net een droom, maar dat is het niet …'

Batoul had het goed gezien. Hadda had veel te veel mannen om zich heen, en zo weinig vreugde. Haar nieuwe thuis, met zijn glitter en glamour, zijn gedempte lichten, zijn fantasmagorische inrichting, zijn drinkgelagen, leek een droom, maar was het niet … Voordat ik het wist stond ik rechtop achter de toog, mijn armen langs mijn zij, mijn mond geopend, niet in staat om dat vreselijke te zeggen dat me als in een mistnevel hulde en me echt razend maakte.

In het vertrek pakte een potige vent met een kaalgeschoren schedel twee mannen in hun nekvel en sloeg hen met hun koppen tegen de muur, hetgeen de gemoederen onmiddellijk tot bedaren bracht. Hij liet zijn grimmige blik over de aanwezigen gaan en zijn neusvleugels trillen. Toen hij zag dat geen klant de buitensporigheid van zijn optreden in twijfel trok, liet hij de twee arme drommels los en liep onverschrokken op Hadda af. Hij greep haar ruw bij haar elleboog en duwde haar voor zich uit. De stilte die hen heel de gang door vergezelde, was om te snijden.

Ik haastte me naar buiten om minder bedompte lucht in te ademen en mijn ademhaling tot rust te brengen.

André, Jean-Christophe en Joe troffen me verslagen op een tree aan. Ze dachten dat het door de weigering van de madam kwam en vonden het niet nodig om er nog een woord aan vuil te maken. Jean-Christophe zag rood van schaamte. Kennelijk was het niet zo goed gegaan. André had alleen maar oog voor zijn yank en leek bereid om al zijn wensen te vervullen. Hij stelde ons voor, Jean-Christophe en mij, om Simon en Fabrice op te halen en hem daarna te treffen in de Majestic, een van de chicste restaurants in de Europese stad.

We dineerden die avond met zijn zessen op kosten van een uiterst gulle André. Joe kon niet goed tegen de drank. Na het eten werd hij steeds vervelender. Eerst viel hij een Amerikaanse journalist lastig, die achter in het restaurant rustig aan zijn artikel zat te werken. Joe ging naar hem toe om hem over zijn wapenfeiten te vertellen en hem tot in details alle slagvelden te beschrijven waar hij zijn leven had gewaagd. De journalist, een voorkomend man, wachtte rustig tot hij weer aan het werk kon gaan, weliswaar geërgerd maar te timide om dat te zeggen, en was erg opgelucht toen André zijn militair kwam halen. Joe kwam weer bij ons zitten, onrustig en woelig als de zee; van tijd tot tijd draaide hij zich om naar de journalist en riep over tafeltjes en hoofden heen: 'Probeer me op de voorpagina te krijgen, John. Ik wil mijn naam op de voorpagina. Als je een foto van me wilt, geen probleem. Wat zeg je ervan, John? Ik reken op je.' De journalist begreep dat hij zijn artikel niet kon afmaken met zo'n lastpak in de buurt; hij pakte zijn kladje op, legde een bankbiljet op tafel en verliet het restaurant.

'Weten jullie wie dat is?' vroeg Joe, met zijn duim over zijn schouder. 'Dat is John Steinbeck, de schrijver. Hij is oorlogsverslaggever voor de *Herald Tribune*. Hij heeft al een stuk geschreven over mijn regiment.'

Toen de journalist vertrokken was, ging Joe op zoek naar andere slachtoffers. Hij rende naar de bar en eiste een nummer van Glenn Miller; toen ging hij op zijn stoel in de houding staan en hief 'Home on the Range' aan; en ten slotte, aangemoedigd door Amerikaanse soldaten die op het terras zaten te eten, dwong hij een ober om het liedje 'You'd Be So Nice To Come Home To' na te zingen. Het gelach dat hij ontketende veranderde langzaam maar zeker in geglimlach, de glimlachjes in misnoegde gezichten, en geërgerde mensen verzochten André om zijn yank ergens anders mee naartoe te nemen. Maar Joe was niet meer de goedaardige man van overdag. Ladderzat, met bloeddoorlopen ogen en het schuim op zijn mond maakte hij het nu echt te bont en hij klom boven op de tafel om een nummertje tapdansen weg te geven. Hij stampte met zijn kistjes in het rond en schopte borden, glazen en flessen op de grond. De gerant kwam beleefd vragen of hij wilde ophouden, maar Joe wilde daar niets van weten, en zijn vuist haalde uit naar de neus van de man. Twee obers schoten hun baas te hulp en werden meteen in de touwen geslagen. Vrouwen stonden gillend op. André sloeg zijn armen om zijn beschermeling en smeekte hem om te kalmeren. Maar Joe was niet meer voor rede vatbaar. Zijn vuisten vlogen alle kanten op. Klanten wierpen zich in de strijd, de militairen op het terras bemoeiden zich ermee en stoelen vlogen door de lucht in een onbeschrijfelijke wanorde.

Er was niet minder dan het gespierde ingrijpen van de Militaire Politie voor nodig om Joe onschadelijk te maken.

Het werd pas weer enigszins rustig in het restaurant toen de jeep van de MP met Joe aan de vloer genageld in de nacht verdween.

Terug in ons hok op de boulevard des Chasseurs kon ik de slaap niet vatten. Ik lag de hele nacht te woelen onder mijn laken, terwijl beelden van Hadda als prostituee door mijn hoofd tolden. De spookachtige stem van Batoul weerkaatste tegen mijn slapen, groef zich een weg door mijn gedachten, wakkerde mijn angsten aan, haalde stiltes naar boven die in het diepst van mijn wezen lagen weggeborgen. Ik had een voorgevoel van naderend onheil, dat me weldra met volle kracht zou treffen. Al verstopte ik me onder het kussen, drukte ik het tegen mijn gezicht zodat ik bijna stikte, het beeld van een halfnaakte Hadda op de bank in het bordeel draaide langzaam in het rond als een danseresje op een pianola, waar de stem van de helderziende als een onheilspellend briesje tegenaan blies …

De volgende dag vroeg ik aan Fabrice om me wat geld voor te schieten en ging alleen naar Jenane Jato, dat wil zeggen naar de keerzijde van Oran, daar waar zich geen uniformen waagden en gebeden en zuchten de lucht verpestten. Ik wilde mijn moeder en mijn zusje zien, ze met mijn handen aanraken, in de hoop dat het voorgevoel zou verdwijnen dat me de hele nacht wakker had gehouden en me niet los wilde laten …

Mijn intuïtie had me niet bedrogen. Er waren dingen gebeurd sinds mijn laatste bezoek aan Jenane Jato. Het huis was verlaten. Het was alsof er een wervelwind doorheen was geraasd die de bewoners had meegesleurd. De toegang was afgezet met prikkeldraad, maar onverschrokken handen hadden er

een opening in gemaakt, waardoor ik naar binnen kon glippen. De binnenplaats lag bezaaid met verkoolde resten, drek
en kattenkeutels. Het deksel van de put rustte verwrongen op
de putrand. De deuren en ramen van de kamers waren verdwenen. De gehele linkervleugel was door vuur verwoest, de
muren waren ingestort en hier en daar hing nog een zwartge-
blakerde balk aan het plafond waardoor een wanhopig blauwe
hemel naar binnen keek. Ons hol was één grote puinhoop,
met hier en daar nog wat gebroken keukengerei en verschroei-
de bundels.

'Er is niemand meer', klonk er opeens achter me.

Het was Houtenbeen. Gehuld in een te korte tuniek stond
hij met zijn hand tegen de muur te wankelen. Zijn tandeloze
mond was ingevallen in zijn uitgemergelde gezicht, vormde
een lelijk gat dat een witte baard tevergeefs aan het zicht probeerde te onttrekken. Zijn arm trilde en het kostte hem moeite
om op zijn bleke, met donkere vlekken bezaaide been te blijven staan.

'Wat is er gebeurd?' vroeg ik.

'Iets verschrikkelijks …'

Hij strompelde naar me toe, raapte in het voorbijgaan een
blik op, draaide het om om te kijken of er iets bruikbaars in
zat en gooide het toen over zijn schouder weg.

Zijn arm beschreef een halve boog: 'Kijk nou toch wat een
verspilling … Het is zo triest!'

Omdat ik geen woord kon uitbrengen en op een verklaring
wachtte, vervolgde hij: 'Ik had Bliss nog zo gewaarschuwd.
Het is een net huis, zei ik tegen hem. Je moet die hoer niet bij
die fatsoenlijke vrouwen zetten, dat loopt slecht af. Op een
nacht kwamen er twee dronkenlappen om een nummertje te
maken. Maar de hoer had al een klant, en daarom stortten
ze zich maar op Badra. Dat werd me een slachtpartij, je hebt

geen idee. Die twee dronkenlappen begrepen niet wat hun overkwam. Om zeep gebracht door de twee zoons van de weduwe. En toen was de beurt aan de hoer. Ze verweerde zich beter dan haar klanten, maar kon niet tegen ze op. Iemand gooide de olielamp omver en het vuur greep als een razende om zich heen. Nog een geluk dat het niet is overgeslagen naar de andere huizen … De politie heeft Badra en haar zoons gearresteerd en het huis verzegeld. Het staat nu al twee jaar leeg. Er zijn mensen die denken dat het er spookt.'

'En mijn moeder?'

'Geen idee. Eén ding is zeker, ze heeft het overleefd. Ik zag haar de volgende ochtend met je zusje op de hoek van de straat. Ze waren niet gewond.'

'En Bliss?'

'Spoorloos.'

'Er waren nog andere huursters. Die weten misschien meer.'

'Het spijt me heel erg, maar ik weet niet waar ze naartoe zijn gegaan.'

Ik was met bloedend hart teruggegaan naar de boulevard des Chasseurs, waar mijn vrienden me hoorndol hadden gemaakt met al hun vragen. Ik was weer naar buiten gegaan en had eindeloos rondgezworven. Duizend keer was ik midden op straat stil blijven staan en had radeloos naar mijn hoofd gegrepen, en duizend keer had ik weer moed proberen te vatten door mezelf voor te houden dat mijn moeder en mijn zusje vast ergens in veiligheid waren en er beter aan toe dan daarvoor. Batoul de helderziende vergiste zich niet. Ze had waarlijk voorspellende gaven. Had ze niet voorspeld wat er met Hadda zou gebeuren? Mijn vader zou terugkomen – het stond geschreven in het water, en mijn moeder zou zich geen zorgen meer hoeven te maken.

Ik dacht dit allemaal bij mezelf toen ik hem opeens dacht te zien ...

Mijn vader!

Het was hem echt. Ik zou hem uit duizenden hebben herkend, uit duizenden schimmen in de nacht, uit duizenden arme drommels die hun ondergang tegemoet ijlden ... Mijn vader! Hij was teruggekomen ... Hij stak een plein over in de Arabische wijk, baande zich een weg door de menigte, gebogen onder een dikke overjas, ondanks de hitte. Hij strompelde recht vooruit. Ik rende achter hem aan, door een jungle van armen en benen. Ik deed één stap naar voren om meteen weer twee stappen achteruit te worden geduwd, vocht me een weg door de massa, mijn ogen strak gericht op de gebogen gestalte die zich onverbiddelijk verwijderde, in zijn groene overjas. Ik wilde hem niet uit het oog verliezen, uit angst dat ik hem nooit meer zou zien ... Toen ik me aan de menigte had ontworsteld en eindelijk de overkant van het plein had bereikt, was mijn vader in geen velden of wegen te bekennen.

Ik had hem in eettentjes, in cafés, in Moorse baden gezocht ... maar tevergeefs.

Ik heb mijn moeder en mijn zusje nooit meer gezien. Ik weet niet wat er van hen is geworden, of ze nog op deze wereld zijn of dat ze allang tot stof zijn vergaan. Maar mijn vader heb ik nog verscheidene keren gezien. Zo ongeveer om de tien jaar. Nu eens midden in een soek of op een werf, dan weer alleen, op de hoek van een steegje of voor een bouwvallige loods ... Het is me nooit gelukt om in zijn buurt te komen ... Eén keer ben ik hem een doodlopend straatje in gevolgd, ervan overtuigd dat hij me nu niet meer kon ontgaan, maar groot was mijn verbijstering toen ik aan de voet van de schutting niemand trof ... Het was alleen omdat hij altijd diezelfde onverslijtbare groene overjas droeg dat ik uiteindelijk be-

greep dat de gestalte niet van vlees en bloed was ...

Nu, op mijn oude dag, gebeurt het me nog steeds dat ik in de verte een glimp van hem meen op te vangen, terwijl hij gebogen onder zijn eeuwige groene overjas langzaam hinkend in het niets verdwijnt.

10

De zee was zo vlak dat je eroverheen had kunnen lopen. Geen golfje kabbelde op het zand, geen huivering rimpelde het wateroppervlak. Het was een doordeweekse dag, en het strand was van ons. Fabrice lag naast me te dommelen, een roman open op zijn gezicht. Jean-Christophe liep te heupwiegen langs de rand van het water, zo narcistisch dat hij had kunnen verdrinken in een glas water. André en zijn neef José hadden hun tent en barbecue zo'n honderd meter van ons vandaan op het strand opgezet; ze zaten bedaard te wachten op vriendinnetjes uit Lourmel. Een enkele familie lag hier en daar in de zon, verspreid over het strand. Zonder de grappen en grollen van Simon had je je op een onbewoond eiland kunnen wanen.

De stralen van de zon vielen loodrecht naar beneden. In de doorschijnende hemel vlogen meeuwen in het rond, beneveld van ruimte en vrijheid. Van tijd tot tijd stortten ze zich op de golven, zaten elkaar in scheervlucht achterna en schoten dan weer omhoog om op te gaan in het hemelsblauwe uitspansel. Heel in de verte was een trawler op weg naar de haven, een zwerm vogels in zijn kielzog; de vangst was goed.

Het was een mooie dag.

Een solitaire dame zat onder een parasol naar de horizon te staren. Ze droeg een enorme hoed met een rood lint en een zonnebril. Haar witte badpak kleefde als een tweede huid aan haar gebronsde lijf ...

Daar zou het bij zijn gebleven als die windvlaag er niet was geweest.

Als iemand me had verteld dat een simpele windvlaag de loop van een leven kon veranderen, dan zou ik het misschien nog hebben proberen te voorkomen. Maar op je zeventiende denk je nog dat je altijd op je pootjes terechtkomt, wat er ook gebeurt ...

Er was net een middagbriesje opgestoken, en de windvlaag, die erachter in hinderlaag lag, maakte er slinks gebruik van om zich op het strand te storten. Hij deed hier en daar het zand opstuiven en tilde in één moeite door de parasol van de dame op, die nog net op tijd haar hand naar haar hoed kon brengen om te voorkomen dat die ook weg zou waaien. De parasol tolde door de lucht, landde in het zand en rolde over het strand. Jean-Christophe probeerde hem te pakken, maar tevergeefs. Als het hem was gelukt, zou mijn leven zijn normale beloop hebben gehad. Maar het lot had anders besloten: de parasol landde voor mijn voeten en ik strekte mijn hand uit om hem vast te pakken.

De dame kon dit zeer waarderen. Ze zag me met de parasol onder mijn arm naar haar toe lopen en stond op om hem in ontvangst te nemen.

'Dank u wel', zei ze.

'Niets te danken, mevrouw.'

Ik knielde neer, maakte het gat groter waarin de parasol had gestaan, groef het met mijn handen uit, zette er de stok in, stond op en stampte rondom het zand aan, opdat de parasol een volgende windvlaag zou weerstaan.

'U bent te vriendelijk, meneer Jonas', zei ze. 'Neem me niet kwalijk, maar ik hoorde dat uw vrienden u zo noemden.'

Ze zette haar zonnebril af; haar ogen waren oogverblindend.

'Komt u uit Terga?'

'Nee, uit Río Salado, mevrouw.'

Haar indringende blik bracht me van mijn stuk. Ik zag mijn vrienden besmuikt lachen terwijl ze me in de gaten hielden. Ze lachten me vast uit. Ik nam gauw afscheid van de dame en liep terug.

'Je bent zo rood als een biet', plaagde Jean-Christophe me. Simon, die uit het water was gekomen, stond zich met een badhanddoek krachtig droog te wrijven, een ondeugende grijns op zijn gezicht. Hij wachtte tot ik in mijn stoel was neergeploft en vroeg toen: 'Wat wilde mevrouw Casenave van je?'

'Ken je haar dan?'

'En hoe! Haar man was directeur van een strafkolonie in Guyana. Het schijnt dat hij spoorloos is verdwenen toen hij in de jungle jacht maakte op een stel gevluchte dwangarbeiders. Toen hij na maanden nog steeds geen teken van leven had gegeven, is ze maar naar huis teruggegaan. Ze is een vriendin van mijn tante. Volgens haar is meneer de directeur gewoon voor de dikke billen van een mooie amazone gezwicht en er samen met haar vandoor gegaan.'

'Mooie vriendin, die tante van je.'

Simon barstte in lachen uit. Hij gooide zijn handdoek naar mijn hoofd, klopte zich als een gorilla op zijn borst en rende toen weer met een luide indianenkreet de zee in.

'Totaal geschift', zuchtte Fabrice terwijl hij zich op zijn ellebogen hees om hem weer een van zijn kolderieke duiken te zien maken.

De vriendinnetjes van André arriveerden klokslag twee uur. De jongste was op zijn minst vier of vijf jaar ouder dan de oudste van de twee neven. Ze zoenden de Sosa's op de wang en installeerden zich in de strandstoelen die al voor hen klaarstonden. Jelloul, het manusje-van-alles, was druk bezig met de barbecue; hij had de kooltjes aangestoken en stond met een waaier te wapperen terwijl zich een witte rookwalm over de omringende duinen verbreidde. José wurmde een kist onder de tassen vandaan die in een hoop rond de tentstok lagen, haalde er snoeren van saucijsjes uit en legde ze op de grill. Het duurde niet lang of de geur van verbrand vet steeg op van het strand.

Ik weet niet waarom ik was opgestaan en naar de tent van André was gelopen. Misschien had ik alleen maar de aandacht van de dame willen trekken, haar schitterende ogen weer willen zien. Het was alsof ze mijn gedachten kon lezen. Toen ik haar voorbijliep, zette ze haar zonnebril af, en opeens had ik het gevoel dat ik op drijfzand liep.

Een paar dagen later zag ik haar weer, in de hoofdstraat van Río. Ze kwam uit een winkel, haar witte hoed als een kroon op haar mooie hoofd. De mensen keken haar na op straat; ze zag ze niet eens. Ze liep niet, ze schreed, statig en verfijnd.

Ik was betoverd.

Ze deed me denken aan de filmsterren die bioscoopzalen vulden met hun mysterieuze uitstraling, zo overtuigend dat onze eigen werkelijkheid erbij in het niet viel.

Ik zat met Simon Benyamin op het terras van het café op het dorpsplein. Ze liep ons voorbij zonder ons te zien, haar parfum achterlatend bij wijze van troost.

'Word eens wakker, Jonas!' fluisterde Simon me toe.

'Hè?'

'Er hangt een spiegel in het café. Ga eens naar die bietenkop van je kijken. Ben je soms verliefd op die keurige huismoeder?'

'Waar heb je het over?'

'Wat ik zie. Straks blijf je er nog in.'

Simon overdreef. Het was geen liefde; ik had diepe bewondering voor mevrouw Casenave. Mijn gedachten hadden niets onzedelijks.

Aan het eind van de week kwam ze naar onze apotheek. Ik hielp Germaine achter de toonbank de talloze bestellingen te verwerken die ze had binnengekregen ten gevolge van een buikgriepepidemie in het dorp. Toen ik opkeek en haar opeens voor me zag, sloeg ik bijna achterover.

Ik verwachtte dat ze haar zonnebril zou afzetten, maar ze hield hem op haar mooie neus, en ik wist niet of ze door haar donkere glazen naar me staarde of me juist negeerde.

Ze gaf Germaine een recept. Met een sierlijk gebaar, als voor een handkus.

'De bereiding kost wat tijd', zei Germaine nadat ze het gekrabbel van de dokter op het blaadje had ontcijferd. 'Ik heb het nogal druk op dit moment', voegde ze eraan toe terwijl ze naar de stapel doosjes op de toonbank wees.

'Wanneer kunt u het klaar hebben?'

'Met een beetje geluk vanmiddag nog. Maar niet voor drieen.'

'O, dat is prima. Ik kan het alleen niet komen ophalen. Ik ben veel te lang weg geweest en ik moet eens goed de bezem door mijn huis halen. Zou u zo vriendelijk willen zijn om me de medicijnen te laten bezorgen door een besteller? Ik betaal ervoor.'

'Het gaat niet om geld, mevrouw …?'

'Mevrouw Casenave.'

'Aangenaam … Woont u ver?'

'Achter de joodse begraafplaats, het huis dat een stukje af ligt van het pad van de maraboet.'

'O ja, ik weet waar dat is … Geen probleem, mevrouw Casenave. Uw bestelling wordt vanmiddag bezorgd, tussen drie en vier.'

'Dat zou perfect zijn.'

Ze vertrok na een onmerkbaar knikje in mijn richting.

Ik kon niet meer stilzitten, wachtte ongeduldig op Germaine, die druk aan het werk was achter de deur naar het magazijn dat dienstdeed als apothekerswerkplaats. De wijzers van de wandklok kropen voort; ik was bang dat de avond zou vallen voor het uur van verlossing. Maar het kwam, het uur van verlossing, gelijk een ademtocht na een ademstilstand. Klokslag drie uur kwam Germaine tevoorschijn met een in papier verpakt flesje. Ze hoefde het me niet te geven, laat staan dat ze tijd had voor de gebruiksinstructies; ik rukte het uit haar handen en sprong op mijn fiets.

Gebogen over het stuur, mijn overhemd opbollend in de wind, fietste ik niet, ik vloog. Ik reed rond de joodse begraafplaats, stak door via een boomgaard en stoof het pad van de maraboet op, zigzaggend tussen de kuilen.

Het huis van de Casenaves stond op een verhoogd terrein, driehonderd meter van het dorp. Het was een groot, witgepleisterd huis op het zuiden, met uitzicht over de vlakte. De verlaten stallen links ervan waren enigszins vervallen, maar het huis zelf stond er nog in volle glorie. Vanaf het pad van de maraboet leidde een weggetje steil omhoog, omgeven door dwergpalmen. Het smeedijzeren hek rustte op een muurtje van fijn bewerkte stenen, omslingerd door de ranken van een wingerd. Op de geveldriehoek, steunend op twee betegelde pilaren, was een grote, in de steen gegraveerde 'C' te lezen, met daaronder het jaartal 1912, het jaar waarin het huis was voltooid.

Ik stapte af, zette mijn fiets tegen het muurtje en duwde het hek open, dat luid knarste. Op de kleine binnenplaats met in het midden een fontein was niemand te bekennen. De tuinen aan weerszijden waren verdord.

'Mevrouw Casenave', riep ik.

De luiken voor de ramen waren gesloten, de voordeur ook. Ik wachtte naast de fontein, in de schaduw van een gipsen Diana, met het pakje in mijn hand. Geen sterveling. Ik hoorde enkel het geritsel van de wingerd in de wind.

Toen ik vond dat ik lang genoeg had gewacht, besloot ik aan te kloppen. Mijn gebons weergalmde door het huis als door een onderaards gangenstelsel. Het was duidelijk dat er niemand thuis was, maar ik wilde dat niet toegeven.

Ik ging op de rand van de fontein zitten. Wachtend op knerpende voetstappen in het grind. Ongeduldig om haar uit het niets te zien verschijnen. Op het moment dat ik de hoop begon te verliezen, klonk achter me opeens: 'Goedendag.'

Ik draaide me om, en daar stond ze, gekleed in een nauw-sluitende witte japon, de hoed met het rode lint schuin op haar hoofd.

'Ik was in de boomgaard verderop. Ik wandel er graag, het is er zo heerlijk stil ... Bent u er al lang?'

'Nee, hoor,' loog ik, 'ik ben er net.'

'Ik heb u niet zien aankomen.'

'Dit is uw bestelling, mevrouw', zei ik en ik reikte haar het pakje aan.

Ze aarzelde even voordat ze het aannam, alsof ze was vergeten dat ze in de apotheek was geweest, haalde het flesje op sierlijke wijze uit de verpakking, schroefde het dopje los en rook aan wat eruitzag als een cosmetisch preparaat.

'Dat zalfje ruikt heerlijk. Als het maar helpt tegen mijn spierpijn. Ik heb het huis in zo'n wanorde aangetroffen dat ik al dagenlang bezig ben het allemaal weer in orde te brengen.'

'Als ik u kan helpen met dingen sjouwen of repareren, dan sta ik tot uw beschikking.'

'Dat is heel schattig van u, meneer Jonas.'

Ze wees me een rieten stoel bij een tafeltje op de veranda, wachtte tot ik plaatsnam en ging toen op de stoel tegenover me zitten.

'U hebt vast dorst met deze hitte', zei ze, wijzend op een karafje met limonade.

Ze schonk me een groot glas in en schoof het naar me toe. Haar gezicht vertrok, en ze beet op charmante wijze op haar lip.

'Hebt u pijn, mevrouw?'

'Ik heb vast iets te zwaars opgetild.'

En ze zette haar zonnebril af.

Ik voelde me van binnen vloeibaar worden.

'Hoe oud bent u, meneer Jonas?' vroeg ze terwijl ze haar soevereine blik in het diepst van mijn wezen boorde.

'Zeventien, mevrouw.'

'U hebt vast al een verloofde.'

'Nee, mevrouw.'

'Hoezo "nee, mevrouw"? Zo'n mooi snoetje, en zulke prachtige blauwe ogen. Ik weiger te geloven dat u niet een hele harem hebt die op dit moment hevig naar u verlangt.'

Haar parfum steeg me naar het hoofd.

Ze beet opnieuw op haar lip en bracht haar hand naar haar nek.

'Hebt u erg veel pijn, mevrouw?'

'Het is erg vervelend.'

Ze nam mijn hand in de hare.

'U hebt de hand van een prins.'

Ik schaamde me voor de verwarring die zich van me meester maakte.

'Wat wilt u later worden, meneer Jonas?'

'Apotheker, mevrouw.'

Ze dacht even na en knikte: 'Dat is een mooi beroep.'

Ze had weer kramp in haar nek en sloeg bijna voorover van de pijn.

'Ik moet die zalf nu meteen uitproberen.'

Ze stond op. Uiterst waardig.

'Als u wilt, mevrouw, kan ik … kan ik uw schouders wel masseren.'

'Daar reken ik op, meneer Jonas.'

Ik weet niet waarom de sfeer opeens minder stijf werd. Het duurde maar een fractie van een seconde. Toen haar ogen me weer aankeken, was alles weer als daarvoor.

We stonden aan weerszijden van de tafel. Mijn hart bonsde zo hard dat ik me afvroeg of ze het kon horen. Ze zette haar hoed af en haar haren vielen op haar schouders. Ik stond er als verlamd bij.

'Komt u maar mee, jongeman.'

Ze duwde de voordeur open en ging me voor. De hal was in het halfduister gehuld. Het was net of ik dit al eerder had meegemaakt, alsof die gang die zich voor me uitstrekte, me niet onbekend was. Had ik het al eens gedroomd, of was ik totaal de kluts kwijt? Mevrouw Cazenave liep voor me uit. Heel even verwarde ik haar met mijn lotsbestemming.

We gingen een trap op. Mijn voeten stootten tegen de treden. Ik klampte me vast aan de leuning, zag enkel haar lichaam voor me uit golven, statig, betoverend, zo gracieus dat je verstand erbij stilstond. Op de overloop liep ze in het verblindende licht van een raampje; het was alsof haar jurk was opgelost en tot in de kleinste details de volmaakte rondingen van haar silhouet aan me prijsgaf.

Ze draaide zich met een ruk om en zag dat ik in shock was. Ze begreep meteen dat ik niet verder kon, dat ik stond te trillen op mijn benen, als bedwelmd, als een distelvink in de val. Haar glimlach gaf me de genadeslag. Ze liep met verende, luchtige tred op me af en zei iets wat ik niet verstond. Het bloed klopte in mijn slapen, belette me om mezelf weer meester te worden. *Wat is er, meneer Jonas?* Haar hand pakte mijn kin, tilde mijn hoofd op ... *Gaat het?* De echo van haar stem ging verloren in het gebons van mijn slapen. *Breng ik u zo in de war?* Misschien was zij het niet die dit zei. Misschien was ik het zelf, al herkende ik mijn stem niet. Haar handen sloten zich om mijn gezicht. Ik voelde de muur tegen mijn rug drukken als om me het vluchten te beletten. *Meneer Jonas?* Haar ogen pakten me in, goochelden me weg. Haar adem dwarrelde rond mijn gehijg, zoog het op; onze gezichten smolten al samen. Toen haar lippen de mijne beroerden, dacht ik dat ik in duizend stukjes uit elkaar viel; het was alsof ze me uitwiste om me opnieuw te kunnen uitvinden. Het was nog geen kus, amper een streling, vluchtig, voorzichtig – was ze het terrein aan het verkennen? Ze week terug, als een golf die zich terugtrok en mijn naaktheid en opwinding onthulde. Toen voelde ik haar mond weer, zekerder, krachtiger; een bron had mijn dorst niet beter kunnen lessen. Mijn mond leverde zich uit aan de hare, versmolt met de hare, werd nu ook water, en mevrouw Casenave ledigde me tot op de bodem, in een slok die zich eindeloos bleef herhalen. Het was alsof ik met mijn hoofd in de wolken op een vliegend tapijt stond. Geschrokken van zo veel geluk probeerde ik me misschien wel aan haar greep te onttrekken, want haar hand duwde tegen mijn nek. Toen liet ik me gaan. Zonder nog enige weerstand te bieden. Verrukt dat ik in de val zat, koortsig en bereidwillig, verrukt ook over mijn overgave, werd ik één met de tong die de mijne verslond. Teder knoopte ze mijn hemd open, liet het op de grond vallen. Ik ademde enkel nog door haar adem, leefde enkel nog door haar polsslag. Ik had het vage gevoel dat ik werd ontkleed, in een kamer werd geduwd, op een bed werd gegooid zo diep als een rivier. Duizenden vingers fladderden over mijn vlees, dat als vuurwerk uiteenspatte; ik was het feest, ik was de vreugde, ik was de roes in zijn absolute extase; ik voelde me sterven en herboren worden.

'Waar zit je met je hoofd?' plaagde Germaine me in de keuken. 'Je hebt in twee dagen al de helft van mijn serviesgoed gebroken.'

Ik realiseerde me dat het bord dat ik aan het afspoelen was, uit mijn handen was geglipt en in stukken op de grond lag.

'Je bent erg verstrooid ...'

'Het spijt me ...'

Germaine keek me nieuwsgierig aan, droogde haar handen aan haar schort en legde ze op mijn schouders.

'Wat is er?'

'Niets. Dat bord is gewoon uit mijn handen geglipt.'

'Ja ... Het is alleen niet het eerste.'

'Germaine!' riep mijn oom vanuit zijn werkkamer.

Gered door de bel. Germaine was me meteen vergeten en rende naar de kamer aan het eind van de gang.

Ik herkende mezelf niet meer. Sinds mijn avontuur met mevrouw Casenave was ik er met mijn hoofd niet meer bij, verstrikt in de kronkelingen van een euforie die niet wilde wijken. Het was mijn eerste seksuele ervaring, de ontdekking van mijn mannelijkheid, en het steeg me naar het hoofd. Ik hoefde maar één seconde alleen te zijn om de exquise pijn van de begeerte weer in me op te voelen laaien. Mijn lichaam spande zich als een boog; ik voelde de vingers van mevrouw Casenave over mijn lichaam glijden, haar strelingen als verlossing brengende beten oplossen in mijn vlees, overgaan in rillingen, het kloppende bloed in mijn slapen worden. Wanneer ik mijn ogen sloot, kon ik haar zelfs horen hijgen, en mijn wereld vulde zich met haar bedwelmende ademhaling. Onmogelijk om 's nachts de slaap te vatten. De imaginaire uitspattingen in mijn bed hielden me tot 's ochtends vroeg in trance.

Simon vond me niet te pruimen zo saai. Zijn grappen drongen niet tot me door. Terwijl Jean-Christophe en Fabrice in een deuk lagen om al zijn geintjes, zat ik er met een stalen gezicht bij. Ik zag ze lol hebben zonder enig idee van waar het over ging. Hoe vaak had Simon niet zijn hand voor mijn ogen heen en weer bewogen om te kijken of ik er nog wel bij was? Dan werd ik eventjes wakker, maar viel algauw weer terug in een soort catalepsie, waarbij alle geluiden om me heen in één keer wegvielen. Onder de oeroude olijfboom op de heuvel of op het strand was ik de grote afwezige.

Ik had twee weken gewacht voordat ik al mijn moed bijeen had geraapt en terug was gegaan naar het grote witte huis aan het pad van de maraboet. Het was al laat, de zon stond op het punt zich gewonnen te geven. Ik zette mijn fiets bij het hek en ging het binnenplaatsje op ... En daar zat ze, op haar hurken bij een struik, met een snoeischaar in de hand; ze was de tuin aan het opknappen.

'Meneer Jonas', zei ze terwijl ze opstond.

Ze legde de snoeischaar op een stapel keien en klopte de aarde van haar handen. Ze droeg dezelfde hoed met het rode lint en dezelfde witte jurk, die, in het licht van de ondergaande zon, de betoverende contouren van haar silhouet met genereuze precisie deed uitkomen.

We keken elkaar aan en zeiden niets.

In de beklemmende stilte sjirpten de cicaden oorverdovend.

'Dag, mevrouw.'

Ze glimlachte, haar ogen weidser dan de horizon.

'Wat kan ik voor u doen, meneer Jonas?'

Iets in haar stem deed me het ergste vrezen.

'Ik kwam hier toevallig langs', loog ik. 'Ik wilde u even gedag zeggen.'

'Dat is aardig.'

Haar laconieke antwoord snoerde me de mond.

Ze keek me strak aan. Alsof ik mijn aanwezigheid alhier diende te rechtvaardigen. Ze leek mijn *inbreuk* op haar privacy niet op prijs te stellen. Het was alsof ik haar stoorde.

'Hebt u niet … Ik dacht misschien … kan ik helpen met dingen repareren of verplaatsen?'

'Daar heb ik bedienden voor.'

Ik stond met mijn mond vol tanden, voor gek, kon mezelf wel vermoorden. Was ik niet alles aan het verpesten?

Ze liep op me af, bleef staan en vermorzelde me al glimlachend met haar blik.

'Meneer Jonas, u moet niet zomaar in een opwelling bij mensen langsgaan.'

'Ik dacht …'

Ze drukte een vinger op mijn mond.

'U moet niet zomaar wat denken.'

Mijn gêne veranderde in onbestemde woede. Waarom behandelde ze me zo? Hoe kon ze doen alsof er niets tussen ons was gebeurd? Ze kon toch wel raden waarom ik was gekomen?

Toen zei ze, alsof ze mijn gedachten kon lezen: 'Ik geef u wel een teken als ik u nodig heb. De dingen moeten vanzelf gaan, begrijpt u? Het is niet goed om ze te forceren.'

Haar vinger volgde teder de lijn van mijn lippen, duwde ze uit elkaar en verdween in mijn mond. Hij bleef even op het puntje van mijn tong liggen, trok zich toen zachtjes terug en drukte opnieuw op mijn lippen.

'U moet één ding weten, Jonas: bij vrouwen zit het allemaal

in het hoofd. Ze zijn pas klaar als ze alles hebben overdacht. Ze zijn hun emoties de baas.'

Ze keek me nog steeds aan, onbuigzaam en soeverein. Ik had het gevoel dat ik niet meer was dan de vrucht van haar verbeelding, een ding in haar handen, een puppy dat ze zo dadelijk op zijn rug zou draaien om hem over zijn buikje te aaien. Ik wilde de dingen niet *forceren*, mijn kans verspelen dat ze me een *teken* zou geven. Toen ze haar hand terugtrok, begreep ik dat het tijd was om te gaan ...

Ze deed me geen uitgeleide.

Ik had weken gewacht. De zomer van 1944 liep ten einde, en nog steeds geen teken. Mevrouw Cazenave kwam niet eens meer in het dorp. Wanneer Jean-Christophe ons bijeenriep op de heuvel en Fabrice ons zijn gedichten voorlas, had ik enkel oog voor het grote witte huis aan het pad van de maraboet. Soms had ik het idee dat ik haar op de binnenplaats zag lopen, dat ik haar witte jurk herkende in de weerschijn van de vlakte. 's Avonds ging ik op het balkon staan en luisterde naar het gejank van de jakhalzen, in de hoop dat het háár stilte draaglijker zou maken.

Mevrouw Scamaroni nam ons regelmatig mee naar Oran, naar de boulevard des Chasseurs, maar ik kon me noch de films herinneren die we hadden gezien noch de meisjes die we hadden ontmoet. Simon begon er genoeg van te krijgen dat ik zo afwezig was. Op een dag gooide hij op het strand een emmer water over me heen om me wakker te schudden. Zonder Jean-Christophe zou zijn geintje zijn uitgelopen op een vechtpartij.

Fabrice, die niet snapte waarom ik zo prikkelbaar was, kwam langs om te vragen wat er aan de hand was. Hij kreeg geen antwoord.

Maar ten einde raad, gek van het wachten, sprong ik op een zondag, klokslag twaalf uur, op mijn fiets en racete naar het grote witte huis. De oude tuinman en de werkster die mevrouw Casenave in dienst had genomen, zaten buiten te eten in de schaduw van een johannesbroodboom. Ik wachtte op de binnenplaats, mijn fiets tegen me aan. Trillend van top tot teen. Er ging een haast onmerkbare schok door mevrouw Casenave heen toen ze me bij de fontein zag staan. Haar blik zocht de twee bedienden, vond ze aan het andere eind van de tuin en richtte zich weer op mij. Ze keek me zwijgend aan. Achter haar glimlach voelde ik haar ergernis.

'Ik kon niet meer wachten', bekende ik.

Ze daalde het kleine bordes af en liep rustig op me af.

'En toch moet het', zei ze op ferme toon.

Ze liep voor me uit naar het hek. En daar, zonder zich te bekommeren om nieuwsgierige blikken, alsof we alleen op de wereld waren, greep ze me bij mijn nek en kuste me stevig op mijn lippen. De kus was zo gulzig dat ik er iets definitiefs in had gevoeld, als een onherroepelijk afscheidsgebaar.

'U hebt gedroomd, Jonas', zei ze. 'Het was maar een jongensdroom.'

Ze trok haar hand terug en deed een stap achteruit.

'Er is nooit iets tussen ons gebeurd … Zelfs deze kus niet …'

Haar ogen boorden zich in de mijne: 'Begrijpt u wat ik zeg?'

'Ja, mevrouw', hoorde ik mezelf stamelen.

'Goed.'

Ze tikte me, opeens moederlijk, op de wang: 'Ik wist wel dat u een verstandige jongen was.'

Ik durfde pas weer naar huis te gaan toen het donker was.

II

Ik hoopte op een wonder; het gebeurde niet.

Het najaar brak aan, de blaadjes vielen van de bomen; ik moest de feiten onder ogen zien. Het was maar een droom. Tussen mevrouw Casenave en mij was niets gebeurd.

Ik vond mijn vrienden terug, de geintjes van Simon, het koortsachtig romantisme van Fabrice. Jean-Christophe verstond de kunst de grillen van Isabelle Rucillio te verdragen. Hij zei dat het erom ging om op een slimme manier concessies te doen, dat het leven een langetermijninvestering was en dat wie wist te wachten onveranderlijk met succes werd beloond. Hij leek te weten wat hij wilde, en al had hij amper argumenten voor zijn theorieën, we wilden hem op zijn woord geloven.

Het jaar 1945 overspoelde ons met golven van tegenstrijdige informatie en hersenspinsels. In Río Salado fabuleerde men er lustig op los, onder het genot van een glaasje anisette. De kleinste schermutseling werd uitvergroot, opgesmukt met de onwaarschijnlijkste wapenfeiten en toegeschreven aan helden die vaak niet van de partij waren. Op de terrasjes van de cafés deden allerlei diagnoses de ronde. De namen van Stalin, Roosevelt en Churchill klonken als de klaroenstoten van de slotaanval. Grapjassen, die De Gaulle beklaagden om zijn broodmagere silhouet, zeiden dat ze hem de beste couscous van het land zouden sturen, opdat zijn charisma aan geloofwaardigheid zou winnen, aangezien autoriteit in Algerijnse ogen niet te scheiden is van een dikke buik. De mensen konden weer lachen en zuipen tot ze een ezel voor een eenhoorn aanzagen. Men was optimistisch gestemd. Joodse families die naar andere landen waren uitgeweken om de massale deportaties gericht op hun gemeenschappen in Frankrijk te ontvluchten, begonnen terug te keren naar het moederland. Langzaam maar zeker werd alles weer normaal. De wijnoogst was fantastisch, en het feest tot besluit van het seizoen, fenomenaal. Pépé Rucillio vierde het huwelijk van zijn jongste zoon, en het dorp trilde zeven dagen en nachten lang van de gitaren en castagnetten van een beroemd gezelschap dat uit Sevilla was gehaald. We werden zelfs getrakteerd op een grandioze fantasia, waarbij de beste ruiters uit de streek zich zonder meer konden meten met de legendarische krijgers van Ouled N'har.

In Europa ging het Derde Rijk ten onder. Nieuws van het front kondigde elke dag het einde aan, en bommen werden elke dag vergolden door torpedo's. Hele steden verdwenen in orkanen van vlammen en as. De hemel werd verminkt door luchtgevechten en loopgraven stortten in onder de rupsbanden van tanks ... In Río Salado zat de bioscoop voortdurend vol. Velen gingen er alleen naartoe voor het nieuws, dat voorafging aan de film. De geallieerden hadden het grootste deel van de bezette landen bevrijd en rukten onverbiddelijk op. Italië was nog maar een schim van zichzelf. Verzetsstrijders en partizanen joegen de vijand terug, die in de knel zat tussen de wegwals van het Rode Leger en de grote Amerikaanse vloedgolf.

Mijn oom zat aan zijn transistor gekluisterd. In zijn nauwsluitende tricot die zijn magerte verried, kwam hij niet meer uit zijn stoel. Van 's ochtends vroeg tot 's avonds laat zat hij over zijn radiootje gebogen, al draaiend aan het knopje, op zoek naar een zender zonder storing. Het geknetter en snerpende gefluit van de golven vulden het huis met galactisch rumoer. Germaine had het al lang geleden opgegeven. Haar man deed precies waar hij zin in had; hij eiste dat zijn eten werd opgediend in de salon, vlak bij de radio, opdat hem geen snippertje informatie zou ontgaan.

En toen kwam 8 mei 1945. Terwijl de hele wereld het einde van de nachtmerrie vierde, begon er in Algerije een andere nachtmerrie, even dodelijk als een pandemie, even monsterlijk als de Apocalyps. De volksvreugde ontaardde in een tragedie. Vlak bij Río Salado, in Aïn Témouchent, sloeg de politie een betoging voor de onafhankelijkheid van Algerije uit elkaar. In Mostaganem breidden de rellen zich uit tot aan de aangrenzende tentendorpen. De gruwelen bereikten echter hun hoogtepunt in de Aurès en Nord-Constantinois, waar duizenden moslims werden afgeslacht door de ordetroepen, versterkt met kolonisten die zich voor de gelegenheid hadden omgeschoold.

'Dat is toch ongelooflijk', mekkerde mijn oom, rillend in zijn pyjama. 'Hoe konden ze? Hoe kun je een volk afslachten dat nog niet eens de tijd heeft gehad om om zijn zonen te rouwen die zijn gestorven voor de bevrijding van Frankrijk? Waarom slachten ze ons als vee af alleen maar omdat wij ook vrij willen zijn?'

Hij was in alle staten. Lijkwit en broodmager struikelde hij over zijn pantoffels terwijl hij door de salon ijsbeerde.

De Arabische zender op zijn radio had het over de bloedige onderdrukking van moslims in Guelma, Kherrata en Sétif, over massagraven waar de stoffelijke overschotten bij duizenden lagen te rotten, de jacht op *de Arabier* in akkers en boomgaarden, de honden die op ze los werden gelaten en de lynchpartijen op de pleinen. Het nieuws was zo verschrikkelijk dat mijn oom noch ik het kon opbrengen om ons aan te sluiten bij de vredesmars die dwars door Río Salado trok.

De ramp die het moslimvolk in rouw dompelde werd mijn

oom ten slotte te veel. Op een avond bracht hij zijn hand naar zijn hart en stortte neer. Mevrouw Scamaroni hielp ons uit de brand; ze bracht hem met haar auto naar het ziekenhuis en vertrouwde hem toe aan de zorgen van een dokter die ze kende. Gezien de groeiende paniek van Germaine achtte ze het raadzaam om bij haar te blijven wachten. Fabrice en Jean-Christophe kwamen ons laat in de avond gezelschap houden, en Simon moest de motorfiets van zijn buurman lenen om zich bij ons te kunnen voegen.

'Uw man heeft een hartaanval gehad, mevrouw', zei de arts tegen Germaine. 'Hij is nog niet bijgekomen.'

'Komt hij er weer bovenop, dokter?'

'We hebben al het nodige gedaan. De rest hangt van hem af.'

Germaine kon geen woord uitbrengen. Ze had nog helemaal niets gezegd sinds haar man in het ziekenhuis lag. Ze keek wezenloos voor zich uit en zag lijkbleek. Ze vouwde haar handen onder haar kin, sloot haar ogen en bad.

Mijn oom kwam de volgende ochtend uit zijn coma. Hij riep om water en eiste dat hij ogenblikkelijk naar huis werd gebracht. De arts hield hem een paar dagen ter observatie voordat hij hem liet gaan. Mevrouw Scamaroni zei dat ze een verpleegster kende die de patiënt thuis voltijds zou kunnen verzorgen. Germaine wees het aanbod beleefd af, verzekerde haar dat ze die taak zelf op zich zou nemen en bedankte haar voor alles wat ze had gedaan.

Twee dagen later zat ik aan het bed van mijn oom toen ik buiten mijn naam hoorde roepen. Ik liep naar het raam en zag een gestalte op zijn hurken achter een heuveltje. De persoon stond op en wenkte me. Het was Jelloul, het manusje-van-alles van André.

Op het moment dat ik het pad tussen ons huis en de wijngaarden bereikte, kwam hij tevoorschijn uit zijn schuilplaats.

'Mijn hemel!' riep ik uit.

Jelloul hinkte. Zijn gezicht was gezwollen, zijn lippen waren kapot en hij had een blauw oog. Zijn hemd zat onder de rode strepen, waarschijnlijk de striemen van een zweep.

'Wie heeft jou zo toegetakeld?'

Jelloul keek eerst om zich heen, alsof hij bang was dat iemand hem zou horen; toen keek hij me recht in de ogen en zei alsof hij een bom liet afgaan: 'André.'

'Waarom? Wat heb je gedaan?'

Hij glimlachte om mijn zotte vraag.

'Ik hoef niets fout te doen. Hij vindt altijd wel een voorwendsel om me in elkaar te slaan. Het was nu vanwege de protesten van de moslims in de Aurès. André vertrouwt nu geen een Arabier meer. Gisteren kwam hij dronken uit de stad en heeft me een pak slaag gegeven.'

Hij schoof zijn hemd omhoog en draaide zich om om me de striemen op zijn rug te laten zien. André was niet zachtzinnig te werk gegaan.

Hij keek me weer aan, liet zijn hemd in zijn bestofte broek glijden, haalde luid zijn neus op en voegde eraan toe: 'Hij zei dat ik me niets in mijn hoofd moest halen, dat hij het deed om me voor eens en altijd in te prenten dat hij de meester was en geen ongehoorzaamheid duldde van zijn bedienden.'

Jelloul verwachtte iets van me wat niet kwam. Hij nam zijn kalotje af en verfrommelde het tussen zijn donkere handen.

'Ik ben niet gekomen om je mijn levensverhaal te doen, Jonas. André heeft me er zonder een cent uit geflikkerd. Zo kan ik thuis niet aankomen. Mijn familie heeft alleen mij om niet van de honger om te komen.'

'Hoeveel heb je nodig?'

'Genoeg om drie of vier dagen te kunnen eten.'

'Ik ben zo terug.'

Ik ging naar mijn kamer en kwam terug met twee biljetten van vijftig franc. Hij nam ze niet al te geestdriftig aan en draaide ze weifelend om en om.

'Dat is te veel geld. Dat kan ik nooit terugbetalen.'

'Je hoeft het me niet terug te betalen.'

Mijn vrijgevigheid zat hem niet lekker. Hij wiegde zijn hoofd heen en weer, dacht even na, kneep met een opgelaten pruilmondje zijn lippen op elkaar en zei: 'In dat geval neem ik één briefje.'

'Neem ze alle twee, echt, ik geef het je graag.'

'Daar twijfel ik niet aan, maar het is niet nodig.'

'Heb je een baantje op het oog?'

Zijn pruilmondje veranderde in een raadselachtige glimlach: 'Nee, maar André kan niet zonder me. Voor het eind van de week komt hij me weer halen. Een slaafsere hond dan ik is niet te vinden.'

'Waarom ben je zo streng voor jezelf?'

'Dat kun je niet begrijpen. Je bent een van óns, maar je leidt hún leven … Wanneer je de enige kostwinner bent van een familie die bestaat uit een halfgekke moeder, een vader die beide armen heeft verloren, zes broertjes en zusjes, een grootmoeder, twee tantes die met kinderen en al verstoten zijn, en een bedlegerige oom, dan hou je op een mens te zijn … Tussen de hond en de jakhals kiest het mindere dier ervoor om een meester te hebben.'

Ik was verbijsterd over de felheid van zijn woorden. Jelloul was nog geen twintig, maar hij straalde een innerlijke kracht en rijpheid uit die me imponeerden. Die ochtend was hij niet langer de kruiperige lakei aan wie we gewend waren geraakt. De jongen die voor me stond was heel iemand anders. Vreemd genoeg ontdekte ik opeens bepaalde gezichtstrekken die me nooit eerder waren opgevallen. Hij had een krachtig gezicht met uitstekende jukbeenderen, een verontrustende blik, en hij straalde een waardigheid uit die ik niet achter hem had gezocht.

'Dank je wel, Jonas', zei hij. 'Ik sta bij je in het krijt.'

Hij draaide zich om en hinkte moeizaam weg.

'Wacht', riep ik. 'Met die pijnlijke voet kom je niet ver.'

'Ik heb me ook hierheen gesleept.'

'Misschien, maar je hebt die wond alleen maar erger gemaakt ... Waar woon je precies?'

'Niet zo ver, echt niet. Achter de heuvel met de twee maraboets. Het lukt me wel.'

'Ik wil niet dat je je voet forceert. Ik ga gauw mijn fiets halen en dan kom ik terug.'

'Ach nee, Jonas. Je hebt wel nuttiger dingen te doen dan mij naar huis te brengen.'

'Ik sta erop ...!'

Ik dacht dat het niet erger kon dan wat ik in Jenane Jato had gezien; ik vergiste me. De armoede in het dorp waar Jelloul en zijn familie woonden, ging alle perken te buiten. Het gehucht telde een tiental smerige krotten in de bedding van een dode rivier, omgeven door omheinde veldjes met een stuk of wat neerslachtige en broodmagere geiten. Het stonk er zo erg dat ik niet kon geloven dat mensen daar twee dagen achtereen konden overleven. Niet bij machte om nog verder te gaan legde ik mijn fiets in de berm en hielp Jelloul afstappen. De heuvel met de twee maraboets bevond zich op een steenworp afstand van Río Salado, maar ik kon me niet herinneren dat ik hier ooit was geweest. De mensen waagden zich hier liever niet. Alsof er een vloek op dit gebied rustte. Opeens was ik bang om hier te zijn, aan de andere kant van die heuvel, bang dat ik het er niet heelhuids af zou brengen, ervan overtuigd dat als me hier iets zou overkomen, niemand me zou komen zoeken op een plek waar ik me nooit had moeten wagen. Het was absurd, maar de angst was groot en echt. Het gehucht vervulde me van afgrijzen. En die vreselijke stank, als van rottende lijken!

'Kom,' zei Jelloul, 'ik zal je aan mijn vader voorstellen.'

'Nee', riep ik uit. 'Ik moet naar huis, naar mijn oom. Hij is heel erg ziek.'

Kinderen speelden spiernaakt in het stof, met opgebolde buikjes en neusgaten belegerd door vliegen – ja, dát was het, afgezien van de stank was er het vraatzuchtige en bezeten gegons van vliegen; de stinkende lucht was vergeven van hun onheilspellende litanie, als een duivelse adem boven een menselijke ontreddering die zo oud was als de wereld en even beklagenswaardig. Aan de voet van een lemen muurtje, naast een slapende ezel, zaten oude mannetjes met open mond te dommelen. Een gek richtte zich met zijn uitgemergelde armen ten hemel geheven tot een heilige boom bedekt met gelukbrengende linten en gesmolten kaarsen … En verder niets; het leek wel of alle gezonde mensen hier waren weggetrokken en het gehucht hadden overgeleverd aan fauneske dreumesen en zieltogende oudjes.

Een roedel honden stoof blaffend op me af. Jelloul dreef ze met stenen terug. Toen het weer stil was, draaide hij zich met een vreemde glimlach naar me om.

'Zo leven de onzen, Jonas. De onzen die ook de jouwen zijn. Behalve dat ze niet in dezelfde wereld leven als waar jij het zo goed hebt … Wat is er? Waarom zeg je niks? Ben je gechoqueerd? Je gelooft je ogen niet, nietwaar? Ik hoop dat je me nu beter begrijpt wanneer ik het over honden heb. Zo diep willen zelfs dieren niet zinken.'

Ik was perplex. Mijn maag draaide zich om van de stank, het gegons van de vliegen ging me door merg en been. Ik had zin om over te geven, maar ik was bang dat Jelloul me dat niet zou vergeven.

Hij grijnsde, geamuseerd door mijn onbehagen, en wees naar het gehucht.

'Kijk maar eens goed naar dat gat. Dat is onze plaats in dit land, het land van onze voorouders. Kijk maar goed, Jonas. Zelfs God is hier nooit langs geweest.'

'Waarom zeg je van die afschuwelijke dingen?'

'Omdat ik ze denk. Omdat het de waarheid is.'

Ik werd nog banger. Ditmaal was het Jelloul die me angst aanjoeg, met zijn geslepen blik en zijn sardonische grijns. Ik stapte op mijn fiets en maakte rechtsomkeert.

'Natuurlijk, *Younes*. Keer de realiteit van de jouwen maar de rug toe en ga gauw terug naar je vriendjes ... *Younes* ... Dank je wel voor het geld. Er komt een dag dat je het terugkrijgt, dat beloof ik je. De wereld is aan het veranderen, heb je dat niet gemerkt?'

Ik begon als een bezetene te trappen, terwijl de kreten van Jelloul als waarschuwingsschoten in mijn oren floten.

Jelloul had gelijk. De dingen waren aan het veranderen, maar voor mij vonden die veranderingen plaats in een parallelle wereld. Verdeeld tussen trouw aan mijn vrienden en solidariteit met de mijnen wachtte ik simpelweg af. Het was duidelijk dat na wat er in de Constantinois was gebeurd en met de bewustwording van de moslimmassa's, ik vroeg of laat gedwongen zou worden een kamp te kiezen. Ook al zou ik weigeren een keuze te maken, de gebeurtenissen zouden uiteindelijk voor mij kiezen. De woede had zich in beweging gezet; hij was buiten de geheime oevers van strijdbare bijeenkomsten getreden en stroomde de straten in, vertakte zich door achterbuurten en gleed richting Arabische wijken en tentenkampen.

Op ons vriendenclubje hadden die veranderingen geen vat. We waren inmiddels jonge mannen, dolblij met onze twintig jaar, en al was het dons op onze lippen nog niet dicht genoeg om te worden bevorderd tot de rang van snor, het benadrukte wel onze bereidheid om ons als volwassenen te gedragen en onze eigen keuzes te maken. Onafscheidelijk als de tanden van een vork leefden we op onszelf: met ons vieren waren we de wereld.

Fabrice won de Nationale Poëziewedstrijd. Mevrouw Scamaroni reed ons naar Algiers voor de prijsuitreiking. De winnaar was in de zevende hemel. Afgezien van een aanzienlijk honorarium zou de jury ook zorg dragen voor publicatie van de bekroonde bundel bij Edmond Charlot, een belangrijke Algerijnse uitgever. Mevrouw Scamaroni bracht ons onder in een keurig hotelletje niet ver van de rue d'Isly. Na de overhandiging van de trofee, die Fabrice persoonlijk uit handen van Max-Pol Fouchet ontving, bood de moeder van de winnaar ons een schitterend diner aan, met verse vis en zeebanket, in een chic restaurant in Port-de-la-Madrague. De volgende dag hadden we haast om terug te keren naar ons geliefde Río Salado, waar de burgemeester een dinertje zou geven ter ere van het wonderkind van het dorp, en we maakten een korte stop in Orléansville om een hapje te eten en nog een in Perrigault om sinaasappels – de mooiste ter wereld – in te slaan.

Een paar maanden later nodigde Fabrice ons uit in een boekhandel in Lourmel, een koloniaal dorp niet ver van Río Salado. Zijn moeder was er ook, beeldschoon in een donker mantelpakje en met een grote hoed met veren op haar hoofd, die haar iets heel deftigs gaf. De boekhandelaar en een stuk of wat lokale beroemdheden zaten met plechtige gezichten en een welwillende glimlach aan het eind van een grote ebbenhouten tafel met daarop stapels boeken, gloednieuw en rechtstreeks uit de doos. Op het omslag, boven een mooie titel in cursieve letters, stond de naam van de auteur: Fabrice Scamaroni.

'Krijg nou wat!' riep Simon uit, die nooit te beroerd was om een al te plechtige sfeer te doorbreken.

Na afloop van de presentatie en de toespraken stortten Simon, Jean-Christophe en ik ons op de dichtbundel en begonnen het boekje naarstig door te bladeren, te strelen en om en om te draaien in onze handen, zo verrukt dat mevrouw Scamaroni een traantje, dat met wat mascara over haar wang rolde, moest wegpinken.

'Ik heb uw werk met reusachtig veel plezier gelezen, meneer Scamaroni', zei een oudere man. 'U hebt echt talent, en het zou me niet verbazen als u de poëzie, die immer de geheime ziel van onze geliefde streek is geweest, opnieuw haar adelbrief zult geven.'

De boekhandelaar overhandigde onze dichter een felicitatiebrief van de hand van Gabriel Audisio, de oprichter van het tijdschrift *Rivages*, waarin deze hem een mooie samenwerking in het vooruitzicht stelde.

In Río Salado beloofde de burgemeester een bibliotheek in de hoofdstraat te openen, en Pépé Rucillio kocht een honderdtal exemplaren van Fabrice' dichtbundel, die hij naar zijn kennissen in Oran stuurde – van wie hij vermoedde dat ze hem achter zijn rug voor opgeklommen boerenpummel uitmaakten – om te bewijzen dat er in zijn dorp niet alleen maar rijke, domme wijnboeren en zuiplappen woonden.

De winter trok zich op zijn tenen terug om plaats te maken voor de lente. 's Ochtends kartelden zwaluwen de elektriciteitsdraden en dampten de straten van Río van duizend heerlijke geuren. Mijn oom leefde langzaam maar zeker weer op. Hij had weer wat kleur gekregen en hervond zijn passie voor boeken. Hij verslond ze, de ene roman na het andere essay. Hij las in twee talen, schakelde moeiteloos over van een El-Akkad naar een Flaubert. Het huis ging hij nog niet uit, maar hij schoor zich wel weer elke dag en kleedde zich fatsoenlijk aan. Ook deelde hij zijn maaltijden weer met ons en wisselde aan tafel soms enkele beleefdheidsformules uit met Germaine. Hij was niet meer zo veeleisend, en hij brulde niet langer om het kleinste kleinigheidje. Hij leidde een zeer geregeld leven: hij stond elke ochtend voor dag en dauw op, kweet zich van zijn ochtendgebed, ging klokslag zeven uur aan tafel voor het ontbijt en trok zich vervolgens terug in zijn werkkamer tot ik hem de krant kwam brengen. Nadat hij het nieuws had doorgenomen, sloeg hij zijn spiraalschriften open, doopte zijn pen in de inktpot en schreef tot twaalf uur 's middags. Om één uur deed hij een dutje, daarna pakte hij een boek en las totdat het donker werd.

Op een dag kwam hij naar mijn kamer.

'Je moet deze schrijver lezen. Hij heet Malek Bennabi. Ik weet niet wat voor man het is, maar op zijn verstand is niets aan te merken.'

Hij legde het boek op mijn nachtkastje en wachtte tot ik het oppakte. Het was een boekje van een kleine honderd pagina's, getiteld *De voorwaarden voor de wedergeboorte van Algerije*.

Voordat hij wegging, zei hij nog: 'Vergeet niet wat de Koran zegt: "Wie één mens doodt, doodt de hele mensheid."'

Hij kwam niet terug om me te vragen of ik het boek van Bennabi had gelezen, laat staan wat ik ervan vond. Aan tafel richtte hij zich enkel tot Germaine.

Het huiselijk leven leek zijn evenwicht te hebben hervonden. Het was nog geen vrolijke boel, maar het feit dat ik mijn oom zijn stropdas voor de spiegel zag strikken, was op zich al geweldig. We hoopten dat hij naar buiten zou gaan en in de wereld der levenden terug zou keren. Hij had het nodig om zich weer in het straatgewoel te begeven, naar een café te gaan of op een bankje in een park te zitten. Germaine zette de openslaande deuren expres wijd open. Ze wilde niets liever dan dat hij zijn fez zou opzetten, zijn vest zou gladstrijken, een blik op zijn zakhorloge zou werpen en zich naar zijn vrienden zou spoeden om zijn zinnen te verzetten. Maar mijn oom was bang voor mensenmenigten. Hij had er een pathologische angst voor ontwikkeld, en zou in paniek raken als hij mensen op zijn weg zou tegenkomen. Alleen thuis voelde hij zich veilig.

Germaine was ervan overtuigd dat haar man zijn uiterste best zou doen om er weer bovenop te komen.

Maar helaas! Op een zondag, toen we klaar waren met eten, sloeg mijn oom opeens heel hard op de tafel en veegde met zijn hand alle borden en glazen op de grond. We vreesden een nieuwe hartaanval, maar dat was het niet. Mijn oom stond met een ruk op, gooide zijn stoel om, ging met zijn rug tegen de muur staan, wees naar ons en riep: 'Niemand heeft het recht om me te veroordelen!'

Germaine keek me verbijsterd aan.

'Heb jij iets tegen hem gezegd?' vroeg ze.

'Nee.'

Ze keek naar haar man alsof hij een vreemde was.

'Niemand veroordeelt je, Mahi.'

Mijn oom richtte zich niet tot ons. Hij keek wel naar ons, maar zag ons niet. Toen fronste hij zijn wenkbrauwen alsof hij wakker schrok uit een boze droom, zette de stoel overeind, ging weer zitten, nam zijn hoofd in zijn handen en bewoog niet meer.

Omstreeks drie uur die nacht werden Germaine en ik wakker van luide stemmen. Mijn oom maakte ruzie met iemand in zijn werkkamer, maar de deur was op slot. Ik rende naar beneden om te kijken of de voordeur openstond, of er iemand op straat was. Maar de deur was dicht en op slot. Ik ging weer naar boven. Germaine probeerde te zien wat er aan de hand was in de werkkamer, maar de sleutel stak in de deur.

Mijn oom was buiten zichzelf.

'Ik ben geen lafaard', schreeuwde hij. 'Ik heb niemand verraden, hoor je wel? Kijk me niet zo aan. Ik verbied je om me uit te lachen. Ik heb niemand verraden, niemand, helemaal niemand ...'

De deur ging open. Mijn oom kwam wit van woede en met het schuim op zijn mond naar buiten. Hij stormde ons voorbij naar zijn slaapkamer, zag ons niet eens.

Germaine ging als eerste de werkkamer binnen; ik volgde haar ... Er was niemand.

Ik zag mevrouw Casenave pas weer aan het begin van het najaar. Het regende, en Río was Río niet. De cafés hadden hun terrasjes opgeruimd en leken wel opvangcentra voor werkelozen. Mevrouw Casenaves tred had zijn luchtigheid niet verloren, maar mijn hart sprong niet meer op. Was het de regen die de hartstocht temperde of het grijze weer dat een ontluisterend effect had op mijn herinneringen? Ik wilde het niet weten. Ik was de straat overgestoken om haar niet tegen het lijf te lopen.

In Río Salado, dat voor en door de zon leefde, was het najaar een dood seizoen. Maskers vielen af als blaadjes van de bomen, en liefdes bleken gevoelig voor de kou. Jean-Christophe Lamy betaalde de tol. Hij kwam naar het huis van Fabrice, waar we zaten te wachten op Simon, die die ochtend naar Oran was gegaan. Hij ging zonder een woord op een bankje op de veranda zitten kniezen.

Simon Benyamin kwam onverrichter zake terug uit Oran, waar hij indruk had willen maken met zijn komisch talent. Hij had in de krant gelezen dat ze jonge komieken zochten en had gedacht dat dit de kans van zijn leven was. Hij had zich op zijn paasbest gekleed en was met de advertentie op zak in de eerste de beste bus gesprongen, op zoek naar roem. Aan zijn neerhangende mondhoeken zagen we al dat de dingen niet zo waren gelopen als hij had gehoopt.

'En?' vroeg Fabrice.

Simon plofte neer op een rieten stoel en sloeg zijn armen over elkaar. Hij had een pesthumeur.

'Wat is er gebeurd?'

'Niets', zei hij. 'Er is niets gebeurd. Die klootzakken hebben me niet eens een kans gegeven ... Ik voelde meteen al dat het niet mijn dag was. Ik heb vier uur in de coulissen staan wachten voordat ik eindelijk op mocht. Eerste verrassing: de zaal was zo goed als leeg. Er zat alleen een ouwe knakker op de eerste rij, en naast hem een lelijke heks met een uilenbril. Ik kreeg een enorme schijnwerper op mijn smoel gericht. Het leek wel een politieverhoor. "Gaat uw gang, meneer Benyamin", zei die ouwe knakker. Ik zweer jullie, ik dacht dat ik de stem van mijn overgrootvader uit zijn graf hoorde komen. Hij was ijzig, ongenaakbaar. Ik was nog niet begonnen of hij viel me al in de rede. "Wat is het verschil tussen een clown en een hansworst, meneer Benyamin?" vroeg hij met zijn kraakstem. "Wel, dat zal ik u vertellen. Een clown maakt mensen aan het lachen omdat hij aandoenlijk en grappig is, een hansworst omdat hij belachelijk is." En hij wenkte de volgende.'

Fabrice lag dubbel van het lachen.

'Ik heb twee uur in de kleedkamer gezeten om weer rustig te

worden. Als die ouwe knakker zijn excuses was komen maken, dan had ik hem rauw gelust ... Je had die twee moeten zien, met hun grafsmoelen, in die enorme, lege zaal ...'

Jean-Christophe was woedend omdat we lol hadden.

'Is er wat?' vroeg Fabrice aan hem.

Jean-Christophe boog zijn hoofd en verzuchtte: 'Isabelle begint op mijn zenuwen te werken.'

'Nu pas?' zei Simon. 'Ik heb je toch gezegd dat ze niet het goeie meisje voor je was.'

'Liefde is blind', zei Fabrice filosofisch.

'Liefde maakt blind', verbeterde Simon hem.

'Meen je het echt?' vroeg ik aan Jean-Christophe.

'Hoezo? Vind je haar nog steeds leuk?'

Hij keek me op een vreemde manier aan en voegde eraan toe: 'Dat vonkje tussen jullie is nooit helemaal gedoofd, niet-waar, Jonas? Nou, ik heb mijn buik vol van die trut. Je mag haar hebben.'

'Wie zegt dat ik haar wil hebben?'

'Ze houdt van jou!' riep hij uit terwijl hij met zijn vuist op tafel sloeg.

Het werd doodstil in het vertrek. Fabrice en Simon keken ons beurtelings aan. Jean-Christophe was echt woedend op me.

'Wat vertel je me nou?' vroeg ik.

'De waarheid ... Zodra ze hoort dat jij in de buurt bent, is ze niet meer te houden. Ze kijkt naar links en naar rechts en wordt pas weer rustig als ze je ziet ... Als je haar bij het laatste feest had gezien! Ze hing aan mijn arm, en toen kwam jij, en ze begon zich verschrikkelijk aan te stellen alleen maar om jouw aandacht te trekken. Ik had haar bijna een klap gegeven.'

'Liefde maakt misschien blind, Chris, maar van jaloezie ga je dingen zien die er niet zijn', zei ik.

'Ik ben jaloers, dat klopt, maar ik zie wat ik zie.'

'Hola, stop', zei Fabrice, die voelde dat het de verkeerde kant op ging. 'Isabelle vindt het nu eenmaal heerlijk om mensen te manipuleren, Chris. Ze stelt je op de proef, dat is alles. Als ze niet van je zou houden, zou ze je allang de bons hebben gegeven.'

'Kan wel zijn, maar ik heb er schoon genoeg van. Als mijn geliefde in staat is om over mijn schouder heen te kijken, kan ik maar beter uit haar zicht verdwijnen. En bovendien, en dat meen ik, geloof ik niet dat mijn gevoelens voor haar zo sterk zijn.'

Ik voelde me onbehaaglijk. Het was voor het eerst dat een verschil van mening de harmonie in ons vriendenclubje verstoorde. Maar tot mijn grote opluchting strekte Jean-Christophe opeens zijn vinger naar me uit en riep: 'Paf! Ik had je! Je bent erin gelopen!'

Niemand vond het grappig. We waren ervan overtuigd dat het Jean-Christophe ernst was geweest.

Toen ik de volgende dag met Simon naar het dorpsplein liep, zagen we Isabelle aan de arm van Jean-Christophe. Ze gingen naar de bioscoop. Ik weet niet waarom, maar ik schoot onmiddellijk een koetspoort in, zodat ze me niet zouden zien. Simon was verbaasd over mijn reactie, maar hij begreep het wel.

III

ÉMILIE

12

André nodigde de jeugd van Río Salado uit voor de opening van zijn bar. Niemand die dit had verwacht van de zoon van Jaime J. Sosa. We zagen hem eerder kaarsrecht in zijn feodale laarzen, karwats tegen zijn dij en met tiranniek geschreeuw zijn seizoensarbeiders een schop onder hun kont geven en de Olympus voor zichzelf alleen opeisen ... Dat we hem nu als kroegbaas flesjes bier zagen openwippen, liet ons werkelijk sprakeloos ... Maar sinds hij was teruggekeerd uit de Verenigde Staten, waar hij met Joe een verbluffende rondreis had gemaakt, was André een ander mens. Amerika had hem bewust gemaakt van een werkelijkheid die ons ontging en die hij met een soort van mystieke hartstocht de 'Amerikaanse droom' noemde. Wanneer iemand hem vroeg wat hij daar precies mee bedoelde, blies hij zijn wangen op, zette een hoge borst op en knauwde met scheve mond: je leven naar eigen believen leiden, al moest je daarvoor taboes en fatsoensregels overboord gooien. André had een duidelijk idee van wat hij ons probeerde bij te brengen, alleen de manier waarop liet te wensen over. Het was evenwel onmiskenbaar dat hij de zielige gewoonten van ons provinciaaltjes, opgegroeid in de schaduw van onze ouderen, wilde doorbreken. Blindelings gehoorzamen, enkel uit de band springen als we daar toestemming voor hadden, op feestdagen wachten om uit onze holen te komen, dat was wat André betreft onaanvaardbaar. Volgens hem onderscheidde een samenleving zich door het elan van haar jongeren, vernieuwde die zich dankzij de frisheid en brutaliteit van haar jeugd, terwijl die bij ons niet meer was dan een kudde schapen die zich braaf liet leiden door de automatismen van een voorbije tijd, onverenigbaar met een aanmatigende en schaamteloze moderniteit, die lef en energie vereiste en zo nodig wat vuurwerk – zoals in Los Angeles, San Francisco en New York, waar jongeren al sinds het einde van de oorlog bezig waren die onaantastbare piëteit de nek om te draaien om zich van het juk van de familie te bevrijden en hun vleugels uit te slaan, ook al stortten ze als Icarus omlaag.

André was ervan overtuigd dat er voortaan een andere, Amerikaanse wind zou waaien. In zijn ogen berustte het welzijn van een land op zijn honger naar veroveringen en revoluties. En in Río Salado volgden de generaties elkaar op en leken op elkaar. Onze manier van denken was dringend aan hervorming toe. En om ons te ontrukken aan de totale versuffing die het gevolg was van onze gedweeë kuddegeest, en ons midden in het gewoel van het leven te storten, had André niets beters weten te verzinnen dan een bar-restaurant in Californische stijl, een *diner*.

De diner bevond zich achter het wijnhuis van R.C. Kraus, op het braakliggende terrein waar we als jochies hadden gevoetbald, buiten het dorp. Er stonden zo'n twintig tafeltjes op het grind, met witte stoelen en parasols. Bij het zien van de kisten met wijn en limonade, de kratten met fruit en de barbecues die op de vier hoeken van het terras stonden opgesteld, ontspanden we een beetje.

'We gaan ons te barsten eten', riep Simon geestdriftig uit.

Jelloul en de andere werknemers waren druk bezig de tafeltjes te dekken en van karaffen water en asbakken te voorzien. André en zijn neef José stonden trots als een pauw op de stoep voor de ingang van hun tent, een cowboyhoed losjes in hun nek, hun benen uit elkaar en hun duimen onder de gesp van hun riem.

'Je zou een kudde runderen moeten kopen', riep Simon naar André.

'Bevalt-ie je niet, mijn tent?'

'Zolang er te eten en te drinken is.'

'Stop je dan vol en hou je mond ...'

André kwam de stoep af om ons te omarmen en maakte van de gelegenheid gebruik om Simon in zijn kruis te grijpen.

'Niet de familiejuwelen', protesteerde Simon terwijl hij achteruitdeinsde.

'Wat nou juwelen! Wedden dat ze nog minder opbrengen dan een kapotte deurklink op de vlooienmarkt?' zei André, terwijl hij ons alle drie naar de ingang duwde.

'Waar wedden we om?'

'Wat je maar wil ... Ik weet het al, er komen vanavond heel wat mooie meisjes. Als het je lukt om er ook maar eentje te versieren, betaal ik de hotelkamer. In het Martinez, wat wil je nog meer?'

'Afgesproken!'

'Dédé is net een schot hagel', meende José, die zijn neef als een toonbeeld van rechtschapenheid en onverschrokkenheid beschouwde, ons plechtig in herinnering te moeten brengen. 'Eenmaal afgevuurd komt het niet meer terug.'

En zich ervan bewust dat hij de gevoeligste snaar van zijn neef had geraakt, ging hij opzij en liet ons binnen.

André gaf ons een rondleiding door zijn 'revolutie'. Dat was wel even iets anders dan de cafés in de streek. Het interieur was veel kleurrijker, met achter de toog een enorme spiegel waarin je in filigraan de vage contouren van de Golden Gate Bridge ontwaarde, en ervoor een rij hoge gecapitonneerde krukken. De messing rekken, voorzien van mooie neonreclames en de laatste handige snufjes, bezweken onder de flessen en snuisterijen. Aan de muren hingen grote portretten van Hollywoodsterren. Plafondlampen verspreidden een gedempt licht en gordijnen voor de ramen dompelden de ruimte in een zachte schemering, terwijl rode wandlampjes in de hoeken bloedige schaduwen wierpen. De zitbanken waren vastgeklonken aan de grond en vormden aparte compartimenten, als in een trein, met ertussen rechthoekige tafels waarop landschappen van het Wilde Westen te bewonderen waren.

In een aangrenzende zaal troonde midden in het vertrek een biljart. Geen café in Río, of Lourmel, dat een biljarttafel had. Het biljart dat André zijn cliëntèle aanbood was een waar kunstwerk, mooi verlicht door een lamp die zo laag hing dat hij de tafel bijna raakte.

André pakte een keu, krijtte de punt, boog zich over de rand van het biljart, richtte de stok, met één hand als steun, mikte op een driehoek van veelkleurige ballen in het midden van het groene kleed en stootte. De driehoek spatte uit elkaar en de ballen rolden alle kanten op en kaatsten terug tegen de biljartbanden.

'Vanaf vandaag', verklaarde hij, 'gaan de mensen niet meer naar de bar om zich te bezatten. Ze komen hier in de eerste plaats om te biljarten. En let op, dit is pas de eerste tafel. Voor het eind van de maand komen er nog drie. Ik ben van plan een regionale competitie te organiseren.'

José bood ons bier en mij een limonade aan, en stelde voor dat we op het terras gingen zitten, in afwachting van de gasten. Het liep tegen vijven. De zon gleed langzaam achter de heuvels, schoot zijn strijklicht af over de wijngaarden. Vanaf het terras had je een vrij zicht op de vlakte en de weg die zich ijlings naar Lourmel spoedde. Een bus zette passagiers af bij de toegang tot het dorp: inwoners van Río die terugkwamen uit Oran en Arabische boeren die huiswaarts keerden van hun werk in de stad. De laatsten staken uitgeput, hun bundel onder de arm, af door de akkers om het pad te bereiken dat naar hun gehuchten leidde.

Jelloul volgde mijn blik; toen de laatste arbeider uit het zicht was verdwenen, draaide hij zich naar me om en keek me hinderlijk strak aan.

De Rucillio-clan kwam aanzetten op het moment dat de zon achter de heuvels verdween. Het waren de twee jongste zonen van Pépé, twee van hun neven en hun zwager Antonio, zanger in een nachtclub in Sidi Bel-Abbès. Ze arriveerden met luid geronk in een kolossale Citroën, die rechtstreeks uit de fabriek kwam en die ze zo voor de ingang neerzetten dat iedereen hem goed kon zien.

André verwelkomde hen met klappen op hun schouder en een vette, patserige lach en liet hen plaatsnemen aan een tafel op de eerste rij.

'Je kunt schatrijk zijn en van een kilometer afstand naar paardenstront ruiken', mopperde Simon, die het niet op prijs stelde dat de Rucillio's ons zonder te groeten voorbijliepen.

'Je weet toch hoe ze zijn', zei ik om hem te kalmeren.

'Ze hadden ons toch wel gedag kunnen zeggen? Het kost toch niks om vriendelijk te zijn? We zijn niet zomaar de eerste de besten. Jij bent apotheker, Fabrice is dichter en journalist, en ik ben ambtenaar.'

Het was nog niet helemaal donker toen het terras begon vol te lopen met stralende jonge meisjes en piekfijn geklede jongens. Andere paren, minder jong, arriveerden in fonkelende auto's, de dames in gala en de heren in kostuum, een vlinderdasje als een mes door de keel. André had het puikje van Río en de meest vooraanstaande figuren uit de omgeving uitgenodigd. In heel die bonte menigte herkenden we de zoon van de rijkste man van Hammam Bouhdjar – die over een privé-vliegtuig beschikte – met aan zijn arm een rijzende ster van het Joods-Arabische lied, die door een menigte bewonderaars werd overladen met complimenten, als ze zich niet stonden te verdringen om haar een aansteker of een pakje sigaretten voor te houden.

De lampions boven de binnenplaats werden ontstoken. José klapte in zijn handen om tot stilte te manen. Het rumoer stokte en stierf toen langzaam weg. André besteeg het podium om zijn gasten te bedanken dat ze waren gekomen om de feestelijke opening van zijn diner bij te wonen. Hij begon met een pikante anekdote, die het publiek, gewend aan meer vormelijkheid, in verlegenheid bracht, betreurde het dat zijn gehoor niet ruimdenkend genoeg was om hem zijn speech in dezelfde geest te doen vervolgen, kortte zijn toespraak in en maakte plaats voor een groep muzikanten.

Zij openden het feest met tot dan toe onbekende muziek op basis van bassen en trompetten, waarvoor het publiek geen enkele interesse kon opbrengen.

'Het is verdomme jazz!' tierde André. 'Hoe kun je ongevoelig zijn voor jazz zonder voor een holbewoner door te gaan?'

De jazzmuzikanten legden zich er uiteindelijk bij neer: Río was misschien maar zestig kilometer verwijderd van Oran, maar een onpeilbaar diepe kloof scheidde de geesten. Als echte professionals speelden ze nog een tijdje voor dovemansoren door en besloten het concert, bij wijze van laatste ereronde, met een stuk dat gezien de algehele onverschilligheid als treurmuziek klonk.

Ze verdwenen van het toneel zonder dat iemand het in de gaten had.

André had zoiets wel verwacht, maar gehoopt dat zijn gasten een minimum aan fatsoen aan de dag zouden leggen jegens het meest bejubelde jazzorkest van het land. We zagen hem door het stof gaan voor de verontwaardigde trompettist, die leek te zweren dat hij van zijn leven geen voet meer zou zetten in zo'n achterlijk gat.

Terwijl de dingen achter de schermen misgingen, nodigde José een tweede orkest – ditmaal lokaal – uit om het podium te betreden. Als bij toverslag sprong het publiek vanaf de eerste maat opgelucht op en de dansvloer werd overstroomd door een golf van uitbundig heupwiegende lijven.

Fabrice vroeg het nichtje van de burgemeester ten dans en sleepte haar vrolijk de dansvloer op. Zelf kreeg ik eerst een vriendelijke weigering van een stikverlegen jongedame, waarna ik haar gezellin wist over te halen om met me te dansen. Simon zat met zijn hoofd in de wolken. Met zijn bolle babywangen in zijn handen staarde hij voor zich uit naar een lege tafel achterin.

Toen de band pauzeerde begeleidde ik mijn dame naar haar plaats en keerde terug naar de mijne. Simon zag me niet eens. Hij zat nog steeds met zijn hoofd in zijn handen en met een flauwe glimlach ontspannen voor zich uit te kijken. Ik bewoog mijn hand voor zijn ogen, hij reageerde niet. Ik volgde zijn blik en toen zag ik háár.

Ze zat alleen aan een tafeltje achterin – er op het laatste nippertje bij geschoven, want niet gedekt – dat door de hortende bewegingen van de dansers af en toe aan het zicht werd onttrokken … Ik begreep nu waarom Simon er zo stilletjes bij zat, terwijl hij normaal de boel op stelten zette: het meisje was van een adembenemende schoonheid!

Gekleed in een nauwsluitende, melkwitte japon, haar zwarte haren in een wrong, een glimlach zo licht als een rookkringel, keek ze naar de dansende mensen zonder ze echt te zien. Met haar kin zachtjes rustend op de vingertoppen van haar tot aan de ellebogen witgehandschoende handen, leek ze diep in gedachten. Van tijd tot tijd verdween ze achter de schimmen die om haar heen fladderden, om vervolgens weer als een nimf uit een meer in volle glorie te verrijzen.

'Is ze niet schitterend?' hijgde Simon, geheel in de ban.

'Ze is prachtig.'

'Kijk toch naar die mysterieuze ogen. Wedden dat ze even zwart zijn als haar haar? En die neus! Wat een neus! Het lijkt wel een stukje eeuwigheid!'

'Rustig aan, jongen!'

'En die mond, Jonas. Heb je dat rozenknopje van haar mond gezien? Hoe kan ze in 's hemelsnaam eten?'

'Hola, Simon, kom eens terug op aarde!'

'Waarom?'

'Straks stort je naar beneden.'

'Kan me niks schelen. Voor zo'n wonder wil ik wel op mijn bek gaan.'

'En waarmee wil je haar daarna dan verleiden?'

Hij richtte zijn blik eindelijk op mij en zei met een van treurigheid vertrokken gezicht: 'Je weet best dat ik totaal geen kans maak.'

De droeve toon waarop hij dit zei sneed me door de ziel.

Maar een seconde later was hij zich weer meester: 'Denk je dat ze uit Río komt?'

'Dan was ze ons allang opgevallen.'

Simon glimlachte: 'Je hebt gelijk. Dan was ze ons allang opgevallen.'

Vreemd genoeg hielden we allebei onze adem in en rechtten onze rug toen een jongeman op het eenzame meisje afliep om haar ten dans te vragen. Onze opluchting was groot toen ze beleefd weigerde.

Fabrice kwam bezweet terug van de dansvloer, ging aan onze

tafel zitten, wiste met een zakdoek zijn voorhoofd af, boog zich naar ons over en fluisterde: 'Hebben jullie daar rechts achterin die eenzame schoonheid gezien?'

'En hoe!' zei Simon. 'Klaarblijkelijk heeft iedereen enkel oog voor haar.'

'Ik ben net aan de kant gezet, vanwege haar', zei Fabrice. 'Mijn dame krabde me bijna de ogen uit toen ze merkte dat ik was afgeleid ... Hebben jullie enig idee wie dat zou kunnen zijn?'

'Ze is hier vast bij familie op bezoek. Gezien haar kleding en haar manier van doen moet ze een stadsmeisje zijn. Onze meisjes zitten niet zo aan tafel.'

Plotseling keek de onbekende onze kant op, en alle drie verstijfden we alsof ze ons met de hand in haar tas had betrapt. Haar glimlach werd ietsje breder en het medaillon dat het decolleté van haar japon sierde geleek een vuurtoren in de nacht.

'Ze is beeldschoon', beaamde Jean-Christophe, die god mag weten waarvandaan was opgedoken.

Hij draaide een lege stoel om en nam schrijlings plaats.

'Eindelijk, daar ben je', zei Fabrice. 'Waar bleef je toch?'

'Waar denk je?'

'Heb je alweer ruzie gehad met Isabelle?'

'Laten we zeggen dat ik háár nu eens heb laten zitten. Stel je voor, ze kon maar niet besluiten welke sieraden ze zou dragen. Ik wachtte in de salon, ik wachtte in de hal, ik wachtte voor de deur, en mevrouw kon maar niet kiezen welk prul ze om zou doen.'

'Ben je zonder haar weggegaan?' vroeg Simon ongelovig.

'Ja, wat denkt ze wel!'

Simon stond op, klikte zijn hakken tegen elkaar en bracht zijn hand naar zijn slaap in een militaire groet: 'Petje af, beste jongen. Je hebt die gemaakte trut een koekje van eigen deeg gegeven, en daarmee dwing je mijn respect af. Ik ben trots op je.'

Jean-Christophe trok Simon aan zijn arm omlaag en dwong hem weer te gaan zitten.

'Je houdt het hoogtepunt van de avond voor me verborgen, dikzak', zei hij, doelend op de mooie onbekende. 'Wie is dat?'

'Ga het 'r vragen.'

'Met de hele Rucillio-clan erbij? Ik ben wel goed, maar niet gek.'

Fabrice frommelde zijn servet in elkaar, haalde diep adem en schoof zijn stoel naar achteren: 'Nou, dan doe ik het wel.'

Maar het was te laat. Een auto stopte voor de ingang. Het meisje stond op en liep naar de auto. We zagen haar instappen naast de bestuurder en schrokken alle vier op toen ze het portier achter zich dichtsloeg.

'Ik weet dat ik geen enkele kans maak,' zei Simon, 'maar niet geschoten is altijd mis. Morgenochtend ga ik met mijn muiltje langs alle meisjes van het dorp om er eentje in mijn maat te vinden.'

We schaterden het uit.

Simon pakte het lepeltje van het tafeltje en begon machinaal te roeren. Het was al de derde keer dat hij door zijn koffie roerde, en hij had nog geen slok genomen. We zaten op een terrasje op het plein, genietend van het mooie weer. De hemel was strakblauw en een maartse zon schoot zijn zilverkleurige pijlen af. Geen briesje deed de blaadjes aan de bomen trillen. In de ochtendlijke stilte, amper verbroken door het gekir van de fontein of het hortende geknars van een kar, kon het dorp zichzelf horen leven.

Met de mouwen van zijn overhemd tot op de schouders opgestroopt hield de burgemeester toezicht op een groepje arbeiders dat de stoepranden rood en wit kalkte. Voor de kerk hielp de pastoor een voerman met het uitladen van zakken steenkool, die een jongen opstapelde tegen de muur van een huis. Aan de overkant van het plein stonden huisvrouwen te kletsen rond het kraampje van een groenteman, onder de geamuseerde blik van Bruno, een piepjonge politieagent.

Simon legde het lepeltje neer.

'Sinds dat feest bij Dédé heb ik slapeloze nachten', zei hij.

'Vanwege dat meisje?'

'Je kunt ook niets voor jou verborgen houden … Ik geloof dat ik echt verkikkerd op haar ben.'

'Echt waar?'

'Hoe moet ik het zeggen? Wat ik voel voor die brunette met de mysterieuze ogen, heb ik echt nog nooit gevoeld.'

'Je bent haar dus op het spoor gekomen?'

'Schei uit! Ik ben meteen de volgende dag naar haar op zoek gegaan. Ik kwam er alleen snel achter dat ik niet de enige was die achter haar aan zat. Zelfs José is van de partij. Stel je voor, je kunt niet eens meer fantaseren over een meisje of je hebt een stel idioten in je nek hijgen.'

Hij wuifde een onzichtbare vlieg weg; zijn gebaar ademde een kille vijandigheid. Weer pakte hij het lepeltje en roerde in zijn koffie.

'O Jonas, als ik jouw blauwe ogen en je engelensnoetje toch had …!'

'Waarvoor?'

'Om het erop te wagen, verdomme. Kijk nou toch naar dat smoel van mij, en die buik die trilt als een drilpudding en die korte beentjes waarmee ik niet eens rechtop kan lopen en mijn platvoeten …'

'Dat is niet het enige waar meisjes naar kijken.'

'Kan wel zijn, maar toevallig heb ik ze ook niet veel anders te bieden. Ik heb geen wijngaarden, geen wijnkelders en geen bankrekening.'

'Je hebt andere kwaliteiten. Je humor, bijvoorbeeld. Meisjes vinden het leuk als je ze aan het lachen maakt. En bovendien ben je een fatsoenlijke jongen. Je bent geen zuiplap of gluiperd. En dat telt ook.'

Simon wuifde mijn woorden weg.

Na een lange stilte trok hij een verlegen mondje en mompelde: 'Denk je dat de liefde vóór de vriendschap gaat?'

'Hoe bedoel je?'

'Ik zag Fabrice onze vestaalse maagd het hof maken, eergisteren ... Ik zweer het je. Ik zag hem precies zoals ik jou nu zie, vlak bij het wijnhuis Cordona. Het zag er niet uit alsof ze elkaar gewoon waren tegengekomen. Fabrice stond met zijn rug tegen de auto van zijn moeder, heel ontspannen, met zijn armen over elkaar ... En zij leek geen haast te hebben om naar huis te gaan.'

'Fabrice is de lieveling van het dorp. Iedereen houdt hem op straat aan. Meisjes en jongens. En oude mensen. Dat is logisch, hij is ónze dichter.'

'Ja, behalve dat dat niet de indruk was die ik had toen ik hen zo samen zag. Ik weet zeker dat het niet zomaar een kletspraatje was.'

'Hé, boerenpummels', riep André ons toe vanaf de overkant van de straat, waar hij met zijn auto was gestopt. 'Waarom zijn jullie niet in mijn tent om je de kunst van het biljartspel eigen te maken?'

'We wachten op Fabrice.'

'Zal ik vast vooruitgaan?'

'We komen eraan.'

'Kan ik op jullie rekenen?'

'Absoluut.'

André bracht twee vingers naar zijn slaap en scheurde weg, tot grote schrik van een oude hond die opgerold voor de deur van een winkel lag.

Simon greep me vast.

'Ik ben die ruzie tussen jou en Chris over Isabelle niet vergeten. Ik wil niet dat Fabrice en mij hetzelfde overkomt. Onze vriendschap is heel belangrijk voor me ...'

'Laten we niet op de zaken vooruitlopen.'

'Alleen al bij de gedachte eraan schaam ik me dood voor mijn gevoelens voor dat meisje.'

'Je moet je niet schamen voor je gevoelens wanneer het mooie gevoelens zijn, al lijken ze je onrechtvaardig.'

'Meen je dat echt?'

'In de liefde is elke kans evenveel waard, en heb je niet het recht om die niet te grijpen.'

'Denk je dat ik evenveel kans maak als Fabrice? Hij is rijk en beroemd.'

'Denk je, denk je, denk je ... Is dat het enige wat je kunt zeggen? Wil je weten wat ik denk: je bent een schijtluis. Je draait om de hete brij heen en je denkt dat je daar iets mee opschiet ... Maar laten we het over iets anders hebben. Daar is Fabrice.'

Het was druk bij André en door het lawaai konden we niet echt genieten van onze slakken in pikante saus. En dan was er Simon. Hij was niet in zijn gewone doen, Simon. Ik voelde een paar keer hoe hij op het punt stond zijn hart te luchten tegen Fabrice, maar hij kreeg het niet over zijn lippen. Fabrice had niets in de gaten. Hij had zijn notitieboekje tevoorschijn gehaald en krabbelde met samengeknepen ogen een gedicht neer, met veel strepen en verbeteringen. Zijn blonde lokken hingen voor zijn ogen, als een versperring tussen zijn ideeën en de gedachten van Simon.

André kwam kijken of hij ons ergens mee van dienst kon zijn. Hij boog zich over de schouder van de dichter om te lezen wat die aan het schrijven was.

'Alsjeblieft, zeg', zei Fabrice geïrriteerd.

'Een liefdesgedicht! Mogen we weten wie jouw hart op hol heeft gebracht?'

Fabrice sloeg zijn boekje dicht, legde er zijn beide handen op en keek André strak aan.

'Moet ik begrijpen dat ik jouw lyrische ontboezemingen in de weg sta?' sputterde die tegen.

'Je valt hem lastig', voer Simon uit. 'Je moet gewoon wegwezen en verder niets.'

André schoof zijn cowboyhoed naar achteren en zette zijn handen op zijn heupen.

'Tjonge, ben je vanochtend met je verkeerde been uit bed gestapt? Mij krijg je niet op de kast, hoor.'

'Je ziet toch wel dat hij inspiratie heeft?'

'Kletspraat! Met mooie woorden win je geen harten ... Bewijs: ik hoef maar met mijn vingers te knippen en ik kan elk meisje krijgen dat ik wil.'

Andrés lompheid stuitte Fabrice zo tegen de borst dat hij zijn notitieboekje oppakte en naar buiten stormde.

André keek hem stomverbaasd na en wendde zich toen tot ons: 'Ik heb toch niks verkeerds tegen hem gezegd? Is hij allergisch geworden voor mijn grapjes of zo?'

Het overhaaste vertrek van Fabrice verbaasde ons zeer. Het was niet zijn gewoonte om de deur voor iemands neus dicht te slaan. Van ons vieren was hij het hoffelijkst en het minst prikkelbaar ...

'Misschien is het wel een bijwerking van de liefde', zei Simon verbitterd.

Hij had zojuist begrepen dat het tussen zijn vriend en zijn 'fantasie met de mysterieuze ogen' inderdaad niet zomaar om een kletspraatje was gegaan.

Die avond waren we uitgenodigd bij Jean-Christophe. Hij had ons iets belangrijks te vertellen en wilde ons advies inwinnen. Hij ontving ons, Fabrice, Simon en mij, in de werkplaats van zijn vader, een rommelhok op de begane grond van het oude familiehuis, en nadat we onze vruchtensap hadden opgedronken en onze aardappelchips hadden opgepeuzeld, deelde hij ons mee: 'Het is zover … ik heb het uitgemaakt met Isabelle!'

We dachten dat Simon, opgekikkerd van dit nieuws, een gat in de lucht zou springen, maar niks daarvan.

'Denken jullie dat ik een stommiteit heb begaan?'

Fabrice steunde zijn kin in zijn hand om na te denken.

'Wat is er precies gebeurd?' vroeg ik tot mijn eigen verbazing, want ik had mezelf voorgenomen me niet meer met hún zaken te bemoeien.

Jean-Christophe wachtte slechts op een excuus om zijn hart uit te storten. Hij spreidde zijn armen ten teken dat hij het werkelijk spuugzat was.

'Ze is te moeilijk. Ze zit altijd op me te vitten, vaart om niets tegen me uit, wrijft me continu in dat ik een armeluiskind ben en alleen dankzij haar nog wat voorstel … Hoe vaak heb ik niet gedreigd het met haar uit te maken? "Doe het dan!" riep ze altijd … Maar vanochtend was echt de druppel. Ze ging me bijna te lijf. Op straat. Open en bloot … En alleen omdat ik dat meisje van Andrés feest een winkel uit zag komen …'

Er ging een minuscule aardschok door de kamer; de tafel

waaraan we zaten trilde ervan. Ik zag Fabrice' adamsappel op en neer gaan en Simons knokkels wit uitslaan.

'Wat is er?' vroeg Jean-Christophe, verbaasd over de doodse stilte die in het vertrek was gevallen.

Simon wierp een steelse blik op Fabrice. Die kuchte in zijn vuist, boorde zijn blik in die van Jean-Christophe en vroeg: 'Heeft Isabelle je met haar betrapt?'

'Hoe kom je daar nu bij? Het was voor het eerst sinds de opening dat ik haar weer zag. Ik was met Isabelle op weg naar de naaister, en toen kwam dat meisje uit de drogisterij van Benhamou.'

Fabrice keek opgelucht en zei: 'Weet je, Chris, niemand hier kan je vertellen wat je moet doen. We zijn je vrienden, maar we weten niet hoe het echt tussen jullie zit. Je schreeuwt continu van de daken dat je haar gaat dumpen, en de volgende dag zien we je weer met haar aan je arm. Zo langzamerhand geloven we je niet meer. En bovendien gaat het ons niet aan. Het is jouw zaak en die moet jij regelen. Jullie zijn al jaren samen, al vanaf school. Jij weet zelf het best hoe het echt tussen jullie zit en welke beslissing je moet nemen.'

'Precies, we kennen elkaar al sinds school, en toch weet ik nog steeds niet – ik zweer het – of ik hier wel gelukkig van word. Het is net of Isabelle bezit heeft genomen van mijn ziel. Het is raar, maar soms, ondanks haar rotkarakter en haar bazige manieren, denk ik toch ... vreemd genoeg ... bij mezelf dat ik gewoon niet zonder haar kan ... Echt waar, ik zweer het ... Soms doen al die roteigenschappen haar in mijn ogen juist stijgen en betrap ik mezelf erop dat ik stapelgek op haar ben ...'

'Vergeet die stomme trut', zei Simon met gloeiende ogen. 'Ze is niks voor jou. Of wil je haar soms je leven lang als een chronische ziekte met je meedragen? Met dat knappe smoel van jou hoef je niet te wanhopen ... En bovendien begint dat gezeur van jou me eerlijk gezegd de keel uit te hangen.'

En hij stond op – zoals Fabrice eerder die dag bij André – en liep foeterend de deur uit.

'Heb ik iets stoms gezegd?' vroeg Jean-Christophe perplex.

'Het gaat de laatste tijd niet zo goed met hem', zei Fabrice.

'Wat heeft hij dan?' vroeg Jean-Christophe aan mij. 'Jullie zijn altijd samen. Wat is er met hem aan de hand?'

Ik haalde mijn schouders op en zei: 'Ik heb geen idee.'

Het ging slecht met Simon. Zijn frustraties wonnen het van zijn opgewektheid, verkreukten zijn goede humeur. De complexen die hij achter eindeloze grappen en grollen verborg, kwamen aan de oppervlakte. De waarheden die hij niet onder ogen wilde zien, de zelfspot waarachter hij zich verschanste om niet gekwetst te worden, kortom al die kleine dingen die ongemerkt zijn leven vergalden – vanwege een te dikke buik, te korte beentjes of zijn povere, zo niet lachwekkende en aandoenlijke verleidingskunsten – leverden een zelfbeeld op dat hij verfoeide. Dat die brunette in zijn leven was gekomen, ook al was het slechts aan de periferie, bracht hem uit balans.

Onze wegen kruisten elkaar toevallig een week later. Hij was op weg naar het postkantoor om formulieren te halen en had er geen bezwaar tegen dat ik met hem opliep. De naweeën van zijn ontgoocheling vertroebelden zijn trekken; zijn duistere blik leek het op de hele wereld te hebben voorzien.

We liepen zwijgend het halve dorp door, als de schaduwen in een schimmenspel. Na het ophalen van de papieren wist Simon niet goed wat hij met zijn dag aan moest. Hij voelde zich wat verloren. We gingen het postkantoor uit en liepen recht in de armen van Fabrice ... En hij was niet alleen, Fabrice ... Zíj was bij hem, en ze liepen arm in arm. Ze vormden zo'n overtuigend stel, hij in zijn tweedpak en zij in haar wijde plooirok, dat we er niet meer omheen konden. In een fractie van een seconde verdween de verbittering van Simons gezicht ... Hoe kon hij zich hier niet bij neerleggen? Ze waren zo mooi!

Fabrice haastte zich ons aan elkaar voor te stellen: 'Dit zijn nu Simon en Jonas, mijn beste vrienden.'

Het meisje was nog mooier in het daglicht. Ze was niet van vlees en bloed; ze was een zonnestraal.

'Simon, Jonas, ik stel jullie voor aan Émilie, de dochter van mevrouw Casenave.'

Het was alsof er een emmer ijskoud water over me uit werd gestort.

Niet in staat om een woord uit te brengen, elk om een andere reden, volstonden we, Simon en ik, met een glimlach.

Toen we weer bij zinnen kwamen, waren ze weg.

We bleven nog een tijdje sprakeloos op de stoep voor het postkantoor staan. Hoe konden we het hun kwalijk nemen? Hoe te protesteren tegen dit prille geluk zonder voor een barbaar of een ongelooflijke eikel door te gaan?

Simon moest de handdoek wel in de ring werpen – wat hij met stijl deed.

13

De lente won terrein. De donzige heuvels lagen bij het ochtendgloren te glinsteren als een zee van dauw. Je had zin om
je kleren uit te gooien, er halsoverkop in te springen en in dat
groen te zwemmen tot je niet meer kon, om daarna onder een
boom te gaan liggen dromen van alle goede dingen op Gods
aarde. Het was bedwelmend. Elke ochtend was een geniale in-
val, elk ogenblik dat aan de tijd werd ontstolen een eeuwigheid. Río in de zon was het paradijs. Waar je je hand legde,
daar ontsproot een droom; nergens had mijn ziel zich zo vre-
dig gevoeld. Het aards gedruis bereikte ons zonder het kabaal
dat het therapeutische geruis van onze wijngaarden zou kunnen verstoren. We wisten dat de situatie in het land gespannen was, dat het broeide onder het volk. De mensen in het
dorp bekommerden zich er niet om. Ze trokken onneembare
muren op rond hun geluk en keken wel uit om er ramen in
te maken. Het enige wat ze wilden zien was hun eigen mooie
spiegelbeeld, dat ze 's ochtends een knipoog toezonden alvorens naar de wijngaarden te gaan om zo veel zonnen te plukken als ze konden.

Er was geen vuiltje aan de lucht. De druiven beloofden
feestelijke wijnen, wervelende feesten en rijk besprenkelde
bruiloften. De hemel bleef smetteloos blauw, en er was geen
sprake van dat zich daar donkere wolken van elders zouden
samenpakken. Na het middageten zat ik vaak een half uur te
dommelen in mijn schommelstoel op het balkon en staarde
naar het gekartelde gebladerte dat de vlakte bedekte, het oker

van de gloeiende akkers die zich een weg door het groen baanden en de bonte luchtspiegelingen die op en neer dansten aan de horizon. Het was een betoverend schouwspel dat een kosmische rust uitstraalde; ik hoefde mijn blik maar wat rond te laten dwalen of ik viel in slaap. Germaine trof me dikwijls met open mond en mijn hoofd achterover aan in mijn stoel en sloop dan op haar tenen weg om me te laten slapen.

In Río Salado wachtten we vol vertrouwen de zomer af. We wisten dat de tijd onze bondgenoot was, dat de druivenpluk en het strandleven ons weldra van de nodige geestdrift zouden vervullen om met volle teugen te genieten van alle feesten en drinkgelagen. Kortstondige liefdes ontloken in dat dolce far niente als bloemen in de vroege ochtend. De meisjes paradeerden over het dorpsplein, oogverblindend in hun luchtige jurkjes die hun heerlijke armen en een stukje van hun gebruinde rug onthulden; de jongens op de terrasjes werden almaar verstrooider en ontbrandden als stro wanneer ze probeerden te ontfutselen wie de geheime vlam was van hun zuchten en dromen.

Maar wat het hart van de een harder doet kloppen, vliegt een ander naar de keel: Jean-Christophe maakte het uit met Isabelle. Hun turbulente liefdesleven was het gesprek van de dag. Mijn arme vriend kwijnde zienderogen weg. Gewoonlijk vond hij altijd wel een manier om op straat de aandacht op zich te vestigen. Narcistisch als hij was en trots het middelpunt van de wereld te zijn, zag hij er geen been in om vanaf de andere kant van de straat met zijn handen om zijn mond een kennis aan te roepen, midden op de weg een automobilist aan te houden of nog voor hij een terrasje had bereikt luidkeels een biertje te bestellen. Maar nu kon hij opeens geen mens meer zien en deed net of hij het niet hoorde wanneer iemand hem riep vanuit een winkel of van de overkant van de straat. De onschuldigste glimlach was hem een kwelling, en hij draaide elk woord wel honderd keer om om te kijken of het geen steek onder water was. Hij was driftig, afstandelijk en half gek van verdriet, en ik maakte me zorgen om hem. Op een avond, na te hebben rondgedoold achter de heuvel, buiten bereik van al het geroddel, was hij zich gaan bezatten in de tent van André. Nadat hij een stuk of wat flessen achterover had geslagen kon hij niet meer op zijn benen staan. Toen José had voorgesteld hem naar huis te brengen, had hij hem midden in zijn gezicht gestompt. Vervolgens had hij een ijzeren staaf gepakt en was de klanten naar buiten gaan jagen. Toen hij eenmaal het rijk alleen had, wankelend te midden van de verlaten tafeltjes en bankjes en met een druipende neus, was hij op de bar geklommen, had zijn benen gespreid en de hele boel onder gepiest, brullend dat dit voor de klootzakken was die 'achter zijn rug kletspraat over hem verkochten' … Uiteindelijk was men genoodzaakt geweest om hem van achteren vast te grijpen, de staaf uit zijn hand te wurmen, hem vast te binden en op een geïmproviseerde brancard naar huis te brengen. Het incident had enorme verontwaardiging in Río gewekt; zoiets had men nog nooit meegemaakt. De *hchouma!* Je had het recht om te wankelen, te struikelen en te vallen, en de plicht om vervolgens weer op te staan, maar als je zo diep zonk, verloor je het respect van je medemensen, en die laatsten erbij. Jean-Christophe begreep dat hij het echt te bont had gemaakt. Hij kon zijn gezicht niet meer vertonen. Hij nam zijn toevlucht tot Oran, waar hij zijn dagen in kroegen sleet.

Simon daarentegen nam zijn lot in eigen handen. Zijn positie van ondergeschikte, wegterend in een muf kantoor, begon hem op de zenuwen te werken. Zijn extraverte karakter maakte hem ook niet erg geschikt voor een ambtelijke carrière. Hij zag zichzelf echt niet de rest van zijn leven documenten in een archief opbergen en de geur van vochtige paperassen en uitgedrukte peuken inademen. Het benauwende kantoorleven van een slechtbetaalde klerk was niets voor hem. Hij had er het psychologische profiel noch de onverstoorbaarheid voor. Dat hij het grootste deel van de week slechtgehumeurd was, kwam deels door die lelijke muren, die op hem af vlogen en zijn actieradius beperkten tot het oppervlak van een vergeeld en ruw velletje papier. Simon stikte in zijn hok; hij weigerde op zijn stoel, zijn bureau, zijn metalen kast te lijken en te wachten tot er werd gefloten om als een apathisch roofdier uit zijn kooi te komen en er onder druk aan te moeten worden herinnerd dat hij een mens was van vlees en bloed en met gevoelens, in tegenstelling tot de ondoorgrondelijke meubels die zijn ongenoegen omringden. Op een ochtend nam hij ontslag, na een fikse ruzie met zijn directeur, en besloot in zaken te gaan en eigen baas te worden.

Ik zag hem haast niet meer.

Fabrice liet me ook enigszins aan mijn lot over, maar dat was niet meer dan logisch. Zijn vrijage met Émilie leek vruchten af te werpen. Ze ontmoetten elkaar elke dag achter de kerk, en 's zondags zag ik hen vanaf mijn balkon langs de wijngaarden komen, te voet of op de fiets, hij met fladderend hemd, zij met haar weelderige lange lokken in de wind. Het was een genot om hen zich richting de heuvel te zien begeven, weg van het dorp en alle geklets, en vaak volgde ik hen in mijn gedachten.

Op een ochtend gebeurde er een wonder. Ik was aan het opruimen in het magazijn, toen mijn oom langzaam de trap af kwam, de grote hal door liep, me passeerde en in zijn kamerjas … de straat op ging. Germaine, die hem stapje voor stapje oplettend volgde, kon haar ogen niet geloven. Mijn oom was in geen jaren het huis uit geweest. Hij bleef op de stoep staan,

zijn handen in de grote zakken van zijn kamerjas, keek het
daglicht in en liet zijn blik over de wijngaarden gaan alvorens
de heuvels aan de horizon te strelen.

'Wat een mooie dag!' zei hij, en hij glimlachte. Zijn mondhoeken brokkelden haast af doordat zijn lippen bij gebrek aan
oefening hun lenigheid hadden verloren, en talloze rimpels
groefden zijn wangen als de concentrische kringen die zich
over een wateroppervlak verbreiden wanneer je er een steentje
in gooit.

'Zal ik een stoel buitenzetten?' opperde Germaine, tot tranen toe geroerd.

'Waarom?'

'Om in de zon te zitten. Ik zet hem daar voor het raam neer,
met een tafeltje en een pot thee. Dan kun je lekker theedrin-
ken en naar de mensen kijken die voorbijkomen.'

'Nee,' zei mijn oom, 'geen stoel vandaag. Ik heb zin om een
beetje te lopen.'

'In je kamerjas?'

'Voor mijn part spiernaakt', zei mijn oom en hij liep weg.

Germaine en ik hadden niet verbaasder kunnen zijn als we
een profeet over het water hadden zien lopen.

Mijn oom volgde het pad, zijn handen nog steeds in zijn
zakken en zijn rug recht. Zijn pas was afgemeten, bijna krijgshaftig. Hij begaf zich naar een kleine boomgaard, doolde rond
tussen de bomen en keerde op zijn schreden terug, waarna
hij, waarschijnlijk afgeleid door de verschrikte vlucht van een
patrijs, de richting van die vogel koos en in de wijngaarden
verdween. Germaine en ik bleven hand in hand op de stoep
zitten wachten tot hij terugkwam.

Een paar weken later kochten we een tweedehandsauto,
die Bertrand, het neefje van Germaine, die monteur was geworden, persoonlijk kwam afleveren. Het was een glasgroen

autootje, gerond als het schild van een schildpad, met harde stoelen en een enorm stuur. Bertrand nam ons, Germaine en mij, een stukje mee uit rijden om ons de kracht van de motor te laten voelen. Je waande je in een tank. Later leerden de inwoners van Río hem al van verre herkennen. Zodra ze zijn gebrul hoorden, riepen ze: 'Opgelet, daar komt de artillerie!' en gingen langs de kant van de weg in de houding staan.

André wilde me wel rijles geven. Hij nam me mee naar een braakliggend veldje en schold me daar bij elke verkeerde manoeuvre verrot. Zijn vermaningen sloegen me zozeer uit het veld dat we meer dan eens op het nippertje aan een ramp ontsnapten. Toen ik had geleerd om rond een boom te rijden zonder die te schampen en op een helling op te trekken zonder de motor te laten afslaan, haastte André zich terug naar zijn etablissement, blij dat hij het er heelhuids van af had gebracht.

Op een zondag na de mis stelde Simon voor om naar zee te rijden. Hij had een zware week achter de rug en had behoefte aan frisse lucht. We kozen voor de haven van Bouzedjar en vertrokken na de lunch.

'Waar heb je dat wrak gekocht? In een kazerne?'

'Het is waar, hij ziet er niet uit, die auto van me, maar hij brengt me waar ik wil en heeft er nog niet één keer de brui aan gegeven.'

'Krijg je geen oorpijn van dat lawaai? Hij stampt als een ouwe schuit die op zijn laatste benen loopt.'

'Je went eraan.'

Simon draaide het raampje naar beneden en liet de wind in zijn gezicht waaien. Zijn wapperende haren brachten een beginnende kaalheid aan het licht. Het viel me plotseling op dat mijn vriend er een stuk ouder uitzag en ik keek in het spiegeltje of ik ook oud was geworden. We reden in volle vaart door

Lourmel en koersten recht op de zee af. Af en toe bracht een heuveltop de hemel binnen handbereik. Het was een mooie, glasheldere dag aan het eind van april, met majestueuze horizonten en een gevoel van weergaloze volheid. Zo eindigde het voorjaar altijd bij ons, met een diepe buiging. Boomgaarden lagen te mijmeren onder het vroegtijdige gesjirp van cicaden en mugjes glinsterden boven de stuwmeren, als wolken van stofgoud. Zonder de smerige gehuchten hier en daar zou je je in het paradijs hebben gewaand.

'Is dat niet de auto van de Scamaroni?' vroeg Simon en hij wees naar een auto die achter een veldje kreupelhout onder een eenzame eucalyptusboom stond geparkeerd.

Ik zette de auto in de berm en zag Fabrice en twee meisjes, aan de picknick. Fabrice stond op om te kijken wie daar aankwam en zette, zichtbaar op zijn hoede, zijn handen in zijn zij.

'Ik had toch gezegd dat hij bijziend is', zei Simon terwijl hij het portier openduwde.

Fabrice moest zo'n honderd meter naar ons toe lopen voordat hij eindelijk mijn auto herkende. Hij bleef opgelucht staan en wenkte ons.

'Kneep jij 'm even', zei Simon na een stevige omhelzing.

'Wat doen jullie hier?'

'We wilden er even uit. Weet je zeker dat we je niet storen?'

'Ik heb alleen niet op jullie gerekend. Maar als jullie er niks op tegen hebben dat mijn vriendinnen en ik onze appelgebakjes opeten, dan vind ik het best.'

De twee meisjes fatsoeneerden hun bloesjes en sloegen hun rokken over hun knieën om ons op decente wijze te verwelkomen. Émilie Casenave glimlachte welwillend, terwijl het andere meisje Fabrice vragend aankeek, waarop deze zich haastte haar gerust te stellen: 'Jonas en Simon, mijn beste vrienden …'

Toen stelde hij haar aan ons voor: 'Hélène Lefèvre, journaliste bij *L'Écho d'Oran*. Ze maakt een reportage over de streek.'

Hélène reikte ons een geparfumeerde hand. Simon greep hem meteen vast.

De dochter van mevrouw Casenave keek me aan met haar donkere ogen. Haar blik was zo doordringend dat ik de mijne moest afwenden.

Fabrice ging terug naar zijn auto om een strandmat te halen, die hij voor ons op de grond legde zodat we konden gaan zitten. Simon hurkte meteen neer naast een rieten mand, rommelde erin en vond een snee brood; toen haalde hij een zakmes uit zijn achterzak en begon plakjes van een worstje te snijden. De meisjes wisselden een snelle blik, geamuseerd door de schaamteloosheid van mijn vriend.

'Waar gingen jullie naartoe?' vroeg Fabrice.

'Naar de haven, om naar de vissersboten te kijken', antwoordde Simon met volle mond. 'En jij, wat doe jij hier met twee van die mooie meisjes?'

Émilie keek me opnieuw strak aan. Probeerde ze mijn gedachten te lezen? Zo ja, wat las ze dan precies? Had haar moeder het over mij gehad? Had ze mijn geur in de slaapkamer van haar moeder geroken, iets ontdekt wat ik niet op tijd had weten uit te wissen, het spoor van een uitgestelde kus of de herinnering aan een onafgemaakte omarming? Waarom had ik opeens het gevoel dat ik een open boek voor haar was? En die onweerstaanbare ogen van haar, o mijn god, hoe kregen die het voor elkaar om zich zo diep in de mijne te boren dat ik me er geheel in verloor, elk van mijn gedachten aan een onderzoek te onderwerpen, elke vraag die in mijn hoofd opkwam te onderscheppen? Maar ondanks hun onbeschaamdheid moest ik toegeven dat ze echt beeldschoon waren. Heel even was het alsof ik in de ogen van haar moeder keek, in dat grote huis aan het pad van de maraboet – ogen zo stralend dat je niet eens meer het licht in de slaapkamer hoefde te ontsteken om in het diepst van onze geheime verlangens of verborgen zwakheden te kunnen zien … Ik was in verwarring.

'Ik heb het gevoel dat we elkaar langgeleden al eens ergens hebben ontmoet.'

'Ik denk het niet, juffrouw, want dan zou ik me dat wel herinneren.'

'Het is merkwaardig, uw gezicht komt me niet onbekend voor', zei ze en ze voegde daar onmiddellijk aan toe: 'Wat doet u in het leven, meneer Jonas?'

Haar stem had de zoetheid van een bergbron. Ze had mijn naam precies zo uitgesproken als haar moeder, met de nadruk op de s, wat dezelfde uitwerking op me had, dezelfde snaren raakte …

'Hij verveelt zich kapot', zei Simon, jaloers op de interesse die ik wekte bij zijn eerste grote vlam. 'Ik ben zakenman. Ik heb een im- en exportbedrijf op poten gezet, en over twee of drie jaar ben ik stinkend rijk.'

Émilie besteedde geen aandacht aan de grappenmakerij van Simon. Ik voelde haar blik op me rusten, wachtend op een antwoord. Ze was zo ontzettend mooi dat ik haar niet langer dan vijf seconden kon aankijken zonder te blozen.

'Ik ben apotheker, juffrouw.'

Een lok haar trilde op haar voorhoofd; ze schoof hem met sierlijke hand weg, alsof ze een tipje oplichtte van haar eigen schoonheid.

'Waar bent u apotheker?'

'In Río, juffrouw.'

Haar ogen lichtten op en haar wenkbrauwen schoten omhoog. Het gebakje in haar hand verbrokkelde tussen haar vingers. Haar verwarring ontsnapte niet aan de aandacht van Fabrice, die, nu ook verward, zich haastte om me een glas wijn in te schenken.

'Je weet toch dat hij niet drinkt', bracht Simon hem in herinnering.

'O ja, sorry.'

De journaliste pakte het glas en bracht het naar haar lippen.

Émilie liet me niet meer uit het oog.

Ze kwam me twee keer opzoeken in de apotheek. Ik zorgde dat Germaine in de buurt bleef. Wat ik in haar blik las verwarde me. Ik wilde Fabrice geen pijn doen.

Ik begon haar te mijden; liet Germaine, als ze me belde, zeggen dat ik er niet was en niet wist wanneer ik terug zou komen. Émilie begreep dat ik me buitengewoon ongemakkelijk voelde onder haar interesse in mij, dat ik niet het soort vriendschap met haar wilde dat ze me aanbood. Ze viel me niet meer lastig.

De zomer van 1950 begon met een luide knal. Wegen en stranden krioelden van uitgelaten vakantiegangers. Simon haalde zijn eerste vette contract binnen en bood ons een diner aan in een van de chicste restaurants van Oran. Onze grote gangmaker had zichzelf die avond overtroffen. Hij had iedereen aangestoken met zijn goede humeur, en alle vrouwen in het restaurant zaten te wippen op hun stoel zodra hij zijn glas hief om zich weer eens in een dolkomische monoloog te storten ... Het was een geweldige avond. Fabrice en Émilie waren er, en Jean-Christophe, die Hélène niet-aflatend ten dans vroeg. Dat

we hem weer met volle teugen zagen genieten na een weken-
lange depressie was de kers op de taart. We waren weer samen,
één als de tanden van een vork, dolblij dat we met dezelfde
geestdrift van het leven konden genieten. Het zou helemaal
volmaakt zijn geweest zonder die ene onverwachte, ongelegen,
misplaatste geste die haast mijn dood werd, toen de hand van
Émilie onder de tafel verdween en op mijn dij belandde. Ik
verslikte me in een slokje limonade en het scheelde niet veel of
ik was erin gestikt, op handen en voeten op de grond, als iemand niet heel hard op mijn rug had geslagen om mijn lucht-
pijp vrij te maken ... Toen ik weer bij zinnen kwam, zag ik een
groot deel van de cliëntèle over me heen gebogen staan. Simon
slaakte een kreet van verlichting toen hij zag hoe ik me probeerde op te trekken aan een tafelpoot. En de ogen van Émilie
waren nog nooit zo zwart geweest, zo wit zag ze.

De volgende dag, een paar minuten na het vertrek van mijn
oom en Germaine – die de gewoonte hadden aangenomen
om 's ochtends een luchtje te scheppen in de boomgaarden
– kwam mevrouw Casenave de apotheek binnen. Hoewel ik
tegen het licht in keek, herkende ik haar aan haar geronde vormen, statige verschijning en kaarsrechte houding, met ingetrokken schouders en de kin omhoog.

Ze aarzelde even in de deuropening, waarschijnlijk om te
kijken of ik wel alleen was; toen kwam ze binnenzeilen in een
vage mengeling van schaduw en geritsel. Haar parfum over-
heerste alle andere geuren in de apotheek.

Ze droeg een grijs mantelpak, strak als een dwangbuis, als
om haar wellustige lichaam te verhinderen naakt de straat op
te rennen, en een hoed gesierd door korenbloempjes, licht
overhellend over haar stormachtige blik.

'Goedemorgen, meneer Jonas.'

'Goedemorgen, mevrouw.'

Ze zette haar zonnebril af … De magie werkte niet. Ik bleef van steen. Ze was gewoon een klant als alle andere, en ik niet meer de jongen van vroeger, die al in zwijm viel bij haar kleinste lachje. Deze constatering bracht haar enigszins van haar stuk, want ze begon met haar vingers op de toonbank te trommelen.

'Mevrouw?'

Mijn neutrale toon stond haar niet aan.

Er flikkerde iets in haar ogen.

Mevrouw Casenave bewaarde haar kalmte. Ze was enkel zelfverzekerd als ze háár regels kon opleggen. Ze was iemand die haar slag zorgvuldig voorbereidde door zowel het terrein als het moment uit te kiezen waarop ze ten tonele verscheen. Zoals ik haar kende had ze vast de hele nacht gebaar voor gebaar en woord voor woord haar ontmoeting met mij gepland, behalve dat ze daarbij was uitgegaan van een jongen die niet meer bestond. Mijn onbewogenheid sloeg haar uit het veld. Dat had ze niet verwacht. Ze probeerde snel een ander plan te bedenken, maar dit was een nieuwe situatie en improviseren was niet haar fort.

Ze beet in de poot van haar zonnebril om het trillen van haar lippen te verhullen. Maar er was niet veel te verhullen. Want de trillingen breidden zich uit tot haar wangen en heel haar gezicht leek te verbrokkelen als een stukje krijt.

'Als u het druk hebt, kom ik later wel terug', waagde ze het erop.

Probeerde ze tijd te winnen? Blies ze de aftocht om straks beter bewapend te kunnen aanvallen?

'Ik heb niets speciaals omhanden, mevrouw. Waar gaat het over?'

Haar onbehagen nam toe. Waar was ze bang voor? Ik snapte

wel dat ze niet was gekomen om medicijnen te halen, maar begreep niet goed wat haar zo onzeker maakte.

'Vergis u niet, meneer Jonas!' zei ze alsof ze mijn gedachten kon lezen. 'Ik ben bij mijn volle verstand. Ik weet alleen niet waar ik moet beginnen.'

'Ja …?'

'Ik vind u nogal arrogant … Waarom denkt u dat ik hier ben?'

'Dat moet u me maar vertellen.'

'Hebt u geen idee?'

'Nee.'

'Echt niet?'

'Echt niet.'

Haar boezem rees op; ze hield enkele seconden lang haar adem in. Toen raapte ze al haar moed bijeen en zei in één keer, alsof ze bang was dat ze in de rede zou worden gevallen of adem tekort zou komen: 'Het gaat over Émilie …'

Ze leek net een ballon die in één keer leegliep. Ik zag hoe ze haar keel samenkneep en krampachtig haar speeksel inslikte. Ze was opgelucht, bevrijd van een ondraaglijke last, maar tegelijk had ze het gevoel dat ze haar laatste kruit had verschoten in een gevecht dat nog niet eens begonnen was.

'Émilie, mijn dochter', preciseerde ze.

'Dat begrijp ik. Maar ik zie het verband niet, mevrouw.'

'Hou me niet voor de gek, jongeman. U weet heel goed waar ik het over wil hebben. Wat is de aard van uw relatie met mijn dochter …?'

'U hebt de verkeerde voor u. Ik heb geen relatie met uw dochter.'

De poot van haar zonnebril verboog tussen haar vingers; ze had het niet in de gaten. Ze keek me strak aan, in een poging me te intimideren. Ik sloeg mijn blik niet neer. Ze boezemde me geen ontzag meer in. Haar verdenkingen raakten me amper, maar wekten wel mijn nieuwsgierigheid. Río was maar een klein dorp, en de muren hadden er oren. De best bewaarde geheimen konden de verleiding van ontboezemingen niet al te lang weerstaan, en er werd wat afgekletst. Wat voor praatjes deden er de ronde over mijn onbeduidende persoontje?

'Ze praat over niemand anders meer, meneer Jonas.'

'Onze vriendenclub ...'

'Ik heb het niet over uw vriendenclub. Ik heb het over u en mijn dochter. Ik wil weten wat voor relatie u met elkaar onderhoudt, en met welke vooruitzichten. Ik wil weten of u gezamenlijke plannen, serieuze voornemens hebt ... of er íéts tussen u is gebeurd.'

'Er is niets gebeurd, mevrouw Casenave. Émilie is verliefd op Fabrice, en Fabrice is mijn beste vriend. Het zou niet in mijn hoofd opkomen om zijn geluk in de weg te staan.'

'U bent een verstandige jongen. Volgens mij heb ik dat al eens gezegd.'

Ze vouwde haar handen rond haar neus en liet me niet uit het oog. Nadat ze even had nagedacht tilde ze haar hoofd weer op: 'Ik zal er geen doekjes om winden, meneer Jonas. U bent moslim, een goede moslim, voor zover ik heb gehoord, en ik ben katholiek. We hebben in een vroeger leven toegegeven aan een moment van zwakheid. Ik durf te hopen dat Onze-Lieve-Heer ons dat niet al te kwalijk neemt. Het ging om een onbeduidend slippertje ... Er bestaat evenwel een vleselijke zonde die Hij niet kan vergeven of dulden: incest!'

Bij dit woord wierp ze me een vernietigende blik toe.

'Er is geen groter gruwel.'

'Ik begrijp niet waar u heen wilt.'

'We zijn er anders al, meneer Jonas. Je slaapt niet met moeder en dochter zonder de goden, hun heiligen, de engelen en de demonen te mishagen!'

Ze liep vuurrood aan, en het wit van haar ogen schiftte als melk.

Haar vinger veranderde in een zwaard toen ze bulderde: 'Ik verbied u in de buurt te komen van mijn dochter …'

'Dat is niet bij me opgekomen …'

'Ik geloof dat u me niet helemaal hebt begrepen, meneer Jonas. Het zal me een zorg zijn wat er wel of niet in uw hoofd opkomt. U bent vrij om te denken wat u wilt. Maar wat ík wil is dat u mijn dochter met rust laat. En dat gaat u me zweren, en wel hier en nu.'

'Mevr…'

'Zweer het!'

Ze had het uitgegild. Ze had zo graag haar kalmte willen bewaren, me willen bewijzen dat ze de situatie onder controle had. Sinds ze de apotheek was binnengekomen, had ze almaar de angst en woede die in haar groeiden proberen te onderdrukken, en alleen iets gezegd als ze er zeker van was dat het zich niet als een boemerang tegen haar zou keren. En nu verloor ze de controle op het moment dat ze koste wat kost terrein moest winnen. Ze probeerde zich te vermannen, maar het was te laat, ze kon elk moment in huilen uitbarsten.

Ze bracht haar handen naar haar slapen, probeerde haar gedachten te ordenen, concentreerde zich op een vast punt, wachtte tot ze op adem was gekomen en zei toen bijna onhoorbaar: 'Neemt u me niet kwalijk. Ik ben het niet gewend om mijn stem te verheffen … Maar het komt omdat ik zo verschrikkelijk bang ben. Weg met alle schijnheiligheid! Maskers vallen immer af, en ik wil niet dat me dat gebeurt nadat ik mijn gezicht heb verloren. Ik ben radeloos. Ik doe geen oog meer dicht … Ik had liever standvastig, sterk willen zijn, maar het gaat om mijn familie, mijn dochter, mijn geloof en mijn geweten. Het is te veel voor een vrouw die werkelijk geen idee had van de afgrond aan haar voeten … En ging het alleen maar om een afgrond! Als ik daarmee mijn ziel zou kunnen redden, zou ik er zonder aarzelen in springen. Maar dat zou het probleem niet oplossen … Het mag niet gebeuren, meneer Jonas. Die relatie tussen u en mijn dochter mag niet plaatsvinden. Het mag niet en het kan niet. Ik wil dat u daar absoluut en definitief van overtuigd bent. Ik wil met een gerust hart naar huis gaan, meneer Jonas. Ik wil weer vrede hebben. Émilie is nog maar een kind. Haar hoofd slaat om het minste of geringste op hol. Ze is in staat om verliefd te worden op de eerste de beste die naar haar lacht, begrijpt u wel? En ik wil niet dat ze voor uw lach bezwijkt. Dus ik smeek u, in naam van God en die van zijn profeten Jezus en Mohammed, belooft u mij om haar daar niet in aan te moedigen. Dat zou gruwelijk, tegennatuurlijk, volstrekt immoreel en totaal onaanvaardbaar zijn.'

Haar handen grepen de mijne vast en knepen ze fijn. Dit was niet meer de verheven dame van wie ik ooit had gedroomd. Mevrouw Cazenave had afstand gedaan van haar charmes, haar verleidingskunsten, haar hemelse troon. Ze was alleen nog maar een moeder, doodsbang bij het idee om verdoemd door de Heer tot het einde der tijden weg te rotten in de hel. Haar blik boorde zich in de mijne; ik hoefde mijn ogen maar neer te slaan om ook haar leven tot een hel te maken. Ik schaamde me dat ik zo veel macht had over iemand van wie ik had gehouden zonder de nobelheid van haar geschenk ook maar een moment in verband te brengen met een lage zonde van het vlees.

'Er zal niets tussen mij en uw dochter gebeuren, mevrouw.'

'Beloof het.'

'Ik beloof het u …'

'Zweer het.'

'Ik zweer het.'

Toen pas zakte ze in elkaar op de toonbank, zowel bevrijd als verpletterd, liet haar hoofd in beide handen vallen en barstte in snikken uit.

14

'Het is voor jou', zei Germaine terwijl ze de hoorn voor me ophield.

Het was Fabrice.

'Ben je soms kwaad op me, Jonas?' vroeg hij knorrig.

'Nee ...'

'Heeft Simon soms iets verkeerd gedaan?'

'Nee.'

'Heb je dan de pik op Jean-Christophe?'

'Nee, natuurlijk niet.'

'Waarom ontwijk je ons dan? Je zit al dagen te kniezen in je hol. Je had beloofd dat je gisteren zou komen. We hebben zo lang op je zitten wachten dat het eten koud was.'

'Ik heb geen moment voor mezelf ...'

'Ach, hou toch op ... Voor zover ik weet is er geen epidemie uitgebroken. En ga je alsjeblieft niet verschuilen achter de ziekte van je oom, want ik heb hem al meermalen door de boomgaarden zien wandelen. De man is kerngezond.'

Hij kuchte in de hoorn en vervolgde op kalmer toon: 'Ik mis je, jongen. Je woont vlak in de buurt, maar ik heb het gevoel dat je van de aardbodem bent verdwenen.'

'Ik ben de boel aan het reorganiseren. Ik moet de boeken bijwerken en de inventaris opmaken.'

'Moet ik je helpen?'

'Nee, ik kan het alleen wel af.'

'Kom dan eens uit je hol ... Ik verwacht je vanavond voor het eten.'

Ik kreeg niet de tijd om de uitnodiging af te slaan; hij had al opgehangen.

Simon kwam me om zeven uur ophalen.

Hij had een rothumeur: 'Niet te geloven, ik heb me helemaal voor niets uit de naad gewerkt. En dat dit nu net mij moet overkomen! Ik heb me er echt volledig op verkeken. In theorie leek het zo'n lucratief zaakje. En nu moet ik het verschil uit eigen zak betalen. Ik snap niet hoe ik er zo in heb kunnen tuinen.'

'Dat heb je nu eenmaal in de zakenwereld, Simon.'

Jean-Christophe stond ons een stukje verderop op te wachten. Hij was tot in de puntjes gekleed, fris geschoren, zijn haar plakkend van de brillantine, zenuwachtig als een jonge vrijer en met een enorme bos bloemen in de hand.

'Je zet ons voor aap', foeterde Simon. 'Wat zullen ze wel niet van ons denken, van Jonas en mij, wanneer we met lege handen aankomen?'

'Het is voor Émilie', bekende Jean-Christophe.

'Komt zij ook?' riep ik geschrokken uit.

'Jazeker!' zei Simon. 'Onze tortelduifjes kunnen geen dag meer buiten elkaar … Ik snap dan ook niet waarom jij bloemen voor haar meebrengt, Chris. Dat meisje is van een ander. En toevallig is dat ook nog eens Fabrice.'

'In de liefde is alles geoorloofd.'

Simon fronste zijn wenkbrauwen, gechoqueerd door de opmerking van Jean-Christophe.

'Dat meen je toch niet?'

Jean-Christophe wierp zijn hoofd in zijn nek en probeerde het weg te lachen.

'Welnee, idioot. Ik maak maar een grapje.'

'Ik kan er anders helemaal niet om lachen', zei Simon, die streng aan bepaalde principes vasthield.

Mevrouw Scamaroni had de tafel gedekt op de veranda. Ze deed ons open. Fabrice en zijn beminde zaten in rieten stoelen midden in de tuin, onder een wingerd. Émilie zag er stralend uit in een simpele zigeunerinnenjurk. Met haar blote schouders en haar haren los op haar rug, was ze echt om op te eten. Ik schaamde me voor deze gedachte, die ik snel uit mijn hoofd verjoeg.

De adamsappel van Jean-Christophe leek wel een jojo; zijn stropdas spande om zijn hals. Hij wist niet wat hij met zijn boeket aan moest en gaf het maar aan mevrouw Scamaroni.

'Die zijn voor u, mevrouw.'

'Ach, dank je wel, Chris. Je bent een engel.'

'Die bloemen zijn van ons alle drie', loog Simon, jaloers.

'Niet waar', zei Jean-Christophe.

We barstten in lachen uit.

Fabrice sloeg het manuscript dicht waaruit hij Émilie vast en zeker had zitten voorlezen en stond op om ons te begroeten. Hij omarmde me wat steviger dan de anderen. Ik zag over zijn schouder hoe Émilie mijn blik probeerde te vangen. De stem van mevrouw Casenave weerklonk in mijn hoofd: *Émilie is nog maar een kind. Ze is in staat om verliefd te worden op de eerste de beste die naar haar lacht, en ik wil niet dat ze voor uw lach bezwijkt.* Ik voelde me zo opgelaten dat ik niet hoorde wat Fabrice in mijn oor fluisterde.

Heel die avond, terwijl we ons bescheurden om de krank-jorume verhalen van Simon, week ik almaar terug voor de on-ophoudelijke aanvallen van Émilie. Niet dat haar hand onder de tafel mijn been zocht of dat ze het woord tot me richtte; ze zat tegenover me en ik zag niets anders meer.

Ze zei niet veel, deed net of ze met ons mee lachte, maar haar lach was geforceerd. Ze lachte voor de vorm, uit pure beleefdheid. Ik zag hoe ze nerveus en wat verloren haar handen wrong, als een meisje dat in de klas angstig haar beurt afwacht. Van tijd tot tijd, te midden van de algemene hilariteit, keek ze naar me op om te zien of ik ook zo'n plezier had als de anderen. Ik hoorde het geschater van mijn vrienden maar half. Want net als Émilie lachte ik voor de vorm. Net als Émilie was ik ergens anders met mijn gedachten, en dat stond me helemaal niet aan. Ik moest niets hebben van wat er door mijn hoofd speelde, van de ideeën die er als giftige bloemen ontloken ... Ik had het *beloofd*, ik had het *gezworen*. Vreemd genoeg vlogen mijn gewetensbezwaren me naar de keel, maar verstikten ze me niet. Ik schepte er een boosaardig genoegen in om me in verleiding te laten brengen. In wat voor wespennest was ik me aan het steken? Waarom vond ik mijn eed opeens niet meer zo heel belangrijk? Ik vermande me, concentreerde me op de verhalen van Simon – vergeefse moeite. Na een grap en een grol was ik de draad alweer kwijt en werd ik weer naar Émilies blik gezogen. Een diepe stilte onttrok me aan de geluiden van de nacht en de veranda; ik zweefde door een oneindige leegte met de grote ogen van Émilie als enig houvast. Dat kon zo niet langer. Ik was een bedrieger, een verrader, een gemene stinkerd. Ik moest hier zo snel mogelijk weg; ik was bang dat Fabrice iets in de gaten kreeg. Dat zou ik niet kunnen verdragen. Evenmin als de blik van Émilie. Telkens als die op me bleef rusten, verloor ik een stukje van mezelf, brokkelde ik nog verder af, als een vestingmuur onder de stoten van een stormram.

Toen er even niemand oplette, sloop ik weg naar de huiskamer en belde Germaine om haar te vragen mij terug te bellen; wat ze tien minuten later deed.

'Wie was dat?' vroeg Simon toen ik terugkwam, verwonderd over het gezicht dat ik trok.

'Germaine ... Het gaat niet goed met mijn oom.'

'Zal ik je naar huis brengen?' stelde Fabrice voor.
'Het is de moeite niet.'
'Als het ernstig is, moet je het me laten weten.'
Ik knikte en vluchtte weg.

De zomer dat jaar was bloedheet En de oogst geweldig. Het ene feest volgde op het andere. Overdag haastten we ons naar de stranden, en 's avonds staken we bij honderden de lampionnen aan, maakten er hele slingers van en gingen uit ons bol. De orkesten volgden elkaar op, en we dansten tot we niet meer konden. Bruiloften volgden op verjaardagen, dorpsfeesten op verlovingen: in Río Salado waren we in staat om een feestmaal aan te richten rond een primitieve barbecue en een dansfestijn op gang te brengen met enkel een grammofoon.

Ik ging niet graag naar die feesten en bleef er maar heel kort; ik kwam als laatste en ging als eerste weg, zo snel dat niemand het in de gaten had. Maar omdat iedereen altijd het hele dorp uitnodigde en ons vriendenclubje elkaar zo vaak op de dansvloer trof, was ik eerlijk gezegd vooral bang om de slowfox van Émilie en Fabrice te verstoren; ze waren zo mooi samen, al was duidelijk dat hun geluk aan één kant mank ging. Ogen kunnen liegen, blikken niet, en Émilies blik sprak boekdelen. Ik hoefde die maar te vangen of ze zond noodsignalen naar me uit. Al wendde ik mijn blik af, aan de schokgolven van de hare kon ik niet ontkomen. Waarom ik? riep ik inwendig. Waarom bestookte ze mij met haar blik, van een afstand, zonder een woord te zeggen? Émilie bewoog zich op onbekend terrein, daar was geen twijfel aan. Ze leek wel verdwaald. Haar schoonheid werd enkel geëvenaard door het verdriet dat ze verborg achter de fonkeling van haar ogen en het glimlachend vertrekken van haar mond. Ze liet het wel niet merken, deed zich vrolijk, gelukkig voor aan de arm van Fabrice, maar ze had geen rust. Ze zag de sterren niet wanneer ze 's avonds met zijn tweeën op een duin zaten en Fabrice naar de hemel wees … Ik had ze zo twee keer zien zitten, dicht tegen elkaar aan op het strand, laat in de avond, amper zichtbaar in het donker, en hoewel ik hun gezichten niet kon zien, was ik ervan overtuigd dat wanneer ze elkaar heel stevig omarmden, de een de ander ontweek …

En dan was er nog Jean-Christophe, met zijn boeketten. Hij had er nog nooit zo veel gekocht. Hij ging elke dag langs de bloemist op het plein alvorens recht op het huis van de Scamaroni af te koersen. Simon zag die verdachte hoffelijkheid met lede ogen aan, maar Jean-Christophe had daar maling aan; hij leek alle regels van fatsoen uit het oog te zijn verloren. Op den duur begon Fabrice zich er rekenschap van te geven dat zijn vrijages met Émilie wel erg vaak werden verstoord, dat Jean-Christophe steeds ondernemender, steeds opdringeriger werd. In het begin had hij nog niks in de gaten. Maar toen hij voor de zoveelste keer zijn kussen moest uitstellen, begon hij zichzelf het een en ander af te vragen. Jean-Christophe liet hen niet meer met rust; het leek wel alsof hij hen in de gaten hield bij wat ze ook deden …

En er gebeurde wat moest gebeuren.

Op een zondagmiddag waren we op het strand van Terga. Vakantiegangers hopten als sprinkhanen over het gloeiende zand naar de zee. Simon deed zijn onvermijdelijke middagdutje, zijn navel glimmend van het zweet; hij had een fles wijn achterovergeslagen en ik weet niet hoeveel worstjes verslonden. Zijn dikke, behaarde buik leek wel de blaasbalg van een smid. Fabrice hield zijn ogen wijd open, zijn boek fladderend aan zijn voeten. Hij las niet om zich niet te laten afleiden. Hij zat op de uitkijk. Er klopte iets niet … Hij zag hoe Jean-Christophe en Émilie elkaar schaterend nat spatten, deden wie het langst onder water kon blijven en zo ver de zee in zwommen dat ze niet meer te zien waren; hij zag hen over de golven heen buitelen en handstandjes maken in het water. Tijdens die capriolen speelde er een droefgeestige glimlach om zijn lippen en fonkelden zijn ogen van de vragen … Maar toen hij hen uit de branding zag oprijzen en hun armen om elkaars middel zag slaan in een opwelling waarvan de spontaniteit hen beiden verraste, verscheen er een diepe rimpel in zijn voorhoofd, en hij begreep dat de mooie plannen die hij maakte hem even onafwendbaar door de vingers gleden als korreltjes zand door een zandloper …

Ik heb me die zomer niet geamuseerd. Het was een zomer van misverstanden, van verborgen verdriet en groeiende vervreemding; een bloedhete zomer zo leugenachtig dat de koude rillingen je over de rug liepen. We gingen nog wel naar het strand, maar niet meer van harte. Ik weet niet waarom ik die zomer later 'het dode seizoen' zou noemen. Misschien vanwege de titel die Fabrice gaf aan zijn eerste roman, die als volgt begon: *Wanneer de liefde achter je rug om een kind verwekt, is dat het bewijs dat je haar niet verdient, en zou je haar grootmoedig haar vrijheid moeten teruggeven, want dat is de prijs die je moet betalen als je waarlijk liefhebt.* Rechtschapen als altijd en grootmoedig tot in de manier waarop hij de handdoek in de ring wierp, bleef Fabrice glimlachen, hoewel zijn hart gewond op en neer fladderde in zijn borst, ongelukkig als een vogeltje in een kooi.

Simon was bepaald niet blij met de wending die de zomer nam. Er was te veel schijnheiligheid, te veel ingehouden woede. Hij vond de onoprechtheid van Émilie weerzinwekkend. Wat had ze aan te merken op Fabrice? Dat hij te aardig was? Te hoffelijk? De dichter verdiende het niet om zomaar aan de kant te worden gezet. Hij had zich met hart en ziel in die liefde gestort, en in het dorp was iedereen het erover eens dat ze een geweldig paar vormden, dat ze alles hadden om gelukkig te zijn. Simon had erg te doen met Fabrice, zonder daar Jean-Christophe evenwel openlijk de schuld van te geven, aangezien die het excuus had dat hij sinds de breuk met Isabelle doodongelukkig was geweest en nu niet de indruk wekte zich te realiseren dat hij zijn beste vriend groot onrecht aandeed. In Simons ogen was het zo klaar als een klontje: het kwam allemaal door die 'mannenverslindster', die in de stad was opgegroeid en geen idee had van de normen en waarden die het leven in Río Salado regeerden.

Ik wilde er niets mee te maken hebben. Vier van de vijf keer vond ik wel een excuus om een etentje te verzuimen of een avondje met mijn vrienden over te slaan.

Ook Simon, die Émilie niet meer kon luchten of zien, begon steeds vaker af te zeggen; hij verkoos mijn gezelschap en nam me mee naar de tent van André, waar we biljartten tot we niet meer op onze benen konden staan.

Fabrice vluchtte naar Oran. Hij trok zich terug in het appartement van zijn moeder aan de boulevard des Chasseurs, waar hij onvermoeibaar aan zijn krantenrubrieken schaafde en de grote lijnen uitzette van zijn roman. Hij kwam vrijwel niet meer in het dorp. Ik zocht hem één keer op; hij maakte een gelaten indruk.

Jean-Christophe had Simon en mij bij hem thuis uitgenodigd. Zoals altijd wanneer hij een belangrijke beslissing moest nemen. Hij bekende dat hij hoteldebotel was van Émilie en dat hij van plan was haar ten huwelijk te vragen. Bij het zien van Simons verbijsterde gezicht sloeg hij een geestdriftige toon aan om ons ervan te overtuigen dat hij recht had op dit geluk.

'Ik voel me als herboren … Na wat ik heb meegemaakt', zei hij, doelend op de gevolgen van zijn breuk met Isabelle, 'had ik echt een wonder nodig om me er weer bovenop te helpen. En dat wonder is gebeurd. De hemel heeft me dat meisje gezonden.'

Simon trok een lelijk gezicht, wat Jean-Christophe niet ontging.

'Wat is er? Het lijkt wel of je niet overtuigd bent.'

'Dat hoef ik ook niet.'

'Waarom trek je zo'n gezicht, Simon?'

'Om niet te grienen, als je het per se wilt weten … Ja, je hebt het goed gehoord, om niet te grienen, niet te braken, niet al mijn kleren uit te gooien en poedelnaakt de straat op te rennen.'

Simon was overeind gekomen, de aderen klopten in zijn hals.

'Toe maar,' zei Jean-Christophe, 'gooi het er maar uit.'

'Dan zal je het weten ook. Want ik zal heel eerlijk tegen je zijn. Ik ben niet alleen niet overtuigd, maar het zint me ook helemaal niet. Het is onvergeeflijk wat je Fabrice hebt aangedaan.'

Jean-Christophe bleef rustig. Hij begreep dat hij ons een verklaring schuldig was, en kennelijk had hij zijn argumenten al klaar. We zaten rond de tafel in de huiskamer, met daarop een karafje citroensap en een karaf water met een scheutje kokosmelk. Het raam stond open naar de straat, het gordijn bolde op in de wind. Heel in de verte blaften honden; hun gekef echode door de stilte van de nacht.

Jean-Christophe wachtte tot Simon was gaan zitten en bracht toen een glas water naar zijn mond. Zijn hand trilde en hij klokte onder het drinken; zijn keel knerpte als een katrol.

Hij zette het glas neer en veegde zijn lippen af met een doekje dat hij op het tafelkleed legde en machinaal gladstreek.

Zonder ons aan te kijken zei hij op een gewichtige, bedachtzame toon: 'Het gaat om liefde. Ik heb niks gestolen, niets ingepikt. Het was gewoon liefde op het eerste gezicht, zoals die zich overal ter wereld openbaart. Het is een moment van genade, een goddelijk moment. Ik vind niet dat ik het niet verdien. Ik hoef me er ook niet voor te schamen. Ik hield van Émilie vanaf de eerste keer dat ik haar zag. Daar is niets schandelijks aan. Fabrice is nog steeds mijn vriend. Ik weet niet goed hoe ik de dingen moet zeggen. Ik neem ze zoals ze komen.'

Hij sloeg keihard met zijn vuisten op tafel: 'Ik ben gelukkig, verdomme. Is het soms een misdaad om gelukkig te zijn?'

Hij richtte zijn gloeiende ogen op Simon: 'Is het verkeerd om te beminnen of bemind te worden? Émilie is geen ding, geen kunstwerk dat je in een winkel koopt, geen contract dat je binnenhaalt. Ze is van zichzelf. Ze is vrij om te kiezen zoals ze ook vrij is om af te wijzen. Het gaat om het delen van een leven, Simon. En toevallig is het zo dat mijn gevoelens voor haar haar niet onverschillig laten, dat ze hetzelfde voor mij voelt. Wat is daar zo schandelijk aan?'

Simon liet zich niet intimideren. Hij hield zijn vuisten gebald op tafel, zijn neusvleugels wijd opengesperd. Hij keek Jean-Christophe recht in de ogen en zei, nadrukkelijk articulerend: 'Als je zo overtuigd bent van je besluit, waarom heb je ons dan laten komen? Waarom moeten Jonas en ik jouw pleidooi aanhoren, als je vindt dat jou niets te verwijten valt? Is dat soms om je geweten te ontlasten of ons medeplichtig te maken?'

'Je slaat de plank volledig mis, Simon. Ik heb jullie niet laten komen om jullie om je zegen te vragen, laat staan om je die af te dwingen. Het gaat om míjn leven, en ik ben oud en wijs genoeg om te weten wat ik wil en hoe te krijgen wat ik wil … Ik wil graag voor Kerstmis met Émilie trouwen. En ik heb geld nodig, en niet jullie advies.'

Simon realiseerde zich dat hij te ver was gegaan, dat hij niet het recht had om Jean-Christophes besluit in twijfel te trekken. Hij opende zijn vuisten, leunde achterover in zijn stoel, keek naar het plafond en trok zijn gezicht in de plooi. Zijn gehijg weerklonk door het vertrek.

'Vind je niet dat je een beetje te hard van stapel loopt?'

Jean-Christophe keek naar mij: 'Vind jij dat ik een beetje te hard van stapel loop?'

Ik zei niets.

'Weet je zeker dat ze van jou houdt?' vroeg Simon.

'Hoezo, heb je reden om daaraan te twijfelen?'

'Ze is een stadsmeisje, Chris. Niet te vergelijken met de meisjes bij ons. Als ik zie hoe ze Fabrice heeft laten vallen …'

'Ze heeft Fabrice niet laten vallen', brulde Jean-Christophe buiten zinnen.

Simon stak zijn beide handen op: 'Oké, oké, ik neem het terug … Heb je het met haar over je plannen gehad?'

'Nog niet, maar binnenkort. Het probleem is alleen dat ik platzak ben. Het beetje spaargeld dat ik had heb ik erdoorheen gejaagd in de bars en bordelen van Oran. Omdat het uit was met Isabelle.'

'Precies', zei Simon. 'Daar ben je amper overheen. Ik ben ervan overtuigd dat je nog niet echt de oude bent en dat die verliefdheid van jou gewoon een bevlieging is. Wacht toch nog even en ga geen verplichtingen aan voordat je zeker bent van haar gevoelens. Ik vraag me trouwens af of je Isabelle niet gewoon jaloers probeert te maken.'

'Isabelle is verleden tijd.'

'Een jeugdliefde is niet met een vingerknip voorbij, Chris.'

Gekwetst door Simons woorden en geïrriteerd door mijn stilzwijgen stond Jean-Christophe op, liep naar de deur van de huiskamer en gooide die open.

'Jaag je ons weg, Chris?' vroeg Simon verontwaardigd.

'Laten we zeggen dat ik even schoon genoeg van jullie heb. En jij, Simon, als je me geen geld wilt lenen, zeg dat dan gewoon. Maar verschuil je alsjeblieft niet achter dingen waar je niets van afweet, en heb vooral de beleefdheid om me niet ook nog eens naar beneden te halen.'

Jean-Christophe wist heus wel dat het niet waar was, dat Simon het hemd van zijn gat zou weggeven, maar hij wilde hem kwetsen, pijn doen, en dat lukte, want Simon stormde de kamer uit. Ik moest het buiten op een rennen zetten om hem in te halen.

Mijn oom riep me naar zijn werkkamer en liet me plaatsnemen op de sofa waarop hij vaak languit lag te lezen. Hij had kleur op zijn gezicht gekregen, was niet meer zo broodmager en zag er een stuk beter uit. Zijn vingers trilden nog een beetje, maar hij keek weer helder uit zijn ogen. Ik was blij in hem de man van voor zijn arrestatie te herkennen, op wie ik ooit zo dol was geweest. Hij las, schreef, glimlachte en maakte geregeld een ommetje, met Germaine aan zijn arm. Ik vond het heerlijk om hen zij aan zij in elkaar te zien opgaan alsof de wereld om hen heen niet bestond. De eenvoudige en vanzelfsprekende manier waarop ze met elkaar omgingen straalde een tederheid, een diepte en oprechtheid uit die hen bijna heiligden. Ze vormden het meest achtenswaardige paar dat ik ooit heb mogen bewonderen. Hen gade te slaan, terwijl ze genoeg hadden aan elkaar, vervulde me van iets van hun diepe voldoening en een vreugde zo mooi als hun ingetogen geluk. Ze vormden de onvoorwaardelijke, de volmaakte liefde. Volgens de sharia moet een niet-moslima zich per se tot de islam bekeren om met een moslim te kunnen trouwen. Mijn oom was het daar niet mee eens. Het maakte hem niet uit of zijn vrouw katholiek of niet-gelovig was. Hij zei dat als twee mensen van elkaar houden, ze zich onttrekken aan geboden en verboden; dat de goden genoeg hebben aan die liefde, er geen voorwaarden aan stellen, omdat die afbreuk zouden doen aan het heilige karakter ervan.

Hij doopte zijn pen in de inktpot en keek me nadenkend aan.

'Wat scheelt er, mijn jongen?'

'Hoezo …?'

'Germaine denkt dat je een probleem hebt.'

'Ik zou niet weten wat. Heb ik dan geklaagd?'

'Dat is niet nodig als je van mening bent dat je problemen alleen jou aangaan … Maar Younes, weet dat je niet alleen bent. En denk vooral niet dat je me ergens mee lastigvalt. Ik hou meer van jou dan van wat ook ter wereld. Jij bent het enige wat me nog rest van mijn familie … Jij hebt de leeftijd voor volwassen zorgen. Je denkt er misschien over om te gaan trouwen, een eigen huis te hebben, je eigen leven te leiden. Dat is normaal. Elke vogel moet op een dag zijn vleugels uitslaan.'

'Germaine zegt maar wat.'

'Dat moet je haar niet kwalijk nemen. Je weet hoeveel ze van je houdt. Al haar gebeden zijn voor jou. Je moet niets voor haar verzwijgen. Als je geld nodig hebt, of wat dan ook, kun je altijd bij ons aankloppen.'

'Ik twijfel er geen seconde aan.'

'Dat stelt me gerust.'

Voordat hij me liet gaan, pakte hij zijn pen en schreef iets op een stukje papier.

'Zou je alsjeblieft langs de boekwinkel willen gaan en dit boek voor me halen?'

'Natuurlijk, ik ga meteen.'

Ik liet het stukje papier in mijn zak glijden. Op straat vroeg ik me af hoe Germaine er in 's hemelsnaam bij kwam dat ik zorgen had.

De hitte van de laatste weken was afgenomen. In de uitgeputte hemel spon een dikke wolk zijn wol, met de zon als spinnewiel; zijn schaduw gleed als een spookschip over de wijngaarden. De oudjes waagden zich weer buiten, blij dat ze de hittegolf hadden overleefd. In korte broek en een van zweet doordrenkt hemd zaten ze op krukjes voor hun deur een glaasje anisette te drinken, hun vuurrode kop verscholen achter een enorme hoed. Het werd al avond; een briesje van zee bracht verkoeling, ook voor ons humeur ... Met het papiertje van mijn oom in mijn zak liep ik naar de boekhandel, waarvan de etalages waren volgestouwd met boeken en naïeve aquarellen van lokaal talent. Ik stapte naar binnen, en wie schetste mijn verbazing toen ik Émilie achter de toonbank zag staan.

'Goedendag', zei ze, al even verbaasd.

Een paar seconden lang wist ik niet meer wat ik hier kwam doen. Mijn hart klopte in mijn keel als een doorgedraaide smid op zijn aambeeld.

'Mevrouw Lambert is al een paar dagen ziek', legde ze uit. 'Ze heeft me gevraagd om haar te vervangen.'

Mijn hand had de grootste moeite om het stukje papier in mijn zak te vinden.

'Kan ik u helpen?'

Sprakeloos overhandigde ik haar het papiertje.

'*De pest* van Albert Camus', las ze voor. 'Uitgeverij Gallimard ...'

Ze knikte en verdween als een haas achter de boekenkasten,

vermoedelijk om van de schrik te bekomen. Ook ik moest op adem komen. Ik hoorde haar schuiven met een trappetje, in de kasten zoeken, 'Camus … Camus …' mompelen, het trappetje af komen, tussen de tafels met uitgestalde boeken door lopen en toen uitroepen: 'Ach, daar is het …'

Ze kwam terug, haar ogen weidser dan een vlakte.

'Het lag vlak voor mijn neus,' zei ze, steeds confuser.

Mijn hand raakte de hare toen ik het boek aannam. Ik voelde dezelfde schok door me heen gaan als toen in het restaurant in Oran, toen ze me onder de tafel had *beroerd*. We keken elkaar aan als om te controleren of we beiden hetzelfde voelden. Ze zag vuurrood. Ik neem aan dat ze in mij haar spiegelbeeld zag.

'Hoe gaat het met uw oom?'

Ik begreep niet waar ze het over had.

'U maakte laatst zo'n bezorgde indruk …'

'Ach dat! O nee, het gaat al veel beter met hem.'

'Ik hoop dat het niet ernstig was.'

'Het viel erg mee.'

'Ik heb me zo'n zorgen gemaakt toen u weg was.'

'Het leek erger dan het was.'

'Ik heb me zorgen om ú gemaakt, meneer Jonas. U zag zo bleek.'

'Ach, om mij hoeft u zich geen zorgen te maken …'

Haar blos week. Ze was zichzelf weer meester. Haar ogen boorden zich in de mijne, vastbesloten om ze niet meer los te laten.

'Ik wou dat u niet weg was geroepen. Ik begon net een beetje aan u te wennen. U zei niet zo veel.'

'Ik ben verlegen.'

'Ik ook. Gek word je ervan. Het is echt een straf … Toen u weg was, heb ik me dood verveeld.'

'Simon was anders goed op dreef.'

'Ik niet ...'

Haar hand gleed naar mijn pols; ik trok met een ruk mijn arm terug.

'Waar bent u bang voor, meneer Jonas?'

Die stem! Nu die niet meer trilde, klonk hij zelfverzekerder, vaster, helder, krachtig, even soeverein als die van haar moeder.

Haar hand pakte opnieuw de mijne vast; ik trok hem niet meer terug.

'Ik wilde al zo lang met u praten, meneer Jonas. Maar u mijdt me als de pest ... Waarom mijdt u me?'

'Ik mijd u niet ...'

'U jokt ... Er zijn dingen die je onmiddellijk verraden, al doe je nog zo je best om niets te laten merken ... Ik zou het zo fijn vinden als we een moment voor onszelf zouden hebben. Ik weet zeker dat we erg veel gemeen hebben, denkt u niet?'

'...'

'Kunnen we geen afspraak maken?'

'Ik heb het de laatste tijd erg druk.'

'Ik zou u graag onder vier ogen spreken.'

'Waarover?'

'Het is nu niet de plaats en het moment ... Ik zou het heel fijn vinden als u bij mij langs zou kunnen komen ... Ons huis ligt aan het pad van de maraboet ... Het duurt niet lang, ik beloof het u.'

'Jawel, maar ik snap niet zo goed waar we over moeten praten. En verder denk ik niet dat Jean-Christophe ...'

'Wat is er met Jean-Christophe?'

'We wonen in een klein dorp, juffrouw. De mensen kletsen. En Jean-Christophe vindt het misschien niet zo prettig ...'

'Hoezo "niet zo prettig"? We doen toch niets verkeerd? En

bovendien gaat het hem niets aan. Hij is gewoon een goede vriend van me. We hebben niets met elkaar.'

'Alstublieft, zeg dat niet. Jean-Christophe is stapelgek op u.'

'Jean-Christophe is een geweldige jongen. Ik mag hem heel graag ... maar niet genoeg om mijn leven met hem te delen.'

Ik wist niet wat ik hoorde.

Haar ogen fonkelden als het blad van een kromzwaard.

'Het hele dorp denkt dat u verloofd bent.'

'Dan hebben ze het mis ... Jean-Christophe is een goede vriend, meer niet.' En terwijl ze zachtjes mijn hand tegen haar borst drukte, preciseerde ze: 'Ik heb mijn hart aan een ander verpand ...'

'Bravo!'

De uitroep had het effect van een bom, deed ons verstenen, Émilie en mij. Jean-Christophe stond in de deuropening met een bos bloemen in de hand. Hij wierp me een vernietigende blik toe, waar de haat uit opspoot als lava uit een vulkaan. Vol walging, ongelovig, geschokt, stond hij te trillen bij de deur, alsof de wereld om hem heen was ingestort, met verwrongen gelaat en een mond die trilde van opperste verontwaardiging.

'Bravo!' herhaalde hij.

Hij gooide het boeket op de grond, verpletterde het onder zijn schoen.

'Ik dacht deze rozen aan de liefde van mijn leven te geven, en ze blijken alleen nog goed om het graf van mijn dromen te sieren ... Wat ben ik een imbeciel ... Wat een idioot! En jij, Jonas, wat een ongelooflijke klootzak!'

Hij draaide zich om en sloeg de glazen deur zo hard achter zich dicht dat die barstte.

Ik rende hem achterna. Hij schoot een zijstraatje in, schopte driftig tegen alles wat op zijn weg kwam. Toen hij merkte dat ik hem achternazat, draaide hij zich om en dreigde me met opgeheven vinger: 'Blijf waar je bent, Jonas … Kom niet dichterbij, want ik plet je als een drol.'

'Het is een misverstand. Er is helemaal niks tussen haar en mij, ik zweer het.'

'Sodemieter op, klootzak dat je bent. Loop naar de duivel! Je bent gewoon een smeerlap, een vieze, gore, gemene smeerlap!'

Overmand door razernij stortte hij zich boven op me, pakte me beet en smeet me tegen een schutting aan. Klodders spuug spatten in mijn gezicht terwijl hij me verrot schold. Toen stompte hij me in mijn buik. Naar adem happend liet ik me op één knie vallen.

'Waarom loop je me altijd in de weg als ik eindelijk gelukkig denk te worden?' schreeuwde hij met een door tranen verstikte stem, bloeddoorlopen ogen en het schuim op zijn mond. 'Waarom, godverdegodver! Waarom sta je me altijd in de weg?'

Hij schopte me in mijn zij.

'Ik vervloek je. Ik vervloek je, en ik vervloek de dag die jou ooit op mijn weg heeft gebracht!' schreeuwde hij. 'Ik wil je nooit meer zien, geen woord meer over je horen, echt nooit meer, smeerlap, sukkel, ondankbare hond!' En hij maakte zich uit de voeten.

Ineengedoken op de grond wist ik niet wat me meer pijn deed, het verdriet of de schoppen van mijn vriend.

Jean-Christophe kwam niet thuis. André had hem nog als een bezetene door de akkers zien rennen, maar daarna ontbrak elk spoor. We wachtten twee dagen, een week: niets. Zijn ouders waren dodelijk ongerust. Jean-Christophe bleef nooit zomaar weg zonder dat hij iets van zich liet horen. Na de breuk met Isabelle was hij er ook vandoor gegaan, maar hij had die avond wel naar huis gebeld om zijn moeder gerust te stellen. Simon kwam meermalen langs om de situatie met me te bespreken. Hij maakte zich grote zorgen en zei dat ook. Jean-Christophe was nog maar amper een inzinking te boven. Een terugval zou hij niet overleven. Ook ik vreesde het ergste. Ik was zo ongerust dat Simons bange vermoedens me 's nachts uit mijn slaap hielden. Ik stelde me de meest dramatische scenario's voor en stond vaak midden in de nacht op om een karaf water leeg te drinken, op en neer benend over het balkon. Ik durfde niemand te vertellen wat er in de boekhandel was gebeurd. Ik schaamde me; ik probeerde mezelf wijs te maken dat dat afschuwelijke misverstand nooit plaats had gehad.

'Die slet heeft vast iets vreselijks tegen hem gezegd', gromde Simon, doelend op Émilie. 'Ik steek er mijn hand voor in het vuur. Die sloerie heeft er vast iets mee te maken.'

Ik durfde hem niet in de ogen te kijken.

Na een week waarin de vader van Jean-Christophe al zijn kennissen in Oran had gebeld en voorzichtig naspeuringen had gedaan om niet het hele dorp op stelten te zetten, ging hij naar de politie om aangifte te doen.

Fabrice haastte zich terug naar Río zodra hij lucht kreeg van de vermissing van zijn vriend.

'Goeie hemel, wat is er gebeurd?'

'Ik heb geen idee', zei Simon, gekwetst.

We gingen met zijn drieën naar Oran, zochten onze vriend in bordelen, bars en de louche karavanserais van La Scalera, waar je je voor een luttel bedrag hele dagen en nachten kon opsluiten met hoeren op leeftijd, je bezattend aan slechte wijn of lurkend aan een opiumpijp. We toonden zijn foto aan bordeelhoudsters, restauranteigenaren, uitsmijters van clubs en masseurs in badhuizen; niemand had hem gezien. Ziekenhuizen en politiebureaus leverden ook niets op.

Émilie zocht me op in de apotheek. Ik had haar er meteen uit willen gooien. Haar moeder had gelijk; er waren te veel verderfelijke, duivelse invloeden aan het werk wanneer onze blikken elkaar kruisten. Maar toen ze binnenkwam lieten mijn krachten me in de steek. Ik was woedend op haar, hield haar verantwoordelijk voor de verdwijning van Jean-Christophe en voor wat hij zichzelf zou kunnen aandoen, maar ik las zo'n groot verdriet op haar gezicht dat ik medelijden met haar kreeg. Ze hield stil voor de toonbank, een verfrommeld zakdoekje in haar handen, haar lippen bloedeloos, diepbedroefd, machteloos, wanhopig.

'Ik vind het zo vreselijk wat er is gebeurd!'

'Anders ik wel!'

'En dat ik u in deze zaak heb betrokken.'

'Wat gebeurd is, is gebeurd.'

'Ik bid elke nacht dat hem niets is overkomen.'

'Wisten we maar waar hij was.'

'Hebt u nog steeds niets van hem gehoord?'

'Nee.'

Ze keek naar haar verstrengelde vingers.

'Wat vindt u dat ik moet doen, Jonas? Ik ben heel eerlijk tegen hem geweest. Ik heb vanaf het begin tegen hem gezegd dat mijn hart een ander toebehoorde. Hij wilde me niet geloven. Of misschien dacht hij dat hij een kans maakte. Is het mijn schuld dat hij die niet had?'

'Ik weet niet waar u het over hebt, juffrouw. Het is trouwens noch de plaats noch het moment ...'

'Jawel,' viel ze me in de rede, 'het is nu exact het juiste moment om te zeggen waar het op staat. Ik heb twee harten gebroken omdat ik mijn eigen hart niet durfde te volgen. Ik ben geen hartenbreekster. Het is nooit mijn bedoeling geweest om wie dan ook te kwetsen.'

'Ik geloof u niet.'

'U moet me geloven, Jonas.'

'Nee, dat kan ik niet. U hebt geen rekening gehouden met Fabrice, u hebt me zelfs waar hij bij was onder de tafel aangeraakt. En vervolgens hebt u Jean-Christophe diep gekwetst door mij in uw spelletjes te betrekken.'

'Het is geen spelletje.'

'Wat wilt u nu eigenlijk van me?'

'Tegen u zeggen … dat ik van u hou.'

Het was alsof alles om me heen instortte, de apotheek, de kasten achter me, de toonbank, de muren.

Émilie vertrok geen spier. Ze staarde me aan met haar immense ogen, haar handen om het zakdoekje geklemd.

'Gaat u alstublieft naar huis, juffrouw.'

'Hebt u het dan niet begrepen? Ik danste enkel met een ander opdat u me zou zien, schaterde het alleen uit opdat u me zou horen … Ik wist niet hoe ik het moest aanpakken, hoe ik tegen u moest zeggen dat ik van u hou.'

'Dat moet u niet zeggen.'

'Maar hoe niet de roep van mijn hart te volgen?'

'Dat weet ik niet, juffrouw. En ik wil het ook niet weten.'

'Waarom niet?'

'Alstublieft …'

'Nee, Jonas. U hebt niet het recht om zoiets te eisen. Ik hou van u. Het is heel belangrijk dat u dat weet. U hebt geen idee hoe moeilijk het voor me is, hoezeer ik me schaam om mijn gevoelens bloot te geven, me aan u op te dringen en te vechten voor een liefde die u niet in vuur en vlam zet terwijl die mij verplettert, maar ik zou nog veel ongelukkiger zijn als ik zou moeten blijven verzwijgen wat mijn ogen u toeschreeuwen: ik hou van u, ik hou van u, ik hou van u. Ik hou van u telkens als ik ademhaal. Ik heb altijd van u gehouden, vanaf de eerste keer dat ik u zag ... meer dan tien jaar geleden ... hier in deze apotheek. Ik weet niet of u het zich nog kunt herinneren, maar ik ben het nooit vergeten. Het had die ochtend geregend, en mijn wollen handschoenen waren nat. Ik kwam hier elke woensdag voor mijn prik. En u kwam die dag uit school. Ik herinner me nog de kleur van uw schooltas met van die riemen met spijkers erin, de snit van uw overjas met capuchon en zelfs de losse veters van uw bruine schoenen. U was toen dertien ... We hadden het over Guadeloupe ... Terwijl uw moeder me in het magazijn een injectie gaf, had u een roos voor me geplukt en die in mijn boek gestopt.'

Er ging me opeens een licht op, en de herinneringen stroomden razendsnel toe. Het kwam allemaal in één keer terug: *Émilie* ... vergezeld van *een uit een menhir gehouwen kolos.* Ik begreep eindelijk waarom ik haar ogen had zien oplichten die keer dat ik haar had verteld dat ik apotheker was. Ze had het goed gezien, we hadden elkaar inderdaad *langgeleden al eens ergens ontmoet.*

'Weet u dat nog?'

'Ja.'

'U vroeg me wat Guadeloupe was. Ik zei dat het een Frans eiland was in het Caraïbisch gebied ... Toen ik die roos in mijn boek vond, deed dat me wat en ik drukte het boek dicht tegen me aan. Ik weet het allemaal nog als de dag van gisteren. Dáár stond een bloempot, boven op een oude ladekast. En achter de toonbank, links van die kast daar, stond een Mariabeeldje, een felgekleurd, gipsen beeldje ...'

Terwijl ze al die details in herinnering bracht, die me nu weer haarscherp voor de geest stonden, liet ik me meevoeren door haar tedere en hartstochtelijke stem. Ik had het gevoel alsof ik in slowmotion werd opgetild door een enorme golf. Maar als om tegenwicht te bieden klonk nu de stem van mevrouw Casenave op en weergalmde door mijn hoofd, smekend, loeiend, klagend. Maar hoe luid ook, de stem van Émilie klonk erbovenuit, duidelijk, helder en doordringend.

'*Younes*,' zei ze, 'nietwaar? Ik weet alles nog.'

'Ik …'

Ze drukte een vinger op mijn mond: 'Alstublieft, zegt u niets meer. Ik ben bang voor wat u gaat zeggen. Ik moet even op adem komen, begrijpt u?'

Ze nam mijn hand en legde die op haar borst: 'Voelt u hoe mijn hart tekeergaat, Jonas … Younes?'

'Het is niet goed wat we doen', zei ik, maar ik trok mijn hand niet terug, als betoverd door haar blik.

'Waarom is het niet goed?'

'Jean-Christophe houdt van u. Hij is stapelverliefd op u', zei ik in een poging om de stemmen van moeder en dochter, die in mijn hoofd een titanenstrijd aan het leveren waren, tot zwijgen te brengen. 'Hij vertelde aan wie het maar wilde horen dat u met hem ging trouwen.'

'Waarom hebt u het over hem? Het gaat om ons.'

'Het spijt me, juffrouw. Jean-Christophe is veel belangrijker voor me dan een oude jeugdherinnering.'

Ze boog haar hoofd. Gracieus.

'Dat was niet gemeen bedoeld', haastte ik me eraan toe te voegen, me bewust van mijn botheid.

Ze drukte weer haar vinger op mijn mond.

'U hoeft u niet te verontschuldigen, Younes. Ik begrijp het wel. U had waarschijnlijk gelijk, het is niet het goede moment. Maar ik wilde dat u het wist. Voor mij bent u meer dan een oude jeugdherinnering. En ik heb het volste recht om van u te houden. Er is niets schandelijks of misdadigs aan de liefde, behalve wanneer je die opoffert, voor welke goede zaak dan ook.'

En toen ging ze weg. Geluidloos. Zonder om te kijken. Ik had me nog nooit zo eenzaam gevoeld als op het moment dat ze de straat in was verdwenen.

15

Jean-Christophe was in leven.

Río Salado slaakte een zucht van verlichting.

Op een avond, buiten alle verwachting, belde hij zijn moeder om te zeggen dat hij het goed maakte. Volgens mevrouw Lamy klonk haar zoon *helder*. Hij sprak beheerst, simpel en kernachtig, en zijn ademhaling was *normaal*. Ze had gevraagd waarom hij weg was gegaan en waar hij vandaan belde. Jean-Christophe had zich ervan afgemaakt met wat vage dooddoeners, zoals dat er meer was op de wereld dan Río, dat er andere gebieden waren om te verkennen, andere wegen om in te slaan, en had zo de kwestie omzeild van waar hij was of hoe hij zich redde, daar hij zonder geld of bagage was vertrokken. Mevrouw Lamy had niet aangedrongen; haar zoon had eindelijk een levensteken gegeven, dat was alvast meegenomen. Ze vermoedde dat het trauma heel diep zat, dat de 'helderheid' die hij voorwendde slechts een manier was om dat te verbergen, en ze had geen zout in de wonde willen strooien.

Daarna schreef Jean-Christophe een heel lange brief aan Isabelle, waarin hij haar bekende dat ze de grote liefde van zijn leven was en hoezeer hij het betreurde dat hij die niet tot bloei had weten te brengen. Het was een soortement testamentbrief. Isabelle Rucillio had hete tranen geschreid, ervan overtuigd dat haar gewezen 'verloofde' zich van een rots had gegooid of voor de wielen van een locomotief was gesprongen nadat hij de brief op de post had gedaan – maar omdat het postmerk onleesbaar was, was niet te achterhalen vanwaar hij was verstuurd.

Drie maanden later ontving Fabrice zíjn excuusbrief. Jean-Christophe bekende dat hij egoïstisch was geweest en, gek van verliefdheid, de elementaire regels van het fatsoen uit het oog was verloren en zijn plichten had verzuimd jegens een dierbare oude vriend die altijd zijn beste vriend zou blijven ... Hij gaf geen adres op.

Acht maanden na het incident in de boekhandel trof Simon – die inmiddels een vennootschap met mevrouw Casenave was aangegaan om een modehuis op te zetten in Oran – zíjn brief bij de post aan, een recente foto van Jean-Christophe in soldatentenue, met een kaalgeschoren kop en het geweer in de aanslag, met op de achterkant: 'Ik leef als een prins, dank u wel, mijn adjudant.' De envelop droeg het poststempel van Khemis Méliana. Fabrice besloot erheen te gaan. We vergezelden hem, Simon en ik, naar de kazerne in de betreffende stad, waar ons te verstaan werd gegeven dat de militaire academie al sinds een jaar of drie alleen nog 'inboorlingen' toeliet, en we naar Cherchell werden verwezen. Maar Jean-Christophe zat niet op de militaire academie van Cherchell, en ook niet op die van Koléa. We klopten op vele deuren, probeerden het bij garnizoenen in Algiers en Blida, maar zonder succes. We joegen op een geest ... We gingen uitgeput en onverrichter zake terug naar huis.

Fabrice en Simon tastten nog steeds in het duister aangaande de reden van vertrek van onze vriend. Ze vermoedden dat hij een blauwtje had gelopen, maar wisten het niet zeker. Émilie wekte niet de indruk dat ze zich ergens schuldig over voelde. We zagen haar weleens wanneer ze mevrouw Lambert in de boekhandel terzijde stond of met licht melancholieke blik etalages keek in de hoofdstraat van het dorp. Maar het besluit van Jean-Christophe om in het leger te gaan zat velen niet lekker. Het zou bij geen jongen uit Río Salado zijn opgekomen; dat was geen wereld voor ons, en we konden de keuze van Jean-Christophe dan ook niet los zien van een absurd en masochistisch verlangen naar zelfkastijding. In zijn brieven had hij niets laten doorschemeren van de frustraties die hem ertoe hadden gebracht zijn vrijheid, zijn familie en zijn dorp op te geven teneinde zich met huid en haar over te leveren aan de strenge regels van de kazerne en het daarbij horende proces van vrijwillige depersonalisatie en onderwerping.

De brief aan Simon was de laatste.

Ik ontving nooit de mijne.

Émilie kwam me nog steeds opzoeken in de apotheek. Soms stonden we alleen maar zwijgend tegenover elkaar, zonder zelfs maar een beleefdheid uit te wisselen. Hadden we er nog iets aan toe te voegen? We hadden het belangrijkste gezegd van wat we elkaar te zeggen hadden. Wat haar betreft had ik tijd nodig, en moest zij geduld oefenen; wat mij betreft was wat ze wilde totaal onmogelijk, maar hoe haar dat duidelijk te maken zonder haar te kwetsen en heel het dorp te choqueren? Het was een onmogelijke, tegennatuurlijke liefde. Ik was wanhopig. Ik wist niet wat ik moest doen. Dus zei ik maar niets. Émilie hield zich in; ze probeerde niets te forceren, maar tegelijkertijd deed ze haar uiterste best om contact met me te houden. Ze dacht dat ik me schuldig voelde vanwege Jean-Christophe, in een gewetensconflict verkeerde, maar dat ik er uiteindelijk wel overheen zou komen, dat haar immense ogen me op den duur wel zouden weten te vermurwen. Sinds we in het dorp hadden vernomen dat er niets met Jean-Christophe aan de hand was, was de spanning tussen ons iets afgenomen ... zonder dat onze omgang daardoor ook normaal was geworden. Jean-Christophe was er niet, maar zijn afwezigheid maakte de kloof tussen ons alleen maar dieper, wierp een schaduw over onze gedachten, maakte onze plannen onzeker. Émilie las het van mijn gezicht. Ze kwam resoluut de apotheek binnen, met de woorden op haar lippen waarover ze de hele nacht had nagedacht, maar wanneer het moment daar was, zonk de moed haar in de schoenen en durfde ze niet meer mijn hand te pakken of haar vinger op mijn mond te drukken.

Als excuus voor haar aanwezigheid verzon ze een vreemde kwaal en vroeg om bepaalde pillen. Ik noteerde haar bestelling of gaf haar de pillen mee als ik die in huis had, en dat was dat. Vervolgens dacht ze nog even na, maakte een of twee opmerkingen, stelde een of twee praktische vragen in verband met de dosering, en ging dan naar huis. In werkelijkheid hoopte ze een reactie in me teweeg te brengen, wachtte ze wanhopig op een gelegenheid om haar hart te kunnen uitstorten. Ik bood weerstand, deed net alsof ik haar zo tragisch bedwongen, stille aandringen niet opmerkte, want ik wist dat ik maar een teken van zwakte hoefde te vertonen of ze zou opnieuw gedaan proberen te krijgen waar ik haar uit alle macht van probeerde af te brengen.

Maar terwijl ik die ontwijkende rol met tegenzin op me nam en net deed alsof mijn neus bloedde, leed ik zeer. Van bezoek tot bezoek – of liever van scheiding tot scheiding – merkte ik dat Émilie bezit nam van mijn gedachten, dat ze terrein won, dat ik aan niets anders meer kon denken. 's Nachts viel ik pas in slaap nadat ik al haar gebaren en stiltes de revue had laten passeren. Overdag, achter mijn toonbank, zat ik alleen op haar te wachten; elke klant die binnenkwam drukte me met mijn neus op haar afwezigheid, deed me beseffen dat ik naar haar verlangde, en ik betrapte mezelf erop dat ik opsprong als de winkelbel ging en de pest in had wanneer zij het niet was. Wat was er in mij aan het veranderen? Waarom nam ik het mezelf kwalijk dat ik een *verstandige jongen* was? Ging fatsoen boven oprechtheid? Wat had je aan de liefde als die niet alles kon overwinnen, als die zich moest onderwerpen aan verboden, niet gehoorzaamde aan haar eigen obsessies? Ik vond het verdriet van Émilie erger dan alle geloofsverzaking, heiligschennis en godslastering bij elkaar. Wat moest ik doen?

'Hoelang duurt het nog, Younes?' vroeg ze, ten einde raad.

'Ik begrijp niet waar u het over hebt.'

'Over óns natuurlijk, wat anders … Hoe kunt u me zo behandelen? Ik kom keer op keer naar deze vreselijke apotheek en u doet net of u mijn verdriet, mijn geduld, mijn verlangen niet ziet. Het lijkt wel of u me wilt vernederen. Maar waarom? Wat heb ik u misdaan?'

'…'

'Is het vanwege ons geloof? Is het omdat ik katholiek en u moslim bent, is dat het?'

'Nee.'

'Wat is het dan? En zeg niet dat ik u onverschillig laat, dat u niets voor mij voelt. Ik ben een vrouw, ik voel de dingen haarscherp aan. Ik weet dat dat niet het probleem is. Ik snap niet eens wat het probleem zou kunnen zijn. Ik heb u verteld wat ik voor u voel. Wat moet ik nog meer doen?'

Ze was boos en wanhopig en een huilbui nabij. Ze hield haar handen gebald voor haar borst en had me wel door elkaar willen rammelen.

'Het spijt me.'

'Wat spijt u?'

'Ik kan het niet.'

'U kunt wat niet?'

Ik was uit het veld geslagen. Ongelukkig, zonder enige twijfel. En ook boos, op mezelf, op mijn ambivalente houding, mijn lafheid, mijn onvermogen om eens en voor al de knoop door te hakken en vrijheid en waardigheid terug te geven aan dat meisje, dat ik gijzelde met mijn besluiteloosheid terwijl ik wist dat het niets tussen ons kon worden. Was ik mezelf niet gewoon iets aan het wijsmaken, mezelf op de proef aan het stellen, terwijl er niets te bewijzen en niets te overwinnen was? Was dit ook een vorm van zelfkastijding? Hoe de knoop door te hakken zonder mezelf te onthoofden? Émilie had gelijk; mijn gevoelens voor haar waren heel sterk. Telkens als ik me erbij neer probeerde te leggen dat het niet kon, kwam mijn hart in opstand; het nam me kwalijk dat ik het probeerde te breken. Wat moest ik doen? Kon de liefde wel gedijen op een ondergrond van heiligschennis? Kon zij de schande overleven die haar bevloeide als vervuild water?

'Ik hou van u, Younes ... Hoort u me?'

'...'

'Ik ga nu weg en ik kom niet meer terug. Als u hetzelfde voor mij voelt, weet u waar u me kunt vinden.'

Een traan rolde over haar wang; ze veegde hem niet weg. Haar grote ogen overstelpten me. Ze kwam langzaam overeind, sloeg haar armen om zich heen en ging weg.

'Jammer ...'

Mijn oom stond achter me. Het duurde even voordat ik begreep waar hij op doelde. Had hij ons gehoord? Hij zou ons echt nooit hebben afgeluisterd. Dat was niets voor hem. Mijn oom en ik konden het overal over hebben, behalve over vrouwen. Dat onderwerp was taboe, en hoewel hij een moderne en ontwikkelde man was, zou een atavistische schroom hem ervan weerhouden die kwestie rechtstreeks aan te snijden. Traditiegetrouw kwam dit onderwerp in onze gemeenschap alleen indirect of bij volmacht ter sprake, dat wil zeggen via een tussenpersoon – en hij zou Germaine naar me toe hebben gestuurd.

'Ik was in het magazijn, en de deur was niet dicht.'

'Het is niet erg.'

'Misschien is het wel beter zo. Onvrijwillige indiscreties hebben misschien ook hun nut, wie weet? Ik hoorde je met dat meisje praten en zei tegen mezelf: Doe die deur dicht. Maar dat deed ik niet. Niet uit ongezonde nieuwsgierigheid, maar omdat ik het heerlijk vind om mensen de taal van het hart te horen spreken. Wat mij betreft is er geen mooiere symfonie … Mag ik?'

'Natuurlijk.'

'Je moet maar zeggen wanneer ik moet stoppen, mijn jongen.'

Hij ging op de bank zitten, boog zijn hoofd, nam een voor een zijn vingers in ogenschouw en zei toen op bedachtzame toon: 'De man die gelukkig denkt te kunnen worden door de vrouw uit zijn leven te sluiten, slaat de plank mis, vergist zich deerlijk en is op de verkeerde weg … Niet dat de vrouw álles is, maar alles berúst op haar … Kijk om je heen, verdiep je in de geschiedenis, laat je blik over de aarde gaan en zeg me wat een man is zonder een vrouw, wat zijn wensen en gebeden zijn wanneer die haar niet loven … Of je nu zo rijk bent als Croesus of zo arm als Job, of je een slaaf bent of een tiran, je ogen zouden aan geen horizon genoeg hebben als de vrouw je de rug toekeert.'

Hij glimlachte als om een vage herinnering: 'Wanneer de vrouw niet de hoogste ambitie is van de man, wanneer ze niet het doel is van elk streven op deze aarde, zou het leven zijn vreugden en smarten niet waard zijn.'

Hij sloeg zich op de dijen en kwam overeind: 'Toen ik klein was, ging ik vaak naar de Grote Berg om naar de zonsondergang te kijken. Het was een betoverend schouwspel. Ik dacht dat dat het ware gezicht van de schoonheid was. Maar toen zag ik witbesneeuwde vlakten en wouden, paleizen te midden van fabuleuze tuinen, en ik vroeg me af hoe het paradijs eruit zou zien ...'

Zijn hand leunde op mijn schouder: 'Wel, dat zal ik je vertellen: zonder zijn maagden zou het paradijs een doods stilleven zijn ...'

Zijn vingers drukten in mijn vlees en verbreidden hun trilling door mijn wezen. Mijn oom herrees als een feniks uit zijn as, hij probeerde het wonder van zijn verrijzenis op me over te brengen. Zijn ogen puilden uit zijn hoofd, alsof hij elk van zijn woorden eruit moest persen: 'De zonsondergang, het voorjaar, het diepe blauw van de zee, de nachtelijke sterren, al die dingen die we betoverend noemen, zijn dat alleen als ze de achtergrond vormen van de vrouw, mijn jongen. Want de enige echte, ware schoonheid, het toppunt van schoonheid, de absolute schoonheid, dat is de vrouw. Het andere, al het andere is er slechts ter verhoging van die schoonheid.'

Zijn andere hand greep mijn vrije schouder. Hij zocht iets in mijn blik. Onze neuzen raakten elkaar bijna en ik voelde zijn adem op mijn gezicht. Ik had hem nog nooit zo euforisch gezien, behalve misschien op de dag dat hij naar Germaine was gegaan om aan te kondigen dat zijn neefje hún zoon was geworden.

'Als een vrouw van je zou houden, zielsveel van je zou houden, en als jij de tegenwoordigheid van geest zou hebben om je te realiseren wat een ongelooflijk voorrecht dat is, zou geen god aan je kunnen tippen.'

En voordat hij met zijn hand op de trapleuning terugging naar zijn werkkamer, zei hij nog: 'Ga gauw naar haar toe ... Op een dag kunnen we misschien een komeet vangen, maar wie *de kans van zijn leven* door zijn vingers laat glippen, kan alle heerlijkheden op aarde bezitten, niets zal hem ooit kunnen troosten.'

Ik heb niet naar hem geluisterd.

Fabrice Scamaroni trouwde in juli 1951 met Hélène Lefèvre. Het was een mooi feest; er kwamen zo veel mensen dat de bruiloft twee keer werd gevierd. Het eerste feest was voor de gasten en vakgenoten uit de stad – een horde journalisten onder wie de redactie van *L'Écho d'Oran*, kunstenaars, atleten en een groot deel van de elite van Oran, zoals de schrijver Emmanuel Roblès. Dit eerste deel van de festiviteiten speelde zich af in Aïn Turck, in een enorme villa met uitzicht op zee, het huis van een rijke industrieel met wie mevrouw Scamaroni nauw bevriend was. Ik voelde me niet op mijn gemak tijdens dat feest. Émilie was er, samen met Simon. En ook mevrouw Casenave, die er enigszins verloren bij liep. Het bedrijf dat ze met Simon had opgezet liep goed; hun modehuis kleedde reeds de rijkste mensen van Río Salado en Hammam Bouhdjar en wist ondanks hevige concurrentie langzaam maar zeker naam te maken binnen de chique kringen van Oran. In het gedrang bij de buffettafel trapte Simon op mijn tenen. Hij verontschuldigde zich niet. Met het blad in zijn handen zocht hij Émilie in het gewoel en stevende recht op haar af. Wat had ze hem over mij verteld? Waarom deed mijn oude vriend alsof ik niet bestond?

Ik was te moe om het hem te vragen.

Het tweede feest was voor de mensen uit het dorp. Río Salado stond erop de bruiloft van zijn wonderkind in besloten kring te vieren. Pépé Rucillio droeg een stuk of vijftig schapen bij en liet de beste koks uit Sebdou komen. Jaime Jiménez Sosa, de vader van André, stelde de Scamaroni's het enorme erf van zijn boerderij ter beschikking, getooid met palmen, zijden kleden, slingers, gecapitonneerde banken en buffettafels die bezweken onder het eten en de boeketten. In het midden stond een enorme tent, bezaaid met tapijten en kussentjes. De bedienden, voornamelijk Arabieren en jonge zwarte efeben, waren gekleed als eunuchen, met geborduurde vesten, wijde kuitbroeken en saffraangele tulbanden. Je waande je in de tijd van Duizend-en-een-nacht. Ook hier voelde ik me slecht op mijn gemak. Émilie hing aan Simons arm, en mevrouw Casenave hield me, bang voor een jaloerse scène, onafgebroken in het oog. 's Avonds bracht een beroemd orkest uit Constantine, gespecialiseerd in Joods-Arabische muziek, een verbazingwekkend repertoire ten gehore. Ik luisterde maar half, op een kist onder een dof lampje aan de andere kant van het erf. Toen Jelloul me een bord met gegrild vlees kwam brengen, fluisterde hij in mijn oor dat het ongenoegen dat ik uitstraalde alle vreugde ter wereld zou bederven. Ik realiseerde me dat ik inderdaad niet vrolijk keek en dat ik, in plaats van hier het plezier van honderden gasten te verpesten, beter naar huis kon gaan. Maar dat kon ik niet maken: Fabrice zou het me hoogst kwalijk nemen en ik wilde hem niet óók nog kwijtraken.

Nu Jean-Christophe weg was, Fabrice getrouwd en Simon ongrijpbaar sinds hij met mevrouw Casenave in zaken was gegaan, was mijn wereld wel erg klein geworden. Ik stond 's ochtends vroeg op en sloot me overdag op in de apotheek, maar nadat ik het rolluik had neergelaten wist ik niet goed wat ik met de avond aan moest. Vroeg in de avond ging ik nog wel naar de tent van André om een paar potjes te biljarten met José, maar daarna ging ik naar huis en waagde me de rest van de avond niet meer op straat. Ik ging naar mijn kamer, pakte een boek en las hetzelfde hoofdstuk steeds weer over zonder dat ik wist wat ik had gelezen. Ik kon me niet meer concentreren. Zelfs met de klanten niet. Hoe vaak had ik me niet vergist in het kriebelschrift van een arts en het verkeerde medicijn meegegeven? Hoe vaak had ik niet minutenlang voor de kasten gestaan terwijl ik me met geen mogelijkheid te binnen kon brengen waar een bepaald geneesmiddel lag? Germaine gaf me geregeld een kneepje onder tafel om me bij de les te houden. Ik was zo afwezig dat ik vergat te eten. Mijn oom had erg met me te doen, maar hij zei niets.

Toen ging de dingen opeens heel snel. Maar omdat ik te sloom was om erachteraan te rennen, lieten ze me algauw ver achter zich. Fabrice kreeg zijn eerste baby, een schattig roze hummeltje met bolle wangen, en ging met Hélène in Oran wonen. Korte tijd later verkocht zijn moeder haar bezittingen in Río en verhuisde naar Aïn Turck. Wanneer ik langs hun stille, afgesloten huis kwam, moest ik slikken. Het was een deel van mijn leven dat was verdwenen, een eiland dat aan mijn archipel ontbrak. Ik begon andere straten te nemen, dat deel van het dorp te mijden … André trad in het huwelijk met een drie jaar oudere nicht en vloog met haar naar de Verenigde Staten. Hij had er een maand zullen blijven, maar zijn huwelijksreis duurde eindeloos voort … José moest nu in zijn eentje de tent runnen, waar het lang niet meer zo druk was, daar de mensen de lust in het biljarten zo langzamerhand wel was vergaan.

Ik verveelde me.

Het strand zei me niks meer. Zonder mijn vrienden had het zalige nietsdoen op het gloeiende zand zijn bekoring verloren en vielen mijn mijmeringen in het water nu ik niemand meer had met wie ik ze kon delen. Vaak kwam ik niet eens mijn auto uit. Ik bleef boven op een klip achter het stuur zitten en staarde naar de zwijgzame rotsen waar de golven als geisers tegenop spatten. Zo zat ik vaak urenlang weg te dromen, in de schaduw van een boom, mijn handen op het stuur of mijn armen over de rugleuning van mijn stoel. Het gekrijs van de meeuwen en het gegil van de kinderen overstemden mijn zorgen en schonken me een soort van innerlijke rust, waarvan ik pas afstand deed wanneer er laat in de avond geen sigaret meer opgloeide op het strand.

Ik had overwogen om terug te gaan naar Oran. Ik werd gek van Río Salado. Ik herkende zijn ijkpunten niet meer, leende me niet meer voor zijn fantasieën. Ik bewoog me in een parallelle wereld. Ik zag wel dat de mensen nog dezelfden waren, dat de gezichten me vertrouwd waren, maar ik was bang dat ik, als ik mijn arm zou strekken om ze aan te raken, met mijn hand in het luchtledige zou grijpen. Een tijdperk was voorbij, een bladzij was omgeslagen, en ik keek nu tegen een nieuw vel aan, een leeg, wit blad dat onaangenaam aanvoelde. Ik moest afstand nemen. Van omgeving veranderen. En, waarom niet, alle banden verbreken, die me toch nergens vasthielden.

Ik voelde me eenzaam.

Ik dacht erover om de speurtocht naar mijn moeder en mijn zusje te hervatten. Mijn god, wat miste ik hen! Ik was invalide zonder hen, ontroostbaar. Ik was nog weleens naar Jenane Jato teruggegaan in de hoop een aanwijzing te vinden die me op weg zou kunnen helpen. Maar er was zo veel veranderd. Mensen waren bezig met overleven. Hadden andere prioriteiten. Belangrijker dingen aan hun hoofd. Wie zou zich nu een doodarme vrouw met een dove dochter herinneren? De mensen hadden wel iets beters te doen. Er kwam dag en nacht zo veel volk naar de stad. De louche buurt van weleer, verborgen achter struikgewas en hutjes, was een echte wijk aan het worden, met lawaaierige straatjes, driftige voermannen, waakzame winkelaars, propvolle badhuizen, geasfalteerde wegen en kroegjes waar het blauw stond van de rook. Houtenbeen zat er nog steeds met zijn winkel, maar nu ingeklemd tussen concurrenten. De barbier hoefde niet meer op de kale grond te zitten terwijl hij de koppen van zijn oude mannetjes schoor; hij had nu een kleine salon met spiegels aan de muur, een draaistoel, een wasbak en een messing rekje voor zijn gerei. Ons huis was volledig herbouwd, en Bliss de makelaar zwaaide er opnieuw de scepter. Hij zei dat hij mijn moeder nog niet zou herkennen als ze vlak voor zijn neus stond, aangezien hij haar nooit van dichtbij had gezien. Niemand wist waar mijn moeder en mijn zusje waren, niemand die ze sinds het drama ooit nog had gezien. Ik had Batoul de helderziende weten op te sporen; ze had haar glazen bol verruild voor een goed lopend bedrijf dat meer geld opbracht dan de zorgen van arme mensen; maar omdat haar Moorse bad altijd vol zat, had ze me beloofd dat ze het me meteen zou laten weten als ze iets zou horen – maar ik had al twee jaar niets van haar vernomen.

Ik dacht dus dat de hervatting van mijn zoektocht me zou bevrijden van het schuldgevoel dat me plaagde na wat er met Jean-Christophe was gebeurd, van de absenties waarin ik oploste, van het onpeilbare verdriet dat me overmande zodra ik aan Émilie dacht. Ik hield het niet meer uit om in hetzelfde dorp te wonen als zij, haar op straat tegen te komen en mijn weg te vervolgen alsof er niets was gebeurd, terwijl ze dag en nacht in mijn gedachten was. Nu ze niet meer naar de apotheek toe kwam, voelde ik me eenzamer dan ooit. Ik wist dat het heel lang zou duren voordat haar wond zou helen, maar wat kon ik doen? Émilie zou het me hoe dan ook nooit vergeven. Ze was zo boos. Zo vreselijk boos. Ik geloof zelfs dat ze me haatte. Als ze me aankeek voelde ik haar gloeiende blik tot in mijn brein branden. Ze hoefde me niet eens aan te kijken, en ze vermeed dat trouwens ook, maar of ze nu naar de grond of naar de hemel keek, ik zag het vuur in haar ogen smeulen, als oceanische lava die de diepste en duisterste zee niet zou kunnen doven.

Ik zat te lunchen in een restaurantje aan de zeeboulevard in Oran toen er op het raam werd getikt. Het was Simon Benyamin, gehuld in een dikke jas met das, zijn voorhoofd ontsierd door de eerste tekenen van kaalheid.

Hij was gek van vreugde.

Ik zag hem naar de voordeur rennen, en toen naar mij, een koudegolf in zijn kielzog.

'Kom,' zei hij, 'ik neem je mee naar een echt restaurant, waar de vis op je tong smelt alsof er een engeltje op piest.'

Ik maakte hem erop attent dat ik bijna klaar was met eten. Hij trok een geërgerd gezicht, ontdeed zich van jas en das en ging tegenover me zitten.

'Is het eten hier te vreten?'

Hij riep een ober, bestelde lamsspiesen met groene sla en een halfje rode wijn, wreef zich geestdriftig in de handen en zei: 'Negeer je me of heb je de pest in? Ik zwaaide laatst naar je, in Lourmel, en je reageerde niet.'

'In Lourmel?'

'Ja, afgelopen donderdag. Je kwam uit de stomerij.'

'Is er een stomerij in Lourmel?'

Ik kon het me niet herinneren. Ik ging de laatste tijd wel vaker zomaar wat uit rijden. Ik had mezelf er al twee keer op betrapt dat ik midden op een drukke soek in Tlemcen stond terwijl ik geen idee had hoe of waarom ik daar was beland. Ik slaapwandelde, maar dan overdag, en werd wakker op de vreemdste plekken. Als Germaine me vroeg waar ik was geweest, was het net of ze me uit een diepe put haalde en ik helemaal niets meer wist.

'En je bent ontzettend afgevallen. Wat is er met je aan de hand?'

'Ik zou het niet weten, Simon … Wat is er met jou aan de hand?'

'Met mij gaat het uitstekend.'

'Waarom wend je dan je hoofd af als je me op straat tegenkomt?'

'Waarom zou ik mijn hoofd afwenden als ik mijn beste vriend zie?'

'Het humeur is een grillig ding. Je bent al meer dan een jaar niet bij me langs geweest.'

'Ik heb het ook zo druk met mijn zaken. Het gaat uitstekend, maar de concurrentie is moordend. Ik werk me helemaal kapot. Ik moet mijn concurrenten en rivalen steeds een slag voor zijn en daarom ben ik veel vaker in Oran dan in Río. Wat dacht je dan? Dat ik je niet meer zie staan?'

Ik veegde mijn mond af. Deze plotselinge ommezwaai irriteerde me. Ik hoorde te veel valse noten. De Simon die me bestraffend toesprak stond me niet aan. Dat was niet míjn Simon, de jongen die de boel op stelten zette, mijn grote vriend en bondgenoot. Zijn nieuwe status had me van hem vervreemd. Was ik misschien jaloers op zijn succes, zijn gloednieuwe auto die hij graag urenlang met een zwerm kinderen eromheen op het plein liet staan, op zijn immer stralender teint en slinkende pens? Verweet ik het hem misschien dat hij in zaken was gegaan met mevrouw Casenave? Fout! Ik was zelf veranderd. Younes nam steeds meer de plaats in van Jonas. Ik was vervuld van wrok. Ik was kwaadaardig geworden. Uiterst kwaadaardig. Een onderdrukte, nimmer openlijk getoonde kwaadaardigheid, die als indigestie in me opborrelde. Ik kon niet meer tegen feesten, huwelijken, bals, mensen die gezellig op een terrasje zaten. Ik was er allergisch voor geworden. En ik haatte! Ik haatte mevrouw Casenave. Ik haatte haar uit de grond van mijn hart ... Haat is een gif. Haat vreet je van binnen op, maakt je gek, neemt je in bezit als een djinn. Hoe had het zo ver kunnen komen? Wat waren de redenen die me ertoe hadden gebracht zo'n haat te ontwikkelen jegens een vrouw die me niets meer kon schelen? Als je niet weet wat je met je ongeluk aan moet, zoek je een schuldige. En in mijn geval was mevrouw Casenave de aangewezen persoon. Had ze me niet verleid en aan de kant gezet? Was het niet vanwege dat *onbeduidende slippertje* dat ik Émilie had moeten opgeven?

Émilie!

Bij de gedachte alleen al ging ik door een hel ...

De ober bracht een mandje met witbrood, een salade met zwarte olijven en augurken. Simon dankte hem, drong erop aan dat hij ook zo snel mogelijk zijn lamsspiesen kreeg omdat hij een afspraak had, nam twee of drie knisperende happen, boog zich toen over zijn bord en zei zachtjes, alsof hij bang was dat iemand het zou horen. 'Je vraagt je waarschijnlijk af waarom ik zo opgewonden ben ... Kun je wat ik je ga vertellen voor je houden? Je weet hoe ze bij ons in het dorp zijn, de afgunst ...'

Zijn geestdrift gleed af van mijn onverschilligheid. Hij fronste zijn wenkbrauwen: 'Je verzwijgt iets voor me, Jonas. Iets ernstigs.'

'Het is alleen dat mijn oom ...'

'Weet je zeker dat je geen wrok tegen me koestert?'

'Waarom zou ik wrok tegen je koesteren?'

'Nou, ik probeer je fantastisch nieuws te vertellen en jij trekt een gezicht als een oorwurm ...'

'Kom op, vertel maar, misschien vrolijk ik ervan op.'

'Dat weet ik wel zeker ... Goed dan: mevrouw Casenave heeft me gevraagd of ik met haar dochter wil trouwen en ik heb ja gezegd … Maar pas op, het is nog niet officieel.'

Mijn reflectie in het raam incasseerde de klap, maar van binnen was ik nergens meer.

Simon kon zijn geluk niet op – hij, die Émilie nog wel voor 'slet' en 'mannenverslindster' had uitgemaakt! Ik hoorde niet meer wat hij zei, zag alleen nog zijn dansende ogen, zijn lachende mond die glom van de olijfolie, zijn handen die stukjes brood afscheurden, het servet verfrommelden, aarzelden tussen mes en vork, en zijn schouders die schokten van blijde opwinding … Hij verslond zijn lamsspiesen, goot zijn koffie naar binnen, rookte zijn sigaret en praatte maar door … Toen stond hij op en zei iets tegen me wat ik vanwege het fluitende geluid in mijn oren niet verstond … Vervolgens trok hij zijn jas aan, vertrok, zwaaide naar me door het raam, en weg was hij …

Ik bleef als verdoofd zitten, vastgeklonken aan mijn stoel. Ik kwam pas weer bij zinnen toen de ober kwam zeggen dat het restaurant ging sluiten.

Simons plannen bleven niet lang geheim. Binnen een paar weken was alles in kannen en kruiken. De mensen in Río Salado zwaaiden naar hem wanneer hij in zijn auto voorbijreed en riepen hem vrolijk 'Hé, bofkont' toe. De meisjes feliciteerden Émilie op straat. Boze tongen beweerden dat mevrouw Casenave haar dochter had verkwanseld; anderen begonnen al te watertanden bij het vooruitzicht aan de feestmalen die hen wachtten.

Het najaar ging er op zijn tenen vandoor en werd gevolgd door een buitengewoon strenge winter. Het voorjaar kondigde een warme zomer aan en bedekte de vlakten met een lichtgevend groen. De Casenaves en Benyamins besloten de verloving van hun kinderen in mei te vieren, en het huwelijk bij het begin van de wijnoogst.

Een paar dagen voor het verlovingsfeest stond ik op het punt het rolluik neer te laten toen Émilie me de apotheek in duwde. Ze was als een dief in de nacht het dorp binnengeslopen om praatjes te voorkomen. Ze had zich vermomd als boerin en droeg een hoofddoek, een eenvoudige grijze japon en lage schoenen.

Ze was zo radeloos dat ze me met 'jij' aansprak: 'Ik neem aan dat je het al weet. Mijn moeder heeft me gedwongen. Ik weet niet hoe ze het voor elkaar heeft gekregen dat ik ja heb gezegd, maar er is nog niets bezegeld ... Want álles hangt van jou af, Younes.'

Ze was bleek.

Ze was afgevallen, en haar ogen hadden hun magie verloren.

Ze pakte me bij mijn polsen, trok me tegen zich aan en stond van top tot teen te trillen.

'Zeg ja', hijgde ze ...'Zeg ja en ik maak álles ongedaan.'

De angst maakte haar lelijk. Het was net alsof ze heel lang ziek was geweest. Haar haar stak slordig onder haar hoofddoek uit. Haar jukbeenderen trilden krampachtig en haar verwilderde blik schoot heen en weer tussen mij en de straat. Waar kwam ze vandaan? Haar schoenen zagen wit van het stof, haar jurk rook naar wingerdblad en haar hals glom van het zweet. Ze was vast om het dorp heen gelopen en dwars door de akkers gestoken om geen nieuwsgierigheid te wekken.

'Zeg ja, Younes. Zeg dat je evenveel van mij houdt als ik van jou, dat ik voor jou even belangrijk ben als jij voor mij, neem me in je armen en druk me voor eeuwig tegen je aan ... Younes, jij bent het leven dat ik wil leiden, het risico dat ik wil nemen, en ik wil met jou mee, al is het naar het einde van de wereld ... Ik hou van je ... Niets of niemand is zo belangrijk voor mij als jij ... In 's hemelsnaam, zeg ja ...'

Ik zei niets. Wezenloos, verdoofd, verlamd. Gruwelijk stom.
'Waarom zeg je niets?'
'…'

'Maar zeg toch wat, verdomme! Zeg iets … Zeg ja, zeg nee, maar doe je mond open … Wat heb je? Ben je je tong verloren? Hou op met me te martelen en zeg iets, verdomme!'

Haar toon werd steeds luider. Ze kon er niet meer tegen. Haar ogen spuwden vuur.

'Wat moet ik begrijpen, Younes? Wat betekent die stilte van je? Dat ik een idioot ben? Je bent een monster, een monster …'

Haar vuisten stortten zich in machteloze woede op mijn borst.

'Je hebt niets menselijks, Younes. Je bent het ergste wat me ooit is overkomen.'

Ze sloeg me in mijn gezicht, hamerde op mijn schouders, schreeuwde om haar snikken te overstemmen. Ik was verlamd. Ik wist niet wat ik moest zeggen. Ik schaamde me voor wat ik haar aandeed, schaamde me dat ik er als een standbeeld bij stond.

'Ik vervloek je, Younes. En ik zal het je nooit vergeven, nooit …'

En ze rende de winkel uit.

De volgende dag kwam een jongetje een pakje brengen. Hij zei niet wie hem had gestuurd. Ik maakte het pakje open alsof ik een bom onschadelijk maakte. Ik had al een voorgevoel van wat het was. Het was het boek over de Franse eilanden in het Caraïbisch gebied. Ik sloeg het open en stuitte op de resten van een oeroude roos, de roos die ik een miljoen jaar geleden in datzelfde boek had gestopt terwijl Germaine Émilie haar prik gaf in het magazijn.

Op de avond van het verlovingsfeest was ik in Oran, bij familie van Germaine. Tegen Simon, die mij en Fabrice graag aan zijn zijde had gezien, wendde ik een begrafenis voor.

Het huwelijk vond volgens plan plaats aan het begin van de druivenoogst. Simon stond er ditmaal op dat ik niet weg zou gaan, wat er ook zou gebeuren. Hij droeg Fabrice op om me in het oog te houden. Ik was niet van plan om te *deserteren*. Ik wilde niet deserteren. Dat zou belachelijk zijn. Wat zou men daar niet van denken, de mensen uit het dorp, mijn vrienden, de afgunstigen? Hoe zou ik ertussenuit kunnen knijpen zonder argwaan te wekken? Mensen mochten geen argwaan krijgen. Simon kon er niets aan doen. Hij zou zich voor mij het vuur uit de sloffen hebben gelopen, net als hij bij het huwelijk van Fabrice had gedaan. Wat zouden ze niet van mij denken als ik de mooiste dag van zijn leven zou vergallen?

Ik kocht een pak en een paar nette schoenen.

Toen de bruiloftsstoet onder luid getoeter door het dorp reed, trok ik mijn pak aan en begaf me te voet naar het grote witte huis aan het pad van de maraboet. Een buurman had gevraagd of ik met hem mee wilde rijden; ik had bedankt. Ik voelde de behoefte om te lopen, om in het ritme van mijn passen een voor een mijn gedachten op een rijtje te zetten, in alle helderheid.

Het was bewolkt en een gure wind blies in mijn gezicht. Ik liep het dorp uit, kwam langs de joodse begraafplaats en hield stil op het pad van de maraboet om naar de lichtjes van het feest te kijken.

Het begon zachtjes te regenen, als om me wakker te schudden.

Je realiseert je pas dat iets niet meer ongedaan te maken

is nadat het is gebeurd. Geen nacht had me ooit zo onheil-spellend geleken, geen feest zo onrechtvaardig en wreed. De muziek in de verte klonk me als een vervloeking, als iets demonisch, in de oren. De mensen vierden feest en ik had er geen deel aan. Ik voelde me zo buitengesloten, zo'n verschrikkelijke mislukkeling … Waarom? Waarom moest het geluk zo dicht binnen handbereik liggen zonder dat ik het durfde grijpen? Wat had ik voor vreselijks gedaan dat ik moest toezien hoe de liefde me door de vingers gleed als heet bloed uit een wond? Wat is de liefde als je slechts de schade kunt opnemen die ze aanricht? Wat zijn haar mythen en legenden, haar wonderen en overwinningen, als zij die beminnen niet in staat zijn hun angsten te overwinnen, de hemelse toorn te trotseren, de vreugden van het paradijs op te geven voor één kus, één omhelzing, één kort moment in de armen van hun geliefde? De bittere teleurstelling verspreidde haar giftig sap door mijn aderen, deed mijn hart overkoken van machteloze woede … Ik was een nutteloze last die was achtergelaten langs de kant van de weg, en ik verfoeide mezelf.

Dronken van verdriet liep ik wankelend terug naar huis, moest me aan de muren vastklampen om niet te vallen. Ik kon de aanblik van mijn kamer niet verdragen. Ineengezakt tegen de deur, mijn ogen dicht, mijn hoofd achterover, hoorde ik mezelf in duizend stukjes uit elkaar vallen. Toen wankelde ik naar het raam, en het was geen kamer meer die ik doorkruiste, het was een woestijn.

Een bliksemlicht verlichtte de duisternis. Het regende zacht-jes. De ruiten waren in tranen. Ik was het niet gewend om de ramen te zien *huilen*. Het was een slecht teken, het slechtste van alle. Ik zei tegen mezelf: Pas op, Younes, je hebt medelij-den met jezelf! Maar wat dan nog? Was het niet precies wat ik zag: ramen die huilden? Ik wílde tranen op de ruiten zien, om mezelf huilen, mezelf geweld aandoen, tot op de bodem gaan van mijn verdriet.

Misschien is het beter zo, hield ik mezelf voor. Émilie was niet voor mij bestemd. Zo simpel was dat. Wat is voorbeschikt kun je niet veranderen … Flauwekul! Later, veel later, zou ik begrijpen dat *niets is voorbeschikt*. Anders zouden rechtszaken geen bestaansgrond hebben, zou de moraal een wassen neus zijn en zou geen schande ooit hoeven te blozen ten overstaan van de verdienste. Natuurlijk zijn er dingen die ons verstand te boven gaan, maar in de meeste gevallen zijn we de smid van ons eigen ongeluk. De fouten die we begaan, hebben we in eigen hand, en niemand kan zich erop laten voorstaan dat hij minder te beklagen is dan zijn buurman. Wat we het noodlot noemen is niets anders dan onze onwil om de gevolgen te aanvaarden van onze kleine en grote ondeugden.

Germaine vond me met mijn neus tegen het raam. En voor één keer respecteerde ze mijn verdriet. Ze sloop op haar tenen weg en deed zachtjes de deur achter zich dicht.

16

Ik dacht aan Algiers. Aan Bougie. Aan Timimoun. In een trein springen en Río Salado zo ver mogelijk achter me laten. Ik zag mezelf in Algiers. In Bougie. In Timimoun. Maar ik zag mezelf er nooit over de boulevards flaneren, op een rots naar de zee staren of me bezinnen in een grot aan de voet van een duin … Ik had een rekening met mezelf te vereffenen. Je ontkomt niet aan jezelf. Ik zou alle treinen, vliegtuigen en schepen ter wereld kunnen nemen, maar waar ik ook ging zou ik dat onwrikbare ding met me meeslepen, dat zijn gal in me afscheidde. Maar ik kon er niet meer tegen om verbitterd in een hoekje van mijn kamer te zitten. Ik moest weg. Het maakte niet uit waarheen. Heel ver weg. Of naar een naburig dorp. Het deed er niet toe, als het maar ergens anders was. Río Salado was voor mij onleefbaar geworden sinds Simon met Émilie was getrouwd.

Ik herinnerde me een gek met verwilderde haren, die op marktdagen in Jenane Jato de blijde boodschap kwam verkondigen. Het was een lange bonenstaak van een man, gehuld in een oude soutane die door een gordijnkoord om zijn middel bijeen werd gehouden. Hij ging op een steen staan en fulmineerde: 'Ongeluk is een doodlopende weg. Het leidt recht naar een muur. Als je het te boven wilt komen, loop dan achteruit. Dan lijkt het net of het zich verwijdert terwijl jij het trotseert.'

Ik was teruggegaan naar Oran. Naar de mooie wijk van mijn oom. Misschien was het wel een poging om weer kind te worden en mijn leven nog eens over te doen, maagdelijk van lichaam en geest, met nieuwe kansen en duizend keer voorzichtiger om die niet te verknoeien ... Het huis van mijn oom verzachtte mijn pijn niet. Groengeschilderd, het hek verstevigd, het muurtje ontdaan van bougainville en met de luiken dicht was het me vreemd geworden; ik hoorde er geen echo van mijn kindertijd.

Ik klopte aan bij het huis aan de overkant; Lucette deed niet open. 'Ze is verhuisd', zei een onbekende dame. 'Nee, ze heeft geen adres achtergelaten.'

Wat een pech!

Ik had door de stad gezworven. Het gebrul dat ik uit een voetbalstadion hoorde opklinken kon het geschreeuw in mijn hart niet overstemmen. In de Medina J'dida – het Arabische getto dat 'Village Nègre' werd genoemd, hoewel de Arabieren en Berbers er blanker waren dan de blanken zelf – had ik plaatsgenomen op een terrasje en eindeloos naar de menigte op het Tahtahaplein zitten kijken, in de zekerheid dat ik er uiteindelijk de geest van mijn vader in zijn groene overjas zou ontdekken ... Witte boernoesen en bedelaarslompen wisselden elkaar af. De wijk had iets van het oude Arabië van weleer, met zijn bazaars, zijn hamams, de piepkleine winkeltjes van goudsmeden, schoenlappers en broodmagere kleermakers. Medina J'dida had de moed niet laten zakken. Het had cholera, geloofsverzaking en zedelijke ontaarding overleefd en was tot in zijn vingertoppen mohammedaans en Arabo-Berbers. Verschanst achter zijn Moorse muren en moskeeën oversteeg het ellende en vernederingen en deed het zich waardig en onverschrokken voor, mooi ondanks de opborrelende woede, trots op zijn ambachtslieden, op zijn folkloristische groepen als S'hab el Baroud en op zijn 'Raqba's' – eerbiedwaardige macho's of eerbare schurken met een geweldig charisma, die kleine kinderen en ondeugdzame vrouwen betoverden en de kleine luiden in de wijk een veilig gevoel gaven. Hoe had ik het zo lang zonder dit deel van mezelf kunnen stellen? Ik had hier regelmatig naartoe moeten gaan om mezelf een hart onder de riem te steken, mezelf te stalen. Welke taal moest ik aannemen, nu ik de taal van Río Salado niet meer verstond? Ik realiseerde me dat ik mezelf van begin tot eind voor de gek had gehouden. Wie was ik in Río geweest? Jonas of Younes? Waarom lachte ik niet van harte wanneer mijn vrienden de grootste lol hadden? Waarom had ik steeds het gevoel dat ik me moest waarmaken ten opzichte van mijn vrienden, dat ik ergens schuldig aan was wanneer de blik van Jelloul de mijne ving? Werd ik alleen maar geduld, gedoogd, afgericht? Waarom kon ik niet ten volle mezélf zijn, echt deel uitmaken van de wereld waarin ik me bewoog, me ermee identificeren terwijl ik de míjnen de rug toekeerde? Een schim. Ik was een schim, besluiteloos en overgevoelig, die in alles een verwijt of een steek onder water zag, vaak onterecht, als een wees die meer oog heeft voor de fouten dan voor de toewijding van zijn pleegouders. Tegelijkertijd vroeg ik me af of deze poging van mij om me in de ogen van Medina J'dida te rehabiliteren, niet opnieuw een manier was om mezelf voor de gek te houden en me aan mijn verantwoordelijkheden te onttrekken door de schuld op anderen te schuiven. Wiens schuld was het dat Émilie me was ontglipt? Van Río Salado, van mevrouw Cazenave, van Jean-Christophe of Simon? Alles welbeschouwd geloof ik dat het mijn schuld was omdat ik niet voor mijn overtuiging had durven uitkomen. Ik kon nog zo veel excuses bedenken, geen een hield stand. In werkelijkheid zette ik, nu ik mijn gezicht had verloren, een masker op. Gelijk een verminkte verschool ik me achter mijn verband, dat tegelijk ook als een tralieraam fungeerde. Zo kon ik ongezien naar de anderen kijken en zelf buiten schot blijven. Ik begon langzaam te ontspannen. De menigte op het Tahtahaplein leidde me af. De dans van de waterdragers deed mijn hoofdpijn verdwijnen. Het waren sprookjesachtige figuren, die waterdragers, onvermoeibaar en sensationeel. Met hun rinkelende belletjes, hun leren waterzak schuin over de borst en hun wijde, veelkleurige hoed hoog op hun hoofd, draaiden ze rond in hun gewaden met tierelantijnen, terwijl ze hun water, gekleurd met jeneverhoutteer, in de koperen kommen schonken die voorbijgangers gretig leegdronken als ging het om een toverdrank. Ik betrapte mezelf erop dat ik slikte terwijl een dorstige dronk, glimlachte wanneer de waterdrager zijn dansje opvoerde en mijn wenkbrauwen fronste wanneer iemand zonder betalen wegliep en zijn goede humeur verpestte ...

'Weet u zeker dat het wel gaat?' deed de ober me opschrikken.

Ik was nergens zeker van ...

En waarom lieten ze me niet met rust?

De ober keek me verbijsterd aan toen ik met tegenzin opstond en vertrok. Pas in de Europese stad begreep ik waarom: ik was zonder te betalen weggegaan ...

In een bar die blauw stond van de rook van de peuken die in asbakken lagen te smeulen, keek ik naar mijn glas, dat me tartte op de toog. Ik wilde me bezatten – ik was het niet waard om de verleiding te weerstaan. Tien, twintig, dertig keer had mijn hand het glas al geheven zonder het naar mijn lippen te durven brengen. 'Heb je een sigaretje voor me?' vroeg een vrouw die naast me aan de bar zat. 'Sorry?' – 'Je hebt niet het recht om droevig te zijn als je zo'n mooi smoeltje hebt als jij.' De dranklucht die ze uitwasemde sloeg me in het gezicht. Ik was doodmoe, zag haar als door een waas. Ze was zo zwaar opgemaakt dat ze gezichtloos was geworden. Haar ogen verdwenen achter enorme valse wimpers. Ze had een grote, felrode mond en tanden die bruin zagen van de nicotine. 'Heb je problemen, liefje? Nou, niet lang meer, hoor. Dat ga ik regelen. Onze-Lieve-Heer heeft me naar je toe gestuurd.' Ze liet haar arm onder de mijne glijden en trok me met een ruk van mijn kruk. 'Kom … Je hebt hier niets te zoeken …'

Ze hield me zeven dagen en nachten gevangen. In een smerig hol op de bovenste verdieping van een karavanserai, waar het stonk naar hasjiesj en bier. Ik zou niet kunnen zeggen of ze blond of donker, jong of oud, dik of mager was. Ik herinner me alleen nog maar haar grote, rode mond en haar door tabak en goedkope alcohol verwoeste stem. Op een avond zei ze dat ik nu wel genoeg waar voor mijn geld had gehad. Ze duwde me naar de deur, kuste me op de mond – 'Cadeautje van het huis!' – en zei voordat ze me wegstuurde: 'Word jezelf weer meester, jongen. Er is maar één god op aarde, en dat ben je zelf. Als de wereld je niet bevalt, verzin dan een andere en laat je door niets van je wolk jagen. Het leven lacht diegene toe die het met gelijke munt betaalt.'

Vreemd hoe we soms bij zinnen komen op plekken die zich daar het minst toe lenen. Ik stond aan de rand van de afgrond, en het was een dronken prostituee die me wegtrok. Met een opmerking even terloops als de rook die ze uitblies, op de drempel van een smerige kamer, aan een gore, onverlichte gang, in een louche hotel dat weergalmde van woeste orgieën en reusachtige vechtpartijen … Nog voor ik beneden was, was ik ontnuchterd. In de avondbries kwam ik tot mezelf. Ik liep van de ene kant van de zeeboulevard naar de andere en keek naar de schepen in de haven, de kranen en kades in het licht van de schijnwerpers en, tegen de nachtelijk hemel, de trawlers die de golven doorkliefden, als glimwormen die de sterren imiteerden. Vervolgens ging ik naar een Moors bad om al het vuil van me af te spoelen en de slaap der rechtvaardigen te slapen. De volgende ochtend nam ik de bus naar Río, vast-besloten om met mijn blote handen mijn hart uit te rukken als ik ooit nog één seconde medelijden met mezelf zou hebben.

Ik hervatte mijn werk in de apotheek. Niet helemaal de oude, maar wel bedaard. Ik werd weleens ongeduldig wanneer ik het slordige gekrabbel van een arts niet kon ontcijferen of wanneer Germaine me weer dezelfde vraag stelde, voor de zoveelste keer opmerkte dat ik kringen onder mijn ogen had of stuurs keek; maar dan mopperde ik wat, vermande me en bood gauw mijn excuses aan. 's Avonds, na sluitingstijd, ging ik vaak een luchtje scheppen. Ik liep naar het plein om Bruno de jonge politieagent gewichtig op en neer te zien struinen terwijl hij het koord van zijn fluitje om zijn vinger wond. Ik hield van zijn bedaarde ijver, de manier waarop hij even zijn kepie schuin hield en de theatrale hoffelijkheid die hij aan de dag legde wanneer er een jong meisje overstak. Ik ging op een terrasje zitten, dronk citroenlimonade met ijs en wachtte op het vallen van de nacht. Soms maakte ik een wandeling door de boomgaarden. Ik was niet ongelukkig; ik miste mijn vrienden. Met de terugkeer van André was het weer gezellig druk in zijn tent, maar dat biljarten hing me de keel uit. José won de meeste partijtjes … Germaine zocht een vrouw voor me. Ze nodigde verscheidenen van haar ontelbare nichtjes uit om naar Río te komen, in de hoop dat een van hen indruk op me zou maken; ik had het niet eens door wanneer ze alweer weg waren.

Af en toe zag ik Simon. We zeiden elkaar gedag, zwaaiden naar elkaar en gingen soms even naar het café voor een drankje en een praatje. In het begin nam hij het me nog kwalijk dat ik zijn huwelijk had 'verzuimd' alsof het een doodsaaie les was, maar toen had hij het er niet meer over, waarschijnlijk omdat hij wel wat beters aan zijn hoofd had. Simon woonde bij Émilie, in het grote witte huis aan het pad van de maraboet. Mevrouw Cazenave had daar erg op aangedrongen. Bovendien stonden er geen huizen leeg in het dorp, en dat van de Benyamins was klein en niet erg aantrekkelijk.

Fabrice kreeg een tweede kind. Deze heuglijke gebeurtenis verenigde de vriendenclub – met uitzondering van Jean-Christophe, die sinds zijn schrijven aan Simon niets meer van zich had laten horen – in een mooie villa aan de kust van Oran. André maakte van de gelegenheid gebruik om zijn nicht en echtgenote aan ons voor te stellen, een stevig gebouwde, boomlange Andalusische uit Granada, met een mooi, breed gezicht dat gesierd werd door twee schitterende groene ogen. Het was een leuke vrouw, maar streng waar het erom ging haar echtgenoot goede manieren bij te brengen. Het was die avond dat ik opmerkte dat Émilie in verwachting was.

Een paar maanden later vertrok mevrouw Casenave naar Guyana, waar het lijk van haar man – directeur van de strafkolonie van Saint-Laurent-du-Maroni, verdwenen tijdens de achtervolging van gevangenen in het oerwoud van de Amazone – was teruggevonden door smokkelaars en geïdentificeerd aan de hand van zijn spullen. Ze kwam nooit meer terug naar Río. Zelfs niet voor de geboorte van haar kleinzoon Michel.

In de zomer van 1953 maakte ik kennis met Jamila, de dochter van een islamitische advocaat die mijn oom nog kende van de universiteit. We waren elkaar bij toeval tegengekomen in een restaurant in Nemours. Jamila was niet zo mooi, maar ze deed me denken aan Lucette; ik hield van haar rustige blik en haar slanke, witte handen die de dingen – servet, lepel, zakdoek, tas, vrucht – vasthielden alsof het kostbare relieken waren. Ze had intelligente, donkere ogen, een klein rond mondje en een ernstige manier van doen die blijk gaf van een strenge, maar moderne opvoeding, open naar de wereld met al zijn uitdagingen. Ze studeerde rechten en wilde net als haar vader advocate worden. Zij schreef mij het eerst – op de achterkant van een ansichtkaart van de oase van Bou Saada, waar haar vader praktiseerde. Ik schreef haar pas maanden later terug. We zouden jarenlang briefjes en wenskaarten met elkaar wisselen, zonder dat een van ons ooit het kader van beleefdheidsfrasen te buiten ging en ter sprake bracht wat al te grote schroom of overdreven voorzichtigheid ons gebood te verzwijgen.

Op de eerste ochtend van het voorjaar van 1954 vroeg mijn oom me om de auto uit de garage te halen. Hij droeg zijn groene pak, dat hij niet meer had aangetrokken sinds het diner dat hij dertien jaar geleden ter ere van Messali Hadj in Oran had gehouden, zijn witte overhemd met vlinderdasje, zijn gouden zakhorloge, bevestigd aan zijn vest, zijn zwarte puntschoenen en een fez die hij onlangs had aangeschaft in een oude Turkse winkel in Tlemcen.

'Ik wil het graf van de patriarch bezoeken', zei hij.

Omdat ik niet wist waar zijn vader begraven lag, moest mijn oom me de weg wijzen, door gehuchten en over onverharde wegen. We reden de hele dag zonder ergens te pauzeren of iets te eten. Germaine, die niet tegen de stank van benzine kon, zag groen van misselijkheid, en de eindeloze bochten heuvel op en heuvel af deden haar bijna de das om. Laat in de middag bereikten we de top van een rotsachtige berg. Beneden bood de vlakte, bedekt met olijfboomgaarden, dapper weerstand aan de droogte. Hier en daar scheurde de aarde ten gevolge van erosie en veranderde het struikgewas in woestijn. Enkele stuwmeren probeerden nog de schijn op te houden, maar het was duidelijk dat de droogte hen tot de bodem zou ledigen. Kuddes schapen graasden aan de voet van de heuvels, even ver uit elkaar als de stoffige dorpen die in de zon lagen te bakken. Mijn oom hield zijn hand boven zijn ogen en keek in de verte. Kennelijk zag hij niet wat hij zocht. Hij beklom een steil paadje tot aan een groepje bomen rond een afbrokkelende ruïne. Het waren de resten van een maraboet of een mausoleum uit een vorige eeuw, aangetast door hete zomers en strenge winters. In de beschutting van een half ingestort muurtje telde een verkleurde tombe zijn barsten. Het was de graftombe van de patriarch. Mijn oom was diepbedroefd het graf in zo'n erbarmelijke staat aan te treffen. Hij raapte een balk op, zette hem tegen een lemen muur, keek er oneindig treurig naar, opende toen eerbiedig een vermolmde houten deur en ging naar binnen. Germaine en ik bleven buiten wachten te midden van het struikgewas. Zwijgend. Mijn oom bleef lang weg. Germaine ging op een rotssteen zitten, met haar hoofd in beide handen. Ze had de hele dag nog geen woord gezegd. Wanneer Germaine zo zweeg, deed ze me het ergste vrezen.

Mijn oom kwam naar buiten op het moment dat de zon onderging. De tombe wierp een langgerekte schaduw en een fris briesje ritselde door het struikgewas.

'Laten we naar huis gaan', zei mijn oom, en hij liep terug naar de auto.

Ik verwachtte dat hij zou gaan vertellen, over de patriarch, de familie, Lalla Fatna, over wat hem er plotseling toe had gebracht naar die door winden gegeselde berg te gaan, maar niets daarvan. Hij nam naast me plaats en bleef de hele weg recht voor zich uit kijken. Germaine was op de achterbank in slaap gevallen. Mijn oom gaf geen kik. Hij was ergens anders, in gedachten verdiept. We hadden sinds die ochtend niets meer gegeten; hij realiseerde het zich niet eens. Zijn gezicht zag bleek, zijn wangen waren ingevallen en zijn blik deed me denken aan de man achter wie hij zich vroeger verschanste wanneer hij van het ene op het andere moment in de parallelle wereld tuimelde die jarenlang zijn gevangenis en zijn toevlucht was.

'Ik maak me zorgen om hem', bekende Germaine me een paar weken later.

Mijn oom wekte niet de indruk dat hij was teruggevallen. Hij las en schreef, zat met ons aan tafel en maakte elke ochtend een ommetje door de boomgaarden, maar hij sprak niet meer tegen ons. Hij knikte, glimlachte soms als Germaine hem een kopje thee kwam brengen of zijn jasje gladstreek, maar hij zei geen woord. Hij zat soms ook urenlang in de schommelstoel op het balkon naar de heuvels te kijken; wanneer de avond viel ging hij naar zijn slaapkamer, trok zijn kamerjas en pantoffels aan en sloot zich op in zijn werkkamer.

Op een avond ging hij op bed liggen en vroeg me te spreken. Hij zag erg bleek, en zijn hand was koud, bijna bevroren toen hij mijn pols vastpakte.

'Ik had nog zo graag je kinderen willen meemaken, mijn jongen. Dat zou me zo gelukkig hebben gemaakt. Ik heb nooit een klein kind op schoot gehad.'

Tranen glansden in zijn ogen.

'Neem een vrouw, Younes. Alleen de liefde is in staat om ons te wreken voor de lage streken van het leven. En vergeet niet: als een vrouw van je houdt, is geen ster meer buiten je bereik, kan geen godheid aan je tippen.'

Ik voelde de kou die hem aan het bevangen was op mij overgaan en zich vanaf mijn pols rillend een weg banen door heel mijn wezen. Mijn oom sprak heel lang; met elk van zijn woorden verwijderde hij zich nog verder van onze wereld. Hij was afscheid aan het nemen. Germaine zat ineengedoken aan het voeteneinde van het bed te huilen. Haar snikken overstemden de woorden van mijn oom. Het was een vreemde nacht, intens en onwezenlijk tegelijk. Buiten jankte een jakhals zoals ik geen dier ooit had horen janken. De vingers van mijn oom lieten een paarse afdruk op mijn pols achter, sloten als een knevel mijn bloedstroom af; ik had een lamme arm. Pas toen ik Germaine een kruisteken zag maken en de ogen van haar echtgenoot zag sluiten, begreep ik dat een dierbaar wezen het recht had om te doven als de zon bij het vallen van de nacht, als een kaars in de wind, en dat de pijn van zijn heengaan noodzakelijk deel uitmaakt van het leven.

Mijn oom zou zijn land niet de wapenen zien opnemen. Het lot achtte hem dat onwaardig. Hoe anders te verklaren dat hij vijf maanden voor de zo lang verwachte en zo vaak uitgestelde vuurzee van de Bevrijding overleed? De dag van Allerheiligen 1954 kwam als een donderslag bij heldere hemel. De cafébaas ging tekeer boven zijn krant, die opengeslagen op de toog lag. De onafhankelijkheidsoorlog was begonnen, maar afgezien van een korte aanval van woede, snel vergeten voor een grappig voorval op straat, zouden een stuk of wat in brand gestoken boerderijen in de Mitidja de gewone man echt niet verhinderen 's nachts te slapen als een roos. Toch waren er doden gevallen in Mostaganem, gendarmes die waren overvallen door gewapende mannen. Nou én? was de reactie. In het verkeer vallen net zoveel doden. En in de onderwereld ook … Wat men niet wist was dat het dit keer menens was en dat er geen weg terug was. Een handjevol revolutionairen had besloten tot actie over te gaan, een volk door elkaar te schudden dat totaal versuft was van meer dan honderd jaar kolonisatie en dat zwaar te lijden had gehad onder de verschillende opstanden waartoe geïsoleerde stammen in de loop van de generaties de aanzet hadden gegeven, opstanden die het koloniale leger, mythisch en almachtig, onveranderlijk had neergeslagen met enkele veldslagen, een stuk of wat strafexpedities of een uitputtingsoorlog van een jaar of wat. Zelfs de beruchte os (of

Geheime Organisatie), die aan het eind van de jaren veertig enige faam had verworven, had maar een handvol moslim-militanten met een hang naar gewelddadige confrontaties geteld. Zou wat er die nacht zo'n beetje overal in het noorden van Algerije gebeurde, in die eerste minuut van 1 november, slechts een strovuurtje zijn, een vluchtig vonkje dat opspatte van de eindeloze wrok van een verscheurde autochtone bevolking, die niet in staat was zich achter een gemeenschappelijk plan te scharen? Dit keer niet. De 'daden van vandalisme' volgden elkaar op, eerst nog onregelmatig, vervolgens op steeds grotere schaal, soms zelfs met verbijsterende roekeloosheid. De kranten hadden het over 'terroristen', 'rebellen', 'bandieten'. Er vonden schermutselingen plaats, vooral in de bergen, waarbij het gebeurde dat de gedode militairen van heel hun hebben en houden werden beroofd. In Algiers werd in een handomdraai een politiebureau verwoest; op elke hoek van de straat werden politieagenten en ambtenaren doodgeschoten; verraders werd de keel afgesneden. In Kabylië werden verdachte groeperingen gesignaleerd, ja zelfs splintergroepjes in gevechtskleding en uitgerust met primitieve geweren, die hinderlagen legden voor gendarmes om vervolgens spoorloos te verdwijnen. In het Aurèsgebergte was sprake van kolonels en hele eskadrons, van een leger van ongrijpbare guerrillastrijders en no-go-area's. Niet ver van Río, in de Fellaoucène, waren er in de gehuchten geen mannen meer te bekennen; ze gingen 's nachts de bergen in om er verzetseenheden te vormen. Dichterbij, niet meer dan een paar kilometer in vogelvlucht, vonden midden in Aïn Té-mouchent aanslagen plaats. Drie letters overdekten de graffiti op de muren: FLN, Front de Libération Nationale, het Nationale Bevrijdingsfront. Een heus verzetsfront met zijn bevelen, instructies, oproepen tot een algehele opstand. Zijn avondklok. Zijn verboden. Zijn rechtbanken. Zijn administratieve afdelingen. Zijn onontwarbare, labyrintische en uiterst efficiënte netwerken. Zijn leger. Zijn clandestiene radio die dag in dag uit tot opstand aanzette achter de gesloten luiken van de huizen ... In Río Salado bevonden we ons op een andere planeet. De echo's van elders drongen slechts flauwtjes tot ons door. De Arabieren die zich afbeulden in de boomgaarden, hadden weliswaar een vreemde glinstering in hun ogen, maar verder was alles nog hetzelfde. Ze waren voor dag en dauw aan het werk om pas weer op te kijken bij het vallen van de nacht. In de cafés werd nog steeds heel wat afgekeuveld onder het genot van een glaasje anisette. Zelfs Bruno de politieagent vond het niet nodig de veiligheidspal van zijn pistool eraf te halen; hij zei dat het niets was, dat het om een voorbijgaand verschijnsel ging en dat de orde snel zou weerkeren. We hadden een paar maanden moeten wachten voordat de eerste vonken van de 'opstand' onze rust kwamen verstoren. Onbekenden staken een afgelegen boerderij in brand; vervolgens zetten ze tot drie keer de wijngaarden in de fik en lieten ze een wijnkelder de lucht in vliegen. Dat was te veel. Jaime J. Sosa zette een militie op en legde een veiligheidskordon rond zijn wijngaarden. De politie probeerde hem gerust te stellen door uit te leggen dat ze de nodige maatregelen had genomen, maar tevergeefs. Overdag zagen we hoe boeren de omgeving uitkamden, hun jachtgeweer ostentatief in de aanslag; 's nachts werd er wacht gelopen volgens de regels van de krijgskunst, met wachtwoorden en waarschuwingsschoten en al.

Afgezien van een stuk of wat everzwijnen die werden neergeschoten door wat zenuwachtige militieleden, werd er geen verdachte aangehouden.

Na een tijdje liet men de waakzaamheid wat verslappen en waagden de mensen zich 's avonds weer buiten zonder voor hun leven te hoeven vrezen.

De daaropvolgende wijnoogst werd naar behoren gevierd. Voor het feest liet men in één keer drie grote orkesten komen, en Río danste tot het niet meer kon. Pépé Rucillio stapte die zomer in het huwelijksbootje met een zangeres uit Nemours, die veertig jaar jonger was dan hij. Zijn erfgenamen hadden eerst nog wel geprotesteerd, maar omdat de miljoenen van de patriarch toch niet te tellen waren, aten ze tot ze niet meer konden en droomden van andere feestmalen. Het was tijdens die bruiloft dat ik Émilie tegen het lijf liep. Ze stapte uit de auto van haar man, haar kind tegen haar borst. Ik kwam uit de feesttent met Germaine aan mijn arm. Ze verschoot heel even van kleur, Émilie. Toen draaide ze zich onmiddellijk om naar Simon, die flauwtjes naar me glimlachte en zijn vrouw de feesttent in duwde. Ik vergat van pure schrik dat mijn auto daar stond, naast die van mijn vriend, en was te voet naar huis gegaan.

En toen volgde het drama.

Niemand die erop verdacht was. De oorlog ging zijn tweede jaar in en afgezien van de hierboven vermelde brandstichtingen hadden zich in Río geen verdere incidenten voorgedaan. De mensen leefden en werkten alsof er niets aan de hand was, tot die ochtend in februari 1956. Er viel een doodse stilte over het dorp. De mensen waren als versteend; ze keken elkaar aan zonder elkaar echt te zien, het ging ze letterlijk boven de pet. Zodra ik de menigte bij de tent van André zag staan, begreep ik wat er was gebeurd.

Het lijk lag in de deuropening van de bar, met de benen naar buiten. Aan een van de voeten ontbrak een schoen; die had hij waarschijnlijk verloren terwijl hij zich tegen zijn overvaller verweerde of juist probeerde weg te vluchten. Van de bovenkant van de hiel tot aan de kuit liep een bloedige schram ... Het was José! Voordat hij was bezweken, had hij nog een meter of twintig gekropen. Het stof bewaarde het spoor van zijn wanhopige vlucht. Zijn linkerhand, met gehavende nagels, klampte zich vast aan de rand van de deur. Hij was door messteken om het leven gebracht, sommige zichtbaar op het ontblote deel van zijn rug, want zijn hemd was van boven tot onder gescheurd. De plas bloed waarin hij lag, dik en klonterig, verbreidde zich over de drempel van de bar. Ik moest over het lijk heen stappen om naar binnen te gaan. In het daglicht was een stukje van Josés gezicht te zien; het leek wel of hij naar de grond luisterde, zoals we vroeger ons oor tegen het spoor drukten om te horen of er een trein aankwam. Zijn glazige blik deed denken aan die van een opiumroker; hij keek de wereld in zonder die te zien.

'Hij zei altijd dat hij de gezegende drol was waarin Onze-Lieve-Heer had getrapt', verzuchtte André, in elkaar gedoken aan de voet van de bar, met zijn kin op zijn knieën en zijn armen om zijn benen.

Hij was amper te zien in het halfduister.

Hij huilde.

'Ik wilde dat hij het ervan nam, net als elke neef van Dédé Jiménez Sosa, maar bij elk feestmaal dat ik hem aanbood nam hij genoegen met wat kruimeltjes. Hij was bang dat ik dacht dat hij een uitvreter was.'

Simon was er ook, volledig ontdaan. Hij had zijn ellebogen op de bar en zijn hoofd in zijn handen. Bruno de politieagent zat op een stoel achter in de zaal; hij was in shock. Twee mannen stonden verslagen tegen het biljart aan.

'Waarom hij?' jammerde André. 'Het was José, verdomme! Hij zou zijn laatste cent hebben weggegeven als iemand hem daarom had gevraagd.'

'Het is niet eerlijk', zei iemand achter me.

De burgemeester kwam aanrennen. Toen hij José herkende,

sloeg hij zijn hand voor zijn mond om een kreet te bedwingen. Buiten kwamen auto's aanrijden. Ik hoorde portieren
dichtslaan. 'Wat is er gebeurd?' vroeg iemand. Niemand gaf
antwoord. In enkele minuten was heel het dorp uitgelopen.
Iemand legde een laken over het lijk van José. Buiten begon
een vrouw te gillen. Het was de moeder. Familieleden hielden
haar weg bij het lijk van haar zoon. Er ging een zucht door
de menigte toen André naar buiten kwam. Hij zag wit van
woede; zijn ogen gloeiden van haat.

'Waar is Jelloul?' bulderde hij, en heel zijn lichaam trilde
van woede. 'Waar is die imbeciel van een Jelloul?'

Jelloul baande zich een weg door de menigte om zich bij
zijn baas te melden. Hij was ontdaan, wist niet wat hij met
zijn handen moest doen.

'Waar was jij toen José werd vermoord?'

Jelloul staarde naar de punten van zijn sloffen. André gebruikte zijn karwats om zijn hoofd op te lichten.

'Waar zat je, klootzak? Ik had toch gezegd dat je hier onder
geen beding weg mocht?'

'Mijn vader was ziek.'

'Ja, wanneer niet? Waarom heb je niet tegen me gezegd dat
je naar huis ging? Dan zou José je niet zijn komen vervangen
en zou hij nu nog leven … En waarom gebeurt dit nu net
tijdens die ene nacht dat jij er niet bent?'

Jelloul keek naar de grond, en André moest opnieuw zijn
karwats gebruiken om zijn hoofd op te lichten.

'Kijk me aan als ik tegen je praat … Wie is die lafaard die
José heeft vermoord? Je kent hem, hè? Je hebt het met hem
afgesproken. Daarom ben je naar huis gegaan. Zodat die
handlanger van jou vrij spel had, en jij een alibi, hondsvot dat
je bent … Kijk me aan, zeg ik je. Misschien heb jij het wel
gedaan. Je haat ons al zo lang. Vergis ik me, smerige rotzak die

je bent?' Hij wees naar de ingang van de bar en schreeuwde: 'Waarom kijk je naar de grond? José ligt daar. Ik weet zeker dat jij het hebt gedaan. José zou zich nooit door een onbekende hebben laten overvallen. Alleen een jongen die hij vertrouwde kon bij hem in de buurt komen. Laat je handen eens zien.'

André keek of er bloed op zijn handen en zijn kleren zat, fouilleerde hem, vond niets en begon er toen met zijn karwats op los te slaan.

'Denk je soms dat je slim bent? Je vermoordt José, gaat gauw naar huis om je om te kleden en je komt weer terug? Wedden dat het zo is gegaan. Ik ken jou.'

Tot razernij gedreven door zijn eigen woorden en verblind door verdriet smeet hij Jelloul op de grond en begon hem af te tuigen. Niemand van de omstanders stak een vinger uit. Het verdriet van André was te groot, zo leek het, om ertegen in te gaan. Ik ging naar huis, verscheurd tussen woede en verontwaardiging, beschaamd en vernederd, diep verslagen door zowel de dood van José als de mishandeling van Jelloul. Zo ging het nu altijd, zei ik tegen mezelf, als mensen niet weten wat ze met hun verdriet aan moeten, zoeken ze een schuldige, en er was die ochtend geen betere zondebok op de plek van het drama dan Jelloul.

Jelloul werd gearresteerd, geboeid en naar het politiebureau gebracht. Het gerucht deed de ronde dat hij had bekend, dat de moord niets te maken had met de woelingen in het land. Maar dat deed er niet toe. De dood had toegeslagen, en niemand kon er een eed op doen dat het niet nog een keer zou gebeuren. De boeren versterkten hun militie, en van tijd tot tijd, tussen het gejank van de jakhalzen door, klonken er schoten in de nacht. De volgende dag had men het over een inbraak die voorkomen was, indringers die als wild waren opgejaagd, een geval van brandstichting waarvoor men een stokje had gestoken. Toen ik me op een ochtend naar Lourmel begaf, zag ik gewapende boeren langs de kant van de weg. Aan hun voeten lag het bebloede lichaam van een haveloos geklede jonge moslim, tentoongesteld als een jachttrofee, een rottig oud geweer als bewijsstuk naast hem.

Een paar weken later kwam er een ziekelijk jongetje naar de apotheek. Hij vroeg me met hem mee naar buiten te gaan. Aan de overkant van de straat stond een radeloze vrouw, omringd door een ontredderde kinderschaar.

'Dat is de moeder van Jelloul', zei het jongetje.

Ze rende naar me toe en wierp zich aan mijn voeten. Ik begreep niet wat ze me probeerde te vertellen. Haar woorden gingen verloren in gejammer en haar radeloze gebaren sloegen me volledig uit het veld. Ik nam haar mee naar binnen om haar tot bedaren te brengen en te proberen wijs te worden uit haar gebrabbel. Ze sprak heel snel, haalde alles door elkaar, raakte om de paar woorden buiten zinnen. Haar wangen zaten onder de schrammen, wat betekende dat ze met haar nagels haar gezicht had opengekrabd, ten teken van immens verdriet. Uiteindelijk stemde ze er uitgeput in toe om het water op te drinken dat ik voor haar had gehaald, en ze liet zich op het bankje vallen. Ze vertelde me alles wat haar familie was overkomen, de ziekte van haar man, bij wie twee armen waren afgezet, haar talrijke smeekbeden in alle maraboets in de omgeving, wierp zich toen opnieuw voor mijn voeten en smeekte me om Jelloul te redden. 'Hij heeft het niet gedaan. Dat zal iedereen u kunnen vertellen. Die nacht dat de christen werd gedood, was Jelloul bij ons in het dorp. Ik zweer het. Ik ben naar de burgemeester, de politie, de kadi's gegaan, maar niemand wil naar me luisteren. Jij bent onze laatste hoop. Jij kunt het goed vinden met meneer André. Hij zal naar je luisteren. Jelloul is geen moordenaar. Zijn vader had die avond een aanval, en toen heb ik mijn neefje gestuurd om Jelloul te halen. Het is niet eerlijk. Straks onthoofden ze hem voor iets wat hij niet heeft gedaan.' Het jongetje was dat neefje. Hij verzekerde me dat het echt waar was, dat Jelloul nooit een mes bij zich droeg en dat hij José heel graag mocht.

Ik zag niet goed wat ik voor hen kon doen, maar ik beloofde dat ik hun boodschap aan André zou doorgeven. Toen ze weg waren, voelde ik me niet lekker en besloot het er verder maar bij te laten. Ik wist dat het vonnis van de rechtbank onherroepelijk was en dat André niet naar me zou luisteren. Sinds de dood van José liep hij continu te foeteren en tuigde hij de Arabieren op zijn akkers om het minste of geringste af. Die nacht sliep ik heel slecht. De vreselijkste nachtmerries dwongen me verscheidene keren om mijn bedlampje aan te doen. De ellende van die half waanzinnige vrouw en haar kroost vervulde me van een diep onbehagen. Mijn hoofd weergalmde nog van haar geweeklaag en onbegrijpelijke kreten. De volgende dag kon ik het niet opbrengen om te gaan werken. Ik woog het voor en het tegen, met een lichte voorkeur voor afzijdigheid. Ik zag mezelf Jellouls zaak niet bepleiten bij een André die onherkenbaar was van meedogenloze wraakzucht. Hij was in staat om me uitsluitend nog als een moslim te zien die het opnam voor een moordenaar uit zijn gemeenschap. Had hij me niet weggeduwd toen ik hem had willen troosten bij de begrafenis van José? Had hij niet gegromd dat álle Arabieren ondankbare honden en lafaards waren? Waarom zou hij dit hebben gezegd op een christelijke begraafplaats waar ik de enige moslim was, als hij me niet diep had willen kwetsen?

Twee dagen later parkeerde ik, tot mijn eigen verbazing, mijn auto op het erf van de boerderij van Jaime Jiménez Sosa. André was niet thuis. Ik vroeg zijn vader te spreken. Een bediende verzocht me in mijn auto te wachten terwijl hij ging kijken of de meester me wel wilde ontvangen. Hij kwam een paar minuten later terug en begeleidde me naar de heuvel die uitkeek over de vlakte. Jaime Jiménez Sosa was net teruggekomen van een rijtocht. Hij overhandigde de teugels van zijn rijdier aan een van de stalknechten. Verwonderd over mijn bezoek keek hij me even strak aan, en nadat hij het paard een pets op zijn kont had gegeven, kwam hij op me aflopen.

'Wat kan ik voor je doen, Jonas?' riep hij al van verre. 'Je drinkt geen wijn en het is nog geen tijd om te plukken.'

Een bediende kwam aanrennen om hem van zijn tropenhelm en karwats te ontdoen; Jaime wuifde hem met een misprijzend gebaar weg.

Hij liep me zonder me een hand te geven voorbij.

Ik liep achter hem aan.

'Wat is het probleem, Jonas?'

'Het is nogal ingewikkeld.'

'Gooi het er dan maar meteen uit.'

'U maakt het me zo niet erg gemakkelijk.'

Hij hield zijn pas in, bracht een hand naar zijn helm en keek me aan.

'Ik luister ...'

'Het gaat over Jelloul.'

Er ging een schok door hem heen. Zijn kaken verkrampten. Hij zette zijn helm af en depte zijn voorhoofd met een zakdoek.

'Je stelt me teleur, jongeman. Jij bent niet uit hetzelfde hout gesneden als zij, en waar jij zit, zit je goed.'

'Er moet een misverstand in het spel zijn.'

'O ja? Wat voor misverstand?'

'Jelloul is misschien wel onschuldig.'

'Je meent het! Ik heb al zo lang als ik leef Arabieren in dienst en ik weet hoe ze zijn. Het zijn allemaal slangen ... En deze adder heeft bekend. Hij is veroordeeld. En ik zal er persoonlijk op toezien dat zijn hoofd in de mand valt.'

Hij deed een stap naar me toe, pakte me bij de elleboog en voerde me mee.

'Het is een heel ernstige zaak, Jonas. Er is een oorlog aan de gang. Het land wankelt, en het is nu niet het moment om de kool en de geit te sparen. We moeten hard en streng straffen. We mogen geen enkele laksheid tonen. We moeten die moorddadige gekken aan het verstand brengen dat we niet zullen wijken. Elke klootzak die in onze handen valt, moet boeten voor de rest ...'

'Zijn moeder heeft me opgezocht ...'

'Jonas, arme Jonas,' viel hij me in de rede, 'je weet niet waar je het over hebt. Je bent een goed opgevoede, rechtschapen en intelligente jongeman. Je moet je niet bemoeien met dingen die je niet aangaan.'

Hij was geïrriteerd omdat ik had aangedrongen. En verontwaardigd dat hij zich moest verlagen tot het niveau van een manusje-van-alles, die geen recht had op een leven omdat hij ruimschoots genoeg had aan een bestaan, hoe miserabel ook. Hij liet me los, trok een weifelend gezicht, stopte de zakdoek terug in zijn zak en gaf me met een hoofdbeweging te kennen dat ik hem moest volgen.

'Kom mee, Jonas.'

Hij liep voor me uit en rukte in het voorbijgaan een glas sinaasappelsap uit de hand van een bediende die uit het niets was opgedoken. Jaime Jiménez Sosa was een kleine, gedrongen man, maar hij leek nu wel een paar centimeter gegroeid. Een enorme zweetvlek dampte op zijn hemd, dat een briesje aan de zijkanten deed opbollen. In zijn paardrijbroek en met de tropenhelm in zijn nek schreed hij voort alsof de wereld van hem was.

Toen we de top van de heuvel hadden bereikt, hield hij wijdbeens stil, en zijn arm beschreef een wijde boog, met het glas als een scepter in zijn hand. De vlakte ontrolde zijn wijngaarden zover het oog reikte. In de verte, grijs van neveligheid, deden de bergen denken aan sluimerende prehistorische monsters. Jaime liet zijn blik over het landschap gaan. Hij knikte telkens als iets zijn goedkeuring kon wegdragen.

Een god die zijn schepping in ogenschouw nam had niet geestdriftiger kunnen kijken.

'Zie nu toch, Jonas … Is dit geen schitterend gezicht?'

Het glas trilde in zijn hand.

Met een flauwe glimlach om zijn lippen draaide hij zich langzaam naar me om.

'Het is het mooiste schouwspel ter wereld.'

Toen ik geen antwoord gaf, bewoog hij zachtjes zijn hoofd heen en weer en staarde toen weer naar de wijngaarden die zich uitstrekten tot aan de horizon.

'Vaak,' zei hij, 'wanneer ik hier dit alles kom bewonderen, denk ik aan de mensen die hier heel lang geleden ook hebben gestaan, en dan vraag ik me af wat zij zagen. Ik probeer me voor te stellen hoe dit gebied er door de eeuwen heen moet hebben uitgezien, en verplaats me dan in de Berberse nomade, de Romeinse centurio, de verwoestende Vandaal, de Arabische veroveraar – kortom, in al die lieden die het lot hier langsvoerde en die stilhielden op de top van deze heuvel, precies op de plek waar ik nu sta …'

Zijn ogen boorden zich in de mijne.

'Wat zouden ze hier hebben gezien, al die eeuwen geleden? Dat zal ik je vertellen: ze zagen niets. Want er was niets te zien, behalve een woeste vlakte, geteisterd door reptielen en ratten, een stuk of wat heuvels overdekt met wild struikgewas, misschien een meertje dat er nu niet meer is, of een vaag pad dat zich een weg baande tussen alle gevaren ...'

Hij zwaaide woest met zijn arm, en druppeltjes sinaasappelsap glinsterden in de lucht. Hij kwam naast me staan en begon te vertellen: 'Toen mijn overgrootvader zijn keus op deze woestenij liet vallen, wist hij zeker dat hij tot aan zijn dood zou moeten zwoegen zonder er enig profijt van te trekken ... Ik heb er thuis foto's van. Er was hier wijd en zijd geen stulpje, geen boom, geen dierenkarkas te bekennen. Toch is mijn overgrootvader niet verder getrokken. Hij stroopte zijn mouwen op, knutselde eigenhandig het gereedschap in elkaar dat hij nodig had en begon te wieden, te ontginnen en de aarde om te ploegen tot zijn handen zo zeer deden dat hij niet eens meer een snee brood kon snijden ... Het was ploeteren en zwoegen van 's ochtends vroeg tot 's avonds laat, en het was een hel in elk seizoen. Maar de mijnen gaven niet op, niet één keer, geen moment. Sommigen crepeerden aan hun bovenmenselijke inspanningen, anderen bezweken aan vreselijke ziektes, maar niemand heeft ooit een seconde getwijfeld aan wat hij bezig was tot stand te brengen. En dankzij míjn familie, Jonas, dankzij haar offers en haar vertrouwen heeft dit woeste gebied zich laten temmen. Van generatie tot generatie zijn er akkers en boomgaarden voor in de plaats gekomen. Alle bomen die je hier ziet vormen een hoofdstuk uit de geschiedenis van míjn ouders. In elke sinaasappel die je perst zit een beetje van hun zweet, en het sap van elke vrucht smaakt nog naar hun geestdrift.'

Met een theatraal gebaar wees hij me zijn boerderij: 'Dat grote gebouw daar, dat mijn fort is, dat enorme witte huis waar ik ter wereld ben gekomen, dat heeft mijn vader eigenhandig opgetrokken, als een monument ter ere van de zijnen ... Dit land heeft alles aan ons te danken ... We hebben wegen aangelegd, spoorlijnen tot aan de poorten van de Sahara, bruggen geslagen over talloze rivieren, de mooiste steden gebouwd en dromen van dorpen uit het kreupelhout laten verrijzen … We hebben van een eeuwenoude wildernis een schitterend, welvarend en eerzuchtig land gemaakt, en van een armzalige steenwoestijn een fabelachtige tuin van Eden … En nu willen jullie ons wijsmaken dat we ons voor niets uit de naad hebben gewerkt?'

Hij brulde zo luid dat er klodders spuug in mijn gezicht spatten.

Zijn ogen betrokken terwijl hij als een schoolmeester zijn wijsvinger voor mijn neus heen en weer bewoog: 'Dat dacht ik toch niet, Jonas. We hebben onze armen en ons hart niet voor niets versleten … Deze aarde herkent de haren, en wíj hebben haar gediend zoals je je eigen moeder zelden dient. Ze is gul, omdat ze weet dat we van haar houden. De wijn die ze ons schenkt, drinkt ze met ons op. Luister maar, en je zult haar horen zeggen dat we elke spanne van onze akkers, elke vrucht van onze bomen hebben verdiend. We hebben de dode streek die we aantroffen leven ingeblazen. Ons bloed en ons zweet bevloeien deze aarde. En niemand, meneer Jonas, en ik bedoel echt niemand, op deze aarde of elders, zal ons het recht kunnen ontzeggen om haar tot het einde der tijden te blijven dienen … Vooral niet die luilakken van armoedzaaiers die denken dat ze ons het gras voor de voeten kunnen wegmaaien door onschuldige mensen te vermoorden.'

Het glas trilde in zijn hand. Heel zijn gezicht was verwrongen, en zijn blik boorde zich dwars door me heen.

'Dit land is niet van hen. Als ze konden zouden ze het vervloeken zoals ik hen vervloek telkens als ik in de verte een aangestoken brand een boerderij in de as zie leggen. Als ze denken dat ze zo indruk op ons kunnen maken, verdoen ze hun tijd en die van ons. Wij geven niet op. Wij hebben Algerije uitgevonden. Het is ons grootste succes, en we zullen niet toelaten dat onreine handen onze akkers en onze oogsten bezoedelen.'

Opspringend uit een verre uithoek van mijn onbewuste, waar ik hem voorgoed begraven dacht te hebben, dook in mijn geest de herinnering op aan Abdelkader, vuurrood van schaamte op het podium in de klas van mijn lagere school. Ik zag hoe zijn gezicht vertrok van de pijn terwijl de onderwijzer hem aan zijn oor omhoogtrok. De schrille stem van Maurice explodeerde in mijn hoofd: 'Omdat Arabieren lui zijn, meneer!' De schokgolf weerkaatste door mijn lichaam als een ondergrondse explosie door de slotgracht van een burcht. Ik voelde dezelfde woede als die me die dag op school had overmand. Op dezelfde manier. Als lava die uit het diepst van mijn ingewanden opborrelde. In één klap was ik het doel van mijn bezoek vergeten, de doodstraf die Jelloul te wachten stond, de angst van zijn moeder, en ik zag enkel nog Jaime Jiménez Sosa in al zijn arrogantie, de ziekelijke glans van zijn laatdunkende verwatenheid die iets etterigs aan het daglicht gaf.

Niet meer in staat om me in te houden, zonder echt te beseffen wat ik deed, ging ik pal voor hem staan en zei op snijdende toon, scherp als de kling van een kromzwaard: 'Heel lang geleden, meneer Sosa, lang voor u of zelfs uw overgrootvader, stond er een man op de plek waar u nu staat. Wanneer hij uitkeek over deze vlakte kon hij het niet laten zich ermee te vereenzelvigen. Er waren wegen noch spoorlijnen, maar onkruid of doornstruiken hinderden hem niet. Elke rivier, dood of levend, elk stukje schaduw en elk steentje weerspiegelde zijn nederigheid. Deze man had vertrouwen in zichzelf. Omdat hij vrij was. Hij had alleen een fluit bij zich om zijn geiten gerust te stellen en een knuppel om de jakhalzen weg te houden. Wanneer hij onder die boom daar ging liggen, hoefde hij enkel zijn ogen te sluiten om zichzelf te voelen leven. De snee brood en het stukje ui die hij at waren wel duizend feestmalen waard. Hij had het geluk dat hij zijn rijkdom vond in soberheid. Hij leefde in het ritme van de seizoenen, ervan overtuigd dat de ware gemoedsrust gelegen is in de eenvoud der dingen. Omdat hij niemand een kwaad hart toedroeg, meende hij dat hij geen geweld te vrezen had, tot de dag dat hij aan de horizon, die hij vulde met zijn dromen, zijn kwelgeesten zag opdoemen. Men nam hem zijn fluit en zijn knuppel, zijn landerijen en zijn kuddes af, en alles wat een balsem was voor zijn ziel. Maar vandaag de dag probeert men hem wijs te maken dat hij hier toevallig in de buurt was, en men is verbaasd en verontwaardigd als hij een heel klein beetje respect eist … Ik ben het niet met u eens, meneer. Dit land is niet van u. Het is van die herder van vroeger, wiens geest pal naast u staat en die u niet wenst te zien. U kunt nu eenmaal niet delen, dus neem uw boomgaarden en uw bruggen, uw asfaltwegen en spoorlijnen, uw steden en uw tuinen mee en geef de rest terug aan de rechthebbende.'

'Je bent een intelligente jongen, Jonas', antwoordde hij, totaal niet onder de indruk. 'Jij zit aan de goede kant, dus blijf daar. Die fellaga's zijn geen bouwers. Al zou je ze het paradijs toevertrouwen, ze zouden het nog ruïneren. Ze zullen je volk alleen maar ongeluk en teleurstelling brengen.'

'U zou eens moeten gaan kijken in de gehuchten in de buurt, meneer Sosa. Daar heerst het ongeluk al sinds u vrije mensen tot lastdieren hebt *gedegradeerd*.'

Ik draaide me om en liep terug naar mijn auto, met een hoofd dat floot als een kruik waar de wind dwars doorheen blies.

17

Jean-Christophe dook in het voorjaar van 1957 weer op. On-aangekondigd. Ik moest het horen van Bruno de politie-agent.

'En, hoe was het weerzien?' vroeg hij me voor de ingang van het postkantoor.

'Welk weerzien?'

'Weet je het dan niet? Chris is twee dagen geleden thuisge-komen ...'

Twee dagen geleden? Jean-Christophe was al twee dagen terug in Río Salado, en niemand had het me verteld ... Ik was Simon gisteren nog tegengekomen. We hadden zelfs even gepraat. Waarom had hij niets gezegd?

Terug in de apotheek belde ik Simon op zijn kantoor, om de hoek van het postkantoor. Ik weet niet waarom ik niet gewoon naar hem toe was gegaan in plaats van hem te bellen. Misschien was ik bang dat ik hem in verlegenheid zou brengen of dat ik in zijn ogen zou lezen wat ik vermoedde: dat Jean-Christophe nog steeds boos op me was en me niet wilde zien.

De stem van Simon aan het andere eind van de lijn: 'Ik dacht dat je het wist.'

'Maak dat de kat wijs!'

'Echt, ik zweer het je.'

'Heeft hij iets tegen je gezegd?'

Simon schraapte zijn keel. Hij voelde zich niet op zijn ge-mak.

'Hoe bedoel je?' zei hij.

'Oké, ik snap het al.'

Ik hing op.

Germaine, die terugkwam van de markt, zette haar mand op de grond en keek me schuin aan.

'Wie was dat aan de telefoon?'

'O niets, een klant', stelde ik haar gerust.

Ze pakte haar mand op en nam de trap naar boven. Op de overloop bleef ze twee seconden staan, daalde toen weer een paar treden af en keek me aan.

'Wat verzwijg je voor me?'

'Niets.'

'Dat zal wel ... Trouwens, ik heb Bernadette uitgenodigd voor het feest. Ik hoop dat ze niet de zoveelste is die je teleur zult stellen. Het is een net meisje. En je zou het niet zeggen, maar ze is heel bijdehand. Niet erg ontwikkeld, dat niet, maar je zult geen betere huisvrouw vinden. Bovendien is ze mooi!'

Bernadette ... Ik herinnerde me haar nog als uk, bij de begrafenis van haar vader, die was omgekomen bij het bombardement op de marinebasis van Mers el-Kébir in 1940. Een klein meisje met vlechten dat zich afzijdig hield terwijl haar nichtjes aan het hoepelen waren.

'Je weet best dat ik niet meer naar feesten ga.'

'Daarom juist.'

En ze ging naar boven.

Simon belde me terug. Hij had de tijd gehad om op adem te komen.

'Wat snap je, Jonas?'

'Ik vind het vreemd dat je voor me verzwegen hebt dat Chris terug is. Ik dacht dat we vrienden waren.'

'Dat is ook zo, je bent nog steeds een heel dierbare vriend. Mijn werk laat me bijna geen tijd, maar ik denk vaak aan je. Jij bent degene die afstandelijk doet. Je bent nog nooit bij mij thuis geweest. Als we elkaar op straat tegenkomen, moet je altijd ergens heen. Ik weet niet wat je je in je hoofd hebt gehaald, maar ik ben niet veranderd. En wat Chris betreft, ik zweer je dat ik dacht dat je het wist. Ik ben trouwens maar even bij hem gebleven. Zijn familie had hem zo veel te vertellen. En als je dat geruststelt: ik heb Fabrice nog niet eens gebeld om hem het goede nieuws te vertellen. Dat ga ik nu doen. Dan kunnen we weer eens met zijn vieren afspreken, net als in de goeie ouwe tijd. Ik dacht aan een etentje aan de kust. Ik weet een prima tentje in Aïn Turck. Wat denk je ervan?'

Hij loog. Hij sprak veel te snel, alsof hij een les opzei die hij uit zijn hoofd had geleerd. Maar ik gaf hem het voordeel van de twijfel ... Om te bewijzen dat hij de waarheid sprak beloofde hij dat hij me na zijn werk zou komen ophalen om samen naar de Lamy's te gaan.

Ik wachtte en wachtte, hij kwam niet. Ik sloot de apotheek af en bleef wachten. De avond viel terwijl ik op de stoep voor de apotheek zat te kijken of ik tussen de voorbijgangers in de verte de gedaante van Simon herkende. Hij kwam niet. Ik besloot dan maar in mijn eentje naar Jean-Christophe te gaan ... Dat had ik niet moeten doen. Want voor de deur van de Lamy's stond de auto van Simon, onder een waterval van mimosa, naast andere auto's, waaronder die van André, de burgemeester, de kruidenier en god mag weten wie nog meer. Ik was razend. Een stemmetje in mijn hoofd zei dat ik naar huis moest gaan. Ik luisterde niet en belde aan. Een luik ging knarsend open en weer dicht. Het duurde eindeloos voordat er eindelijk werd opengedaan. Een onbekende, waarschijnlijk een nicht van buiten Río, vroeg me wat ik wilde.

'Ik ben Jonas, een vriend van Chris.'

'Het spijt me, maar hij slaapt.'

Ik wilde haar opzijduwen, de salon binnenstormen waar de gasten hun adem zaten in te houden en Jean-Christophe betrappen te midden van familie en vrienden. Ik deed niets. Wat kon ik doen? Het was duidelijk, volstrekt duidelijk ... Ik knikte, deed een stap achteruit, wachtte tot de onbekende de deur dichtdeed en ging naar huis ... Germaine vroeg me wijselijk niets; dat was lief van haar.

De volgende dag kwam Simon met een beteuterd gezicht naar de apotheek.

'Ik begrijp er echt helemaal niets van', stamelde hij.

'Er is niets te begrijpen. Hij wil me niet zien, dat is alles. En dat wist je al vanaf het begin. Daarom zei je niets toen we elkaar eergisteren zagen.'

'Ja, ik wist het. Het was zelfs het eerste wat hij tegen me zei, de eerste voorwaarde die hij stelde. Hij verbood me jouw naam te noemen. Hij heeft me zelfs opdracht gegeven om tegen je te zeggen dat hij je niet wilde zien. Maar dat heb ik natuurlijk geweigerd.'

Hij tilde de klep aan de zijkant van de toonbank op en liep handenwringend op me af. Het zweet stond op zijn voorhoofd, en zijn kalende kop glinsterde in het licht van het raam.

'Je moet het hem niet kwalijk nemen. Hij heeft het zwaar gehad. Hij heeft in Indochina gevochten, is krijgsgevangen gemaakt en twee keer gewond geraakt. Toen hij het ziekenhuis uit kwam, is hij met groot verlof gegaan. Je moet hem wat tijd geven.'

'Het is niet erg, Simon.'

'Ik zou je gisteren komen ophalen. Zoals beloofd.'

'Ik heb op je gewacht.'

'Dat weet ik. Maar ik was eerst naar hem toe gegaan ... om hem over te halen om jou te ontvangen. Je snapt wel dat ik je niet zomaar kon meenemen. Dat zou hij niet hebben gepikt, en dat zou het alleen maar erger hebben gemaakt.'

'Je hebt gelijk, je moet hem niet dwingen.'

'Dat is het niet. Hij is zo onvoorspelbaar. Hij is veranderd. Zelfs tegen mij. Toen ik hem bij mij thuis uitnodigde om mijn zoontje en Émilie te zien, sprong hij op alsof ik iets verschrikkelijks had gezegd. "Nóóit!" riep hij, "Nóóit!" Zie je het voor je? Hij reageerde zo fel, alsof ik hem naar de duivel had gewenst. Ik snapte er niets van. Het komt misschien door wat hij daarginds heeft meegemaakt. Het is geen pretje, oorlog. Soms, als ik goed naar hem kijk, heb ik de indruk dat hij niet helemaal goed snik is, Chris. Als je zijn ogen eens kon zien, zo leeg als de dubbele loop van een geweer. Ik heb met hem te doen. Je moet het hem niet kwalijk nemen, Jonas. We moeten geduldig zijn.'

Toen ik geen antwoord gaf, probeerde hij het op een andere manier: 'Ik heb Fabrice gebeld. Hélène zei dat hij in Algiers is in verband met wat er aan de hand is in de Kashba. Ze weet niet wanneer hij terugkomt. Maar tegen die tijd heeft Chris zich misschien wel bedacht.'

Ik stelde zijn smoesjes niet erg op prijs, en gedreven door een gevoel van wrok dat even onbedwingbaar was als jeuk kwam ik terug op de kern van de zaak: 'Jullie waren gisteren állemaal bij hem.'

'Ja', zei hij met een vermoeide zucht.

Hij boog zich naar me over om de kleinste trilling op mijn gezicht te kunnen lezen: 'Wat is er tussen jullie gebeurd?'

'Ik weet het niet.'

'Wacht, je denkt toch niet dat ik daar intrap? Hij is vertrokken vanwege jou, hè? Hij is het leger in gegaan en heeft zich daar door die spleetogen in stukken laten hakken vanwege jou ... Wat is er dus in 's hemelsnaam tussen jullie tweeën gebeurd? Ik heb vannacht geen oog dichtgedaan. Ik heb alle

mogelijke scenario's bedacht, maar ik ben er niets mee opge-
schoten ...'

'Je hebt gelijk, Simon. Laat de tijd zijn werk doen. Die kan
toch zijn mond niet houden en zal het ons op een dag wel
leren.'

'Is het vanwege Isabelle?'

'Simon, alsjeblieft, laten we het hierbij laten.'

Ik zag Jean-Christophe aan het eind van de week. Vanuit de
verte. Ik kwam van de schoenmaker, hij kwam uit het gemeentehuis. Hij was zo mager dat hij wel twintig centimeter gegroeid leek. Zijn haar was aan de zijkanten kortgeknipt, met
een blonde lok die over zijn neus viel. Hij droeg een mantel
die niet bij het jaargetijde paste, en hij liep licht hinkend met
een stok. Isabelle hing aan zijn arm. Zo mooi en zo kalm had
ik haar nog nooit gezien. Ze was bijna bewonderenswaardig
van nederigheid. Ze liepen rustig met elkaar te praten; of liever, Isabelle praatte en hij knikte. Ze straalden een tot rust gekomen geluk uit dat hen bijna de rug had toegekeerd en nu
vastbesloten leek hen nooit meer te verlaten. Ik vond hen zo'n
mooi paar, een paar dat door verlangen en reflectie was gerijpt,
wijzer was geworden, sterker uit de strijd tevoorschijn was gekomen. Ik weet niet waarom mijn hart die dag naar hen uitging, alsof het hen wilde begeleiden naar wat hun weerzien
een definitief karakter zou kunnen geven. Misschien omdat
ze me aan mijn oom en Germaine deden denken wanneer ze
door de boomgaarden kuierden. Ik was blij om te zien dat ze
weer samen waren, en het was net alsof wat er was gebeurd
niet plaats had gehad. Ik realiseerde me dat ik, of ik wilde of
niet, altijd genegenheid voor de een en tederheid voor de ander zou blijven voelen. Tegelijkertijd vertroebelde een droef-
heid even groot als die om de dood van mijn oom mijn blik

met een dikke traan en vervloekte ik Jean-Christophe omdat hij de draad van zijn leven weer oppakte en mij buitensloot. Ik had het gevoel dat zijn willekeurige vonnis me van een deel van mezelf beroofde, dat ik het hem nog lang kwalijk zou nemen en niet in staat zou zijn mijn armen voor hem te openen als hij me ooit vergiffenis zou schenken … Vergiffenis? Hoezo "vergiffenis"? Wat had ik hem dan misdaan? Ik vond dat ik ruimschoots had geboet voor mijn loyaliteit, en dat het kwaad dat ik had begaan, vooral en bovenal míj was aangedaan. Het was vreemd. Ik was liefde en haat verpakt in hetzelfde pakketje, gevangen in dezelfde dwangbuis. Ik gleed af naar iets wat ik niet kon omschrijven, wat me uit elkaar trok en alles vervormde, mijn gezonde verstand, mijn vezels, mijn bakens en mijn gedachten, als een weerwolf die alleen 's nachts zijn monsterlijke aard onthult. Ik voelde woede, een verborgen woede die van binnen aan me vrat. Ik was jaloers omdat ik anderen hun leven weer zag oppakken terwijl mijn wereld uit elkaar viel; jaloers wanneer ik Simon en Émilie over het plein zag wandelen terwijl hun zoontje voor hen uit dribbelde; jaloers op de blik van verstandhouding die ze – vast ten koste van mij – met elkaar wisselden; jaloers op de stralenkrans die Isabelle en Jean-Christophe op weg naar hun verlossing omgaf; ik was kwaad op alle stellen die ik tegenkwam in Río, Lourmel, Oran of waar het toeval me ook bracht, als een gevallen godheid die op zoek is naar een wereld en zich realiseert dat hij niet meer in staat is om er een te verzinnen die bij hem past. Ik betrapte mezelf erop dat ik op mijn vrije dagen door de moslimwijken van Oran zwierf, aan tafel zat met mensen die ik niet kende en bij wie ik me even wat minder eenzaam voelde. In Medina J'dida dronk ik het water van een waterdrager, maakte ik kennis met een oude Mozabitische boekhandelaar in pofbroek, luisterde ik naar de preken van een buitengewoon geleerde jonge imam of hoorde ik in lompen gehulde yaouled commentaar leveren op de oorlog die het land verscheurde – ze waren beter op de hoogte dan ik, de geletterde, de ontwikkelde, de apotheker. Ik begon namen te onthouden waarvan ik tot dan toe nog nooit had gehoord en die in de mond van de *mijnen* klonken als de gebedsoproep van de muezzin: Ben M'hidi, Zabana, Boudiaf, Abane Ramdane, Hamou Boutlilis, la Soummam, l'Ouarsenis, Djebel Llouh, Ali la Pointe, namen van helden en plaatsen onverbrekelijk verbonden met het verzet en de vastbesloten steun van het volk waarvan ik werkelijk geen flauw idee had gehad.

Zocht ik compensatie voor de *ontrouw* van mijn vrienden?

Ik had Fabrice opgezocht in zijn villa aan de kust. Hij was blij om me te zien, maar de koele houding van Hélène, zijn vrouw, was me slecht bekomen. Ik zette geen voet meer in hún huis. Wanneer ik Fabrice tegen het lijf liep, ging ik graag met hem mee naar een café of restaurant, maar uitnodigingen bij hem thuis sloeg ik systematisch af. Ik had het een keer tegen hem gezegd. 'Je haalt je maar wat in je hoofd, Jonas', had hij, beledigd, geantwoord. 'Hélène is gewoon een stadsmeisje, dat is alles. Ze is niet zoals de meisjes uit ons dorp. Ik ontken niet dat ze wat snobistisch is, maar dat is het stadsleven …' Jammer dan, maar ik kwam niet meer bij hem thuis. Ik zwierf liever rond door het oude centrum van Oran, in La Scalera, rond de Moskee van de Pasja, het Paleis van de Bey, of zat naar de ravottende kinderen te kijken bij de bronnen van Raz el-Aïn. Ik, die helemaal niet van lawaai hield, zat daar opeens in voetbalstadions de scheidsrechter uit te fluiten, kocht kaartjes op de zwarte markt om de grote stierenvechter Luis Miguel Dominguin toe te juichen in de arena van Eckmühl. Er ging niets boven bulderend gejuich om de vragen te verjagen die ik mezelf niet wilde stellen. Ik was er dan ook onafgebroken naar op zoek. Ik werd een fervent supporter van de moslimvoetbalclub USMO en liep alle boksgala's af. Wanneer moslimboksers hun tegenstanders knock-out sloegen, schreeuwde ik de longen uit mijn lijf – hun namen bedwelmden me als opium: Goudih, Khalfi, Cherraka, de gebroeders Sabbane, Abdeslam de wonderbaarlijke Marokkaan ... Ik kende mezelf niet meer terug. Ik werd aangetrokken door geweld en razende menigten als een nachtvlinder door een kaars. Er was geen twijfel meer aan: ik was in oorlog met mezelf.

Jean-Christophe trouwde aan het eind van het jaar met Isabelle. Ik hoorde het pas de dag na het feest. Niemand had zich verwaardigd het me te vertellen. Zelfs Simon niet, die tot zijn grote verdriet niet was uitgenodigd voor de bruiloft. Noch Fabrice, die bij het ochtendgloren naar huis was gegaan om zich niet te hoeven verontschuldigen voor god mag weten wat. Dit vervreemdde me nog meer van hún wereld. Het was afschuwelijk ...

Jean-Christophe besloot ergens anders te gaan wonen, ver van Río Salado. Hij wilde de verloren tijd inhalen, bepaalde herinneringen achterlaten. Pépé Rucillio schonk ze een mooi huis in een van de chicste buurten van Oran. Ik was op het dorpsplein toen ik de jonggehuwden zag vertrekken. André reed het paar in zijn auto en de verhuiswagen met meubels en geschenken kwam erachteraan. Het gebeurt me nog steeds, zo oud als ik inmiddels ben, dat ik het getoeter van die auto's hoor en hetzelfde verdriet voel als dat het toen die dag bij me teweegbracht. Toch was ik vreemd genoeg ook opgelucht dat ze vertrokken; het was of een ader in mijn lichaam die lang verstopt had gezeten, weer open was gegaan.

Río liep leeg; mijn horizon leek op die van een schipbreukeling midden op zee. De straten, de boomgaarden, het geroezemoes in de cafés, de grappen en grollen van de boeren, het zei me allemaal niets meer. Elke ochtend wou ik dat het alweer nacht was om me aan de chaos van de dagen te onttrekken; elke avond, in mijn bed, zag ik op tegen de leegte van de volgende dag. Ik vertrouwde de apotheek steeds vaker aan Germaines hoede toe om mijn toevlucht te nemen tot de bordelen in Oran. Ik raakte de prostituees met geen vinger aan, maar luisterde enkel naar hun cynische verhalen over hun veelbewogen leven en vervlogen dromen. Hun minachting voor het illusoire deed me goed. In werkelijkheid was ik op zoek naar Hadda. Het was zomaar opeens bij me opgekomen. Ik wilde haar zien, weten of ze zich mij nog kon herinneren, me van nut kon zijn, me kon helpen mijn moeder te vinden – met dat laatste hield ik mezelf voor de gek: Hadda had Jenane Jato al vóór het drama verlaten waarbij ons huis in de as was gelegd; ze zou me op geen enkele manier hebben kunnen helpen. Maar dat was wel wat ik tegen haar zou zeggen om haar medelijden te wekken. Ik had iemand nodig, een vertrouweling of een oude bekende om mijn hart bij uit te storten, een vertrouwensrelatie mee op te bouwen nu die met mijn vrienden uit Río verflauwde ... De madam van de Camélia had een vaag verhaal dat Hadda op een nacht was weggegaan met een pooier en nooit meer terug was gekomen. De desbetreffende pooier was een bruut met getatoeëerde armen, harten met dolken erdoorheen en krachttermen, gegraveerd in zijn behaarde huid; hij raadde me aan om me met mijn eigen zaken te bemoeien als ik mijn signalement niet wilde terugvinden in het gemengde nieuws van de plaatselijke krant ... Toen ik diezelfde dag uit de tram stapte, meende ik mijn jeugdvriendinnetje Lucette herkennen achter een kinderwagen. Het was een gebruinde goed geklede jongedame in een strak mantelpakje en met een witlinnen hoed. Het kon Lucette helemaal niet zijn; ze zou mijn glimlach hebben herkend, een vertrouwde vonk in het blauw van mijn ogen hebben ontdekt. Maar ondanks haar veelzeggende desinteresse was ik haar op straat gevolgd, totdat ik me rekenschap had gegeven van het onbehoorlijke van mijn gedrag en op mijn schreden was teruggekeerd.

En toen maakte ik kennis met de oorlog … de oorlog op ware grootte, de succubus van de Dood, de vruchtbare concubine van het Ongeluk, die andere werkelijkheid die ik niet onder ogen wilde zien. De kranten hadden het over aanslagen die steden en dorpen op hun grondvesten deden schudden, legerinvallen in verdachte dorpen, de massale uittocht van de bevolking, verwoestende gevechten, uitkamoperaties, bloedbaden; voor mij was dat fictie, een onbeduidend feuilleton waar geen einde aan kwam … Maar op een dag, terwijl ik op de zeeboulevard een glas sinaasappelsap zat te drinken, stopte er plotsklaps een grote zwarte Citroën voor een gebouw en barstte er een kogelregen los uit de geopende portieren. Het schieten duurde een paar seconden en ging over in het gegier van banden, maar de schoten bleven in mijn hoofd weergalmen. Er lagen lijken op straat en voorbijgangers renden alle kanten op. Er hing zo'n diepe stilte dat het gekras van de meeuwen zich door mijn slapen boorde. Ik dacht dat ik droomde. Starend naar de neergemaaide lichamen begon ik verschrikkelijk te trillen. Mijn hand klapperde als een luik in de wind, besproeide me met sinaasappelsap; het glas viel in duizend stukjes op de grond, wat iemand aan een naburig tafeltje een luid gegil ontlokte. Mensen kwamen als verdoofd, als slaapwandelaars uit huizen, winkels, auto's, liepen voorzichtig naar de plek des onheils. Een vrouw viel flauw in de armen van haar metgezel. Ik durfde me niet te bewegen, zat als verlamd in mijn stoel, met open mond en bonzend hart. Gefluit kondigde de komst van de politie aan. Weldra had zich een menigte rond de slachtoffers verzameld: er waren drie doden te betreuren, onder wie een jong meisje, en vijf zwaargewonden.

Ik ging terug naar Río en sloot me twee dagen lang in mijn kamer op.

Ik kon niet meer slapen. Zodra ik in mijn bed ging liggen, werd ik overvallen door een onpeilbare angst. Het was alsof ik in een afgrond viel. Slapen was onmogelijk geworden; ik werd bezocht door de vreselijkste nachtmerries. Als ik er genoeg van had om naar het plafond te liggen kijken, ging ik op de rand van mijn bed zitten, nam mijn hoofd in beide handen en keek naar de grond. Mijn voeten lieten vochtige sporen achter. De kogels op de zeeboulevard ketsten af tegen mijn gedachten. Al stopte ik mijn oren dicht, ze bleven in het rond vliegen, oorverdovend en dodelijk. Mijn lichaam schokte onder de knallen. Ik liet het licht de hele nacht aan om de spoken op een afstand te houden die achter de deur van mijn kamer stonden te wachten en zich op me zouden storten zodra ik maar even wegdommelde. Om wakker te blijven klampte ik me vast aan het zachtste geritsel, het meest onwaarschijnlijke gekef in de nacht. Wanneer de luiken knarsten in de wind, was het of mijn hoofd in tweeën spleet. 'Het is de shock', zei de dokter, alsof hij me iets nieuws vertelde. Ik wilde eroverheen komen. Maar de dokter had geen wonderrecept. Hij schreef me kalmerende middelen en slaappillen voor, maar die hielpen niet. Ik was depressief, me ervan bewust dat het niet goed met me ging, maar wist niet wat ik eraan moest doen. Ik had het gevoel dat ik een ander was, een irritant, teleurstellend wezen, waar ik evenwel niet buiten kon: het was mijn enige houvast.

Als ik het binnen niet meer uithield spoedde ik me naar het balkon. Germaine kwam me dikwijls gezelschap houden. Ze probeerde met me te praten; ik luisterde niet naar haar. Haar woorden vermoeiden me, maakten het alleen maar erger. Ik wilde alleen zijn. Daarom ging ik de straat op. Nacht na nacht. Week na week. De stilte in het dorp deed me goed. Ik vond het heerlijk om rond te zwerven over het uitgestorven dorpsplein, op en neer te lopen door de hoofdstraat, op een bankje te zitten en nergens aan te denken.

Toen ik op een maanloze nacht op de stoep in mezelf liep te praten, zag ik een fiets aankomen. De lamp ging op en neer en het gepiep van de ketting echode in schrille weeklachten tegen de muren. Het was de tuinman van mevrouw Casenave. Toen hij me zag, remde hij scherp en viel bijna voorover over zijn stuur. Hij zag er bleek en slonzig uit. Niet in staat om een woord uit te brengen wees hij naar iets achter hem en stapte weer op zijn fiets, maar in zijn haast botste hij tegen de stoep op en viel achterover op straat.

'Wat is er? Het lijkt wel of de duivel je op de hielen zit.'

Hij kwam trillend overeind, besteeg zijn fiets en wist met een bovenmenselijke inspanning uit te brengen: 'Ik ben op weg naar de politie ... Er is iets verschrikkelijks gebeurd bij de Casenaves.'

Toen pas zag ik het roodachtige schijnsel achter de joodse begraafplaats. 'Mijn god!' riep ik uit. En ik begon te rennen.

Het huis van de Casenaves stond in brand. Reusachtige vlammen verlichtten de omringende boomgaarden. Ik stak door via de begraafplaats. Hoe dichter ik bij de plek van de ramp kwam, hoe meer ik me rekenschap gaf van de ernst ervan. Het vuur verteerde reeds de begane grond en stortte zich met vraatzuchtig geraas op de bovenverdieping. De auto van Simon stond in lichterlaaie, maar ik zag hem noch Émilie. Het hek stond open. De wingerd kronkelde zich in een regen van vonken al knetterend in allerlei bochten. Ik moest mijn armen voor mijn gezicht houden om door een muur van vlammen de fontein te bereiken. Twee honden lagen dood op de grond. Het was onmogelijk om in de buurt van het huis te komen, dat enkel nog één razende vuurzee was die zijn hysterische tentakels naar alle kanten uitstrekte. Ik wilde Simon roepen, maar er kwam geen geluid uit mijn uitgedroogde keel. Een vrouw zat gehurkt onder een boom. Het was de vrouw van de tuinman. Met haar hoofd in haar handen staarde ze afwezig naar het huis, dat in rook opging.

'Waar is Simon?'

Ze bewoog haar hoofd in de richting van de voormalige stallen. Ik stortte me in de vuurzee, verdoofd door het geraas van de vlammen en het gekletter van brekend glas. Snijdende, wervelende rook onttrok de heuvel aan het zicht. De stallen lagen verzonken in een diepe rust, die ik angstaanjagender vond dan de ramp die zich achter me afspeelde. Een lichaam lag met gespreide armen voorover op het gras; het lichtte af en toe op in de gloed van de vlammen. Mijn knieën weigerden dienst. Ik realiseerde me dat ik alleen was, helemaal alleen, en voelde me niet in staat om dat íéts daar in mijn eentje te trotseren. Ik wachtte, in de hoop dat de vrouw van de tuinman naar me toe zou komen. Ze kwam niet. Behalve het loeien van de brand en het roerloze lichaam op het gras drong er niets tot me door. Het lichaam bewoog niet. Het was naakt, droeg alleen een onderbroek; de plas bloed waarin het lag was net een zwart gat. Ik herkende hem aan zijn kale voorhoofd: Simon! Was dit alweer een boze droom? Was ik in mijn kamer en lag ik te slapen? Nee, de schaafwond op mijn arm brandde: ik was klaarwakker. Simons lichaam flikkerde in de weerschijn van de brand. Zijn gezicht was naar me toe gekeerd en deed denken aan een blok krijt; het licht in zijn ogen was gedoofd. Hij was dood.

Ik hurkte neer bij het lijk van mijn vriend. In trance. Ik had geen macht meer over mijn gebaren of gedachten. Mijn hand ging als vanzelf naar de rug van de dode, als om hem wakker te maken ...

'Raak hem niet aan!' knalde een stem in het halfduister.

Émilie stond weggedoken in een hoek van de stal. De bleekheid van haar gezicht had iets lichtgevends. Haar ogen brandden nog feller dan de vlammen achter me. Blootsvoets en met verwilderd haar droeg ze enkel een zijden nachthemd waarin ze wel naakt leek en ze klemde haar doodsbange zoon Michel tegen zich aan.

Een man met een geweer dook achter haar op. Het was Krimo, een Arabier uit Oran en ober in een restaurant aan de kust, die Simon nog voor zijn huwelijk als chauffeur had ingehuurd. Zijn slungelachtige silhouet maakte zich los van de stal en liep voorzichtig op me af.

'Ik heb er één geraakt. Ik hoorde hem brullen.'

'Wat is er gebeurd?'

'De fellaga's. Ze hebben Simon vermoord en de boel in de fik gestoken. Toen ik aan kwam rennen, waren ze al weg. Ik zag ze daar dat ravijn in sluipen. Ik heb geschoten. Ze hebben niet eens teruggeschoten, die klootzakken. Maar ik hoorde een van hen brullen.'

Hij ging pal voor me staan. Het schijnsel van de vlammen accentueerde de walging op zijn gezicht.

'Waarom Simon? Wat had hij hen misdaan?' vroeg hij.

'Ga weg!' riep Émilie. 'Laat ons alleen met ons verdriet, en ga weg ... Jaag hem weg, Krimo.'

Krimo richtte zijn geweer op me.

'Heb je het gehoord? Wegwezen.'

Ik knikte en draaide me om. Ik had het gevoel dat ik de grond niet raakte, over een vacuüm gleed. Ik kwam langs het brandende huis, stak af door de boomgaarden en liep terug naar het dorp. De koplampen van auto's ronden de begraafplaats en sloegen het pad van de maraboet in. Achter de stoet snelden silhouetten zich richting de brand; hun geroep bereikte me in flarden, maar de stem van Émilie klonk boven alles uit, immens als de afgrond waarin ik wegzonk.

Simon werd begraven op de joodse begraafplaats. Het hele dorp was uitgelopen om hem naar zijn laatste rustplaats te brengen. Een enorme menigte verdrong zich rond Émilie en haar zoon. Ze was in het zwart gekleed en droeg een sluier voor haar gezicht. Ze wilde waardig zijn in haar verdriet. Aan haar zijde waren de Benyamins uit Río en van elders in gebed verzonken. De diepbedroefde moeder van Simon zat te huilen op een stoel, doof voor het gefluister van haar oude zieke man. Een paar rijen achter hen hielden Fabrice en zijn vrouw elkaars hand vast. Jean-Christophe stond bij de Rucillio's, Isabelle onzichtbaar in zijn schaduw. Ik stond in een hoek van de begraafplaats, helemaal achteraan, alsof ik al buitengesloten was.

Na afloop van de begrafenis ging de menigte in stilte uiteen. Krimo liet Émilie en haar zoontje instappen in een kleine auto die de burgemeester hun had geleend. De Rucillio's gingen huns weegs. Jean-Christophe liep eerst nog even naar Fabrice toe en haastte zich toen achter zijn nieuwe familie aan. Portieren werden dichtgeslagen, motoren ronkten; de begraafplaats liep langzaam leeg. Rond het graf stond alleen nog een groepje militieleden en geüniformeerde politieagenten, zichtbaar zeer aangedaan en beschaamd dat ze een dergelijke ramp hadden laten gebeuren. Fabrice groette me vanuit de verte. Met een klein handgebaar. Ik verwachtte dat hij naar me toe zou komen, maar hij hielp zijn vrouw in de auto, stapte toen zonder nog om te kijken zelf in en reed weg. Toen zijn auto om de hoek van een straat verdween, realiseerde ik me dat ik alleen was met de doden.

Émilie verhuisde naar Oran.

Maar ze verankerde zich in mijn gedachten. Ik had zo'n verdriet om haar. Nu mevrouw Cazenave geen teken van leven meer gaf, kon ik me haar eenzaamheid, haar verdriet als jonge weduwe zo goed voorstellen. Wat moest er van haar worden? Hoe zou ze een nieuw leven kunnen opbouwen in zo'n drukke stad als Oran, waar ze niemand kende en waar *stads snobisme* niets moest hebben van dorpse omgangsvormen en het strikt zakelijke relaties, gevaarlijke acrobatentoeren en een hele reeks van concessies vergde voordat je kon hopen er ooit bij te zullen horen. Vooral met de oorlog, die met de dag grimmiger werd, de blinde aanslagen, de gruwelijke represailles, de ontvoeringen, de steegjes vergeven van dodelijke valstrikken en de macabere ontdekkingen, elke ochtend weer. Ik zag niet hoe ze het zou kunnen redden in haar eentje in een gek geworden stad, op een slagveld van bloed en tranen, met een getraumatiseerde zoon en geen enkel houvast.

In het dorp was het leven niet meer als voorheen. Het oogstbal werd afgelast uit angst dat een bom de feestvreugde in een tragedie zou veranderen. Moslims werden niet meer in de straten geduld; ze mochten zich niet langer zonder toestemming buiten de wijngaarden en boomgaarden begeven. De dag na de moord op Simon was het leger een enorme zoekoperatie in de streek begonnen, waarbij het Dhar-el-Menjelgebergte en omgeving werden uitgekamd. Helikopters en vliegtuigen bombardeerden verdachte plekken. Na vier dagen en drie nachten keerden de militairen uitgeput en onverrichter zake terug naar hun garnizoen. De militie van Jaime Jiménez Sosa legde een ring van hinderlagen rond het dorp, die uiteindelijk resultaat opleverden. De eerste keer werd een groep fedajien onderschept die onderweg was om verzetsstrijders te bevoorraden; de muilezels werden ter plekke afgemaakt, de eetwaren verbrand en drie met kogels doorzeefde fedajien op een kar door de straten van Río gereden. Twee weken later ontdekte Krimo, die zich had aangesloten bij een eenheid van harki's, elf verzetsstrijders in een grot, rookte hen uit en doodde hen. Bedwelmd door zijn succes lokte hij een groepje moedjahedien in de val, doodde er zeven en stelde twee gewonden op het dorpsplein tentoon, waar de menigte hen bijna lynchte.

Ik kwam het huis niet meer uit.

Er volgde een periode van rust.

Ik begon weer aan Émilie te denken. Ik miste haar. Soms stelde ik me voor hoe ik urenlang met haar zat te praten. Niet te weten wat er met haar was gebeurd, was een kwelling. Ten slotte ging Ik naar Krimo om te kijken of hij me kon helpen haar te vinden. Ik was tot alles bereid om haar te zien. Krimo ontving me koeltjes. Hij zat in een schommelstoel voor de deur van zijn krot, een patroongordel schuin over zijn borst en zijn geweer op zijn dijen.

'Aasgier!' zei hij. 'Haar rouw is nog niet voorbij of jij waagt je kans.'

'Ik moet met haar praten.'

'Waarover? Ze is die nacht toch heel duidelijk geweest. Ze wil geen woord meer over je horen.'

'Dat is jouw probleem niet.'

'Dan vergis je je, jongen. Émilie is míjn probleem. Als je haar ooit nog lastigvalt, bijt ik je de strot af.'

'Heeft ze iets over mij gezegd?'

'Ze hoeft me niets te vertellen. Ik was erbij toen ze je naar de duivel wenste, meer heb ik niet nodig.'

Er viel niets meer van deze man te verwachten.

Ik dwaalde maanden- en maandenlang door de wijken van Oran, op zoek naar Émilie. Ik wachtte bij uitgaande scholen, maar nergens zag ik Michel of zijn moeder tussen de ouders. Ik liep markten af, warenhuizen, parken, soeks, maar van Émilie geen spoor. Op het moment dat ik begon te wanhopen, op de dag af een jaar na de dood van Simon, meende ik door het raam van een boekhandel een glimp van haar op te vangen. Mijn adem stokte. Ik ging naar het café aan de overkant, verschool me achter een pilaar en wachtte af. Na sluitingstijd kwam Émilie naar buiten en nam een tram op de hoek van de straat. Ik durfde niet achter haar in te stappen. Het was een zaterdag, en ik had de hele zondag, een eindeloze zondag, op mijn nagels zitten bijten. Maandag bevond ik me voor dag en dauw in het café aan de overkant, achter dezelfde pilaar. Émilie arriveerde tegen negenen, in een antracietkleurig mantelpak en met een hoofddoekje in dezelfde kleur. Mijn hart werd samengeperst in mijn borst als een spons die je uitknijpt. Duizend keer had ik al mijn moed bijeengeraapt om naar binnen te gaan, en duizend keer had een dergelijke stap me te brutaal en ongepast geleken.

Ik weet niet hoe vaak ik langs die boekwinkel ben gelopen om te zien hoe ze een klant hielp, op een trapje klom om een boek te pakken, de kassa bediende of boeken terugzette, zonder dat ik naar binnen durfde te gaan. Te weten dat ze daar was vervulde me van een vaag, maar tastbaar geluksgevoel. Ik nam er genoegen mee om haar van een afstand *mee te maken*; ik was bang dat ze als een luchtspiegeling zou oplossen als ik haar zou proberen te benaderen. Dit duurde meer dan een maand. Ik verwaarloosde de apotheek, liet Germaine aan haar lot over, vergat haar zelfs te bellen en bracht mijn nachten door in sjofele karavanserais om elke dag Émilie te bespieden vanuit mijn café.

Op een avond, voor sluitingstijd, kwam ik als een slaapwandelaar uit mijn schuilplaats, stak de straat over en duwde zomaar de glazen deur van de boekhandel open.

Er was niemand in de winkel, waar geen daglicht meer binnenviel. Een broze stilte gaf iets vredigs aan de tafels met boeken. Mijn hart klopte in mijn keel; ik zweette alsof ik koorts had. De gedoofde plafondlamp boven mijn hoofd kon elk moment als een valbijl op me neerkomen. Twijfel schoot door mijn geest: wat was ik aan het doen? Welke wond zou ik weer openrijten? Ik klemde mijn kaken op elkaar om de twijfel te vermorzelen. Ik moest die stap zetten. Ik werd er gek van om mezelf steeds weer dezelfde vragen te stellen, me op te vreten van steeds weer dezelfde angsten. Mijn zweet bleek nagels te hebben, die in mijn vlees klauwden. Ik ademde diep uit om het stinkende gif uit mijn binnenste te verdrijven. Buiten slalomden voetgangers en auto's om elkaar heen in een wanordelijk ballet. Het getoeter ging dwars door me heen, scherp als een degenstoot. Ik wachtte en wachtte ... Ik loste erin op. Een stemmetje fluisterde: *Ga weg* ... Ik schudde mijn hoofd om het tot zwijgen te brengen. Het duister dat zich door de winkel had verbreid, accentueerde zacht de contouren van de tafels waarop de boeken trapsgewijs lagen opgestapeld.

'U zoekt?'

Zíj stond achter me, breekbaar, spookachtig. Het was alsof ze uit de duisternis opdoemde, precies zoals tijdens de nacht van het drama, omhuld door die nacht, zozeer bestendigde het zwart van haar jurk, van haar haren en haar ogen de rouw, die in een heel jaar nog niets van zijn kracht had verloren. Ik had mijn ogen moeten samenknijpen om haar te ontwaren. Nu ze een meter van me af stond, zag ik dat ze veranderd was, dat ze haar schoonheid had verloren, dat ze nog maar een schim was van vroeger, een ontroostbare weduwe die had besloten zich te laten gaan, nu het leven haar had afgenomen wat het haar nooit meer terug kon geven. Ik realiseerde me onmiddellijk dat ik niet had moeten komen. Ik was niet welkom. Ik strooide alleen maar zout in de wonden. Haar stijfheid, of liever haar kille onbewogenheid sloeg me uit het veld, en ik besefte dat ik een enorme fout beging door te denken dat ik kon repareren wat ik eigenhandig kapot had gemaakt. Daarbij was er dat *u*, vernietigend, onverdraaglijk, dat me naar de andere kant van de wereld slingerde, heel ver weg, me bijna uitwiste, me verdoemde. Émilie vervloekte me. Ik geloof dat ze haar ongeluk alleen had overleefd om mij te vervloeken. Ze hoefde niets te zeggen, haar blik zei genoeg. Een uitdrukkingsloze blik, die me op afstand hield en die ik niet moest proberen te doorstaan.

'Wat wilt u?'

'Ik?' vroeg ik, stupide.

'Ja, wie anders? U was hier vorige week, de week daarvoor, en zo'n beetje elke dag. Waar bent u mee bezig?'

Ik had een brok in mijn keel, kon niet meer slikken. 'Ik ... kwam langs ... Toevallig ... Ik dacht dat ik je door het raam zag, maar ik wist het niet zeker. En daarom ben ik teruggegaan om te kijken of jij het echt was ...'

'En toen?'

'Nou, toen zei ik tegen mezelf ... ik weet niet ... Ik wilde je gedag zeggen ... weten hoe het met je ging ... met je praten. Maar ik durfde niet.'

'Heb je het ooit een keer in je leven gedurfd?'

Ze voelde dat ze me had gekwetst. Er vonkte iets in de duisternis van haar ogen. Als een vallende ster die dooft op het moment dat hij oplicht.

'Je hebt je tong dus weer teruggevonden. Dat werd tijd ... Waar wilde je over praten?'

Alleen haar lippen bewogen. Haar gezicht, haar verstrengelde handen, mager en bleek, heel haar lichaam, alles bleef onwrikbaar. Het waren niet eens woorden, het was slechts een zuchtje dat uit haar mond kwam, als een betovering.

'Ik geloof dat ik niet het goede moment heb gekozen.'

'Ik zou het prettig vinden als er geen ander komt. Dus zeg het maar. Waar wilde je me over spreken?'

'Over ons', zei ik, alsof mijn gedachten hadden besloten dat ze mij niet nodig hadden.

'Over ons? Is er dan ooit een "ons" geweest?'

'Ik weet niet waar ik moet beginnen.'

'Dat snap ik.'

'Het spijt me zo vreselijk, je hebt geen idee. Ik ben zo, zo … Zul je het me ooit kunnen vergeven?'

'Maakt dat wat uit?'

'Émilie … ik vind het zo verschrikkelijk.'

'Dat zijn maar woorden, Younes. Er was een tijd dat één woord van jou mijn leven zou hebben veranderd. Maar je durfde het niet uit te spreken. Je moet begrijpen dat alles voorbij is.'

'Wat is er voorbij, Émilie?'

'Wat nooit echt is begonnen.'

Ik was verpletterd. Ik kon niet geloven dat ik nog rechtop stond. Mijn benen hadden het begeven, mijn hoofd spatte uit elkaar; ik hoorde mijn hart noch het bloed in mijn slapen nog kloppen.

Ze deed een stap naar voren. Het was alsof ze uit de muur achter haar kwam.

'Wat had je nou verwacht, Younes? Dat ik je om de hals zou vallen, een gat in de lucht zou springen? Waarom? Zat ik soms op je te wachten? Natuurlijk niet. Je hebt me niet eens de tijd gegeven om van je te dromen. Je hebt mijn liefde bij de keel gegrepen en de nek omgedraaid. Krak! Mijn liefde voor jou was al dood voordat die de grond raakte.'

Ik zei niets. Ik was bang dat als ik mijn mond zou opendoen, ik in snikken zou uitbarsten. Ik realiseerde me hoeveel pijn ik haar had gedaan, hoe ik haar jongemeisjesdromen kapot had gemaakt, haar beroofd had van haar geluk, zo puur en zo zuiver, zo strijdbaar en gerechtvaardigd, zo natuurlijk en vol vertrouwen, dat haar ogen destijds deed stralen van verlangen en hoop.

'Mag ik je een vraag stellen, Younes?'

Ik had een brok in mijn keel, kon alleen maar knikken.

'Waarom? Waarom heb je me afgewezen? Als je een ander had gehad, dan was je met haar getrouwd en dan had ik het begrepen. Maar je bent nog steeds niet getrouwd ...'

Een traan maakte gebruik van een moment van onoplettendheid om tussen mijn wimpers door te glijden en over mijn wang te rollen. Ik had de moed noch de kracht om hem weg te vegen. Geen spier die me nog gehoorzaamde.

'... Ik heb me dat dag en nacht afgevraagd', vervolgde ze op monotone toon. 'Wat was er zo afstotend aan me? Wat had ik verkeerd gedaan? Ik zei tegen mezelf: hij houdt doodeenvoudig niet van je, hij hoeft niet per se iets tegen je te hebben, hij voelt gewoon niets voor je ... Maar het lukte me niet om mezelf daarvan te overtuigen. Je was zo ongelukkig toen ik trouwde. En toen dacht ik: Younes verzwijgt iets voor me ...'

'...'

'Wat verzwijg je voor me, Younes? Wat wil je me niet zeggen?'

De dijk brak; mijn tranen stroomden, gutsten over mijn wangen, vloeiden over mijn kin en in mijn hals. Ik huilde, en ik voelde alles wat me kwelde, al mijn wroeging en mijn schuldgevoel uit me vloeien als viezigheid uit een steenpuist.

Ik jankte als een klein kind, alsof ik nooit meer wilde ophouden met huilen.

'Zie je wel?' zei ze. 'Je wilt het me nog steeds niet zeggen.'

Toen ik opkeek, was ze weg. Alsof de muur achter haar, de duisternis die haar omhulde, haar had opgeslokt. In de winkel was alleen nog haar geur, die zich vermengde met die van de boeken en, drie boekenkasten verderop, twee oude dames die me medelijdend aankeken. Ik veegde mijn tranen weg en verliet de boekhandel met het gevoel dat een mistnevel die nergens vandaan kwam, langzaam maar zeker het stervende daglicht verdrong.

18

Het was zeven uur 's avonds, eind april 1959. De hemel liet zich aflikken door de vlammen van de ondergaande zon, terwijl een verweesde wolk roerloos boven het dorp hing te weeklagen, wachtend tot een toevallige wind hem mee zou willen voeren. Ik was dozen in het magazijn aan het opbergen en stond op het punt om af te sluiten. Toen ik terugkeerde naar de apotheek zag ik een jongeman in de deuropening staan. Hij was nerveus, hield zijn jasje dichtgeslagen alsof hij er iets onder verborg.

'Ik zal je niets doen', stamelde hij in het Arabisch.

Hij was zestien of zeventien. Zijn gezicht was zo bleek dat ik de donshaartjes op zijn lip kon zien. Hij leek wel een voortvluchtige gevangene. Hij was graatmager en droeg een broek met scheuren bij de knieën, bemodderde sportschoenen en een verfomfaaide das om een hals die zwart zag van het vuil.

'Je gaat toch dicht?'

'Wat wil je?'

Hij sloeg zijn jasje open: hij had een groot pistool onder zijn riem. Het zien van het wapen deed het bloed in mijn aderen stollen.

'El-Jabha, het Front, heeft me gestuurd. Laat je rolluik neer. Er gebeurt je niets als je doet wat ik je zeg.'

'Wat is dit voor flauwekul?'

'Het vaderland roept, dokter.'

Toen ik niet meteen in beweging kwam, nam hij zijn wapen in de hand en beval me, zij het zonder op me te richten, om te doen wat hij zei. Ik liet het rolluik neer, mijn ogen strak op de loop gericht.

'En nu achteruit.'

Zijn angst deed niet onder voor de mijne. Bang dat hij in zijn nervositeit gekke dingen zou doen, hief ik mijn handen op om hem te kalmeren.

'Doe het licht aan en sluit dan de luiken voor het raam.'

Ik deed wat hij zei. In de stilte van de apotheek leek mijn hart wel de zuiger van een op hol geslagen machine.

'Ik weet dat je moeder boven is. Is er nog iemand anders in het huis?'

'Ik verwacht gasten', loog ik.

'Dan wachten we ze samen op.'

Hij veegde met de rug van zijn gewapende hand zijn neus af en beval me met een hoofdbeweging om de trap op te gaan. Ik was nog niet op de vierde trede of hij drukte de loop van zijn pistool in mijn zij.

'Ik herhaal: er gebeurt je niets als je doet wat ik je zeg.'

'Doe dat wapen weg. Ik beloof je dat ...'

'Interesseert me niet. En ga niet af op mijn leeftijd. Anderen hebben niet eens de tijd gehad om dat te betreuren. Het FLN heeft me gestuurd. Ze denken dat we je kunnen vertrouwen. Stel ze niet teleur.'

'Mag ik weten wat ze van me willen?'

'Mag ik je eraan herinneren dat we in oorlog zijn?'

Op de overloop drukte hij me tegen de muur en spitste zijn oren. Het geluid van rinkelende borden dat opklonk in de keuken veroorzaakte een zenuwtrekking in zijn linkerwang.

'Roep haar.'

'Ze is oud en ziek. Je kunt beter je wapen wegdoen.'

'Roep haar.'

Ik riep Germaine. Ik verwachtte dat ze een hand voor haar

mond zou slaan of zou schreeuwen, maar ze reageerde zo koel-bloedig dat ik perplex stond. Het zien van het pistool deed haar amper haar wenkbrauwen fronsen.

'Ik zag hem uit de akkers komen', zei ze.

'Ik kom uit de bergen', zei de jongen met een vleugje trots dat in zijn mond iets beslists kreeg. 'Jullie gaan alle twee op de bank daar in de huiskamer zitten. Als de telefoon gaat of iemand op de deur klopt, houden jullie je koest. Jullie hebben niks te vrezen.'

Hij wees met zijn pistool naar een leunstoel. Germaine liet zich er als eerste op neervallen en kruiste haar armen voor haar buik. Haar kalmte deed me verstijven. Ze probeerde niet naar me te kijken, waarschijnlijk in de hoop dat ik dat ook niet zou doen. De jongen hurkte tegenover ons neer en keek dwars door ons heen alsof we twee meubelstukken waren. Het leek alsof hij van zichzelf niet eens adem mocht halen. Ik snapte niet wat hij van ons wilde, maar het was een op-luchting om te zien dat hij niet meer zo zenuwachtig was als in het begin.

Bij het vallen van de avond verzonk de huiskamer in duister-nis. De jongen zat doodstil, met het pistool op zijn dij en zijn hand op het pistool. Alleen zijn ogen glansden in het donker. Ik stelde voor om het licht aan te doen. Hij gaf geen antwoord. Na een paar uur kon Germaine niet meer stilzitten. Het waren geen tekenen van nervositeit of vermoeidheid; ze moest naar de wc, maar durfde de jongen niet om toestemming te vragen. Ik vroeg het in haar plaats. De jongen siste twee keer 'sst!'

'Waar wachten we op?' vroeg ik.

Germaine stootte me aan ten teken dat ik me koest moest houden. Een flits verlichtte de nachtelijke hemel, waarna het dorp in een nog dichter donker leek te verzinken. Het zweet op mijn rug koelde af, en ik had het hemd dat aan mijn huid plakte wel van mijn lijf willen scheuren; de roerloosheid van de jongen schrikte me af.

Het werd steeds stiller in het dorp. Een laatste geronk stierf weg en een oorverdovende stilte maakte zich meester van de straatjes en de akkers. Tegen middernacht ketste er iets tegen het luik voor het raam. De jongen rende erheen en tuurde de duisternis in. Hij draaide zich om en beval Germaine om open te doen. Terwijl Germaine de trap af vloog, drukte hij de loop van zijn pistool in mijn nek en duwde me naar het trapgat.

'Mevrouw, als u schreeuwt, schiet ik hem dood.'

'Ik heb het begrepen', antwoordde Germaine vinnig.

Ze deed de deur open; meteen daarna klonk er gestommel beneden. Ik wilde weten wat er gebeurde, het pistool drukte mijn hoofd tegen de muur.

Germaine kwam naar boven. Ik zag vaag enkele gedaanten de trap op wankelen. 'Doe het licht aan, sukkel!' gromde een hese stem. Germaine drukte op het lichtknopje. In het licht van de overloop zag ik vier gewapende mannen een lichaam op een geïmproviseerde brancard op onbeholpen wijze de trap op tillen. Ik herkende Jelloul, de voormalige bediende van André. Hij droeg een gehavend gevechtspak, een machinepistool op zijn schouders en laarzen die dropen van de modder. Hij duwde me opzij en hielp de drie anderen de trap op te komen en hun last voor de leunstoel in de huiskamer neer te leggen. Hij keurde ons geen blik waardig en vroeg zijn kameraden het lichaam voorzichtig op de eettafel te leggen.

'Jullie kunnen gaan', beval hij. 'Ga terug naar de eenheid. Ik hou Laoufi bij me. Jullie hoeven ons niet te komen halen. Ik red me wel.'

Drie mannen gingen de trap af en verdwenen in de nacht. Zwijgend. Ons negerend. De jongen stak zijn pistool bij zich en duwde me de huiskamer in.

'Dank je wel, kleine', zei Jelloul. 'Je was perfect. En nu weg-wezen.'

'Moet ik in de buurt blijven?'

'Nee. Ga terug naar je weet wel waar.'

De jongen bracht een militaire groet en was weg.

Jelloul gaf me een knipoog: 'Gaat het?'

Ik wist niet wat ik moest zeggen.

'Maak je nuttig en ga de deur op slot doen.'

Germaine keek me smekend aan. Ze zag ditmaal bleek en maakte alsnog een volkomen versufte indruk. Ik ging naar beneden om de deur op slot te doen. Toen ik terugkwam, was Jelloul bezig de man op tafel van een oud bebloed gevechts-jasje te ontdoen.

'Als hij doodgaat, ga jij met hem mee', dreigde hij op kalme toon. 'Deze man is belangrijker dan mijn eigen leven. Hij is bij een vuurgevecht met de gendarmes in zijn borst geschoten. Hier heel ver vandaan, maak je maar niet ongerust. Jij moet dat smerige schroot uit zijn lichaam halen, daarom heb ik hem hiernaartoe gebracht.'

'Waarmee? Ik ben geen chirurg.'

'Je bent toch dokter?'

'Nee, apotheker.'

'Kan me niet schelen. Jouw leven hangt van het zijne af. Ik heb hem niet dat hele eind gesjouwd om hem hier te laten creperen.'

Germaine pakte me bij mijn arm.

'Laat mij hem onderzoeken.'

'Dat is pas verstandige taal', zei Jelloul.

Germaine boog zich over de gewonde, verwijderde voor-zichtig zijn bebloede hemd; het kogelgaatje bevond zich boven de linkerborst, nauwelijks waarneembaar onder de bruinige korst eromheen. Het was een lelijke wond.

'Hij heeft veel bloed verloren.'

'In dat geval hebben we geen tijd te verliezen', hakte Jelloul de knoop door. 'Laoufi,' zei hij tegen zijn maat, 'jij gaat de dame helpen.' Toen richtte hij zich tot mij: 'Laoufi is onze verpleger. Ga met hem naar de apotheek en haal alles wat nodig is om de kapitein te opereren. Heb je spul om de wond te ontsmetten en de benodigde instrumenten om de kogel eruit te halen?'

'Laat mij maar', zei Germaine. 'Jonas loopt me alleen maar in de weg. En alstublieft, geen wapens in mijn salon. Ik moet in alle rust kunnen werken … Uw verpleger mag blijven. Maar u en mijn zoon …'

'Dat was ik al van plan, mevrouw.'

Germaine probeerde mij erbuiten te houden. Ik voelde hoe ze hemel en aarde bewoog om haar kalmte te bewaren, en mijn aanwezigheid hinderde haar. Ik had geen idee hoe ze het zou aanpakken. Ze had van haar leven nog geen scalpel aangeraakt. Wat was ze van plan? Wat als de gewonde zou sterven? Haar gevoelloze ogen stuurden me weg, wilden me koste wat kost zo ver mogelijk van de salon houden. Ze probeerde een boodschap over te brengen die ik niet kon ontcijferen. Ze vreesde voor mijn leven, dat was duidelijk, wilde me uit de wind houden. Later zou ze me bekennen dat ze een lijk tot leven zou hebben gewekt om mij te redden.

'Gaat u maar naar de keuken om een hapje te eten. Ik voel me meer op mijn gemak als jullie me niet op de vingers staan te kijken.'

Jelloul knikte. Ik nam hem mee naar de keuken; hij deed de ijskast open, pakte een bord met gekookte aardappelen, kaas, plakken gerookt vlees, fruit en een fles melk en zette alles op tafel, naast zijn machinepistool.

'Is er ook brood?'

'Rechts van je. In de provisiekast.'

Hij pakte een groot stokbrood en zette er zijn tanden in terwijl hij zich op een stoel liet vallen. Hij begon gulzig te eten, schrokte alles door elkaar naar binnen, fruit, kaas, aardappelen en vlees.

'Ik verrek van de honger', zei hij met een luide boer. 'Jij hebt nergens last van, nietwaar? Die oorlog gaat jou niet aan. Jij neemt het er lekker van terwijl wij in de bergen op een houtje bijten … Wanneer besluit je nou eindelijk aan wiens kant je staat? Je zult ooit moeten kiezen …'

'Ik hou niet van oorlog.'

'Het gaat er niet om of je er wel of niet van houdt. Ons volk komt in opstand. Het is het beu om in stilte te lijden. Maar jij zit tussen twee stoelen, jij kunt het natuurlijk aanleggen zoals je wilt. Jij kiest de kant die je het beste uitkomt.'

Hij viste een zakmes uit zijn zak en sneed een stuk kaas af.

'Zie je André nog weleens?'

'Nog maar heel zelden, de laatste tijd.'

'Ik heb gehoord dat hij samen met zijn vader een militie heeft opgezet.'

'Dat klopt.'

'O, wat zou ik hem graag tegenover me hebben … Ik neem aan dat hij weet dat ik ontsnapt ben?'

'Ik weet het niet.'

'Hebben ze het in Río niet over mijn ontsnapping gehad?'

'Ik wist er niets van.'

'Het was een wonder. Ze hebben mijn hoofd afgehakt en toen is het weer aangegroeid. Geloof jij in het lot, Jonas?'

'Ik heb niet de indruk dat ik er een heb.'

'Nou, ik wel. Stel je voor, toen ik werd overgebracht naar de gevangenis van Orléansville kreeg de gevangenwagen een klapband en belandde in de greppel. Toen ik mijn ogen opendeed lag ik in de bosjes. Ik stond op, begon te lopen, en omdat er niemand achter me aankwam, bleef ik maar doorlopen. Ik kneep mezelf tot bloedens toe in mijn arm om zeker te weten dat ik niet droomde. Is dat geen teken van boven?'

Hij duwde het bord van zich af, ging kijken hoe de zaken ervoor stonden in de salon, liet expres zijn machinepistool op de tafel liggen en kwam weer terug.

'Hij is er slecht aan toe, maar hij heeft een sterk gestel. Hij komt er wel weer bovenop. Dat moet! Anders ...' Hij slikte de rest van zijn zin in, keek me strak aan en zei toen op rustiger toon: 'Ik vertrouw erop. Toen we klaar waren met de gendarmes zat ik met een gewonde kapitein en ik had geen idee wat ik moest doen. En toen hoorde ik ineens jouw naam in mijn hoofd. Ik zweer je dat ik die hoorde. Ik draaide me om. Niemand. Ik heb het niet proberen te begrijpen. We hebben twee nachten lang door de bossen gelopen. Zelfs de honden blaften niet als wij voorbijkwamen. Is dat niet ongelooflijk?'

Hij schoof het machinepistool met zogenaamd achteloze hand opzij.

'Ik ben al ik weet niet hoe vaak in een hinderlaag gelopen, maar er is me nog nooit iets gebeurd. Op den duur ben ik er fatalistisch van geworden. Mijn laatste uur zal pas slaan wanneer God dat wil. Ik ben voor de duvel niet bang ... Maar jij, waar ben jij bang voor? Het gaat goed met de revolutie. We winnen op alle fronten, inclusief in het buitenland, het volk steunt ons, de internationale opinie ook. De grote dag is nabij. Waarom sluit je je niet bij ons aan?'

'Ga je ons vermoorden?'

'Ik ben geen moordenaar, Jonas. Ik ben een strijder. Ik ben bereid mijn leven te offeren voor het vaderland. Wat heb jij het te bieden?'

'Mijn moeder weet niets van chirurgie.'

'Ik ook niet, maar iemand moet het doen. Weet je wie de kapitein is? Het is Sy Rachid, de "ongrijpbare Sy Rachid" uit de kranten. Ik heb veel vechtersbazen gezien, maar niet een met zijn charisma. We hebben dikwijls als ratten in de val gezeten, maar dan dook hij als bij toverslag op en haalde ons met één vingerknip uit de nesten. Hij is geweldig. Ik wil niet dat hij doodgaat. De revolutie heeft hem nodig.'

'Oké, maar stel dat het niet goed met hem afloopt, wat doe je dan met ons?'

'Zielenpoot! Je denkt alleen maar aan je eigen hachje. De oorlog die elke dag honderden levens eist, die raakt jou niet. Als ik je niet iets verschuldigd was, zou ik je als een hond afmaken ... Kun je me trouwens uitleggen waarom het me niet lukt om je Younes te noemen?'

Hij had niet geschreeuwd of op de tafel gebeukt; hij had me zijn teleurstelling bijna met tegenzin naar het hoofd geslingerd. Hij was te uitgeput om een scène te maken. Maar de minachting die ik bij hem opwekte was onmetelijk en deed een woede in me oplaaien even groot als mijn razernij om de afwijzing van Jean-Christophe.

De verpleger klopte op de keukendeur voordat hij binnen kwam. Hij was bezweet.

'Het is gelukt.'

'Godzijdank', zei Jelloul langs zijn neus weg. Hij spreidde zijn armen in mijn richting: 'Zie je wel? Zelfs het lot is met ons.'

Hij beval de verpleger om me in de gaten te houden en spoedde zich naar de gewonde. De verpleger vroeg of er iets te eten was. Ik wees hem de koelkast en de provisiekast. Hij zei dat ik bij het raam moest gaan staan en geen rare dingen moest doen. Het was een kleine spichtige jongen, een puber nog met een knalrood, met dons bedekt bakkes. Hij droeg een geladderde trui die hem te groot was, een camouflagebroek met een touw bij wijze van riem en potsierlijke schuiten van legerkistjes, waardoor hij net de gelaarsde kat leek. Hij waagde zich niet in de buurt van de koelkast, en nam genoegen met de restjes op de tafel.

Jelloul riep me. De verpleger gebaarde dat ik de keuken kon verlaten en keek me na tot ik in de gang verdween. Onderuitgezakt in de leunstoel probeerde Germaine weer op krachten te komen, met trillende boezem onder een van zweet doordrenkte bloes. De gewonde lag nog steeds op de tafel, met een zwachtel om zijn blote borst. Zijn nasale ademhaling raspte door de stilte van het vertrek. Jelloul doopte een kompres in een teiltje met water en begon zijn gezicht te deppen. Zijn gebaren ademden diep respect.

'We blijven hier een paar dagen, tot de kapitein is aangesterkt', zei hij. 'De apotheek gaat morgen gewoon open. Mevrouw blijft hier boven bij ons. Jij brengt de medicijnen rond. Je komt en je gaat wanneer je wilt. Ik hoef niet voor je uit te tekenen wat er gebeurt als ik ook maar de kleinste afwijking bespeur. Het enige wat we van je vragen is je gastvrijheid. Ik geef je de kans om eindelijk eens de zaak van je volk te dienen, dus probeer het niet te verpesten.'

'Ik doe de apotheek wel', stelde Germaine voor.

'Ik heb liever dat hij het doet … Oké, Jonas?'

'Hoe weet ik zeker dat jullie ons laten leven?'

'Je bent echt een hopeloos geval, Jonas.'

'Ik vertrouw erop', kwam Germaine tussenbeide.

Jelloul glimlachte. Het was dezelfde glimlach die ik op zijn gezicht had gezien in zijn dorp achter de heuvel met de twee maraboets: half minachtend, half medelijdend. Hij haalde een kleine revolver uit zijn broekzak en legde het in mijn hand.

'Het is geladen. Je hoeft alleen maar de trekker over te halen.'

Het koude metaal deed de rillingen over mijn rug lopen.

Germaine werd groen. Haar vingers klauwden in haar jurk.

'Zal ik je eens wat zeggen, Jonas? Ik heb echt met je te doen. Je moet wel een ongelooflijke sukkel zijn om geen deel te willen uitmaken van de geschiedenis.'

Hij nam de revolver terug en stopte hem in zijn zak.

De gewonde steunde en bewoog. Hij moest ongeveer van mijn leeftijd zijn, misschien een paar jaar ouder. Hij was blond, vrij groot, met fijne, welgevormde spieren. Een rossige baard verhulde zijn gelaatstrekken; hij had littekens op zijn voorhoofd, dikke wenkbrauwen en een kromme, vlijmscherpe neus. Hij bewoog opnieuw, strekte een been en probeerde op zijn zij te gaan liggen, waardoor hij met een kreet wakker schrok. Op het moment dat hij zijn ogen opende, herkende ik hem, ondanks de jaren en de tand des tijds: Ouari! Het was Ouari, mijn 'partner' van vroeger, die me had geleerd om distelvinken te vangen. Hij was vroeg oud geworden, maar zijn blik was hetzelfde: somber, hard, ondoorgrondelijk. Een blik die ik nooit zal vergeten.

Ouari ontwaakte uit een diepe bewusteloosheid, want bij het zien van mijn gezicht, dat hij niet herkende, schoot hij in een zelfverdedigingsreflex, greep me bij mijn keel en trok me hardhandig naar zich toe terwijl hij met een pijnlijke ruk overeind kwam.

'Je bent hier veilig, Sy Rachid', mompelde Jelloul.

Ouari leek het niet te begrijpen. Hij keek zijn wapenbroeder aan, kon hem pas na een tijdje thuisbrengen en bleef mijn keel dichtknijpen. Germaine snelde me te hulp. Jelloul beval haar om weer te gaan zitten en legde zijn officier op zachte toon de situatie uit. De vingers rond mijn hals weigerden hun greep te verslappen. Ik kreeg geen lucht meer, wachtte tot de gewonde bij zinnen kwam. Toen hij me eindelijk losliet, voelde ik mijn slapen branden.

De officier viel terug op de tafel. Zijn arm stak half omhoog, wiegde nog even heen en weer en kwam toen tot rust.

'Wegwezen', beval de verpleger die, gealarmeerd door mijn gekerm, was komen aanrennen.

Hij onderzocht de gewonde, voelde zijn pols …

'Hij is alleen maar flauwgevallen. We moeten hem nu in bed leggen. Hij heeft rust nodig.'

De drie verzetsstrijders bleven een dag of tien. Ik deed mijn werk alsof er niets aan de hand was. Beducht dat er onverwacht familie zou komen aanzetten, belde Germaine haar familie in Oran om mee te delen dat ze naar Colom-Béchar ging, in de woestijn, en zou bellen als ze terug was. Laoufi, de verpleger, had de kapitein in mijn slaapkamer gelegd en zat dag en nacht bij zijn bed. Ik sliep in de werkkamer van mijn oom, op een oude canapé. Jelloul kwam me vaak tarten. Hij gruwde van mijn houding tegenover de oorlog die ons volk voerde voor een onafhankelijk Algerije. Ik wist dat ik maar iets hoefde te zeggen en hij zou me voor van alles en nog wat uitmaken, dus hield ik mijn mond. Op een avond, toen ik een boek zat te lezen, zei hij, nadat hij begrepen had dat ik geen zin had om een gesprek aan te knopen: 'Het leven is net een film: er zijn hoofdrolspelers die het verhaal gaande houden, en er zijn figuranten die opgaan in het decor. Die laatsten zijn er wel, maar ze interesseren niemand. Daar hoor jij bij, Jonas. Ik neem het je niet kwalijk, ik heb medelijden met je.'

Mijn stilzwijgen irriteerde hem, en hij schreeuwde: 'Hoe kun je nu de andere kant op kijken terwijl de wereld in brand staat?'

Ik keek even op en las toen weer door. Hij rukte het boek

uit mijn handen en slingerde het tegen de muur: 'Ik praat tegen je!'

Ik pakte mijn boek op en ging weer op de bank zitten. Hij probeerde het opnieuw uit mijn handen te rukken, maar ditmaal greep ik hem bij zijn pols en duwde hem weg. Overrompeld door mijn reactie keek hij me verbijsterd aan en foeterde: 'Wat er gebeurt in onze dorpen die met napalm worden bestookt, in de gevangenissen waar onze helden ter dood worden gebracht, in de bergen waar we onze doden met een lepeltje bijeen moeten rapen, en in de kampen waar onze strijders wegteren, dat zie jij allemaal niet. Is er niets wat jouw fanatisme wekt, Jonas? Heb je dan niet begrepen dat een heel volk strijdt voor jouw verlossing?'

Ik gaf geen antwoord.

Hij sloeg me met vlakke hand in het gezicht.

'Raak me niet aan', zei ik.

'Wauw, ik schijt in mijn broek … Je bent een lafaard, gewoon een lafaard. Of je je wenkbrauwen fronst of je billen samenknijpt, verandert daar helemaal niks aan. Ik vraag me af waarom ik niet gewoon je keel afsnijdt.'

Ik legde mijn boek neer, stond op en ging pal voor hem staan.

'Wat weet jij van lafheid, Jelloul? Wie is er nu eigenlijk laf De ongewapende man die een pistool tegen zijn slaap krijgt gedrukt of de man die dreigt dat hij hem voor zijn kop gaat schieten?'

Hij keek me vol afkeer aan.

'Ik ben geen lafaard, Jelloul. Ik ben doof noch blind, en ik ben niet van beton. Als je het echt wilt weten: er is niet op deze wereld wat me nog enthousiast maakt. Zelfs niet het geweer dat degene die het draagt in staat stelt om mensen als honden te behandelen. Is het niet de vernedering die jou ertoe heeft gebracht om de wapens op te nemen? Waarom doe jij dan nu precies hetzelfde?'

Hij trilde van woede, moest zich inhouden om me niet aan te vliegen, en nadat hij vlak voor me op de grond had gespuugd, rende hij de kamer uit en sloeg met een klap de deur achter zich dicht.

Hij viel me daarna niet meer lastig. Wanneer we elkaar in de gang tegen het lijf liepen, ging hij me vol walging uit de weg.

Tijdens hun verblijf verbood Jelloul me elk contact met de kapitein. Wanneer ik iets nodig had uit mijn kamer, belastte de verpleger zich ermee. Ik vertelde hem waar dit of dat lag en dan ging hij het voor me halen. Ik had maar één keer, toen ik uit de badkamer kwam, door de halfopen deur een glimp van de patiënt kunnen opvangen. Hij zat op het bed, met een schoon verband om zijn bovenlijf en met zijn rug naar me toe. Ik dacht terug aan de jaren in Jenane Jato, toen ik hem aanzag voor mijn vriend en beschermer, aan zijn met vogelpoep bedekte volière, onze jacht op distelvinken in het kreupelhout achter het marktplein, maar mijn hart kromp ineen toen ik me de lege blik herinnerde die hij me had toegeworpen terwijl die duivel van een Daho me kwelde met zijn slang. Ik had hem al vanaf het moment dat ik hem had herkend willen vertellen wie ik was, maar dat verlangen verflauwde vanzelf.

De laatste dag namen de drie strijders een bad, schoren hun baarden af, stopten hun gewassen plunje en kistjes in een tas, eigenden zich mijn kleren toe en verzamelden zich in de salon. Mijn pak was de verpleger veel te groot, maar hij bleef maar op en neer drentelen voor de spiegel, verbluft over zijn nieuwe look. Alle drie probeerden ze hun nervositeit te verbergen, Jelloul in het kostuum dat ik voor Simons bruiloft had aangeschaft, de kapitein in het pak dat Germaine een paar maanden geleden voor me had gekocht.

Tegen twaalven, na de lunch, droeg Jelloul me op om lakens uit te hangen over heel de lengte van het balkon. Nadat de avond was gevallen, knipte hij drie keer het licht aan en uit in het vertrek dat uitkeek op de boomgaarden. Toen in de duisternis achter de zee van wijngaarden een lichtje begon te knipperen, beval hij me om met de verpleger naar het magazijn te gaan en hem alle medicijnen en verbandtrommels mee te geven die hij nodig had. We zetten drie grote dozen met spullen in de achterbak en gingen weer naar boven, waar de kapitein, nog wat bleek, met een peinzende blik op en neer liep door de gang.

'Hoe laat is het?' vroeg Jelloul.

'Kwart voor tien', zei ik.

'Dan is het nu het moment. We nemen jouw auto, jij rijdt en ik wijs de weg.'

Germaine, die wat achteraf zat in de salon, vouwde haar handen in gebed en maakte zich klein. Ze beefde. De verpleger liep naar haar toe en gaf haar een klopje op de schouder. 'Het komt allemaal goed, mevrouw. Maakt u zich maar niet ongerust.' Germaine maakte zich nog kleiner.

De kapitein en de verpleger hadden plaatsgenomen op de achterbank, met hun wapens aan hun voeten. Jelloul was voor ingestapt en zat onafgebroken aan zijn stropdas te trekken. Ik opende de deuren van de garage, die Germaine na ons vertrek weer sloot, en reed met gedoofde lichten naar het wijnhuis Kraus, tegenover de tent van André. Het was druk in de bar en op het terras. We hoorden gelach en geschreeuw. Ik was even bang dat Jelloul nog een appeltje te schillen had met zijn voormalige werkgever. Maar hij grijnsde alleen maar en maakte een hoofdbeweging richting de uitgang van het dorp. Ik deed de koplampen aan en reed de duisternis in.

We namen de asfaltweg naar Lourmel, sloegen voor we het

dorp bereikten af en reden over een berijdbaar pad naar Terga aan zee. Een motorrijder wachtte ons op bij een afslag. Ik herkende de jongen die de eerste dag met zijn revolver naar de apotheek was gekomen. Hij keerde en reed in volle vaart voor ons uit.

'Langzaam rijden', beval Jelloul. 'En probeer hem niet in te halen. Als je hem terug ziet komen, doe je je lichten uit en keer je om.'

De motorrijder kwam niet terug.

Na een kilometer of twintig zag ik hem langs de kant van de weg staan. Jelloul beval me naast hem stil te houden en de motor af te zetten. Silhouetten doken op uit het struikgewas, met geweren in de hand en rugzakken op hun rug. Een van hen voerde een broodmagere muilezel mee. De strijders stapten uit en liepen naar hun kameraden voor een korte omhelzing. De verpleger kwam naar me toe, zei dat ik in de auto moest blijven zitten en haastte zich de achterbak te openen. De dozen met geneesmiddelen en verband werden op de rug van de muilezel geladen. Toen gebaarde Jelloul dat ik kon vertrekken. Ik bleef roerloos zitten. Ze zouden me toch niet zomaar ongedeerd laten gaan met het risico dat ik ze bij de eerste wegversperring zou aangeven? Ik probeerde Jellouls blik te vangen, maar die draaide zich om en haastte zich achter zijn kapitein aan; ik had de man geen kik meer horen geven sinds de nacht dat hij me bijna had gewurgd. De muilezel klom tegen een rotshelling op, bereikte ploeterend de top en verdween over de rand. Donkere silhouetten slopen achter het beest aan door het struikgewas en hielpen elkaar de steile helling op. Toen waren ook zij verdwenen. Weldra hoorde ik alleen nog het geritsel van blaadjes in de wind.

Mijn hand weigerde het contactsleuteltje om te draaien. Ik wist zeker dat Jelloul ergens vlakbij verstopt zat, met zijn geweer in de aanslag, wachtend op het geronk van de motor, dat zijn schot zou overstemmen.

Het duurde een uur voordat ik eindelijk kon erkennen dat ze echt weg waren.

Maanden later vond ik een blanco envelop zonder postzegel bij de post. Op een blaadje dat uit een schoolschrift was gescheurd stond een lijstje met medicijnen. Ik kocht de betreffende medicamenten en stopte ze in een doos. Laoufi haalde ze een week later op. Het was drie uur 's nachts toen iemand een steen tegen de luiken voor mijn raam gooide. Germaine had het ook gehoord; ik betrapte haar in haar peignoir in de gang. We zeiden niets tegen elkaar. Ze zag me de trap af gaan naar het magazijn. Ik gaf de doos aan de verpleger, deed de deur weer op slot en ging terug naar mijn kamer. Ik wachtte tot Germaine me op mijn donder zou komen geven; ze ging terug naar haar kamer en deed de deur op slot.

Laoufi kwam vijf keer een doos halen. Het ging altijd op dezelfde manier: een maagdelijke envelop werd 's nachts in de brievenbus gestopt, met een lijstje medicijnen neergekrabbeld op een velletje papier, en daarbij soms ook een verzoek om verbandspullen en medische instrumenten – injectiespuiten, watten, kompressen, scharen, stethoscoop, knevelverbanden enzovoort. Een steen tegen het raam. De verpleger voor de deur. Germaine in de gang.

Op een avond kreeg ik een telefoontje. Jelloul droeg me op om naar de plek te komen waar ik hem met de kapitein en de verpleger had afgezet. Toen Germaine me die ochtend de garage uit zag rijden, sloeg ze een kruis. Ik gaf me er rekenschap van dat we niet meer met elkaar praatten ... Jelloul was niet op de afgesproken plek. Toen ik weer thuis was, belde hij opnieuw en zei dat ik terug moest gaan naar de bewuste plek. Ditmaal werd ik opgewacht door een herder met een koffer vol geld naast hem op de grond. Hij droeg me op het geld te verbergen tot iemand het zou komen halen. De koffer stond twee weken lang in ons huis. Jelloul belde me op een zondag en droeg me op het 'pakje' naar Oran te brengen, naar een plek bij een klein houtbewerkingsbedrijf, achter brouwerij BAO, waar ik in mijn auto moest blijven wachten. Ik volgde zijn instructies op. Het houtbewerkingsbedrijf was dicht. Er liep een man heen en weer langs de auto; toen kwam hij naar me toe, liet me de kolf zien van een pistool dat hij onder zijn jas verstopt hield en beval me uit te stappen. 'Ik ben over een kwartier terug', zei hij terwijl hij in de auto sprong. Ik kreeg mijn auto een kwartier later terug.

Dit tweede leven ging de hele zomer en het hele najaar door.

De laatste keer dat Laoufi bij me aanklopte, was hij nerveuzer dan gewoonlijk. Onafgebroken de wijngaarden in turend stopte hij de medicijnen in een rugzak die hij op zijn schouders nam, en wierp me een vreemde blik toe. Hij wilde iets zeggen, kon geen woord uitbrengen; hij hees zich op de punten van zijn kistjes en kuste me als blijk van respect boven op mijn hoofd. Ik voelde hem trillen in mijn armen. Het was even na vier uur 's nachts, en het begon al licht te worden. Was dat wat hem dwarszat? Laoufi zat niet lekker in zijn vel, werd zichtbaar gekweld door een voorgevoel. Hij nam afscheid en spoedde zich de wijngaarden in. Ik zag hem het duister in snellen, hoorde het geritsel van het gebladerte dat zijn aanwezigheid verried langzaam wegsterven. Aan de hemel hing een sikkelmaan. Een aarzelende wind blies van tijd tot tijd en ging toen liggen.

Ik deed het licht in mijn kamer niet aan en ging op de rand van mijn bed zitten, mijn zintuigen op scherp … Schoten verscheurden de stilte van de nacht, en alle honden in de omgeving begonnen te blaffen.

In de vroege ochtend werd er op de deur geklopt. Het was Krimo, de oude chauffeur van Simon. Hij stond wijdbeens op de stoep, met zijn handen op zijn heupen en zijn geweer onder de arm. Zijn gezicht straalde van buitensporige vreugde. Zes gewapende mannen stonden op de weg rondom een kruiwagen met een bloederige Laoufi. Ik herkende hem aan zijn potsierlijke schuiten en de opengescheurde rugzak op zijn borst.

'Een fellaga,' zei Krimo, 'een stinkende klootzak van een fellaga … Zijn stank heeft hem verraden.'

Hij deed een stap naar me toe.

'Ik vroeg me af wat deze fellaga in míjn dorp deed. Bij wie was hij? Waar kwam hij vandaan?'

Ze duwden de kruiwagen naar me toe. Het hoofd van de verpleger bungelde over de rand, een deel van de schedel weggeslagen. Krimo pakte de rugzak en smeet hem voor mijn voeten op de grond; de medicamenten rolden over de stoep.

'Er is maar één apotheek in Río, Jonas, en dat is de jouwe. En opeens snapte ik alles.'

De daad bij het woord voegend sloeg hij met de kolf van zijn geweer tegen mijn kaak. Onder het gegil van Germaine voelde ik mijn gezicht uiteenspatten, en ik viel voorover in een diepe afgrond.

Ik werd opgesloten in een weerzinwekkende cel, vergeven van ratten en kakkerlakken. Krimo wilde weten wie de 'fellaga' was, sinds wanneer ik hem van medische artikelen voorzag. Ik zei dat ik hem niet kende. Hij duwde mijn hoofd in een teil met smerig water, geselde me met een karwats; ik bleef volhouden dat ik de fellaga nog nooit had gezien. Krimo schold me uit, spuugde me in mijn gezicht, schopte me in mijn zij. Hij kreeg niets uit me. Hij liet me over aan een broodmagere oude man met een lang grijs gezicht en doordringende ogen. Hij zei dat hij het wel begreep, dat ze er in het dorp van overtuigd waren dat ik niets te maken had met 'die terroristen', dat zíj me gedwongen hadden met hen samen te werken. Ik bleef alles ontkennen. De verhoren volgden elkaar op, nu eens met strikvragen, dan weer met geweld. Krimo wachtte de nacht af om opnieuw in de aanval te gaan en me te martelen. Ik hield stand.

's Ochtends ging de deur open, en Pépé Rucillio kwam binnen.

Hij werd vergezeld van een officier in gevechtstenue.

'We zijn nog niet klaar met hem, meneer Rucillio.'

'U verspilt uw tijd, luitenant. Het gaat om een droevig misverstand. Die jongen is slachtoffer van een ongelukkige samenloop van omstandigheden. Uw kolonel is daar ook van overtuigd. U denkt toch niet dat ik het me ooit zou permitteren om een bandiet in bescherming te nemen?'

'Dat is het probleem niet.'

'Er is geen probleem, en dat zal er ook niet zijn', beloofde het clanhoofd.

Ik kreeg mijn kleren terug.

Buiten, op de met grind bedekte binnenplaats van wat een kazerne leek te zijn, keken Krimo en zijn mannen teleurgesteld en verontwaardigd toe hoe ik hun door de vingers glipte. Ze begrepen dat de vereerde patriarch van Río Salado mijn onschuld had bepleit bij de hoogste autoriteiten van de militaire sector, en dat hij zich garant voor mij stelde.

Pépé Rucillio hielp me in zijn grote auto en startte de motor. Hij groette de soldaat die op wacht stond bij de uitgang van het terrein en reed de weg op.

'Ik hoop niet dat ik de grootste fout van mijn leven bega', zei hij.

Ik gaf geen antwoord. Mijn mond was tot moes geslagen en mijn ogen zo opgezwollen dat ik moeite had om ze open te houden.

Pépé zei niets meer. Ik voelde hem twijfelen tussen zijn bemiddeling ten gunste van mij en de zwakte van de argumenten die hij bij de kolonel had gebruikt om de verdenkingen tegen me weg te nemen en me in vrijheid te laten stellen. Pépé Rucillio was meer dan een notabele, hij was een legende, een morele autoriteit, een man met een prestige even groot als zijn fortuin, maar net als alle vooraanstaande figuren die hun eer boven alle andere overwegingen stellen, was hij tegelijk zo kwetsbaar als een kolos op lemen voeten. Hij kon over alles en iedereen beschikken, en zijn woord stond gelijk aan willekeurig welk officieel document. Zulke invloedrijke figuren als hij, wier naam alleen al genoeg was om de gemoederen tot bedaren en de meest stormachtige discussies tot een einde te brengen, konden zich veel en zelfs af en toe een dwaasheid veroorloven, en ze genoten een zekere straffeloosheid, maar er gold geen enkele verzachtende omstandigheid wanneer het ging om het gegeven woord. Als dat ooit ongegrond mocht blijken, was er geen speelruimte meer. Nu hij zich voor mij garant had gesteld, vroeg hij zich serieus af of hij daar wel goed aan had gedaan, en hij zat daar erg over in.

Hij bracht me terug naar het dorp en zette me af voor de apotheek. Hij hielp me niet met uitstappen, besteedde geen aandacht meer aan me, ik moest het zelf maar uitzoeken.

'Mijn reputatie staat op het spel, Jonas', bromde hij binnensmonds. 'Als ik er ooit achter kom dat je me voor de gek hebt gehouden, zal ik er persoonlijk op toezien dat je alsnog wordt geëxecuteerd.'

Ik weet niet waar ik de kracht vandaan haalde om te vragen 'Jean-Christophe?'

'Nee, Isabelle!'

Hij wiegde met zijn hoofd en zei: 'Ik kan haar niets weigeren, maar als ze zich in jou heeft vergist, zal ik haar onmiddellijk verstoten.'

Germaine kwam naar buiten om me te verwelkomen. Ze maakte me geen verwijten. Ze was te blij dat ik nog leefde, en haastte zich om een bad te laten vollopen en eten voor me te bereiden. Daarop verzorgde ze mijn verwondingen, verbond de ergste en legde me in bed.

'Heb jij Isabelle gebeld?' vroeg ik.

'Nee … Ze heeft zelf gebeld.'

'Ze woont in Oran. Hoe wist ze er dan van?'

'In Río weet iedereen altijd alles.'

'Wat heb je tegen haar gezegd?'

'Dat je er niets mee te maken had.'

'En dat geloofde ze?'

'Dat heb ik haar niet gevraagd.'

Mijn vragen hadden haar gekwetst. Met name de manier waarop ik ze had gesteld. Mijn lauwe toon, het verwijt dat erin doorklonk, veranderde haar blijdschap dat ik heelhuids was teruggekomen in een vaag gevoel van teleurstelling, dat weldra zou overgaan in een ingehouden woede. Ze wierp me een verwijtende blik toe. Het was voor het eerst dat ze zo naar me keek. En ik begreep dat de band die me met haar verbond zojuist verbroken was, dat de vrouw die alles voor me was geweest – mijn moeder, mijn goede fee, mijn zuster, mijn handlangster, mijn vertrouwelinge en mijn vriendin – alleen nog maar een vreemde in me zag.

19

De winter van 1960 was zo streng dat onze gebeden bevroren; je kon ze bijna uit de hemel horen vallen en als ijsblokjes op de grond horen kletteren. Alsof de grijze monotonie rondom nog niet deprimerend genoeg was, wierpen enorme wolken zich als haviken op de zon en vraten voor onze ogen de schaarse stralen op die nog enig licht in de duisternis van onze geest konden brengen. Er hingen vele dreigingen in de lucht; de mensen maakten zich geen illusies meer: de oorlog bleek een roeping te hebben en de begraafplaatsen verborgen vleugels.

In huis werd de sfeer er niet beter op. Germaines stilzwijgen deed me verdriet. Ik vond het vreselijk dat ze me zonder een blik voorbijliep, de maaltijd met me deelde zonder ook maar één keer op te kijken van haar bord, wachtte tot ik klaar was met eten om af te ruimen en zich zwijgend terug te trekken in haar kamer. Ik leed eronder, maar tegelijkertijd voelde ik niet de behoefte om me met haar te verzoenen. Ik kon het niet opbrengen. Alles vermoeide me, stond me tegen. Ik weigerde naar rede te luisteren, had er maling aan dat het mijn schuld was; ik wilde me alleen maar terugtrekken in mijn donkere hoekje, waar ik niet hoefde na te denken over wat ik zou moeten doen, over wat ik had gedaan, of ik er goed of slecht aan had gedaan. Ik was bitter als oleanderwortel, stuurs en boos op iets wat ik niet kon omschrijven. Af en toe explodeerden de botte beledigingen van Krimo in mijn hoofd; ik betrapte mezelf erop dat ik hem de ergste martelingen toewenste, en dan zette ik het uit mijn hoofd en probeerde nergens meer aan te denken. Het was geen haat, geen woede meer die ik voelde; ik was ervan overtuigd dat ik een tijdbom was die elk moment kon exploderen.

Op mijn rustige momenten dacht ik aan mijn oom. Ik miste hem niet. Maar de leegte die hij had achtergelaten herinnerde me aan andere verminkingen. Ik had het gevoel dat ik nergens meer op kon leunen, dat ik in slowmotion rondzweefde in een verstikkende luchtbel, dat ik zelf een luchtbel was, overgeleverd aan de genade van het meest onbeduidende twijgje. Ik moest iets doen, ik voelde me langzaam afglijden, uit elkaar vallen. Daarom riep ik mijn dode oom op. De herinneringen aan hem verdrongen de mijne, zijn schim verjoeg het onheil dat mij had getroffen. Miste ik hem dan toch? Ik voelde me zo alleen dat ik zelf op het punt stond te verdwijnen, als een schaduw die opging in de duisternis. Wachtend tot mijn kneuzingen zouden vervagen, verschanste ik me in zijn werkkamer en verdiepte me in zijn geschriften – een tiental schriften en opschrijfboeken vol met aantekeningen, besprekingen, citaten van schrijvers en filosofen uit de hele wereld. Hij had ook een dagboek bijgehouden, dat ik toevallig had gevonden onder een stapel krantenknipsels in een hoekje van zijn secretaire. Zijn geschriften gingen over het Algerije van de onderdrukten, de nationalistische beweging en de menselijke aberraties die de essentie van het leven terugbrachten tot een vulgaire krachtsverhouding, een betreurenswaardig en stompzinnig verlangen van het ene volk om het andere te onderwerpen. Mijn oom was een uiterst ontwikkeld man, een geleerde en een wijze. Ik herinnerde me de blik die hij op me liet rusten wanneer hij zijn schriften dichtsloeg; het was een verheven blik, die een sprankelende, scherpe geest verried. 'Ik zou graag willen dat mijn geschriften toekomstige generaties dienen', had hij tegen me gezegd. 'Zo zul jij voortleven in de herinnering van het nageslacht', had ik gemeend hem te moeten vleien. 'De herinnering van het nageslacht heeft de knellende greep van het graf nooit verzacht', had hij scherp geantwoord. 'De gedachte eraan verzacht enkel de angst voor de dood, want er is geen passender therapie voor onze onontkoombare eindigheid dan de illusie van een heerlijke eeuwigheid ... Toch is er een die me na aan het hart ligt: de nagedachtenis van een verlichte natie. Dat is de enige nagedachtenis waarvan ik zou kunnen dromen.'

Wanneer ik vanaf mijn balkon in de verte keek en niets aan de horizon zag, vroeg ik me af of er een leven na de oorlog was.

Een week na Pépé Rucillio's ingrijpen bracht André Sosa me een bezoek. Hij parkeerde zijn auto tegenover de wijngaarden en wenkte me. Ik gebaarde van nee. Hij opende zijn portier en stapte uit. Hij droeg een grote beige mantel waaruit zijn dikke buik naar voren stak, en leren laarzen die tot aan zijn knieën reikten. Uit zijn brede glimlach maakte ik op dat hij met vriendschappelijke bedoelingen kwam.

'Zullen we een stukje gaan rijden?'

'Ik zit hier goed.'

'Dan kom ik naar boven.'

Ik hoorde hoe hij Germaine in het halletje respectvol begroette en even later de deur van mijn kamer openduwde. Alvorens zich bij me te scharen op het balkon wierp hij een blik op mijn onopgemaakte bed, de stapel boeken op mijn nachtkastje, en begaf hij zich naar de schoorsteenmantel waarop het houten paardje stond dat Jean-Christophe me de dag na het pak slaag dat hij me op het schoolplein had gegeven, in een vorig leven had geschonken.

'Dat was de goeie ouwe tijd, nietwaar, Jonas?'

'De tijd heeft geen leeftijd, Dédé. Wij zijn degenen die ouder zijn geworden.'

'Je hebt gelijk, behalve dat we geen voorbeeld hebben genomen aan de wijn die we maken: we zijn er met de jaren niet beter op geworden.'

Hij leunde naast me over het balkon en liet zijn blik over de wijngaarden gaan.

'Niemand in het dorp denkt dat jij iets te maken had met die fellaga's. Krimo overdrijft. Ik heb hem gisteren nog gezien en het hem recht in zijn gezicht gezegd.'

Hij draaide zijn hoofd naar me toe en deed net of hij mijn blauwe plekken niet zag.

'Ik had eerder moeten komen.'

'Had dat iets uitgemaakt?'

'Ik weet het niet ... Heb je zin om mee te gaan naar Tlemcen? Oran is onleefbaar geworden met die dagelijkse slachtpartijen, en ik wil er even uit. Ik word gek van Río.'

'Ik kan niet.'

'We blijven niet lang. Ik weet er een restaurant ...'

'Alsjeblieft, Dédé.'

Hij wiegde met zijn hoofd.

'Ik begrijp je wel, maar ik keur het niet goed. Het is niet goed om gaan zitten kniezen.'

'Ik zit niet te kniezen. Ik wil gewoon alleen zijn.'

'Stoor ik je?'

Ik keek recht voor me uit om geen antwoord te hoeven geven.

'Het is krankzinnig wat er nu gebeurt', verzuchtte hij terwijl hij opnieuw over het balkon leunde. 'Wie had ooit kunnen denken dat ons land zo diep zou zinken?'

'Dat was te voorzien, Dédé. Er werd hier een heel volk vertrapt: we liepen eroverheen alsof het een grasveld was. Het moest op een dag wel opstaan. Logisch dat we geen vaste grond meer onder de voeten hebben.'

'Meen je echt wat je zegt?'

Ditmaal keerde ik me naar hem toe: 'Dédé, hoelang moeten we elkaar nog voor de gek houden?'

Hij bracht zijn vuist naar zijn mond en blies erin terwijl hij nadacht over wat ik had gezegd.

'Het is waar, er waren dingen die niet goed waren, maar om nou zo'n gewelddadige oorlog te ontketenen, nee, dat gaat me te ver. Ze hebben het over honderdduizenden doden, Jonas. Dat is wel heel erg veel, vind je niet?'

'Vraag je dat aan mij?'

'Ik snap er echt niets meer van. Ik ben verbijsterd. Wat er in Algiers gebeurt, gaat het verstand te boven. En Parijs weet het ook niet meer. Men heeft het nu zelfs over zelfbeschikking. Wat is dat precies, zelfbeschikking? Dat we alles vergeven en vergeten en opnieuw beginnen op gelijke voet? Of …'

Hij durfde zijn zin niet af te maken. Zijn ongerustheid ging over in woede; zijn knokkels werden wit, zo stevig klampte hij zich vast aan zijn obsessies.

'Uiteindelijk heeft hij er helemaal niets van begrepen, die stomkop van een generaal', zei hij, doelend op het beroemde 'Ik heb u begrepen' waarmee De Gaulle op 4 juni 1958 de inwoners van Algiers in vervoering had gebracht en de illusies enig respijt had gegeven.

Een week later, op 9 december 1960, begaf Río Salado zich in zijn geheel naar Aïn Temouchent, een naburige stad, waar de generaal een bijeenkomst hield die de pastoor 'de mis van het laatste gebed' had gedoopt. Geruchten hadden de mensen op het ergste voorbereid, maar ze wilden er niet aan. Uit angst sloten ze hun gelederen en zetten oogkleppen op; ze weigerden de werkelijkheid van een onherroepelijke toekomst onder ogen te zien. Ik had gehoord hoe ze voor dag en dauw hun auto's uit de garages haalden, konvooien vormden, elkaar luidkeels toeriepen, grappen maakten en schreeuwden om boven die verbijsterende stem uit te komen die hen 's nachts uit hun slaap hield en onafgebroken en onophoudelijk herhaalde dat de teerling geworpen was. Ze konden schaterlachen, een hoge toon aanslaan, doen alsof ze nog iets te zeggen hadden en echt niet van plan waren de moed op te geven, maar het was duidelijk dat het allemaal loze woorden waren, dat de houding die ze zichzelf gaven niet geloofwaardig was en hun radeloze blik in strijd met hun air van zelfverzekerdheid. Door de stemming erin te houden, de schijn op te houden, hoopten ze het lot tot rede te brengen, het een wonder af te dwingen. Maar ze vergaten dat de aftelling al was begonnen en dat er niets meer te redden viel, want je moest wel stekeblind zijn om voort te blijven schrijden door de duisternis van alle illusies en uit te kijken naar een nieuwe dageraad die reeds was aangebroken boven een ander tijdperk, en die ze hardnekkig daar verwachtten waar die niet meer gloorde.

Ik wandelde door de verlaten straten van het dorp en ging toen naar de andere kant van de joodse begraafplaats om er de verkoolde resten te trotseren van wat het huis was geweest waar ik, één omhelzing lang, mijn allereerste seksuele ervaring had gehad. Bij de oude stallen stond een paard te grazen, onverschillig voor het menselijk tekort. Ik ging op een muurtje zitten en probeerde daar tot het middaguur het silhouet van mevrouw Casenave voor mijn geestesoog op te roepen: ik ving slechts een glimp op van de brandende auto van Simon en van Émilie terwijl ze haar zoontje tegen haar halfnaakte lijf drukte.

De auto's keerden terug uit Aïn Témouchent. Ze waren die ochtend met trompetgeschal vertrokken, knetterend en toeterend en met wapperende driekleur. Ze kwamen terug als van een begrafenis, in doodse stilte, de vlaggen halfstok, de

hoofden gebogen. De stemming in het dorp was om te snijden. Alle gezichten waren in de rouw om een lang vervlogen
hoop die men nog heel even nieuw leven had willen inblazen.
Algerije zou *Algerijns* zijn.

De volgende dag schilderde een triomfantelijke hand drie
grote rode letters op de muur van een wijnkelder: FLN.

Oran hield in het voorjaar van 1962 zijn adem in. Ik was op
zoek naar Émilie. Ik was bezorgd over haar. Ik had haar nodig. Ik hield van haar, en ik was teruggekomen om haar dat
te bewijzen. Ik voelde me in staat om orkanen, stormen, alle
vervloekingen en de ellende van de hele wereld te doorstaan.
Ik verlangde zo hevig naar haar. Ik werd er gek van om mijn
hand naar haar uit te strekken en in het luchtledige te grijpen.
Ik zei tegen mezelf: Ze zal je afwijzen, ze zal afschuwelijke dingen tegen je zeggen, ze zal de hemel op je hoofd laten neerkomen, maar niets kon me ervan afbrengen. Ik was niet meer
bang om mijn eed te verbreken en voor eeuwig te branden in
de hel; ik was niet meer bang om de toorn van de goden te
wekken en tot het einde der tijden te schande te staan. In de
boekwinkel had ik te horen gekregen dat Émilie op een avond
naar huis was gegaan en nooit meer een teken van leven had
gegeven. Ik herinnerde me nog het nummer van de tram die
ze die eerste keer had genomen, was bij alles haltes uitgestapt
en had alle buurten afgezocht. Ik meende haar te herkennen
in elke vrouw die ik zag, in elke gedaante die om de hoek van
een straat, in een huis verdween. Ik had navraag gedaan in
kruidenierswinkels, politiebureaus, bij postbodes, en ondanks
al mijn vruchteloze pogingen had ik geen moment gedacht dat
ik mijn tijd verdeed. Maar waar haar te vinden in een stad in
staat van beleg, in een openluchtarena, te midden van chaos
en razernij? Het Algerijnse Algerije werd in bloed en tranen

geboren; het Franse Algerije gaf in helse pijnen de geest. En beide, hoewel reeds verpletterd door zeven jaar oorlog en gruwelen en aan het einde van hun Latijn, vonden nog steeds de kracht om elkaar te verscheuren zoals nooit tevoren. De 'week van de barricades' in Algiers, in januari 1960 afgekondigd door de tegenstanders van een onafhankelijk Algerije, had de onvermijdelijke loop van de geschiedenis niet vertraagd. De couppoging van een handjevol dissidente generaals in april 1961 stortte de twee volkeren enkel in een surrealistische hel. Het leger kon de situatie niet meer aan, schoot in het wilde weg op burgers, sloeg de aanval van de een alleen maar af om onder die van de ander te bezwijken. De voorstanders van een definitieve breuk met het moederland Frankrijk namen de wapens op en zwoeren het Algerije, dat hun werd afgepakt, span voor span te heroveren. Steden en dorpen verzonken in de nachtmerrie aller nachtmerries. Aanslagen volgden op aanslagen, represailles op moorden, ontvoeringen op commandoacties. Wee de Europeaan die betrapt werd met een moslim, wee de moslim die heulde met de Europeaan. Gemeenschappen trokken zich uit kudde-instinct terug achter demarcatielijnen, hielden er dag en nacht de wacht en deinsden er niet voor terug de onvoorzichtige te lynchen die zich in het adres had vergist. Elke ochtend werden er levenloze lichamen in de straten ontdekt; elke nacht leverden spooklegers gruwelijke veldslagen. De opschriften op de muren deden denken aan grafschriften. Tussen 'Stemt ja!' 'FLN' en 'Leve Frans Algerije!' verschenen plotseling de drie initialen van de Apocalyps: OAS, de Organisatie van het Geheime Leger, geboren uit de doodsstrijd der kolonies en de afwijzing van het voldongen feit, die de kuil van het verderf nog iets dieper zou maken, tot in het hart van de hel.

Émilie was in het niets verdwenen, maar ik was vastbesloten

haar te vinden, al was het in het voorgeborchte van de hel. Ik had het gevoel dat ze vlakbij was, binnen handbereik; ik was er heilig van overtuigd dat ik maar een gordijn opzij hoefde te schuiven, een deur open te doen, een passant weg te duwen of ik zou haar vinden. Ik leek wel bezeten. Zag noch de bloedplassen op de trottoirs, noch de kogelgaten in de muren. De argwaan van de mensen raakte me niet. Hun vijandigheid, hun minachting en soms hun beledigingen gingen dwars door me heen zonder me af te remmen in mijn vaart. Ik dacht alleen aan haar, haar ogen waren mijn enige horizon; zij was het lot dat ik had gekozen; de rest kon me niet schelen.

Fabrice Scamaroni reed toevallig langs toen ik me in een naar dood en verderf riekende achterbuurt wilde wagen. Hij stopte, schreeuwde dat ik als de sodemieter moest instappen en scheurde weg. 'Ben je gek geworden of zo? Je bent je leven daar niet zeker …' 'Ik zoek Émilie …' 'Hoe wil je haar nou vinden als je niet eens ziet in wat voor gribus je je begeeft? Die wijk is verdomme nog erger dan een mijnenveld!'

Fabrice wist niet waar Émilie was. Ze was hem nooit bij de krant komen opzoeken. Hij was haar een keer tegengekomen in Choupot, maar dat was alweer maanden geleden. Hij beloofde dat hij zijn ogen open zou houden.

In Choupot werd ik naar een pand aan de boulevard Laurent-Guerrero gestuurd. De conciërge bevestigde dat de dame in kwestie inderdaad op de tweede verdieping had gewoond, maar na een moordpartij was verhuisd.

'Heeft ze geen adres achtergelaten voor haar post?'

'Nee … Als ik het me goed herinner geloof ik dat ze het tegen de verhuizer over Saint-Hubert had.'

Ik had in Saint-Hubert op alle deuren geklopt. Zonder succes. Waar was ze? Waar verschanste ze zich? De stad was een chaos. Het staakt-het-vuren van 19 maart 1962 stak de lont in het kruit van de laatste verzetshaarden. Messen kruisten de degens met machinepistolen, granaten vervingen bommen, verdwaalde kogels richtten bloedbaden aan. En terwijl ik optrok door de rook en geur van crematie, week Émilie almaar terug. Was ze dood? Omgekomen bij een bomexplosie, geraakt door een kogel? Verbrand in een trappenhuis? Oran spaarde niemand, maaide links en rechts levens weg, bekommerde zich niet om ouden van dagen of kinderen, vrouwen of simpelen van geest die rondzwierven in hun wanen. Ik was erbij toen op het Tahtahaplein twee bomauto's waren ontploft en er onder de moslims van Medina J'dida honderd doden en tientallen gewonden waren gevallen; ik was erbij toen er tientallen lijken van Europeanen werden opgevist uit het vervuilde water van Petit Lac; ik was erbij toen een OAS-commando de stadsgevangenis was binnengedrongen en alle FLN-gevangenen naar buiten had gejaagd om ze publiekelijk te executeren; ik was erbij toen saboteurs de olietanks in de haven hadden opgeblazen zodat de zeeboulevard in dikke, zwarte rookwolken werd gehuld. Ik zei tegen mezelf dat Émilie dezelfde explosies moest horen, dezelfde gruwelen beleefde, dezelfde angst voelde als ik, en begreep niet waarom onze wegen elkaar niet kruisten, waarom het toeval, de voorzienigheid, het noodlot, of wat voor tegenspoed dan ook ervoor zorgde dat we elkaar in die ontaarde chaos misschien rakelings passeerden zonder het te weten. Ik was woedend op de dagen die elkaar razendsnel opvolgden en de sporen uitwisten die naar Émilie leidden, woedend dat ik op allerlei gruwelijke taferelen, op allerlei louche figuren stuitte, langs schietbanen, bloedbaden en slachtpartijen kwam zonder ook maar een spoor, de schijn van een spoor, de illusie van een spoor te ontdekken dat me kon helpen om Émilie te vinden en te denken dat ze nog in leven was, terwijl de Europese gemeenschap in toenemende mate in paniek raakte. Vreemde pakketjes in brievenbussen wekten schrik en ontzetting. Het seizoen van 'de koffer ... of de kist' was geopend. Men begon in een onbeschrijflijke wanorde op de vlucht te slaan. Auto's propvol bagage en snikkende mensen spoedden zich naar de haven of het vliegveld of richting Marokko. Anderen bleven achter om hun bezittingen te verkopen alvorens in ballingschap te gaan; winkels, huizen, auto's, fabrieken, kantoren werden inderhaast voor een appel en een ei van de hand gedaan; soms wachtte men niet eens meer op kopers, had men zelfs geen tijd meer om koffers te pakken.

In Río Salado zag je niets dan klapperende luiken en open ramen van lege huizen. In de straten stapelden zich vormeloze bundels op. Veel inwoners waren vertrokken; de achterblijvers waren ten einde raad. Een oude man, stijf van de reuma, stond wankelend voor de deur van zijn huis. Een jongeman gaf hem een arm terwijl de rest van de familie ongeduldig zat te wachten in een tjokvolle bestelbus. 'Hadden ze niet even kunnen wachten tot ik de pijp uitging?' mekkerde de oude. 'Waar moet ik nu sterven?' Op het dorpsplein stonden verhuiswagens, auto's, karren en een hele geschiedenis op het punt van vertrek. In het station wachtte een verwarde menigte op een trein die niet kwam. De mensen renden van hot naar her radeloos, met rollende ogen, als blinden zonder geleide, in de steek gelaten door hun heiligen en engelbewaarders. De waanzin, de angst, het verdriet, de ondergang, de tragedie hadden nog maar één gezicht: het hunne.

Germaine zat met haar hoofd in haar handen in de deuropening van de apotheek. Onze buren waren al weg; hun honden renden achter de hekken in het rond.

'Wat moet ik doen?' vroeg ze aan mij.

'Blijf maar', zei ik. 'Niemand die je kwaad zal doen.'

Ik nam haar in mijn armen. Ik had haar in de holte van mijn

hand kunnen nemen, zo nietig had ze me die dag geleken. Ze was één brok verdriet en verwarring, versuftheid en uitputting, nederlaag en onzekerheid. Haar ogen waren rood van tranen en angst. Haar benen stoten tegen elkaar onder de last van duizend vragen. Ik kuste haar natte wangen, haar gerimpelde voorhoofd, haar hoofd gepijnigd door droeve gedachten. Ik hield heel de verbijstering van de wereld in mijn armen … Ik hielp haar naar boven en ging toen weer naar buiten. Mevrouw Lambert hief haar handen ten hemel en sloeg zich toen op de dijen. 'Waar moet ik heen? Waar moet ik heen? Ik heb kinderen noch familie, ik ben alleen op de wereld.' Ik zei dat ze naar huis moest gaan. Ze hoorde me niet en vervolgde haar radeloze monoloog. Aan het eind van de straat renden de Ravirez met koffers op hun schouders alle kanten op. Voor het gemeentehuis eisten families dat er bussen kwamen, hun bagage verspreid op de grond. De burgemeester deed zijn best om hen te kalmeren, maar tevergeefs. Pépé Rucillio spoorde hen op zijn beurt aan om naar huis terug te gaan en te wachten tot alles weer goed zou komen. 'We zijn hier thuis, we gaan nergens heen.' Niemand die naar hem luisterde.

André Sosa was alleen. Hij stond tussen de omgegooide tafels, de verwoeste bar, de gebarsten spiegels van zijn geruïneerde tent. De grond glinsterde van de glasscherven. De kapotte plafondlampen bungelden treurig boven de verwoesting. Maar André was aan het biljarten. Hij schonk geen aandacht aan me. Hij schonk nergens aandacht aan. Hij wreef de punt van de keu in met krijt, steunde met zijn elleboog op de rand van het biljart en mikte op een denkbeeldige bal. Er lagen geen ballen op het biljart en het groene laken was gescheurd. André had er maling aan. Hij mikte op de biljartbal die alleen hij kon zien, en stootte. Toen kwam hij overeind, volgde de bal met zijn blik, hief een triomfantelijke vuist en ging aan de andere kant van de tafel staan. Van tijd tot tijd liep hij naar de bar, lurkte aan zijn sigaret, legde hem terug in de asbak en vervolgde zijn spel.

'Dédé,' zei ik, 'je moet hier niet blijven.'

'Ik ben hier thuis', gromde hij terwijl hij de bal wegstootte.

'Ik zag boerderijen in de fik staan toen ik daarnet terug-kwam uit Oran.'

'Ik ga hier niet weg. Ik wacht *ze* op.'

'Je weet best dat dat niet verstandig is.'

'Ik zeg je, ik ga hier niet weg.'

Hij keerde me de rug toe en ging door met biljarten. Zijn sigaret was gedoofd; hij stak er nog een op, en nog een, tot hij het lege pakje met verongelijkte hand verfrommelde. De avond viel; duisternis maakte zich op slinkse wijze meester van de bar. André bleef maar doorspelen tot hij eindelijk de keu neerlegde en tegen de toog aan ging zitten. Hij trok zijn knieën op tot onder zijn kin en legde zijn handen in zijn nek. Na een tijdje hoorde ik gesteun. André huilde tranen met tui-ten, zijn hoofd nog steeds op zijn knieën en zijn handen in zijn nek. Toen veegde hij met een punt van zijn hemd zijn gezicht af en stond op. Hij ging naar buiten om meerdere jerrycans met benzine te halen, goot die leeg over de bar, de tafeltjes, de muren, de grond, stak een lucifer af en zag hoe de vlam-men zich door de ruimte verspreidden. Ik pakte hem bij zijn elleboog en duwde hem naar buiten. Hij draaide zich met een ruk om en bleef met verwilderde blik staan toekijken hoe zijn etablissement in vlammen opging.

Toen de vuurzee het dak bereikte, liep hij naar zijn auto. Zonder iets te zeggen. Zonder me nog even aan te kijken. Hij startte de motor, maakte de handrem los en reed langzaam het dorp uit.

Op 4 juli 1962 stopte er een Peugeot 203 voor de deur van de apotheek. Twee mannen in pak en met zonnebrillen op zeiden dat ik met hen mee moest. 'Het is slechts een formaliteit', zei een van hen in het Arabisch met een zwaar Berbers accent. Germaine lag ziek op bed in haar kamer. 'Het duurt niet lang', beloofde de chauffeur. Ik stapte achterin. De auto keerde. Ik liet mijn hoofd tegen de rugleuning vallen. Ik had de hele nacht bij Germaine gewaakt; ik was doodmoe.

Río leek op het einde van een tijdperk, beroofd van zijn ziel, overgeleverd aan een nieuwe lotsbestemming. De driekleur die de voorgevel van het gemeentehuis had gesierd, was neergehaald. Op het dorpsplein verdrongen boeren met tulbanden zich rond een spreker die een toespraak hield op de rand van de fontein. Hij sprak hun in het Arabisch toe en zij hoorden hem plechtig aan. Enkele Europeanen schoten schichtig door de straten, niet in staat om hun bezittingen achter te laten, hun landerijen, hun begraafplaatsen, hun huizen, het café waar hun vriendschappen, allianties en plannen werden gemaakt of gebroken, kortom het stukje vaderland dat hun enige bestaansreden was.

Het was een mooie dag, met een zon zo groot als het verdriet van hen die vertrokken, onmetelijk als de blijdschap van hen die *terugkeerden*. De wijnstokken leken te golven in de zon, en de luchtspiegelingen in de verte waanden zich de zee. Hier en daar stond een boerderij in brand. Een doodse stilte drukte op de weg, als verdiept in zichzelf. Mijn twee begeleiders zeiden niets. Ik zag alleen hun stugge nekken, de handen van de bestuurder rond het stuur en het fonkelende horloge om de pols van zijn compagnon. We doorkruisten Lourmel als in een droom. Ook hier liepen mensen te hoop rond bezielde redenaars. Groen-witte vlaggen met een halvemaan en een bloedrode ster bevestigden de geboorte van een nieuwe republiek, een Algerije dat was teruggegeven aan de zijnen.

Naarmate we Oran naderden, zagen we steeds meer karkassen van auto's langs de kant van de weg. Sommige waren verkoold, andere leeggeplunderd, met half afgerukte portieren en de motorkap omhoog. De omgeving lag bezaaid met bundels, koffers en kisten, opengereten en gedeukt, met linnengoed dat aan het struikgewas was blijven haken en spullen verspreid op de weg. Er waren ook sporen van geweld, bloed op de grond, voorruiten die met ijzeren staven aan diggelen waren geslagen. Talloze families waren op weg naar de ballingschap afgeslacht, andere waren de boomgaarden in gevlucht in een poging de stad te voet te bereiken.

Oran bruiste. Duizenden kinderen zaten elkaar op braakliggende veldjes achterna, bekogelden passerende auto's met stenen, bezongen luidkeels hun eigen bevrijding. De straten zagen zwart van uitgelaten menigten. De gebouwen trilden onder de vreugdekreten van vrouwen die hun hoofddoeken droegen als waren het vaandels, en de straten weergalmden van het geroffel van trommels, bendirs en derbouka's, van oorverdovend getoeter en patriottisch gezang.

De Peugeot reed het terrein van de Magentakazerne op, waar het Nationale Bevrijdingsleger, dat de stad nog maar net was binnengetrokken, zijn hoofdkwartier had gevestigd. De auto stopte voor een gebouw. De bestuurder vroeg een schildwacht om de 'luitenant' op de hoogte te stellen van de komst van zijn 'gast'.

Op de binnenplaats wemelde het van de mannen in gevechtskleding, oude mannen in gandoera en burgers.

'Jonas, mijn beste Jonas, wat fijn om je weer te zien!'

Jelloul ontving me met open armen op de stoep van het gebouw. Hij was de luitenant. Hij droeg een camouflagepak, een veldhoed, een zonnebril, maar geen strepen. Hij drukte me tegen zich aan tot ik bijna stikte, alvorens me van zich af te duwen om me van top tot teen te bekijken.

'Het lijkt wel of je magerder bent geworden … Hoe gaat het met je? Ik heb de laatste tijd veel aan je gedacht. Je bent een ontwikkeld man, je hebt je plicht gedaan toen het vaderland je riep, en ik vroeg me af of je er iets voor zou voelen om je kennis en je diploma's in dienst te stellen van onze jonge republiek. Je hoeft niet meteen antwoord te geven. Het is trouwens ook niet de reden dat ik je heb laten komen. Ik had nog een schuld aan jou, en ik heb besloten die vandaag nog af te lossen, want morgen breekt er een nieuw tijdperk aan en dat wil ik van alle smetten gezuiverd in gaan. Want hoe kan ik van mijn vrijheid genieten met schuldeisers op mijn hielen?'

'Je bent me niets schuldig, Jelloul.'

'Dat is aardig van je, maar ik wil je niets meer verschuldigd zijn. Ik ben nooit die dag vergeten dat je me dat geld leende en me op je fiets naar mijn dorp bracht. Voor jou was dat misschien niets. Maar voor mij was het een openbaring, want ik ontdekte dat de Arabier, de goede Arabier, de waardige en edelmoedige Arabier geen fabeltje was of dat wat de kolonisten van hem hadden gemaakt … Ik ben niet ontwikkeld genoeg om je uit te leggen wat er die dag door mijn hoofd ging, maar het heeft mijn leven veranderd.'

Hij pakte me bij de arm.

'Kom mee.'

Hij leidde me naar een gebouwtje met ijzeren deuren. Ik begreep dat het cellen waren. Jelloul stak een sleutel in een slot, schoof een grendel opzij en zei: 'Hij was een van de meest meedogenloze strijders van de OAS, betrokken bij meerdere terroristische aanslagen. Je mag hem hebben. Op die manier heb ik mijn schuld aan jou afgelost … Kom op, doe die deur open en zeg tegen hem dat hij vrij is, dat hij zich kan gaan ophangen waar hij maar wil, behalve híér, in míjn land, waar geen plaats meer voor hem is.'

Hij bracht een militaire groet, draaide zich op zijn hakken om en ging terug naar zijn hoofdkwartier.

Ik had geen idee wat hij bedoelde, snapte niet op wie hij doelde. Mijn hand pakte de deurklink en trok die zachtjes naar me toe. De scharnieren knarsten. Daglicht viel naar binnen in de raamloze cel, waaruit een golf warmte naar buiten stroomde alsof ik een oven had geopend. Achterin schudde een schim zich uit. Verblind door het plotselinge licht bracht hij een hand naar zijn ogen om ze af te schermen.

'En oprotten jij', brulde een bewaker, die ik niet had gezien.

De gevangene kwam moeizaam overeind, moest zich aan de muur vasthouden. Hij kon nauwelijks op zijn benen staan. Toen hij op me afkwam, sprong mijn hart op in mijn borst. Het was Jean-Christophe, Jean-Christophe Lamy, of liever: wat er van hem over was, een gebroken, uitgehongerde man, rillend in zijn smerige hemd; hij droeg een verkreukelde, afzakkende broek met openstaande gulp en schoenen zonder veters. Een baard van een paar dagen bedekte zijn uitgemergelde en bleke gezicht. Hij stonk naar urine en zweet, en zijn mondhoeken gingen schuil onder opgedroogd kwijl. Hij wierp me een duistere blik toe, verbaasd om mij te zien, uittorenend boven de staat van aftakeling waarin hij zich bevond, probeerde zijn rug te rechten, maar hij was te uitgeput. De bewaker greep hem in zijn nekvel en duwde hem nijdig naar buiten.

'Laat hem met rust', zei ik tegen hem.

Jean-Christophe keek me even aan, en alvorens zich naar de uitgang van kazerne te begeven, zei hij: 'Ik heb je niet gevraagd.'

En hij liep weg. Hinkend. En terwijl hij wegliep moest ik

denken aan wat we samen hadden gedeeld, in de gelukkige jaren van onze onschuld, en ik werd overvallen door een ondraaglijk verdriet. Ik keek hem na terwijl hij zich met gebogen rug en onzekere tred van me verwijderde, en voor mij was het een heel leven dat voor mijn ogen ten einde liep, en ik zei tegen mezelf dat de verhalen die mijn moeder me vroeger vertelde, me altijd zo'n onaf gevoel hadden gegeven omdat ze net zo slecht afliepen als het tijdperk waarachter Jean-Christophe zich had verscholen en dat hij nu, terwijl zijn schoenen klaaglijk over de grond schraapten, met zich meedroeg naar god mag weten waar.

Ik had door de jubelende straten gelopen, weergalmend van gezang en gegil, onder groen-witte vlaggen en in het tumult van luid tingelende trams. Morgen, 5 juli 1962, zou Algerije een eigen naam, een embleem en een volkslied krijgen, en een geheel nieuwe identiteit. Op de balkons lieten vrouwen hun vreugde en tranen de vrije loop. Kinderen dansten in de plantsoentjes, bestormden monumenten, fonteinen, lantaarnpalen, daken van auto's, en stroomden in golven door de straten. Hun gegil was evenveel waard als fanfares en optochten, sirenes en toespraken: voor hen was het al morgen.

Ik was naar de haven gegaan om de *ballingen* te zien vertrekken. De kades waren afgeladen met mensen, bagage en zwaaiende zakdoekjes. Passagiersschepen, schommelend onder het verdriet der verdrevenen, lagen te wachten tot het anker kon worden gelicht. Families zochten elkaar in de chaos, kinderen huilden, oude mannen lagen uitgeput op hun bundels en balen in hun slaap dat ze nooit meer wakker zouden worden. Gebogen over een balustrade, met uitzicht op de haven, dacht ik aan Émilie, die zich misschien ergens in die enorme radeloze menigte bevond die zich stond te verdringen voor de poorten van het onbekende, of die misschien al vertrokken was, of dood, of nog bezig met het pakken van haar spullen achter die krijgshaftig ogende gebouwen, en ik bleef staan kijken, tot laat in de nacht, tot het aanbreken van de dag, niet in staat om me neer te leggen bij de gedachte dat *wat niet echt begonnen was, nu voorgoed was afgelopen.*

IV

AIX-EN-PROVENCE

(HEDEN)

'Meneer ...'

Het engelachtige gezicht van de stewardess glimlacht naar me. Waarom glimlacht ze naar me? Waar ben ik? Ik was in slaap gevallen. Het duurt even voordat ik me er rekenschap van geef dat ik in een vliegtuig zit zo wit als een operatiekamer, en dat de wolken die ik achter het raampje voorbij zie ijlen niets te maken hebben met het hiernamaals. En dan schiet het me weer te binnen. *Émilie is dood. Ze is maandag overleden in het ziekenhuis van Aix-en-Provence.* Fabrice Scamaroni heeft me dat een week geleden laten weten.

'Wilt u uw rugleuning rechtzetten, meneer? We gaan zo landen.'

De gedempte woorden van de stewardess weergalmen dof door mijn hoofd. Welke stoel? Mijn buurman, een jongen in een trainingspak in de kleuren van het Algerijnse voetbalelftal, wijst me op het knopje en helpt me de rugleuning van mijn stoel recht te zetten.

'Dank je wel', zeg ik.

'Niets te danken, opa. Woont u in Marseille?'

'Nee.'

'Mijn neef komt me afhalen van het vliegveld. Als u wilt kunnen we u ergens afzetten.'

'Dat is heel aardig van je, maar het is niet nodig. Ik word ook opgehaald.'

Ik kijk naar zijn overeenkomstig de eisen van een krankzinnige mode kaalgeschoren hoofd, afgezien van één pluk haar boven op zijn voorhoofd die overeind wordt gehouden door een dikke laag gel.

'Hebt u vliegangst?'

'Niet echt.'

'Mijn vader wel, die kan geen vliegtuig zien landen zonder zijn handen voor zijn ogen te slaan.'

'Is hij zo bang?'

'Het is wel duidelijk dat u hem niet kent. We wonen op de negende verdieping in het Jean-de-la-Fontainecomplex in Gambetta. Weet u waar dat is, in Oran? Dat zijn die reusachtige torens die met hun rug naar de zee staan. Nou, negen van de tien keer neemt mijn vader liever de trap dan de lift. Terwijl hij al oud is. Hij is achtenvijftig en hij is aan zijn prostaat geopereerd.'

'Achtenvijftig is niet zo heel oud.'

'Ik weet het, maar bij ons wel, we zeggen geen papa, maar ouwe ... Hoe oud bent u, opa?'

'Ik ben al zo lang geleden geboren dat ik ben vergeten hoe oud ik ben.'

Het vliegtuig verdwijnt in de wolken; turbulentie schudt het kortstondig door elkaar terwijl het omlaagzakt. Mijn jonge buurman klopt op mijn hand, die zich heeft vastgeklampt aan de armleuning.

'Het is niks, opa. We verlaten de snelweg voor een stukje over een onverharde weg. Van alle transportmiddelen is he vliegtuig het allerveiligst.'

Ik kijk uit het raampje en zie de wattige wolken lawine en nevel, dun en weer dik worden, samenpakken en rafelen, to de hemel weer blauw wordt, gestreept door nevelige slierten Wat kom ik hier doen? De stem van mijn oom overstemt he geronk van de motoren: *Als je van je leven een schakel in d keten van eeuwigheid wilt maken en zelfs in het hart van d*

waanzin lucide wilt blijven, bemin dan ... Bemin uit alle macht,
bemin alsof je niets anders kunt, bemin zo dat vorsten en goden je
zullen benijden ... want in de liefde openbaart alle lelijkheid zich
als schoonheid. Het waren de laatste woorden van mijn oom.
Hij had me het op zijn sterfbed gezegd, in Río Salado. Zelfs
nu, meer dan een halve eeuw later, hoor ik zijn woorden als
een profetie door mijn hoofd weergalmen: *Hij die het mooiste*
wat het leven te bieden heeft aan zich voorbij laat gaan, zal dat
eeuwig berouwen, geen zucht ter wereld zal zijn ziel ooit troost
brengen ... Is het om deze waarheid te bezweren of te trotseren
dat ik me zo ver van mijn geliefde vaderland heb gewaagd? Het
vliegtuig zwenkt en helt opzij, en plotseling zie ik Frankrijk uit
het niets verschijnen. Mijn hart springt op in mijn borst, en
een onzichtbare hand drukt mijn keel dicht. De emotie is zo
groot dat ik mijn vingers in de bekleding van de armleuning
voel boren ... Weldra weerkaatsen de rotsige bergen de stralen
van de zon. Als eeuwige en onbuigzame wachters waken ze
over de kust, in het geheel niet onder de indruk van de onstuimige branding aan hun voeten. Het vliegtuig maakt een bocht
en daar verschijnt Marseille ... Als een kuise vrouw die ligt te
zonnebaden. Uitgestrekt op haar heuvels, fonkelend van licht,
met ontblote navel, een heup blootgesteld aan de wind, houdt
ze zich slapend en doof voor het gedruis van de golven en
de geruchten die haar uit het achterland bereiken. Marseille,
legendarische stad, land van titanen, rustplaats van goden zonder Olympus, gelukkige kruising van verre horizonten, uiterst
veelzijdig want eindeloos grootmoedig; Marseille, mijn laatste
slagveld, waar ik me gewonnen moest geven aan mijn onvermogen om uitdagingen aan te gaan en mijn geluk te verdienen. Het is hier, in deze stad, waar wonderen een kwestie zijn
van mentaliteit, waar de zon de kracht heeft om het geweten
het licht te laten zien wanneer dat de moeite wil nemen zijn

verborgen deuren te ontgrendelen, dat ik me rekenschap heb gegeven van de zonde die ik heb begaan en het mezelf nooit vergeven heb ... Meer dan vijfenveertig jaar geleden was ik hier gekomen om de schaduw in te halen van mijn lot, enkele van zijn vodden op te lappen; zijn gebroken botten te zetten, zijn wonden te verzorgen; me te verzoenen met mijn kans op geluk die het me kwalijk nam dat ik die niet gegrepen had, aan hem getwijfeld had, voor behoedzaamheid had gekozen terwijl hij voor het grijpen lag; om vergeving te vragen uit naam van wat God boven alle heldendaden en alle tegenspoed stelt: de Liefde. Ik was hierheen gekomen, verward, onzeker maar oprecht, om verlossing te zoeken, ten eerste voor mezelf, maar ook voor de anderen, van wie ik altijd was blijven houden ondanks de haat die ons had verscheurd, de grauwsluier die ons het zicht op onze zomers had benomen. Ik kan me nog de haven herinneren, met zijn schommelende lichtjes, die zich opmaakte het passagiersschip uit Oran te ontvangen, het duister waarin de kades waren gehuld, de schimmen op de loopplanken; zie haarscherp het gezicht van de douanier met zijn krulsnor, die me vroeg mijn zakken leeg te maken en mijn handen omhoog te doen alsof ik een verdachte was, de politie-agent die de ijver van zijn collega totaal niet op prijs stelde, de taxichauffeur die me naar het hotel bracht en me uitschold vanwege de klap waarmee ik het portier had dichtgeslagen, de receptionist die me de halve nacht wortel liet schieten om te kijken of er in de buurt nog een kamer vrij was omdat mijn reservering niet bevestigd was. Het was een gruwelijke nacht in maart 1964, met een afschuwelijke mistral en een hemel die donderde en bliksemde. De kamer was niet verwarmd. Ik rolde me in de dekens om het een beetje warm te krijgen, maar ik had het ijskoud. Het raam knarste onder de windvlagen. Op het nachtkastje, spaarzaam verlicht door een bloedeloos lampje, lag mijn leren tas, met daarin een brief van André Sosa:

Beste Jonas, je had me gevraagd Émilie te zoeken, en ik ben haar op het spoor gekomen. Het heeft wat tijd gekost, maar ik ben blij dat ik haar heb kunnen traceren. Voor jou. Ze werkt als secretaresse op een advocatenkantoor in Marseille. Ik heb geprobeerd haar telefonisch te bereiken, maar ze wilde me niet spreken!!! Ik zou trouwens niet weten waarom niet. We zijn nooit dik bevriend geweest, in ieder geval niet dik genoeg om een of andere grief te kunnen koesteren. Misschien verwart ze me met een ander. De oorlog heeft zo veel overhoopgehaald dat je je soms afvraagt of die hele periode geen collectieve waanzin was. Maar goed, de tijd moet zijn werk doen. De wonden zijn nog te vers om een minimum aan terughoudendheid van de overlevenden te eisen ... Dit is het adres van Émilie: 143, rue des Frères-Julien, niet zo ver van de Canebière. Heel gemakkelijk te vinden. Het is recht tegenover café-restaurant Le Palmier. Dat is zo'n beetje de vaste kroeg van de pieds noirs. Stel je voor, ze noemen ons tegenwoordig alleen nog naar pieds noirs, alsof we ons hele leven door de smeerolie hebben gelopen ... Bel me als je in Marseille bent. Ik verheug me erop om je net zo lang onder je reet te schoppen tot je uitspuugt wat je op je lever hebt. Heel veel liefs, Dédé.

De rue des Frères-Julien was niet zo ver van mijn hotel, zo'n vijf straten verderop. De taxichauffeur had me een dik half uur bij de neus genomen alvorens me af te zetten voor Le Palmier. Tenslotte moest hij ook zijn brood verdienen. Het restaurant zat propvol. Na de storm van de afgelopen nacht scheen de zon boven Marseille alsof er niets was gebeurd. Daglicht lichtte de gezichten van de mensen op. Ingeklemd tussen twee moderne flatgebouwen bleek nummer 143 een oud, flets groen pand met schamele ramen die zich verschansten achter gesloten luiken. In de schaduw van vormeloze zonneschermen probeerden enkele bloempotten de ordinaire balkonnetjes nog wat op te fleuren … Nummer 143 in de rue des Frères-Julien maakte een vreemde indruk op me. Alsof het het daglicht niet kon verdragen, de geneugten van de straat de rug toekeerde. Ik zag Émilie niet vrolijk lachend achter zulke treurige ramen staan.

Ik ging aan een tafeltje aan het raam zitten, zodat ik de overkant in de gaten kon houden. Het was een stralende zondag. De trottoirs waren schoongespoeld door de regen en lagen te walmen in de zon. Om me heen bespraken werkelozen de toestand in de wereld met een glaasje rode wijn; ze spraken allemaal met een plat Algerijns accent, hun gezicht nog verbrand van de Maghrebijnse zon; ze lieten hun r rollen alsof ze een bord couscous aten, genietend. Maar al lieten ze het wereldgebeuren uitgebreid de revue passeren, ze kwamen onveranderlijk terug op Algerije.

'Weet je waar ik aan moet denken, Juan? Aan de omelet die ik op het vuur heb laten staan toen ik als de sodemieter mijn koffers moest pakken. Ik vraag me af of het huis niet is afgebrand na mijn overhaaste vertrek.'

'Meen je dat nou, Roger?'

'Wat dacht je zelf? Je zeurt me dag in dag uit aan mijn kop over al die klotespullen die je achter hebt gelaten. Kun je het een keer over iets anders hebben?'

'Waarover dan, Roger? Algerije is mijn leven.'

'Wordt het dan niet eens tijd om de pijp uit te gaan en mij met rust te laten? Ik wil weleens een keertje aan iets anders denken!'

Aan de bar klonken drie zuipschuiten met alpinopetten op het losbandige leventje dat ze in Algiers hadden geleid. Z hielden zich op de achtergrond, maar maakten wel zo veel lawaai dat je ze op straat kon horen. Naast me, aan een tafeltje bezaaid met bierflesjes en volle asbakken, zaten twee tweeling-broers te lallen. Met hun roetbruine teint, kwijlende mond, smoezelige matrozentruien, een gedoofde peuk in hun mond en hun gerimpelde pooierkoppen deden ze denken aan de vis-sers in de haven van Algiers.

'Ik zei toch dat ze een uitvreetster was, broertje. Niet te vergelijken met onze meisjes van daarginds, die nog respect hebben voor mannen en die je nooit zouden laten zitten. En bovendien, wat moet je toch met die ijspegel? Ik word al ver-kouden bij de gedachte dat je het met haar doet. Bovendien kan ze niet eens een lekker potje koken ...'

Ik dronk drie kopjes koffie met mijn blik strak op nummer 143 gericht. Vervolgens gebruikte ik de lunch. Maar geen spoor van Émilie. De dronkenlappen aan de bar waren vertrokken; de tweeling ook. Het rumoer bedaarde en laaide weer op met de komst van een aangeschoten vriendenclub. De ober brak twee glazen en gooide een karaf water over een klant heen, die daarop de gelegenheid te baat nam om eens flink zijn hart te luchten over het betreffende etablissement, de pieds noirs, Marseille, Frankrijk, de Arabieren, de Joden, de Portugezen en zijn eigen familie, 'een zootje egoïsten en huichelaars', die nog te belazerd was om een vrouw voor hem te vinden terwijl hij binnenkort toch de leeftijd van veertig zou bereiken. Nadat hij eindelijk was uitgeraasd, werd hij vriendelijk verzocht het pand te verlaten.

Het daglicht verflauwde; de avond maakte aanstalten om zich meester te maken van de stad.

Ik begon pijn in mijn rug te krijgen van het zitten toen zíj eindelijk verscheen. Ze kwam naar buiten, blootshoofds, haar haren in een wrong. Ze droeg een regenjas met wijde kraag en laarzen die tot aan haar knieën reikten. Met haar handen in haar zakken haastte ze zich voort als een jong meisje op weg naar een afspraak met haar vriendinnen.

Ik legde al het muntgeld dat ik bij me had in het broodmandje dat de ober vergeten was weg te halen en rende haar achterna.

Opeens werd ik bang. Kon ik wel zomaar binnenvallen in haar leven? Had ze me wel vergeven?

Om de wanklank van die vragen te overstemmen hoorde ik mezelf schreeuwen: 'Émilie!'

Ze bleef met een ruk staan, alsof ze tegen een onzichtbare muur op liep. Ze moest mijn stem hebben herkend, want haar schouders spanden zich en haar hoofd ging omhoog. Maar ze draaide zich niet om. Na tevergeefs haar oren te hebben gespitst vervolgde ze haar weg.

'Émilie!'

Ditmaal draaide ze zich zo snel om dat ze bijna viel. Haar ogen schitterden in haar bleke gezicht; ze vermande zich razendsnel, slikte haar tranen in … Ik glimlachte naar haar, alsof ik niet helemaal goed wijs was. Wat ging ik tegen haar zeggen? Waar moest ik beginnen? Ik had zo naar haar verlangd dat ik helemaal niets had voorbereid.

Émilie keek naar me alsof ze zich afvroeg of ik van vlees en bloed was.

'Ik ben het.'

'Ja …?'

Haar gezicht was een stuk steen, een blinde spiegel. Ik kon gewoon niet geloven dat ze op zo'n kille manier reageerde op mijn komst.

'Ik heb je overal gezocht.'

'Waarom?'

Die vraag overviel me. Ik was volkomen de kluts kwijt. Hoe

kon ze niet begrijpen wat zo klaar was als een klontje? Mijn enthousiasme wankelde als een knock-out geslagen bokser midden in de ring. Ik was verbijsterd, wist het niet meer.

Ik hoorde mezelf stamelen: 'Hoezo "waarom"? Ik ben hier voor jou.'

'In Oran hebben we elkaar alles al gezegd.'

Alleen haar lippen bewogen in haar gezicht.

'In Oran was alles anders.'

'In Oran of Marseille, dat is één pot nat.'

'Je weet heel goed dat dat niet waar is, Émilie. De oorlog is afgelopen, het leven gaat door.'

'Voor jou misschien.'

Het zweet brak me uit.

'Ik dacht echt dat …'

'Dan heb je je vergist!' viel ze me in de rede.

Die kilte! Mijn gedachten, mijn woorden, mijn ziel, alles bevroor.

Ze keek me strak aan, met vernietigende blik.

'Émilie … Zeg me wat ik moet doen, maar kijk me alsjeblieft niet zo aan. Ik zou er alles voor geven als …'

'Je kunt alleen geven wat je hebt, en dan nog! En je hebt niet álles … En bovendien heeft het geen zin. Je kunt je leven niet overdoen. En wat mij betreft heeft het leven me veel meer afgenomen dan wat het me nog zou kunnen geven.'

'Het spijt me.'

'Dat zijn maar woorden. Ik geloof dat ik je dat al eerder heb gezegd.'

Mijn verdriet was zo groot dat het heel mijn wezen in beslag nam en geen ruimte overliet voor woede of teleurstelling.

Buiten alle verwachting kreeg haar blik opeens iets zachts en haar gezicht ontspande. Ze keek me een tijdlang aan, alsof ze heel ver terugging in het verleden om mij te vinden. Toen deed ze een stap naar me toe. Haar parfum bedwelmde me. Ze nam mijn gezicht in haar handen, zoals mijn moeder vroeger als ze een kus op mijn voorhoofd wilde drukken. Maar Émilie kuste me niet. Op mijn voorhoofd noch mijn wangen. Ze keek me alleen maar aan. Haar ademhaling dwarrelde rond de mijne. En ik had zo graag gewild dat ze me tot aan het Laatste Oordeel was blijven vasthouden.

'Het is niemands schuld, Younes. Je bent me niets verschuldigd. Zo zit het leven nu eenmaal in elkaar. En ik heb er geen zin meer in.'

Ze draaide zich om en vervolgde haar weg.

Ik was stokstijf blijven staan, volkomen sprakeloos, en ik had haar uit mijn leven zien verdwijnen als een tweelingziel die zich niet kon schikken in mijn te krappe lichaam.

Het was de laatste keer dat ik haar zag.

Ik nam nog diezelfde avond de boot terug en zette tot de dag van vandaag nooit meer een voet op Franse bodem.

Ik had haar brieven geschreven, en wenskaarten met alle feestdagen ... Ze had me nooit teruggeschreven. Ik hield mezelf voor dat ze was verhuisd, naar elders was vertrokken, zo ver mogelijk weg van alle herinneringen, en dat het zo misschien beter was. Ik had het ten diepste betreurd, denkend aan wat we samen hadden kunnen verrichten, de wonden die we zouden hebben laten helen, het ongeluk dat we zouden hebben overwonnen, de oude demonen die we zouden hebben bezworen. Maar Émilie wilde niets redden, geen bladzij omslaan, niet rouwen om enig verlies. Het korte moment dat ze me had toegestaan, in die zonovergoten straat, had me doen beseffen dat er deuren zijn die wanneer ze worden gesloten de pijn erachter veranderen in een bodemloze put waarin zelfs het goddelijke licht niet kan doordringen ... Ik had heel veel verdriet gehad om Émilie, verdriet om haar verdriet, om haar afwijzing van het leven, om haar keuze zich af te zonderen in haar tragedie. Later had ik geprobeerd haar te vergeten, in de hoop zo de pijn in ons te verzachten. Ik moest mezelf tot rede brengen, toegeven wat mijn hart niet onder ogen wilde zien. Het leven is een rijdende trein die op geen enkel station stopt. Je springt erin of je ziet hem op een perron voorbijdenderen, en er is geen groter tragedie dan een spookstation. Was ik later nog gelukkig geworden? Ik denk van wel; ik heb vreugden, onvergetelijke momenten gekend; ik heb zelfs liefgehad en gedroomd als een verliefd joch. Toch heb ik altijd het gevoel gehad dat er een stukje aan mijn puzzel ontbrak, dat iets in mij niet op het appèl verscheen, dat er een gemis was; kortom dat ik langs de rand van het geluk scheerde.

Het vliegtuig landt voorzichtig met brullende motoren. Mijn jonge buurman wijst me op iets achter de glazen voorgevel van de terminal, waar andere vliegtuigen als reusachtige paradijsvogels met hun snavel in de sluis voor vertrek staan te wachten. Een stem uit de luidspreker informeert ons over de temperatuur buiten, de lokale tijd, bedankt ons dat we met Air Algérie hebben gevlogen en drukt ons op het hart om met de riemen vast te blijven zitten tot het toestel geheel tot stilstand is gekomen.

De jongeman draagt mijn tas en geeft me hem terug bij de loketten van de grenspolitie. Wanneer we door de douane zijn wijst hij me de uitgang en verontschuldigt zich dat hij niet met me mee kan lopen omdat hij zijn bagage van de band moet halen.

Een witglazen deur schuift open. Achter een gele lijn staan mensen te kijken of ze in de stroom passagiers die naar buiten komen een vertrouwd gezicht herkennen. Een klein meisje rukt zich los van een vrouw en vliegt in de armen van een oma in djellaba. Een jongedame wordt opgehaald door haar man;

ze kussen elkaar op de wang, maar hun blik is broeierig.

Een man van in de vijftig staat wat achteraf met een kartonnen bord in zijn handen: *Río Salado*. Een seconde lang denk ik een geest te zien. Hij lijkt sprekend op Simon, een kleine, gedrongen, kalende man met een buikje en kromme benen. En mijn god, die ogen die me aankijken, die raden wie ik ben. Hoe heeft hij me tussen al die mensen herkend terwijl we elkaar nog nooit hebben gezien? Hij loopt met een glimlachje op me af en steekt me een gevulde hand toe, behaard bij de knokkels, net de hand van zijn vader.

'Michel?'

'Jawel, meneer Jonas. Aangenaam kennis met u te maken. Hebt u een goede reis gehad?'

'Ik ben in slaap gevallen.'

'Hebt u bagage?'

'Alleen deze tas.'

'Prima. Mijn auto staat op het parkeerterrein.'

Hij neemt mijn tas van me over en nodigt me uit om hem te volgen.

Voor ons strekt zich een dicht vertakt wegennet uit. Michel rijdt hard, zijn blik strak op de weg. Ik durf hem niet aan te kijken, kijk steels opzij. Het is ongelooflijk hoeveel hij op Simon lijkt, mijn vriend, zijn vader. Mijn hart krimpt ineen bij een vluchtige herinnering. Ik moet diep ademhalen om de brok in mijn keel weg te slikken, concentreer me op de weg die onder ons door schiet, de glinsterende slalom van auto's, de richtingborden die over ons heen vliegen: Salon-de-Provence, rechtdoor; Marseille, volgende afslag naar rechts; Vitrolles eerste afrit naar links …

'Ik neem aan dat u wel een beetje trek hebt, meneer Jonas. Ik ken een aardig restaurantje …'

'Dat is niet nodig. We hebben in het vliegtuig te eten ge-kregen.'

'Ik heb voor u een kamer gereserveerd in hotel Les quatre Dauphins, niet ver van de cours Mirabeau. U hebt geluk, we hebben de hele week mooi weer.'

'Ik kan maar twee dagen blijven.'

'Er zijn zo veel mensen die u willen zien. Twee dagen is niet genoeg.'

'Ik moet terug naar Río. Een kleinzoon van me gaat trouwen ... Ik had eerder willen komen, de begrafenis willen bijwonen, maar een visum aanvragen in Algiers is onbegonnen werk. Ik heb een beroep moeten doen op een invloedrijke relatie ...'

De auto verdwijnt onder een glazen burcht die uit het niets is opgedoemd.

'Dat is het TGV-station van Aix-en-Provence', legt Michel uit.

'Maar waar is de stad dan?'

'Het station ligt buiten de stad. Het is pas sinds een jaar of vijf, zes in gebruik. De stad ligt hier een kwartier vandaan .... Bent u al eens in Aix geweest, meneer Jonas?'

'Nee ... Ik ben zelfs maar één keer in Frankrijk geweest. In Marseille, in maart 1964. Ik kwam 's nachts aan en ben de volgende nacht weer vertrokken.'

'Was dat een bliksembezoek?'

'Zo zou je het kunnen noemen.'

'Uitgewezen?'

'Afgewezen.'

Michel kijkt me met gefronste wenkbrauwen aan.

'Dat is een lang verhaal', zeg ik om het gesprek op iets an-ders te brengen.

We komen door een concentratie van reusachtige winkels, supermarkten en overvolle parkeerterreinen. Enorme neonreclames proberen de reclameborden te verdringen terwijl een mensenzee zich op de winkels stort. Voor een afrit staat een file van honderden meters.

'Consumptiemaatschappij', zegt Michel. 'De mensen brengen hun weekend steeds vaker in winkelcentra door. Afschuwelijk, niet? Mijn vrouw en ik gaan om de zaterdag. Als we een keer overslaan, is het mis en schelden we elkaar om een kleinigheidje verrot.'

'Elke tijd zijn eigen drugs.'

'Goed gezegd, meneer Jonas. Elke tijd zijn eigen drugs.'

We arriveren in Aix-en-Provence met een vertraging van twintig minuten vanwege een ongeluk bij Pont de l'Arc. Het is mooi weer, en de hele stad is naar het centrum getogen. Het is erg druk op straat, er hangt een feestelijke sfeer. Midden op een rotonde schieten waterstralen op uit een enorme fontein, zijn stenen leeuwen op wacht eromheen. Verloren in de mallemolen van auto's neemt een Japanner een foto van zijn gezellin. Een kleine draaimolen met enkele attracties trekt een rits kinderen aan; jochies met een elastiek om hun middel verheffen zich onder de gestreste blik van hun ouders in de lucht. Zonovergoten terrassen zien zwart van de mensen; er is geen tafeltje vrij; obers rennen heen en weer, de dienbladen in wankel evenwicht op hun hand. Michel laat een elektrische minibus propvol toeristen voorgaan en rijdt langzaam de cours Mirabeau af tot aan een eeuwenoude fontein, waar hij de rue du 4 septembre inslaat. Mijn hotel bevindt zich in de buurt van een fontein met vier spuitende dolfijnen. Een jonge blonde receptioniste laat me een formulier invullen en ondertekenen en brengt me onder in een dakkamer op de derde verdieping. Een piccolo vergezelt Michel en mij naar boven, zet mijn tas op tafel, opent het raam, controleert of alles in orde is en wenst me een prettig verblijf.

'Ik laat u even uitrusten', zegt Michel. 'Ik kom u over een uur of twee ophalen.'

'Ik zou nu graag naar de begraafplaats gaan.'

'Dat staat voor morgen op het programma. Vandaag wordt u bij mij thuis verwacht.'

'Ik wil nu meteen naar de begraafplaats, zolang het nog licht is. Daar sta ik echt op.'

'Goed. Dan bel ik onze vrienden om onze afspraak een uur te verzetten.'

'Dank u wel. Ik hoef me niet op te frissen, en ook niet uit te rusten. Laten we meteen gaan, als u daar geen bezwaar tegen hebt.'

'Ik moet eerst nog iets regelen. Het duurt niet lang. Een uurtje, is dat goed?'

'Prima. Dan sta ik beneden, bij de receptie.'

Michel pakt zijn mobiele telefoon, gaat mijn kamer uit en doet de deur achter zich dicht.

Hij komt me een half uur later met de auto ophalen en treft me buiten op de trap van het hotel. Ik stap in. Hij vraagt of ik een beetje heb uitgerust; ik antwoord dat ik een momentje ben gaan liggen en dat het me goed heeft gedaan. We rijden de levendige cours Mirabeau af, in de schaduw van zijn platanen.

'Wat viert men vandaag?' vraag ik.

'Het leven, meneer Jonas. Aix viert elke dag het leven.'

'Is het altijd zo druk in deze stad?'

'Vaak wel.'

'U boft maar dat u hier woont.'

'Ik zou voor geen geld ergens anders willen wonen. Aix is een schitterende stad. Mijn moeder zei dat de zon hier haar bijna die van Río Salado deed vergeten.'

De begraafplaats Saint-Pierre, waar onder anderen Paul Cézanne begraven ligt, is uitgestorven. Bij de ingang word ik verwelkomd door een monument van roodbruine steen, het Nationale Gedenkteken ter nagedachtenis van alle Fransen die hun graf hebben in Algerije. 'Het graf van de doden is het hart van de levenden,' staat erop te lezen. Geasfalteerde paden verdelen de begraafplaats in grasrijke percelen met eeuwenoude grafkapellen. Foto's brengen de overledenen in herinnering; een te vroeg gestorven moeder, echtgenoot, broer. De graven zijn met bloemen versierd; de marmeren glinstering van de grafstenen verzacht de reflectie van het daglicht, vervult de stilte van een landelijke rust. Michel gaat me voor over de duidelijk omlijnde paden; zijn passen knerpen in het grind; het verdriet heeft hem opnieuw in zijn greep. Hij houdt stil voor een grafsteen van zwart graniet met witte spikkels, bedekt met talloze kransen van felgekleurde bloemen. Op de steen staat te lezen:

Émilie Benyamin, geboren Cazenave. 1931-2008

Dat is alles.

'Ik neem aan dat u even alleen wilt zijn?'

'Ja, alstublieft.'

'Ik ga een stukje lopen.'

'Dank u wel.'

Michel wiegt zijn hoofd heen en weer, zijn tanden in zijn onderlip. Zijn verdriet is enorm. Met diep voorovergebogen hoofd en zijn handen verstrengeld op zijn rug loopt hij weg. Wanneer hij achter een rijtje grafkapellen van gemarmerde roze steen verdwijnt, hurk ik neer voor het graf van Émilie, vouw mijn handen ter hoogte van mijn lippen en zeg een koranvers op. Het is niet zoals het hoort, maar ik doe het toch. In de ogen van imams en pausen staan we tegenover elkaar, maar in de ogen van de Heer zijn we allemaal gelijk.

Ik zeg de soera al-Fatiha op, gevolgd door twee passages uit de soera Ya-Sin ...

Als ik klaar ben wurm ik een klein katoenen beursje uit de binnenzak van mijn colbert, trek aan een touwtje om het te openen, laat er mijn bevende vingers in verdwijnen en strooi de inhoud uit over het graf. Het gaat om het stof van een bloem die zeventig jaar geleden werd geplukt; de resten van de roos die ik in Émilies boek had gestopt, terwijl Germaine haar een prik gaf in het magazijn van onze apotheek.

Ik stop het lege beursje terug in mijn zak en richt me op. Ik sta te trillen op mijn benen; ik moet me even vasthouden aan de grafsteen. Ditmaal hoor ik mijn passen knerpen in het grind. Mijn hoofd is vol van voetstappen, flarden van stemmen en lichtende beelden ... Émilie in de koetspoort van onze apotheek, de capuchon van haar mantel over haar hoofd, frunnikend aan de veters van haar laarsjes. *Als een engel uit de hemel ...* Émilie, die verstrooid door een boek met een kartonnen kaft bladert. *Wat lees je? Een boek over Guadeloupe. Wat is Guadeloupe? Dat is een groot Frans eiland in het Caraïbisch gebied ...* Émilie, die de dag na haar verlovingsfeest naar de apotheek komt en smeekt: *Zeg ja en ik maak alles ongedaan ...* De paden deinen voor mijn ogen op en neer. Ik voel me niet goed. Ik probeer sneller te lopen, maar het gaat niet; het is net een droom, mijn benen willen niet meer, verankeren zich in de grond ...

Bij de ingang van de begraafplaats staat een oude man in een uniform overdekt met oorlogsmedailles. Geleund op een stok, blootshoofds en met een gerimpeld gezicht ziet hij me op zich afkomen. Hij gaat niet opzij om me door te laten, maar wacht tot ik hem heb bereikt om me toe te bijten: 'De Fransen zijn weg. De Joden en de zigeuners ook. Jullie zijn met zijn allen onder elkaar. Waarom verslinden jullie elkaar dan?'

Ik begrijp niet waar hij op doelt, of waarom hij die toon tegen me aanslaat. Zijn gezicht zegt me niks. Maar zijn ogen komen me bekend voor. Plotseling gaat me een licht op … Krimo! Het is Krimo, de harki die had gezworen dat hij me zou vermoorden. Op het moment dat ik hem weet te plaatsen, voel ik een snijdende pijn door mijn kaak gaan: de pijn die ik voelde toen hij me met de kolf van zijn geweer in mijn gezicht had geslagen.

'Weet je het weer? Ik zie aan je gezicht dat je het weer weet.'

Ik duw hem zachtjes opzij om mijn weg te kunnen vervolgen.

'Maar het is waar. Waarom die ongelofelijke moordpartijen, die eindeloze aanslagen? Jullie wilden onafhankelijk zijn? Dat zijn jullie. Jullie wilden zelf over je lot beslissen? Dat kunnen jullie. Dus waarom die burgeroorlog? Waarom al dat moslim-fundamentalistische geweld? Dat leger dat erop inhakt? Is dat niet het bewijs dat jullie alleen maar kunnen vernietigen en doden?'

'Alsjeblieft … Ik ben gekomen om een graf te bezoeken en niet om al die ellende op te rakelen.'

'Ach, hoe ontroerend!'

'Wat wil je van me, Krimo?'

'Ik? Niets … Ik wil je alleen maar van dichtbij bekijken. Toen Michel ons belde om mee te delen dat ons weerzien een uur was verzet, was het net of hij zei dat het Laatste Oordeel naar een later datum was verschoven.'

'Ik begrijp niet wat je zegt.'

'Dat verbaast me niets, Younes. Heb je ooit weleens iets in je leven begrepen?'

'Je verveelt me nu al, Krimo. Ik vind je strontvervelend, als je het echt wilt weten. Ik ben hier niet voor jou.'

'Ik wel voor jou. Ik ben speciaal uit Alicante gekomen om je te vertellen dat ik niets ben vergeten en niets heb vergeven.'

'Heb je daarom dat ouwe uniform met al je medailles uit de kartonnen koffer gehaald die in je kelder lag te vergaan?'

'Midden in de roos.'

'Ik ben Onze-Lieve-Heer niet en ik ben de republiek niet. Ik heb geen medailles om tegenover de jouwe te stellen en voel noch het heimwee om mee te voelen met jouw verdriet … Ik ben maar een overlevende die niet weet waarom hij het er zonder een schrammetje van af heeft gebracht, terwijl hij niets meer was dan degenen die erin zijn gebleven … Als het je gerust kan stellen, we zitten allemaal in hetzelfde schuitje. Wíj hebben onze martelaren verraden, júllie hebben jullie voorouders verraden, en toen zijn jullie op júllie beurt verraden.'

'Ik heb niemand verraden.'

'Arme dwaas! Weet je dan niet dat iedereen die een oorlog overleeft op de een of andere manier een verrader is?'

Krimo wil me lik op stuk geven, zijn mond verwrongen van bedwongen razernij, maar de komst van Michel houdt hem tegen. Hij neemt me verbitterd op en gaat dan eindelijk opzij, zodat ik kan doorlopen naar de auto die iets verderop geparkeerd staat, in de buurt van een kermis.

'Ga je mee, Krimo?' vraagt Michel terwijl hij het portier opent.

'Nee … Ik neem wel een taxi.'

Michel dringt niet aan.

'Het spijt me van Krimo', zegt Michel terwijl hij de motor start.

'Het maakt niet uit. Ik weet niet waar we nu naartoe gaan, maar krijg ik daar misschien dezelfde ontvangst?'

'We gaan nu naar mijn huis. Het zal u misschien verbazen, maar een paar uur geleden popelde Krimo nog van ongeduld om u te zien. Ik had niet de indruk dat hij van plan was om u het vuur na aan de schenen te leggen. Hij is gisteren uit Spanje aangekomen. Hij had de hele avond de grootste lol terwijl hij herinneringen ophaalde aan de jaren in Río. Ik weet niet wat hem nu opeens bezielde.'

'Het komt wel weer goed met hem, en met mij ook.'

'Ik hoop van wel. Mijn moeder zei dat verstandige mensen zich uiteindelijk altijd met elkaar verzoenen.'

'Heeft Émilie dat gezegd?'

'Ja, hoezo?'

Ik geef geen antwoord.

'Hoeveel kinderen hebt u, meneer Jonas?'

'Twee … een zoon en een dochter.'

'En kleinkinderen?'

'Vijf … De jongste, die volgende week gaat trouwen, heeft vier jaar achtereen het Algerijnse kampioenschap diepzeeduiken gewonnen. Maar ik ben vooral heel trots op Norah, mijn kleindochter. Ze is pas vijfentwintig en ze staat aan het hoofd van een van de belangrijkste uitgeverijen van het land.'

Michel meerdert vaart. We rijden in de richting van Avignon; bij een stoplicht geeft een bordje de chemin de Brunet aan. Michel slaat af. Het is een weg vol bochten die omhoogvoert, met aan weerszijden nu eens muren waarachter zich mooie villa's verschansen en dan weer aantrekkelijke flatgebouwen met grote schuifhekken ervoor. Het is een rustige, groene en lichte wijk. Geen kind speelt er op straat. Enkele oudjes staan in de schaduw van het groen geduldig op de bus te wachten.

Het huis van de Benyamins staat boven op een heuvel, verscholen tussen de bomen. Het is een kleine, witte villa omgeven door een met klimop begroeide natuurstenen muur. Michel drukt op het knopje van een afstandsbediening en het hek schuift opzij. Achter in een grote tuin zie ik drie oude mannen aan een tafel.

Ik stap uit. Mijn schoenen zakken weg in het gras. Twee van de drie mannen staan op. Ik herken de langste, een wat kromme en kale bonenstaak. Zijn naam wil me niet te binnen schieten. In Río gingen we niet veel met elkaar om; als buren zeiden we elkaar op straat gedag, en verder niks. Zijn vader was de stationschef van het dorp. Naast hem staat een redelijk goed geconserveerde zeventiger, met een wilskrachtige kin en een bol voorhoofd; het is Bruno, de jonge politieagent die gewichtig op en neer paradeerde over het plein terwijl hij zijn fluitje in de rondte liet zwieren. Ik ben verbaasd om hem te zien; ik had gehoord dat hij was omgekomen bij een aanslag van de OAS in Oran. Hij loopt op me af, reikt me zijn linkerhand; zijn rechter is een prothese.

'Jonas ... Wat fijn om jou te zien!'

'Ik ben ook heel blij om jou te zien, Bruno.'

De bonenstaak groet me nu ook. Zijn hand drukt slapjes de mijne. Hij is verlegen met de situatie. Ik neem aan dat we dat allen zijn. In de auto had ik me een geestdriftig weerzien voorgesteld, met warme omarmingen, klappen op de rug en luid gelach. Ik zag mezelf de een omarmen, de ander van me afduwen om hem wat beter te bekijken, me opeens weer hun bijnamen, de grappen van vroeger herinneren, een anekdote lang weer kind worden en al die dingen vergeten die ons jarenlang elke nacht hebben achtervolgd om alleen dat te bewaren wat ons te pas komt en iets rozigs aan onze herinneringen kan geven. Maar nu we eindelijk weer oog in oog staan, in levenden lijve, met kloppend hart en tranen in onze ogen, doet een vaag onbehagen onze geestdrift teniet en staan we er beteuterd bij, als kleine jongetjes die elkaar voor het eerst zien en niet weten wat ze moeten zeggen.

'Herken je me niet, Jonas?' vraagt de bonenstaak.

'Je naam ligt op het puntje van mijn tong, maar de rest weet ik nog precies. Je woonde op nummer 6, achter mevrouw Lambert. Ik zie je nog over haar muur klimmen om haar boomgaard te plunderen.'

'Het was geen boomgaard, het was één grote vijgenboom.'

'Het was een boomgaard. Ik woon nog steeds op nummer 13, en soms hoor ik mevrouw Lambert nog tekeergaan tegen de kinderen die haar fruitbomen plunderden …'

'Echt waar? In mijn herinnering is het maar één grote vijgenboom.'

'Gustave', roep ik uit terwijl ik met mijn vingers knip. 'Het schiet me opeens weer te binnen. Gustave Cusset, de grote luilak van de klas, altijd en eeuwig de bink aan het uithangen.'

Gustave barst in lachen uit en drukt me stevig tegen zich aan.

'En mij?' vraagt de derde grijsaard, die is blijven zitten. 'Ken je mij nog? Ik heb nooit iets uit een boomgaard gestolen en ik was de brave Hendrik van de klas.'

Maar wat is die oud geworden! André Sosa, de opschepper van Río, die zijn geld over de balk smeet zoals zijn vader zijn zweep deed knallen. Hij is enorm dik, met een buik die tot op zijn knieën hangt en met moeite wordt opgehouden door twee stevige bretels. Met zijn kale kop bezaaid met sproeten en een gezicht zo gerimpeld dat er niets meer op te lezen is, lacht hij heel zijn kunstgebit bloot.

'Dédé!'

'Jawel, Dédé', zegt hij. 'Onsterfelijk als een lid van de Académie Française.'

En hij duwt zijn rolstoel naar me toe.

'Ik kan wel lopen,' zegt hij, 'maar ik ben veel te zwaar.'

We vliegen elkaar in de armen. De tranen rollen over onze wangen; we doen niets om ze tegen te houden. We lachen door onze tranen heen en stompen elkaar in de zij.

De avond valt terwijl we rond de tafel zitten te schateren en te brullen van het lachen. Krimo, die er een uur geleden bij is gekomen, is bijgetrokken. Hij heeft zijn gemoed gelucht op de begraafplaats; hij zit nu tegenover me, met een slecht geweten na wat we tegen elkaar hebben gezegd. Heeft hij misschien nooit de gelegenheid gehad om te zeggen wat hij op zijn hart had? Hoe dan ook, hij maakt nu de kalme indruk van iemand die vrede heeft gesloten met zichzelf. Het heeft even geduurd voor hij me kon aankijken. Maar daarna is hij gaan luisteren naar onze verhalen over Río, de wijnoogsten, de feesten, de drinkgelagen en de orgieën, Pépé Rucillio en zijn escapades, de nachten onder de blote hemel, en hij heeft niet één keer een nare herinnering opgehaald.

Martine, de vrouw van Michel, een potige dame uit Aoulef, half Berbers en half Bretons, heeft een copieuze bouillabaisse voor ons bereid. De rouille is verrukkelijk en de vis smelt op de tong.

'Drink je nog steeds niet?' vraagt André aan mij.

'Geen druppel.'

'Je weet niet wat je mist.'

'Er zijn ergere dingen in het leven, Dédé.'

Hij schenkt zichzelf een glas in en slaat het in één keer achterover.

'Is het waar dat Río geen wijn meer produceert?'

'Ja, dat is waar.'

'Jezus, wat zonde. Ik zweer je dat ik af en toe nog steeds die wonderbaarlijke beet van dat lekkere slobberwijntje van ons op mijn tong proef, die overheerlijke Alicante d'El Maleh, waaraan we ons bezatten tot we niet meer op onze benen konden staan.'

'De agrarische revolutie heeft de streek al zijn wijngaarden gekost.'

'Wat verbouwen ze er dan nu?' riep Gustave verontwaardigd uit. 'Aardappels?'

André zet de fles opzij om me recht aan te kunnen kijken: 'En Jelloul? Wat is er van hem geworden? Ik weet dat hij officier was in het Algerijnse leger en in de Sahara heeft gezeten. Maar ik weet niet hoe het hem de laatste jaren is vergaan.'

'Hij is begin jaren negentig met de rang van kolonel met pensioen gegaan. Hij heeft nooit in Río gewoond. Hij had een villa in Oran, waar hij de rest van zijn leven wilde doorbrengen. Maar toen kregen we opeens te maken met het fundamentalistische terrorisme en werd hij vermoord, doodgeschoten met een jachtgeweer terwijl hij voor zijn huis zat te dommelen.'

André schrikt op, geheel ontnuchterd.

'Jelloul is dood?'

'Ja.'

'Doodgeschoten door een terrorist?'

'Ja, een emir van de GIA. En hou je vast, Dédé: het was zijn eigen neefje!'

'De moordenaar van Jelloul was zijn neefje?'

'Je hebt het goed gehoord.'

'Mijn god. Wat een treurige ironie van het lot.'

Fabrice Scamaroni arriveert pas laat in de avond. Vanwege een spoorwegstaking. We omhelzen elkaar. De band tussen Fabrice en mij is nooit verbroken. Als vooraanstaand journalist en succesvol schrijver was hij regelmatig op de televisie te zien. Hij is meermalen teruggekeerd naar Algerije, voor zijn krant, en kwam dan altijd even langs Río Salado. Hij logeerde bij mij. Ik ging dan altijd vroeg in de ochtend, weer of geen weer, met hem mee naar de christelijke begraafplaats, waar hij het graf van zijn vader bezocht. Zijn moeder is in de jaren zeventig om het leven gekomen bij de schipbreuk van een plezierjacht ter hoogte van Sardinië.

De tafel staat nu vol met lege flessen. We hebben onze doden herdacht, een toost op hen uitgebracht; we hebben naar de levenden gevraagd, wat is er van die en die geworden, waarom is de een naar Argentinië en de ander naar Marokko gegaan? André is bezopen, maar hij houdt vol. Bruno en Gustave lopen onafgebroken heen en weer tussen de tuin en de wc.

Ik houd het hek in de gaten.

Iemand is niet op het appèl verschenen: Jean-Christophe Lamy.

Ik weet dat hij leeft, dat hij samen met Isabelle een grote succesvolle onderneming aan de Côte d'Azur heeft geleid. Waarom is hij er niet? Nice is nog geen twee uur rijden van Aix. André komt uit Bastia, Bruno uit Perpignan, Krimo uit Spanje, Fabrice uit Parijs, Gustave uit Saône-et-Loire. Is hij nog steeds kwaad op me? Wat heb ik hem nu eigenlijk aangedaan? Achteraf gezien helemaal niets … Ik heb hem niets aangedaan. Ik heb als een broer van hem gehouden, en ik heb als een broer om hem getreurd, de dag dat hij hinkend op zijn veterloze schoenen uit mijn leven verdween, met ónze gouden jaren in zijn kielzog.

'Kom terug op aarde, Jonas!' schudt Bruno me heen en weer.

'Ja?'

'Waar denk je aan? Ik zit al vijf minuten tegen je te praten.'

'Sorry, wat zei je?'

'Ik had het over Algerije. Ik zei dat we altijd zo'n heimwee hebben gehad naar ons land.'

'En ik naar mijn vrienden. Ik weet niet wie van ons het meest heeft verloren, maar dat maakt niet uit, het verdriet is even groot.'

'Ik denk niet dat jij meer hebt verloren dan wij, Jonas.'

'Zo is het leven', zei André op filosofische toon. 'Wat het met de ene hand geeft, neemt het met de andere weer terug. Maar goeie god, waarom ook nog ons hart uitrukken? Bruno heeft gelijk. Het is niet hetzelfde. Nee, het is helemaal niet hetzelfde, je vrienden verliezen of je vaderland. Alleen al bij de gedachte draait mijn maag zich om. En het bewijs is dat wíj hier niet *nostalgie* zeggen … We zeggen *nostalgérie*.'

Hij haalt diep adem; zijn ogen glanzen.

'Algerije is als mijn tweede huid', bekent hij. 'Soms jeukt het als een nessuskleed, en soms omhult het me als een heerlijk parfum. Ik probeer het van me af te schudden, maar het lukt me niet. Hoe kan ik het ooit vergeten? Ik wou een streep onder mijn jeugdherinneringen zetten, iets anders gaan doen, opnieuw beginnen. Allemaal vergeefse moeite. Ik ben geen kat, ik heb maar één leven, en dat is daar achtergebleven, in Río … Al probeer ik me alle ellende die ik er heb meegemaakt weer voor de geest te halen, het helpt niks. Ik denk aan de zon, de stranden, onze straten, het eten, onze zuippartijen en onze gouden jaren, en mijn woede verdwijnt als sneeuw voor de zon. Ik ben Río nooit vergeten, Jonas. Geen nacht, geen moment. Ik herinner me elke graspol op de heuvel, elke grap in onze cafés en de herinnering aan Simons grollen doet me zelfs zijn dood vergeten, alsof hij niet zou willen dat men zijn tragische einde associeert met dat van onze Algerijnse dromen. Maar ik zweer je, ook die heb ik geprobeerd te vergeten. Meer dan wat ook ter wereld wilde ik mijn herinneringen een voor een met een nijptang uitrukken zoals we dat vroeger deden met een rotte kies. Ik ben overal geweest, in Zuid-Amerika, in

Azië, om afstand te nemen en een nieuw leven te beginnen. Ik wilde mezelf bewijzen dat ik me ook ergens anders thuis kon voelen, dat je een nieuw vaderland kunt kiezen zoals je een nieuw gezin sticht, maar dat is niet zo. Ik hoefde maar één seconde niets te doen of de gedachte aan Río vloog me aan. Ik hoefde me maar om te draaien of ik zag dat het de plaats had ingenomen van mijn schaduw.'

'Het was anders geweest als we uit vrije wil waren gegaan', klaagt Gustave, geheel in de olie. 'Maar we moesten alles achterlaten en in allerijl vertrekken, onze koffers vol geesten en vol smarten. Ze hebben ons alles afgenomen, inclusief onze ziel. Ze hebben ons niets, helemaal niets gelaten, zelfs ons verdriet niet. Dat was niet eerlijk, Jonas. Niet iedereen was een grootgrondbezitter, niet iedereen had een karwats en rijlaarzen; we hadden vaak zelfs geen laarzen. We hadden onze armen en armenwijken, onze paria's en verschoppelingen, onze kleine ambachtslieden, kleiner dan die van jullie, en onze gebeden waren vaak dezelfde. Waarom moesten ze ons allemaal over één kam scheren? Waarom kregen wij de schuld in de schoenen geschoven van wat een handvol feodale heren had misdaan? Waarom wilde men ons wijsmaken dat we vreemden waren in het land waar onze vaders, grootvaders en overgrootvaders waren geboren, dat we de onrechtmatige bezitters waren van een land dat we eigenhandig hadden opgebouwd en met ons zweet en ons bloed hadden bevloeid? Zolang we daar geen antwoord op krijgen, zal de wond nooit helen.'

De wending die het gesprek neemt, bevalt me helemaal niet. Krimo slaat glas na glas achterover; ik ben bang dat hij weer terug zal komen op ons twistgesprek van vanmiddag.

'Weet je, Jonas,' zegt hij, terwijl hij tot dan toe nog geen woord heeft gezegd, 'ik hoop zo dat Algerije er weer bovenop komt.'

'Dat gaat ook gebeuren', zegt Fabrice. 'Algerije is een braakliggend paradijs. Het moet alleen nog wakker worden. Op het ogenblik is het nog naar zichzelf op zoek, en soms op de verkeerde plekken. En dus bijt het zijn tanden stuk. Maar het is nog maar een kind, en in plaats van die melktanden breken er nieuwe door.'

Bruno pakt mijn hand, knijpt hem fijn.

'Ik zou zo graag naar Río willen, al is het maar voor een dag en een nacht.'

'Wat let je?' zegt André. 'Er is elke dag een vlucht naar Oran of Tlemcen. In minder dan anderhalf uur zit je tot aan je nek in de stront.'

We schateren het uit.

'Serieus', zegt Bruno.

'Wat serieus?' zeg ik. 'Dédé heeft gelijk. Je springt in een vliegtuig en in minder dan in twee uur ben je thuis. Voor een dag of voor altijd. Río is niet zo veranderd. Het zit wel in een dip, de bloemen in de straten zijn verwelkt, er zijn geen wijnhuizen meer en nog maar heel weinig wijngaarden, maar de mensen zijn formidabel en gastvrij. Als je bij mij op bezoek komt, zul je ook de rest moeten bezoeken, en dan heb je aan een eeuwigheid nog niet genoeg.'

Michel brengt me ver na twaalven terug naar mijn hotel, gaat mee naar mijn kamer en overhandigt me daar een blikken trommel met een piepklein hangslotje.

'Mijn moeder heeft me een paar dagen voor haar dood opgedragen u dit blik persoonlijk ter hand te stellen. Als u niet was gekomen, had ik het vliegtuig naar Río moeten nemen.'

Ik neem de trommel aan, kijk naar de afgeschilferde afbeeldingen. Het is een ouderwetse snoeptrommel, met plaatjes van edelen die door hun tuinen wandelen, sprookjesprinsen die bij een fontein de hand kussen van hun schonen. Te oordelen naar het gewicht kan er niet veel in zitten.

'Ik kom u morgen om tien uur ophalen. We lunchen bij het nichtje van meneer Sosa, in Manosque.'

'Om tien uur. Dank je wel, Michel.'

'Niets te danken, meneer Jonas. Welterusten.'

Hij gaat weg.

Ik ga op de rand van het bed zitten, met de trommel in mijn handen. Wat is dit voor postscriptum van Émilie? Wat voor teken van gene zijde van het graf? Ik zie haar nog in de rue des Frères-Julien in Marseille, op die warme dag in maart 1964, zie nog haar strakke blik, haar versteende gezicht, haar bloedeloze lippen die mijn laatste kans om de verloren tijd in te halen de grond in boren. Mijn hand trilt; ik voel de kou van het metaal tot in mijn botten. Ik moet hem opendoen. Doos van Pandora of speeldoos, wat doet het ertoe? Op ons achtigste ligt onze toekomst achter ons. En voor ons slechts het verleden.

Ik open het hangslotje, licht het deksel op: brieven! De trommel zit vol met brieven. Brieven vergeeld door de tijd, sommige bol getrokken van het vocht, andere onbeholpen gladgestreken, alsof iemand heeft geprobeerd ze in hun oorspronkelijke staat terug te brengen na ze eerst in elkaar te hebben gefrommeld. Ik herken mijn handschrift op de achterkant van de enveloppen, de postzegels van mijn land … begrijp eindelijk waarom Émilie nooit heeft teruggeschreven: mijn brieven zijn nooit geopend, mijn wenskaarten evenmin.

Ik leeg de trommel boven het bed, bekijk een voor een alle enveloppen, in de hoop dat er een brief van haar bij is … Er is er één, van recente datum, die nog stevig aanvoelt, zonder postzegel en zonder adres, met alleen mijn voornaam erop en vastgeplakt met een stukje plakband.

Ik durf hem niet te openen.

Morgen misschien …

We hebben geluncht bij het nichtje van André, in Manosque. Daar zijn we weer op de proppen gekomen met onze oude anekdotes, maar we beginnen wat buiten adem te raken. Er kwam nog een andere pied noir bij. Toen ik zijn stem hoorde, dacht ik dat het Jean-Christophe Lamy was, en dat blies me een flinke dosis nieuw leven in, maar die energie stroomde onmiddellijk weer weg toen ik me realiseerde dat hij het niet was. De onbekende hield ons een uurtje gezelschap alvorens zich uit de voeten te maken. In de loop van de verhalen, waarvan hij de ins en outs niet kende, begreep hij dat hij, hoewel afkomstig uit de provincie Oran – geboren in Lamoricière, bij Tlemcen – er niet echt bij hoorde, een intimiteit verstoorde waaraan hij vreemd was … Bruno en Krimo vertrekken als eersten, naar Perpignan, waar Krimo een nachtje bij zijn maat logeert alvorens door te reizen naar Spanje. Tegen vieren laten we André achter bij zijn nichtje en brengen Fabrice naar station Aix-TGV.

'Moet je echt per se morgen terug?' vraagt Fabrice. 'Hélène zou het geweldig vinden om je te zien. Parijs is vanaf hier maar drie uur met de trein. Je zou terug kunnen vliegen vanaf Orly. Ik woon in de buurt van het vliegveld.'

'Een andere keer, Fabrice. Geef Hélène een dikke zoen van mij. Schrijft ze nog steeds?'

'Ze is al geruime tijd met pensioen.'

De trein arriveert, een schitterend monster. Fabrice springt op de treeplank, omarmt me nog een laatste keer en loopt dan door naar zijn plaats in het rijtuig. De trein komt in beweging, glijdt langzaam over de rails. Ik zoek mijn vriend achter de ramen en zie hoe hij me met zijn hand bij zijn slaap een saluut brengt. Dan verdwijnt hij uit het zicht.

Terug in Aix neemt Gustave ons mee uit eten in Les Deux Garçons. Na afloop slenteren we zwijgend over de cours Mirabeau. Het is mooi weer, de terrassen zitten vol. Jongelui staan in de rij voor de bioscoop. Een muzikant met verwarde haren zit midden op de esplanade zijn viool te stemmen, zijn hond tegen hem aan gevlijd.

Voor mijn hotel schelden twee voetgangers een roekeloze bestuurder uit die, met zijn mond vol tanden, weer in zijn auto stapt en woedend het portier achter zich dichtslaat.

Mijn compagnons nemen afscheid in de hal van het hotel en beloven dat ze me morgenochtend om zeven uur komen ophalen om me naar het vliegveld te brengen.

Ik neem een gloeiend hete douche en laat me onder de dekens glijden.

Op het nachtkastje staat de trommel van Émilie, onbeweeglijk als een grafurn. Mijn hand strekt zich er onwillekeurig naar uit, maar durft het deksel niet op te lichten.

Ik kan de slaap niet vatten. Probeer nergens aan te denken. Ik pak de kussens beet, ga op mijn rechterzij, mijn linkerzij, mijn rug liggen. Ik ben ongelukkig. De slaap isoleert me en ik heb geen zin om alleen te liggen in het donker. Ik heb totaal geen behoefte aan een monoloog met mezelf. Ik wil me omringen met vleiers, mijn teleurstellingen delen, zondebokken vinden. Zo is het altijd geweest: als je niet weet wat je met je ongeluk aan moet, zoek je een schuldige. Ik weet niet precies waarom ik ongelukkig ben. Ik heb verdriet, maar kan het niet plaatsen. Émilie? Jean-Christophe? De leeftijd? De brief die me ligt op te wachten in de trommel? Waarom is Jean-Christophe niet gekomen? Zou de wrok het winnen van het gezonde verstand?

Door het raam kijk ik uit op een donkerblauwe hemel

waarin de maan zich een medaillon waant, en wacht tot mijn schanddaden en mijn geneugten en een hele stoet vertrouwde gezichten er in slowmotion aan voorbijtrekken. Ik hoor het donderende geraas waarmee ze aankomen. Wat te kiezen? Welke houding aan te nemen? Ik draai in een kringetje rond aan de rand van een afgrond, koorddanser op het scherp van de snede, hallucinerende vulkanoloog op de rand van een borrelende krater; ik sta voor de poorten van mijn herinneringen, die eindeloze filmrollen met rushes die ons archief vormen, die grote, donkere laden met beelden van de alledaagse helden die we zijn geweest, de camusiaanse mythen die we geen gestalte hebben weten te geven, de acteurs en de figuranten die we beurtelings waren, geniaal en potsierlijk, mooi en monsterlijk, gebukt gaand onder de last van onze kleine lafheden, onze wapenfeiten, onze bekentenissen, onze plechtige beloftes en al wat we afzworen, onze bravourestukjes en ons verraad, onze zekerheden en onze twijfels, kortom onze eeuwige illusies. Wat te bewaren van die berg aan rushes? Wat weg te gooien? Als we maar één moment uit ons leven zouden mogen meenemen op de grote reis, wat zouden we dan kiezen? Ten koste van wat en van wie? En vooral hoe jezelf te herkennen te midden van zo veel schimmen, zo veel geesten, zo veel titanen? Wie zijn we eigenlijk? Wat we zijn geweest of wat we hadden willen zijn? Het onrecht dat we anderen hebben aangedaan of dat wat we zelf hebben ondergaan? De afspraken die we zijn misgelopen of de toevallige ontmoetingen die de loop van ons leven hebben veranderd? De coulissen die ons voor ijdelheid hebben behoed of het voetlicht dat onze brandstapel was? We zijn al die dingen tegelijk, heel dat leven dat het onze was, met zijn ups en zijn downs, zijn heldendaden en wisselvalligheden; we zijn ook alle geesten die ons achtervolgen ... We zijn meerdere personages in één, zo overtuigend in de verschillende rollen die we hebben gespeeld dat niet uit te maken is wie wc archt zijn geweest, wie we zijn geworden en wie ons zal overleven.

Ik spits mijn oren en luister naar de geluiden van vroeger; ik ben niet meer alleen. Fluisteringen dwarrelen rond tussen flarden van herinneringen, als brokstukken van luid geraas; cryptische zinnetjes, verminkte oproepen, gelach en gehuil in één ... Ik hoor Isabelle pianospelen – Chopin – zie haar spitse vingers met ongekende virtuositeit over de toetsen glijden, zoek haar gezicht, ingespannen in extatische concentratie, maar de camera weigert zich te verplaatsen, blijft halsstarrig op het klavier gericht terwijl de noten in mijn hoofd als vuurwerk uiteenspatten ... Mijn hond duikt op vanachter het heuveltje, met een vragende blik in zijn droevige ogen; ik strek mijn hand uit om hem te aaien, hoe absurd dat gebaar ook is. Mijn vingers glijden over de dekens als over een vacht. Ik laat de herinnering bezit nemen van mijn adem, mijn slapeloosheid, heel mijn wezen. Ik zie ons krot weer voor me aan het eind van een weg die al bijna is vervaagd ... Ik ben het eeuwige kind ... Het is niet dat je weer kind wordt, je blijft het altijd. Oud, ik? Wat is een oude man anders dan een kind dat oud of ziek is geworden? Mijn moeder komt het heuveltje af rennen, het stof aan haar voeten fonkelend als duizenden sterren ... *Mama, mijn lieve mama.* Een moeder is niet alleen een mens, hoe uniek ook, of een tijdperk; een moeder is een aanwezigheid, onaangetast door de tand des tijds of de tekortkomingen van het geheugen. Dat bewijst me elke dag die God geeft, elke nacht dat ik slapeloos in mijn bed lig te woelen. Ik wéét dat ze er is, dat ze altijd bij me is geweest, al die jaren van niet verhoorde gebeden, verbroken beloftes, onverdraaglijk gemis en vergeefse moeiten ... Verderop, neergehurkt op een hoop stenen, zit mijn vader toe te kijken hoe de wind over de ranke halmen strijkt ... Dan komt alles in een stroomversnelling:

het vuur dat onze akkers verwoest, de kales van de kaïd, de kar die ons wegvoerde naar waar geen plaats meer was voor mijn hond ... Jenane Jato ... De zingende barbier, Houtenbeen, El Moro, Ouari en zijn distelvinken ... Germaine, die me met open armen verwelkomt onder de vertederde blik van mijn oom ... Dan Río, nogmaals Río, altijd weer Río ... Ik knijp mijn ogen dicht om een eind aan iets te maken, een geschiedenis te stoppen die ik wel duizend keer opnieuw heb beleefd, duizend keer een andere wending heb gegeven ... Onze oogleden worden geheime deuren. Gesloten vertellen ze over ons leven; geopend komen ze uit op onszelf. We zijn de gijzelaars van onze herinneringen. Onze ogen behoren ons niet meer toe ... Ik zoek Émilie in de filmflarden in mijn hoofd; ze is nergens. Onmogelijk om terug te gaan naar de begraafplaats en het stof van de roos te vergaren; onmogelijk om terug te keren naar nummer 143 in de rue des Frères-Julien en een van die verstandige mensen te worden die zich *uiteindelijk altijd met elkaar verzoenen.* Ik baan me als een bezetene een weg door de immense menigte die, in die zomer van 1962, de haven van Oran overspoelt; ik zie versufte families op de kaden, opeengehoopt op de paar spullen die ze hebben weten te redden, de kinderen die uitgeput op de grond liggen te slapen, het passagiersschip dat zich opmaakt de ontwortelden in ballingschap te voeren; ik kan rennen wat ik wil, van gezicht naar gegil, van omhelzing naar wuivend zakdoekje, geen spoor van Émilie ... En ik in dat geheel? Ik ben enkel een blik die rond en rond en rond gaat door de leegte van de afwezigheid en de naaktheid van de stilte ...

Wat moet ik met mijn nacht doen?

Bij wie mijn hart uitstorten?

In werkelijkheid wil ik niets met mijn nacht doen noch mijn hart bij iemand uitstorten ... Er is een waarheid die boven alle andere gaat: aan alles komt een eind, en geen ongeluk is eeuwig.

Ik raap al mijn moed bijeen, open de trommel en dan de brief. Hij dateert van een week voor de dood van Émilie. Ik haal diep adem en lees:

Lieve Younes,

Ik heb de dag na onze ontmoeting in Marseille op je gewacht. Op dezelfde plek. Ik heb de dag daarna op je gewacht, en alle dagen daarna. Je bent niet teruggekomen. Mektoub, zoals ze bij ons zeggen. Alles hangt van niets af, zowel wat goed is als wat dat niet is. Je moet weten te aanvaarden. Met de tijd word je wijzer. Ik heb spijt van alle verwijten die ik je heb gemaakt. Misschien is dat wel de reden dat ik je brieven niet heb durven openen. Er zijn stiltes die je niet moet verstoren. Als stilstaand water brengen ze onze ziel tot rust.

Vergeef me zoals ik jou heb vergeven.

Daar waar ik nu ben, bij Simon en mijn dierbare overledenen, zal ik altijd aan je denken.

Émilie

Het is alsof alle sterren van de nacht er plotseling nog maar één zijn, alsof de nacht, heel de nacht, zojuist mijn kamer is binnengestroomd om over me te waken. Ik weet nu dat, waar ik zal gaan, ik in vrede zal rusten.

Het is niet druk op de luchthaven Marignane; de rijen voor de incheckbalies worden rustig afgewerkt. De balie van Air Algérie is vrijwel uitgestorven. Enkele louche types – *koeriers*, voor de ingewijden; geharde smokkelaars, geboren uit schaarste en overlevingsinstinct – bedienen zich van alle mogelijke listen om niet te hoeven betalen voor hun overgewicht aan bagage;

de baliemedewerker is niet onder de indruk van hun toneelstukje. Achter hen wachten ouden van dagen rustig op hun beurt, met zwaarbeladen karretjes.

'Hebt u bagage, meneer?' vraagt de baliemedewerkster aan mij.

'Alleen deze tas.'

'Houdt u die bij u?'

'Ja, dan hoef ik bij aankomst niet eindeloos te wachten.'

'Heel verstandig', zegt ze en ze geeft me mijn paspoort terug. 'Dit is uw instapkaart. Het instappen begint om 09.15 uur bij gate 14.'

Het is 08.22 uur op mijn horloge. Ik bied Bruno en Michel een kopje koffie aan. We nemen plaats aan een tafeltje. Bruno doet nog een poging om een interessant gespreksonderwerp te vinden, maar tevergeefs. We drinken zwijgend onze koffie, met afwezige blik. Ik denk aan Jean-Christophe Lamy. Gisteren stond ik op het punt om Fabrice te vragen waarom *onze grote vriend* niet was gekomen, maar mijn tong liet het afweten. Ik heb van André begrepen dat Jean-Christophe de begrafenis van Émilie heeft bijgewoond, dat Isabelle, die hem vergezelde, in blakende gezondheid verkeerde en dat ze alle twee wisten dat ik naar Aix zou komen ... Het stemt me verdrietig.

Er wordt omgeroepen dat het instappen voor vlucht AH 1069 naar Oran gaat beginnen. Dat is mijn vlucht. Bruno omhelst me, drukt zich tegen me aan. Michel kust me op beide wangen en zegt iets wat ik niet versta. Ik bedank hem voor zijn gastvrijheid, en dan stuur ik beiden weg.

Ik ga niet naar de gate.

Ik bestel nog een kopje koffie.

Ik wacht ...

Een stemmetje zegt me dat er iets gaat gebeuren, dat ik ge

duld moet hebben en moet blijven zitten waar ik zit.

Laatste oproep voor de passagiers van vlucht AH 1069 *naar Oran*, roept een vrouwenstem door de luidspreker. *Dit is de laatste oproep voor de passagiers van vlucht* AH 1060.

Mijn kopje is leeg. Mijn hoofd is leeg. Ik ben leeg. Afgezien van dat stemmetje dat me opdraagt om te blijven zitten en af te wachten. De minuten drukken als evenzovele olifanten op mijn schouders. Ik heb pijn in mijn rug, in mijn knieën, in mijn buik. De stem uit de luidspreker boort zich in mijn hoofd, weerkaatst nijdig tegen mijn slapen. Ditmaal ben ik degene die wordt verzocht zich onmiddellijk naar gate 14 te begeven. *De heer Mahieddine Younes wordt verzocht zich onmiddellijk te melden bij de instapbalie van gate 14. Dit is de laatste oproep …*

Mijn intuïtie is niet meer wat-ie is geweest, zeg ik tegen mezelf. Opstaan, ouwe, wachten heeft geen zin. Haast je een beetje als je je vliegtuig niet wilt missen. Je kleinzoon trouwt over drie dagen.

Ik pak mijn tas en ga op weg naar de gate. Ik ben nog niet in de rij gaan staan of ik hoor god mag weten waar vandaan een stem opklinken: 'Jonas!'

Het is Jean-Christophe.

Hij staat achter de gele lijn, in een dikke overjas, met een grijs hoofd en afzakkende schouders, zo oud als de wereld.

'Ik begon de hoop al te verliezen', zeg ik tegen hem, terwijl ik op mijn schreden terugkeer.

'Terwijl ik toch erg mijn best heb gedaan om niet te komen.'

'Wat bewijst dat je nog steeds dezelfde koppige ezel bent. Maar we zijn er te oud voor, vind je niet? We hebben onszelf bijna overleefd. Er resten ons nog maar weinig pleziertjes in de avond van ons leven, en er is geen groter vreugde dan het weerzien met een gezicht dat je vijfenveertig jaar geleden uit het oog verloren bent.'

We vliegen elkaar in de armen. Aangetrokken door een reusachtige magneet. Als twee rivieren uit afgelegen stroomgebieden, die alle emoties van de wereld met zich meevoeren en na een lange reis langs bergen en dalen plotsklaps schuimend samenstromen in één bedding. Ik hoor onze oude lijven tegen elkaar aan stoten, het geritsel van onze kleding opgaan in de wrijving van ons vlees. De tijd staat even stil. We zijn alleen op de wereld. We houden elkaar heel stevig vast, zoals we vroeger met beide armen onze dromen omklemden, ervan overtuigd dat ze ons bij de geringste verslapping zouden ontglippen. Onze tot op het merg versleten karkassen ondersteunen elkaar, houden elkaar overeind in de tornado van ons gesteun. We zijn twee open zenuwen, twee blootliggende elektriciteitsdraden die elkaar elk moment dreigen kort te sluiten, twee bejaarde kleuters die aan hun lot zijn overgeleverd en onbeheerst staan te snikken voor het oog van onbekenden.

De heer Mahieddine Younes wordt verzocht zich onmiddellijk te melden bij de instapbalie van gate 14, dringt de vrouwenstem uit de luidspreker aan.

'Waar bleef je?' zeg ik terwijl ik hem van me af duw om hem beter te kunnen bekijken.

'Ik ben er, dat is het enige wat telt.'

'Je hebt gelijk.'

En we vallen elkaar opnieuw in de armen.

'Ik ben zo blij.'

'Ik ook, Jonas.'

'Was je hier in de buurt, gisteren en eergisteren?'

'Nee, ik was in Nice. Fabrice heeft me gebeld om me ver rot te schelden, en toen was de beurt aan Dédé. Ik zei dat i niet zou komen. Maar vanochtend heeft Isabelle me zowat d deur uit geschopt. Om vijf uur 's ochtends. Ik heb als een gek gereden. En dat op mijn leeftijd.'

'Hoe gaat het met haar?'

'Ze is geen haar veranderd: niet kapot te krijgen en onverbeterlijk ... En jij?'

'Ik mag niet klagen.'

'Je ziet er patent uit ... Heb je Dédé gezien? Hij is doodziek, wist je dat? Hij is speciaal voor jou gekomen ... Hoe was het weerzien?'

'We hebben ons eerst kapotgelachen en toen hebben we gehuild.'

'Ik zie het voor me.'

De heer Mahieddine Younes wordt verzocht zich onmiddellijk te melden bij de instapbalie van gate 14.

'En Río. Hoe staat het met Río?'

'Waarom kom je zelf niet kijken?'

'Hebben ze het me daar dan vergeven?'

'En jij, heb jij hen vergeven?'

'Ik ben te oud, Jonas. Ik kan me geen wrok meer veroorloven; het kleinste driftbuitje put me uit.'

'Zie je wel? Ik woon nog steeds in hetzelfde huis tegenover de wijngaarden. Ik woon er nu alleen. Ik ben al meer dan tien jaar weduwnaar, mijn zoon is getrouwd en woont in Tamanrasset, en mijn dochter is professor aan de Concordia Universiteit in Montréal. Plaats genoeg dus. Je kunt je eigen slaapkamer uitkiezen; ze zijn allemaal beschikbaar. Het houten paardje dat ik van je heb gekregen als boetedoening voor het pak slaag dat je me had gegeven vanwege Isabelle, staat nog steeds op dezelfde plek als waar je het voor het laatst hebt gezien: op de schoorsteenmantel.'

Een employé van Air Algérie komt wat aarzelend naar me toe.

413

'Gaat u naar Oran?'

'Ja.'

'Bent u Mahieddine Younes?'

'Dat ben ik.'

'Alstublieft, het hele vliegtuig zit op u te wachten.'

Jean-Christophe geeft me een knipoog: '*Tabqa ala khir*, Jonas. Ga in vrede.'

Hij slaat zijn armen om me heen. Ik voel zijn lichaam beven in de mijne. Onze omhelzing duurt een eeuwigheid – tot groot verdriet van de employé. Jean-Christophe maakt zich als eerste los. Met een brok in zijn keel en rode ogen zegt hij met een klein stemmetje: 'En nu wegwezen, jij.'

'Ik wacht op je', zeg ik.

'Afgesproken, ik kom.'

Hij glimlacht naar me.

Ik haast me achter de employé van Air Algérie aan, die me een weg door de menigte baant, ga door de metaaldetectorpoortjes en dan door de douane. Op het moment dat ik het gebied achter de douane betreed, kijk ik nog een laatste keer om naar wat ik achterlaat en zie hoe ze me állemaal, de doden en de levenden, achter de glazen deur geestdriftig staan uit te zwaaien.